Judith Amelia

Oath & Betrayal

Zwischen uns die Magie

Montlake

Das Buch

Hörst du auf dein Herz oder deine Magie

Die junge Gamedesign-Studentin Hailey hat ihr Leben lang gelernt, Berührungen zu vermeiden. Sie fürchtet die Visionen, die durch Körperkontakt ausgelöst werden können. In die Zukunft sehen zu können, gilt selbst in der magischen Parallelwelt als besondere Gabe, für Hailey ist es aber eher Fluch als Segen. Doch an ihrem Abschlussabend ändert sich alles: In einer Bar trifft sie auf den charismatischen Nate.
Für Hailey ist es Liebe auf den ersten Blick, und es stellt sich heraus, dass sie Seelenpartner sind – eine machtvolle Verbindung in der Welt der Magie. Überwältigt von der schicksalhaften Fügung heiraten sie überstürzt. Doch schon bald muss Hailey erkennen: Nate ist kein gewöhnlicher Mann, sondern ein Agent der geheimen Magic Agency, der in gefährlichen Kreisen operiert. Plötzlich findet sie sich in einer Welt voller Intrigen, Macht und verborgener Magie wieder – einer Welt, für die sie nicht bereit ist.

Die Autorinnen

Judith Amelia ist das Pseudonym der Autorinnen Judith B. Carrol und Amelia Cadan.

Judith B. Carrol wurde 1989 geboren und hat nach ihrem Geografiestudium in Bremen ihre Wahlheimat gefunden. Sie hatte schon immer Geschichten im Kopf und liebt es, in andere Charaktere zu schlüpfen, ihre Gedanken und Gefühle zu erforschen und sich in fremde Welten zu träumen. Dabei trinkt sie leidenschaftlich gerne Kaffee und hört begeistert Taylor Swift in Dauerschleife. Falls sie nicht an einem Roman schreibt, ist sie in der Natur unterwegs oder vertieft sich in ein Buch – vorausgesetzt, es hat eine Love Story und ein Happy End.

Amelia Cadan wurde 1994 geboren, ist mit Anfang zwanzig nach Jordanien gezogen und hat dort mehrere Jahre Land und Leute kennengelernt, bevor sie mit ihrer Familie nach Deutschland zurückgekehrt ist. Inzwischen ist ihr Leben nicht mehr ganz so turbulent wie das ihrer Buchfiguren, denn die meiste Zeit verbringt sie damit, die vielen Geschichten in ihrem Kopf auf Papier zu bannen. Ihre Leidenschaft fürs Weltenentdecken hat sie aber nicht aufgegeben: ob Gaming Controller, Zug, Buch, Flugzeug oder Bildschirm – irgendein Weg ins spannende Unbekannte findet sich immer.

Judith Amelia

OATH & BETRAYAL

Zwischen uns die Magie

Roman

Montlake

Deutsche Erstveröffentlichung bei
Montlake, Amazon Media EU S.à r.l.
38, avenue John F. Kennedy, L-1855 Luxembourg
Mai 2025

Umschlaggestaltung: bürosüd[0] München, www.buerosued.de
Umschlagmotiv: © Nisathon Studio / Shutterstock; © CeltStudio / Shutterstock; © autsawin uttisin / Shutterstock; © Kurit afshen / Shutterstock
1. Lektorat: Ute Köhler
2. Lektorat und Korrektorat: VLG Verlag & Agentur, Haar bei München, www.vlg.de
3. Korrektorat: editmove
Gedruckt durch:
Amazon Distribution GmbH, Amazonstraße 1, 04347 Leipzig
CPI Druckdienstleistungen GmbH, Ferdinand-Jühlke-Straße 7, 99095 Erfurt
CPI books GmbH, Birkstraße 10, 25917 Leck
Libri Plureos GmbH, Friedensallee 273, 22763 Hamburg

Verantwortliche Person für Produktsicherheit in der EU:
Amazon Publishing, Amazon Media EU S.à r.l.
38, avenue John F. Kennedy, L-1855 Luxembourg
amazonpublishing-gpsr@amazon.com

ISBN 978-2-49671-732-7
e-ISBN 978-2-49671-733-4

www.montlake.de

Triggerwarnung

Die folgende Geschichte enthält potenziell triggernde Inhalte. Dazu gehören: (versuchter) Mord, Gewalthandlungen, Alkoholkonsum, Vernunftehe, (reflektierte) toxische Beziehungsmuster und Erwähnung von Fehlgeburten.

GLOSSAR

Anima

Magier, der magische Verbindungen (»Seelenpartnerschaften«) erkennen kann. Diese Form der Magie ist sehr selten. Anima bieten auch Dienstleistungen an wie »Datingservices«, das heißt das Aufspüren eines Seelenpartners, oder Hochzeiten (Verbindungszeremonien). Oft arbeiten Anima für die jeweilige Herrschaftsform ihres Landes (im Magischen Königreich Nordamerikas: die Königsfamilie), sie können aber auch private Aufträge annehmen.

Magiegraph

Magier mit der Fähigkeit, andere Magier zu erkennen. Werden beispielsweise als Türsteher eingesetzt, wenn ein Gebäude ausschließlich von Magiern betreten werden darf. Manche Magiegraphen sind so begabt, dass sie sogar die Art der Fähigkeit bei anderen erkennen können.

Magisches Königreich Nordamerikas

Magische Gesellschaften sind in der Regel je nach Land oder Region fest organisiert. Das Magische Königreich Nordamerikas umfasst Kanada und die USA und wird konstitutionell regiert, das heißt es gibt sowohl eine (sehr einflussreiche) Königsfamilie als auch eine gewählte Regierung, die beide gemeinsam politische Entscheidungen treffen. Da König Jacob und Königin Genevieve nach ihrem Tod nur einen minderjährigen Sohn (Alexander) hinterlassen haben, werden die Regierungsgeschäfte aktuell hauptsächlich durch den Ersten Minister George Heart ausgeführt. Erst mit dem 18. Geburtstag von Prinz Alexander wird dessen Krönung und Machtantritt erfolgen.

Seelenpartnerschaften

Seelenpartner sind die perfekten Gegenstücke zueinander, sowohl im Charakter als auch in ihrer Magie. Darüber hinaus führt eine Seelenpartnerschaft mit der Zeit dazu, dass die eigenen Fähigkeiten sich weiterentwickeln und deutlich mächtiger werden als ohne eine solche Verbindung.

Seinen Seelenpartner zu finden, gilt in der magischen Gemeinschaft als riesiges Glück. Natürlich besteht immer die Möglichkeit, dass Seelenpartner sich zufällig begegnen, insbesondere unter den wohlhabenden Magiern ist es jedoch üblich, einen Anima für die Suche zu engagieren.

Im Magischen Königreich Nordamerikas ist es außerdem üblich, dass einmal im Jahr eine Verlosung unter allen nichtliierten Magiern (die teilnehmen wollen) stattfindet, und der Gewinner darf dann ohne eigene Kosten die Dienste eines Animas in Anspruch nehmen.

Verbindungszeremonie

Erfüllt die Funktion einer Hochzeit, doch nur Anima können echte Verbindungszeremonien durchführen, weshalb diese normalerweise nur alle zwei Jahre vollzogen werden und mehrere Paare auf einmal daran teilnehmen. Während der Zeremonie wird zwischen den Seelenpartnern ein festes Band geknüpft, welches nur durch einen Anima wieder getrennt werden kann. Da eine Trennung jedoch so gut wie nie vorkommt, ist dies nur selten notwendig.

Moderari

Magier, die Emotionen und Stimmungen beeinflussen können.

Prolog Hailey

7 Jahre zuvor

»Ich finde immer noch, die kurzen Haare waren eine hervorragende Idee, Cousinchen.« Celine weicht einer Statue aus, hakt sich bei mir unter, und ich halte nach dem Rest unserer Familie Ausschau, die wir irgendwo in einem der unzähligen Räume des Smithsonian American Art Museum verloren haben. Nicht, dass ich es schlimm fände, in aller Ruhe mit meiner Cousine die Gänge entlangzuschlendern und gelegentlich vor einem der Gemälde innezuhalten.

Wie jedes Jahr verbringen wir Thanksgiving in Washington, D.C. und wie jedes Jahr fühle ich mich von der Stadt erschlagen. Überall sind Menschen, das Hupen der Autos hört zu keiner Tages- und Nachtzeit auf und es riecht nach Abgasen. Vielleicht genieße ich den Ausflug in das Museum deshalb so sehr. Die hohen Decken und weißen Wände, einzig unterbrochen von Kunstwerken, vermitteln eine ehrfürchtige Ruhe.

»Wahrscheinlich muss ich mich nur daran gewöhnen.« Ich seufze und zupfe erneut an den kurzen Strähnen, die sich nun, ohne das ganze Gewicht, deutlich locken.

Im Gegensatz zu mir hat Celine sich nur die Spitzen schneiden lassen, sodass der geflochtene blonde Zopf ihr weiterhin fast bis an die Hüfte reicht. »Jetzt musst du nur noch diese Zahnspange loswerden, und die Jungs in deiner Schule wissen nicht mehr, wie ihnen geschieht.«

Hitze schießt mir in die Wangen, und ich kann die Röte nicht, wie gewöhnlich, hinter einem Schleier langer brauner Haare verstecken. »Und wie soll ich irgendeinem von denen erklären, dass Hautkontakt eher schwierig ist?«

Sie zuckt mit den Schultern. »Du musst einfach nur deinen Seelenpartner finden, dann wird sich das von ganz allein klären.«

»Ja, weil das ja so leicht ist«, murmle ich und ziehe sie weiter. Wir haben nur noch eine halbe Stunde, dann sind wir mit unseren Eltern am Souvenirshop verabredet. »Zum einen gibt es nur … was … zehn oder elf Anima weltweit?«

»Als bräuchte man die zwingend. Es gibt genug Paare, die sich ohne ihre Hilfe gefunden haben. Die magische Gemeinschaft ist nicht unbedingt so riesig, dass die Chancen schlecht stehen. Du wirst sehen, Visionen werden vollkommen unwichtig sein, sobald du den Einen gefunden hast.«

Celines grenzenloser Optimismus ist beneidenswert. Leider kann ich ihn nicht teilen. Selbst jetzt achte ich penibel darauf, nicht versehentlich ihre Hand zu streifen.

»Spätestens Theo und Rob werden jeden in die Flucht schlagen, der es wagt, mich auch nur anzusehen.«

»Die beiden können sich ihre böse Große-Brüder-Masche sonst wohin stecken«, zwitschert sie, viel zu süß angesichts des gefährlichen Funkelns in ihren Augen. »Außerdem können sie nichts sagen, wenn es ein echtes Band ist, schließlich sind deine Eltern Seelenpartner.«

»Stimmt.« Gedankenverloren bleibe ich vor einem der Gemälde stehen: Eine Wiese, durch die ein Bach fließt, und einige Kinder mit Strohhüten, die an dessen Ufer stehen.

»Wie wäre es mit einer Wette?« Celine ist Feuer und Flamme. »Ich sage, dieses Jahr ist dein Dad derjenige, der die Geschichte über die Entdeckung ihres Seelenbandes zuerst erzählt.«

»Keine Chance.«

»Onkel Boris wird mich nicht enttäuschen, du wirst sehen.«

»Mom wartet schon seit Tagen darauf«, kontere ich und lächle. »Seit drei Jahren gibt Dad seine Version der Ereignisse zum Besten, diesmal schlägt sie ihn und wird uns die Geschichte aus ihrer Sicht erzählen. Vollkommen egal, dass wir jedes Wort mitsprechen können.«

»Du musst zugeben, seine Version ist auch die bessere. Wie er nichts ahnend die Tür öffnet und sie davorsteht, ihm um den Hals fällt und er keine Ahnung hat, was gerade passiert. Ich wünschte, ich hätte sein Gesicht sehen können.« Ein träumerischer Ausdruck legt sich auf ihre Miene, während sie vor einem Ölgemälde stehen bleibt, welches einen Strand in unglaublicher Liebe zum Detail darstellt. »Sie haben verdammt viel Glück gehabt. Dass der Anima ausgerechnet sie aus dem Lostopf gezogen und ihren Seelenpartner ausfindig gemacht hat … Du weißt, wie selten so was ist.«

Celine hat recht. Dass es in Amerika überhaupt einen Anima gibt, ist bereits großes Glück. Dass dieser Anima meine Mom aus all den hoffnungsvollen Magiern herausgepickt und ihren Seelenpartner, meinen Dad, ausfindig gemacht hat, ist ein unbeschreibliches Geschenk. Immerhin sind meine Eltern auch nach dreißig Jahren Ehe noch absolut vernarrt ineinander.

König Jacob und Königin Genevieve haben zweimal im Jahr eine Verlosung abgehalten, und die Person, deren Name gezogen wurde, durfte die Dienste des Animas auf Kosten des Königshauses in Anspruch nehmen. Vielleicht waren sie deshalb so beliebt. Es war das Versprechen, dass beim nächsten Mal man selbst ausgewählt werden könnte, um seinen perfekten Gegenpart zu finden. Den Seelenpartner, der einen ergänzt und die eigenen Kräfte durch diese Verbindung verstärkt.

Wer träumt nicht davon?

Und ausgerechnet meine Mutter hat zu jenen gehört, die auserwählt wurden. Es ist bereits dreißig Jahre her, und trotzdem schwärmen meine Eltern bei jeder Gelegenheit davon. Eine moderne Märchengeschichte, die für jeden magisch begabten Menschen wahr werden könnte.

»Glaubst du, die Tradition wird fortgeführt?«, flüstere ich, nachdem ich mich vergewissert habe, dass wir allein sind.

Ein trauriger Ausdruck huscht über Celines Gesicht und sie murmelt mit gesenkter Stimme: »Schwer zu sagen. Prinz Alexander ist noch zu jung, um das zu entscheiden, glaube ich. Mom und Dad machen sich jedenfalls Sorgen, ob die Monarchie diesen Rückschlag überlebt. Ich kann immer noch nicht glauben, dass das Königspaar tot ist.«

»Geht mir genauso«, erwidere ich ebenso leise. »Hat man die Verantwortlichen mittlerweile ausfindig machen können?«

Sie zuckt mit den Schultern. »Falls ja, ist nichts nach außen gedrungen. Anscheinend waren es die Rebellen. Aber wie genau sie das Flugzeug zum Absturz gebracht haben, ist unklar.«

Die Nachricht hat die gesamte Magierwelt erschüttert. König Jacob und seine Frau Königin Genevieve sind während ihres Rückflugs von San Francisco nach New York mit ihrem Privatjet irgendwo über Minnesota abgestürzt. Direkt nachdem sie sich mit der japanischen Delegation über neue Strategien zur Geheimhaltung der magischen Gesellschaft ausgetauscht hatten.

Anfangs haben alle gedacht, es sei ein Unfall gewesen, bis vor einer Woche die Information durchgesickert ist, dass es ein gezielter Anschlag war.

Im Flüsterton fahre ich fort: »Es ergibt einfach keinen Sinn. Was wollten die Rebellen denn damit erreichen, das Königspaar umzubringen? König Jacob war doch verdammt beliebt.«

»Dad sagt, sie wollten ein Zeichen setzen«, gibt Celine ebenso leise zurück. »Um seinem Sohn Angst einzujagen und ihn zu zwingen, die Nichtmagischen über die Existenz der Magie zu informieren.« Sie seufzt und schlendert zum nächsten Gemälde. Passenderweise sieht man darauf einen Menschenmob mit Mistgabeln, der Jagd auf mehrere Personen macht. »Irgendwie kann ich die Position der Rebellen verstehen. Immerhin habe ich auch keine Fähigkeiten. Wären meine Eltern keine Magier, hätte ich heute noch Asthma, weil ich keinen Zugang zu unseren Heilern gehabt hätte. Ich hätte nicht einmal gewusst, dass eine Heilung möglich ist.«

»Vielleicht. Was ich daran nicht verstehe: Bis Prinz Alexander den Thron besteigt, dauert es noch über sieben Jahre. Jedenfalls, wenn er an seinem achtzehnten Geburtstag wirklich die Amtsgeschäfte übernimmt. Warum also wurde jetzt schon ein Anschlag verübt? Irgendwie ergibt das alles keinen Sinn.«

»Wer weiß?« Celine nickt in Richtung des nächsten Raumes, und ich folge ihr.

»Er tut mir leid«, fahre ich fort. »So jung schon die Eltern zu verlieren und zusätzlich die ganze Verantwortung, die er jetzt übernehmen muss … schrecklich.«

»Dafür hat er garantiert einen ganzen Stab an Beratern.« Sie hält inne und deutet auf ein Gemälde voller Herzen in verschiedenen Farben. »Das Bild ist cool!«

»Du bist so eine verkappte Romantikerin«, erwidere ich lachend.

»Als Nichtmagische habe ich nicht die Aussicht auf einen Seelenpartner, wie du sehr wohl weißt. Oder auf Flitterwochen, die mir vom Königshaus bezahlt werden. Romantik ist alles, was ich habe.«

Sie sagt es mit einem Zwinkern, doch ich weiß, wie sehr der Umstand, dass Celine als Einzige in ihrer Familie keine Fähigkeiten besitzt, sie belastet.

»Was ist eigentlich aus dem Typen geworden, den du zum Eisessen einladen wolltest?«, frage ich, um sie abzulenken.

»Tommy? Das hat sich erledigt.«

»Wann? Vor drei Tagen hast du mir noch vorgeschwärmt, wie wahnsinnig niedlich die Grübchen auf seinen Wangen sind.« Wir erreichen das Ende des Raumes, doch als ich um die Ecke biege, laufe ich gegen eine Wand. Eine Wand mit blitzschnellen Reflexen, die mich davor bewahrt, auf dem Hintern zu landen.

Kaum dass sich warme Fingerspitzen um mein Handgelenk legen, spüre ich es. Fäden, die sich um meinen Geist legen wie Tentakel, jeder einzelne eine mögliche Zukunft. Sie schimmern golden und ich kann nichts dagegen tun, dass sie mich in ihren Mahlstrom mitreißen. Der Saal löst sich vor meinem inneren Auge auf. Mein Körper bleibt in diesem Raum, stabilisiert sich, führt mechanisch einen Schritt zurück aus, doch die Vision zieht mich unbarmherzig in ihre Abgründe. Ich versuche, mich dagegenzustemmen, doch es hilft nicht. Im nächsten Moment sehe ich die Welt durch fremde Augen und spüre Emotionen, die nicht meine eigenen sind.

Das Zimmer ist dunkel. Schwere grüne Vorhänge umrahmen die Fenster, die eine Panoramasicht auf das nächtliche New York bieten. Davor sitzt Prinz Alexander. Overear-Kopfhörer hängen um seinen Nacken und die blonden Haare sind etwas zu lang, wenn man bedenkt, welch wichtiges Amt er innehat. Oder bald innehaben wird, sofern ihm nichts zustößt. Momentan ruhen seine stechend blauen Augen – die gleichen Augen, wie sein Vater sie hatte – fragend auf mir.

»Das ergibt keinen Sinn, Onkel George.«

»Ich dachte, wir hätten das besprochen«, seufze ich in einem tiefen Bariton. »Du musst in deinem Testament einen Thronfolger angeben.«

»Es ist nicht so, dass ich dir nicht vertraue.«

Ich sende einen Schwall Magie durch den Raum. Kalt. Präzise. Kaum wahrnehmbar. »Genau. Du vertraust mir. Bedingungslos.«

Die Augen des jungen Mannes starren mich an, dann nickt er. »Ja.«

Er unterschreibt.

»Gut. Was hältst du davon, die Papiere zurück in den Safe zu legen? Wäre das nicht eine gute Idee?« Meine Stimme ist sanft, lockend, und Prinz Alexander nickt.

»Du hast recht. Ja, das sollte ich tun.«

Er steht zitternd auf, läuft zu einem Bild, klappt es zurück und gibt einen langen Zahlencode ein, bevor er die schwere Tür öffnet und die Dokumente in ein Fach an der Seite schiebt. Ich kann spüren, wie er gegen mich kämpft, wie er versucht zu begreifen, was mit ihm geschieht.

»Siehst du die Pistole?«, frage ich verführerisch, und sende einen weiteren Schwall Magie in seine Richtung. »Nimm sie heraus.«

Wieder befolgt er den Befehl, doch seine Bewegungen wirken unkoordiniert.

»Nun schließe den Safe. So ist es gut.« Die Schritte werden durch den schweren Teppich gedämpft, während ich mich zur Tür bewege. »Sieht der Sessel nicht bequem aus?«

»Sehr gemütlich.«

»Setz dich ruhig hinein. Du hast es dir verdient.«

Wieder folgt Alexander den Anweisungen.

Ein letzter Blick durch den opulenten Raum. Es wird Zeit, zu verschwinden. Nicht jedoch, ohne letzte Beweise zu vernichten.

Er wehrt sich. Seine Kontrolle ist in den letzten Monaten immer besser geworden, und damit bestätigt er mir einmal mehr, dass mein Vorhaben nicht länger warten kann. Finger zucken, so etwas wie Verwunderung mischt sich unter die vorherige Ausdruckslosigkeit, und Alexanders Augen werden klarer.

»Bleib noch ein wenig sitzen, mein Junge. Es war ein langer Tag, du solltest dich ausruhen.« Wieder lasse ich Magie aufwallen und diesmal hat er meiner Kraft nichts entgegenzusetzen. Die

letzten Schutzmauern um seinen Geist kapitulieren, fallen in sich zusammen und mit jedem weiteren Wort besiegle ich sein Schicksal.

»Ausruhen, ja.« Die Willenlosigkeit ist zurück.

»Du zählst jetzt bis zehn. Dann entsicherst du die Pistole, setzt sie dir an die Schläfe und drückst ab. Wäre das nicht eine schöne Idee?«

»Ja.«

Eine Seitentür öffnet sich, ich trete hindurch und haste den Geheimgang entlang. Es dauert nur wenige Herzschläge, bis der Schuss einer Pistole zu hören ist.

»Alles in Ordnung?«, fragt dieselbe Stimme, die ich eben in meiner Vision gehört habe, und die Realität kehrt mit voller Wucht zurück.

Der Mann vor mir ist groß, trägt einen Anzug und strahlt eine Aura der Macht aus. Seine schwarzen Haare liegen perfekt gegelt an seinem Kopf, doch die graue Färbung an den Schläfen ist nicht mehr zu übersehen.

George Heart.

Reichsverweser, bis sein Neffe, Prinz Alexander, volljährig ist.

Der junge Mann aus meiner Vision. Darin war er einige Jahre älter, daher muss es eine Vision sein, die weit in der Zukunft spielt, aber trotzdem war er unverkennbar.

»Bestens.« Schnell trete ich einen weiteren Schritt zurück. »Entschuldigung.«

Hoffentlich bemerkt er nicht, wie sehr ich zittere.

»Laufen Sie einfach ein bisschen langsamer, Miss«, weist er mich zurecht, allerdings weder streng noch wütend.

Ohne ihn ein weiteres Mal anzuschauen, nicke ich, dann setze ich mich hastig in Bewegung. Hauptsache, weg. Aus dem Augenwinkel erkenne ich gerade noch so, wie Celine mich mit riesigen Augen anstarrt, bevor sie mir folgt.

»Hattest du eine Vision?«, flüstert sie mehrere Räume weiter.

Ich nicke.

»Was hast du gesehen? Weißt du, wer das war?«

Wieder nicke ich. Schlucke. Versuche, etwas zu sagen, und scheitere.

»Es war keine gute Vision, oder?«, haucht sie, noch leiser als zuvor. »Deshalb hast du so getan, als hättest du ihn nicht erkannt.«

Mein Mund ist staubtrocken und ein Schweißtropfen rinnt mir den Rücken hinunter.

»So kannst du unmöglich zu deinen Eltern gehen.« Celine, wie immer darauf bedacht, meine Haut nicht zu berühren, umfasst meinen Ellenbogen, welcher in den langen Ärmeln eines übergroßen Pullovers steckt, und zieht mich in die nächstgelegene Toilette. »Denk dran, was immer du gesehen hast, es ist nur eine mögliche Variante der Zukunft.«

»Ich weiß«, bringe ich krächzend hervor.

»Ging es um seinen Tod?«, hakt sie nach.

Statt einer Antwort wende ich mich meinem Spiegelbild zu. Sie hat recht. Mein Gesicht ist kreidebleich und meine blauen Augen starren mich an, als wäre ich soeben einem Geist begegnet.

Weiß George Heart, wer ich bin? Weiß er um meine Fähigkeiten? In meiner Familie sprechen wir nicht darüber, doch mir ist bewusst, dass ich eine Rarität bin, selbst unter Magiern.

Visionen können gefährlich sein. Weil man in der Lage ist, Dinge zu sehen, die noch nicht eingetreten sind. Und ich habe gerade den Mord an dem zukünftigen König durch seinen Vormund beobachtet.

Heilige Scheiße.

Genau das ist der Grund, weshalb ich mich vom Großteil der magischen Bevölkerung fernhalte. Und jetzt renne ich ausgerechnet in einen der mächtigsten Männer Nordamerikas.

»Du weißt, wenn du darüber reden möchtest, bin ich hier«, murmelt Celine und streicht mir beruhigend über den Rücken. »Das musst du nicht mit dir allein ausmachen.«

Doch, möchte ich am liebsten schreien.

Niemand kann mir mit meiner Gabe, meinem Fluch helfen. Weil niemand, am allerwenigsten ich, weiß, wie sie funktioniert.

Kapitel 1

Nathaniel

»Ophedia«, murmle ich, und die winzige obsidianfarbene Schlange um meinen Ringfinger sieht mich aus ihren rot leuchtenden Augen auffordernd an. »Protokolliere Mission Nummer …« Kurz runzle ich die Stirn, die wievielte ist das jetzt? »Siebenundzwanzig. Campbell, Lewis. Offizieller Beginn des Einsatzes: 23.47 Uhr.«

Ophedias metallener Schlangenkopf nickt kurz, als wäre sie tatsächlich eine lebende Kreatur mit Herzschlag und Bewusstsein. Doch kaum eine Sekunde später senkt sie sich wieder auf meinen Finger und erstarrt zum unbeseelten Schmuckstück.

Ich sehe indes zu, wie Lewis Raginald Campbell zu seinem mattschwarzen Chrysler 300 hinübergeht, seinen Aktenkoffer auf die Rückbank legt und vorn einsteigt.

Er fährt los.

Bis zu seinem Anwesen in Wilmington, Delaware, braucht er von hier etwa vierzig Minuten. Die Straßen sind leer. Er sollte also pünktlich ankommen. Oder er würde es tun, wenn ihm unterwegs nichts zustieße … Ich starte den Motor und verlasse zwei Minuten nach ihm den Parkplatz.

Die Albträume der Campbells sind nicht schwer herauszufinden gewesen. Ihre Magie ist schwach, und keiner von ihnen ist in Fähigkeitenabwehr trainiert. Ich musste nicht einmal warten, bis sie eingeschlafen und praktisch wehrlos gegen den Angriff meiner Magie waren. Sobald ich nur in ihre Nähe kam, haben sie mir ihre schlimmsten Befürchtungen auf dem Silbertablett serviert, ohne überhaupt zu bemerken, wie ihnen geschah.

Mr Campells größte Angst ist es, dass jemand in sein Haus einbricht und seine neunjährige Tochter entführt.

Die größte Angst seiner neunjährigen Tochter ist es, dass ihre Eltern herausfinden, dass sie die Lösungen ihrer letzten Mathearbeit abgeschrieben hat.

Die größte Angst von Mrs Campbell ist es, dass die Royal Magic Agency eines Tages erfährt, dass ihr Mann Mitglied der Rebellengruppe ist, die vor sieben Jahren das Königspaar grausam ermordet hat.

Nun, mindestens letztere Befürchtung ist definitiv bereits Realität geworden. Sonst wäre ich nicht hier.

Ich warte, bis er den viel befahrenen Highway verlässt und auf die North Point Road in Richtung Wilmington abbiegt. Um diese Zeit ist die Straße vollkommen leer. Und dunkel. Ich schließe bis auf knapp hundert Yards zu ihm auf, gerade so viel Abstand, wie ich benötige, um in diesem menschenleeren Umfeld meine Magie vollständig auf ihn konzentrieren zu können. All die furchtbaren Szenarien, seine schlimmsten Albträume, sie werden sich vor seinen Augen bewahrheiten, genau so, wie ich sie in seiner Gedankenwelt implementiere.

Fünf schwarze Gestalten, die sich in der Dunkelheit einem großen Einfamilienhaus nähern. Sie durchschneiden die Stromkabel der Sicherheitsanlage, nehmen den Eingang durch den Wintergarten.

Campbell, gefangen in dem Albtraum, den er dank mir durchleben muss, beschleunigt seinen Wagen. Ich folge ihm. Mein Sicherheitssystem warnt mich, dass ich die zulässige Geschwindigkeit überschreite, aber ich ignoriere es. Die Straße verläuft kerzengerade für weitere zweihundert Yards.

Die Bilder verdichten sich. Die fünf vermummten Gestalten nähern sich der Treppe. Zwei Stufen auf einmal. Sie erreichen den Wohnflur.

Das letzte Zimmer links. Noch wenige Schritte, dann haben sie die hübsch verzierte Tür erreicht. Sie öffnen sie.

Ein Mädchen liegt schlafend in seinem Bett. Der hellblaue Baldachin wiegt sich sanft unter dem hereinströmenden Luftzug.

Das Sicherheitssystem meines Autos piept. Noch fünfzig Yards, bis die Straße an den Klippen eine scharfe Biegung nimmt.

Campbell rast.

Jemand presst der kleinen Maddy ein chloroformgetränktes Tuch auf Mund und Nase. Sie wacht nicht einmal auf, als sie aus dem Zimmer getragen wird.

Ihre Mutter tritt auf den Flur. Ein Schuss aus einer Glock 17 mit Schalldämpfer. Die Frau ist sofort tot. Ihr Blut tränkt den ockerfarbenen Flurläufer.

Campbell verliert die Kontrolle über seinen Wagen. Der Chrysler 300 kommt ins Schleudern und rast durch die Leitplanke. Das Auto stürzt zwanzig Yards in die Tiefe.

Die fünf Gestalten verlassen unbemerkt das Haus.

Ich bremse ab, reiße das Lenkrad meines Wagens herum und lasse ihn ausrollen, während ich die letzten Ausläufer des fremden Albtraums vollständig aus meinem Bewusstsein verdränge.

Am Ende der Straße sehe ich die Nachtlichter des Campbell-Anwesens. Niemand ist dort zu sehen, kein Zeichen von Einbrechern, kein entführtes kleines Mädchen. Das Chaos wird erst morgen früh ausbrechen. Wenn Mrs Campbell bemerkt, dass ihr Ehemann in der letzten Nacht nicht nach Hause gekommen ist.

»0.10 Uhr. Auftrag ausgeführt, verbleibe vor Ort, um Erfolg der Mission sicherzustellen«, diktiere ich. Ophedias Augen leuchten in der Dunkelheit rot auf. Andere Magic Agents verwenden Smartphones, um ihre Aufträge zu protokollieren. Aber ich bin altmodisch. Ich fühle mich sicherer damit, die grausamen Details meines Jobs dem magischen Familienerbstück anzuvertrauen und nicht irgendeinem unberechenbaren Gerät, dessen Informationen ohnehin angezapft werden könnten. Ophedia kann man nicht hacken. Man kann sie weder instrumentalisieren noch manipulieren.

Ich wende, nehme die enge Straße, die hinab zum Ufer führt. Das verunfallte Autowrack steckt zwischen zwei spitz aufragenden Klippen. Die Rücklichter sind ausgegangen. Sanfter Rauch kräuselt sich im Scheinwerferlicht meines Wagens.

Ich seufze, nehme meinen Coffee-to-go aus der Halterung und schlendere über den steinigen Grund zu den Überresten von Campbells Auto hinüber.

Seine Hand ragt aus dem gesplitterten Fenster. Ich leuchte mit meiner Smartphonetaschenlampe in den Wagen. Der Airbag ist aufgegangen. Aber ich kann sein Gesicht trotzdem nicht mehr erkennen. Zu viel Blut, zu wenig intaktes Gewebe. Der Ehering steckt noch. Titan mit Goldeinfassung. Zweifelsohne Lewis Campbell.

»Ophedia, Fotoaufnahme«, sage ich und lasse sie ein Bild des Eherings machen. Dann trinke ich den kalten Rest meines Kaffees und gehe zurück zu meinem Auto.

»0.33 Uhr. Bestätige Eliminierung der Zielperson. Und melde vier Überstunden an. Ende des Protokolls, Ophedia.« Ich spüre, wie ihre Schlangenglieder sich um meinen Finger kräuseln. Als wäre sie diejenige, welche die Erlebnisse dieser Nacht mühsam wird abschütteln müssen, bevor sie schlafen geht. Und nicht ich.

Entgegen der Vermutung meiner Kollegen habe ich keine Freude an meinem Job. Es macht mir keinen Spaß, Menschen zu töten oder ihnen *Unfälle* zustoßen zu lassen. Aber ich bin gut darin. Und wenn wie heute die Zielperson ein Mann ist, der aus politischen Motiven einen tödlichen Anschlag verübt hat, dann tut es mir auch nicht leid. Seit sieben Jahren führt die Agency einen stillen Kampf gegen die Rebellen, und heute ist einer der wenigen Tage, an denen wir einen klaren Erfolg verbuchen können.

Ich schiebe den leeren Kaffeebecher zurück in seine Halterung und steuere meinen Wagen wieder auf die North Point Road. Ich muss gähnen. Noch fast zwei Stunden Fahrt bis nach Hause.

Auf halbem Weg stelle ich das Smartphone notgedrungen wieder auf Empfang. Ophedia kann kurze Nachrichten und Momentaufnahmen versenden. Aber sie kann weder sprechen noch Anrufe entgegennehmen.

Beim Anblick der drei Alerts verdrehe ich die Augen. Die ersten beiden sind von Ethan, der laut seiner Sprachnachricht mal wieder einen Wingman sucht und damit ausgerechnet zu mir kommt, obwohl er weiß, dass ich darauf keine Lust habe. Der letzte ist ein Anruf von George Heart, meinem Boss, und ich runzle überrascht die Stirn, weil er weiß, dass ich noch eine Mission hatte. Es besteht kein Grund für ihn, sich bei mir zu melden.

Ich rufe ihn zurück; es klingelt nur zwei Mal, dann dringt seine Stimme durch die Freisprechanlage meines Autos. »Nathaniel, du bist schon fertig mit dem Campbell-Auftrag?«

»Ja. Gerade eben.«

»Gute Arbeit. Wie immer: schnell und unkompliziert. Du enttäuschst mich wirklich nie.«

»Man tut, was man kann«, murmle ich.

Bei Missionen wie diesen fällt die Wahl oft auf mich. Meine Magie erlaubt mir sauberes Arbeiten, ohne Hinweise auf einen Gewaltakt zu hinterlassen.

»Wir haben einen weiteren Auftrag für dich.«

»Worum geht's?«, frage ich, unterdrücke ein Augenrollen und hoffe inständig, dass er mir wenigstens ein paar Stunden Schlaf gönnt.

»Es ist etwas delikater als normalerweise«, setzt er an, und mir schießt die Frage durch den Kopf, was delikater sein mag als unbemerkt jemandes Leben zu beenden. »Wir wollen eine neue Agentin mit besonderen Fähigkeiten gewinnen und brauchen dafür deine Hilfe.«

»Inwiefern?«

»Sie ist eine Hellseherin. Du weißt, wie selten dieses Talent ist.«

Ich runzle die Stirn. »Die letzte verstarb 1861, nachdem sie einen Nichtmagier geheiratet hatte.« Bestimmte Fähigkeiten sind so wertvoll, dass wir schriftliche Notizen darüber führen, wann sie in welcher Familie das letzte Mal aufgetreten sind.

»1864, ja. Hailey Fraser ist eine Nachfahrin.«

Ich wechsle auf die Überholspur und passiere einen Leichenwagen. Wie passend. »Okay. Und wofür genau braucht ihr mich?« Ich hoffe nur, er will mich nicht für die *Überzeugungsarbeit*. Ich habe kein Problem mit sauberen Schlusspunkten. Aber Menschen mithilfe von Albträumen und den daraus entstehenden Folgen wie Insomnia und

Angststörungen von gewissen Entscheidungen zu überzeugen, ist langwierig und ehrlicherweise nicht unbedingt unterhaltsam.

»Ihre Magie ist mental. Wie deine eigene.«

»Ja …?«

»Wir wünschen uns mit der Hellseherin eine etwas … feinfühligere Art der Zusammenarbeit. Wir brauchen echte Loyalität. Und das erreicht man bei Frauen am besten mit einer sehr starken emotionalen Bindung. Einer Liebesheirat zum Beispiel. Du bist Ende zwanzig, gut aussehend, körperlich in Form und ein Adliger aus einer sehr angesehenen Familie. Ich wette, dein Vater liegt dir seit Jahren in den Ohren damit, endlich Kinder zu zeugen.«

Ich unterdrücke ein entnervtes Seufzen. »Das ist nicht dein Ernst.«

Ich schätze George Heart. Als Vorgesetzten, als Mentor, als Freund. Ganz davon abgesehen, dass er einer der fähigsten Minister und Berater des magischen Kronprinzen ist, trifft er wohlüberlegte, aber konsequente Entscheidungen. Nach dem Anschlag auf das Königspaar vor sieben Jahren drohte die magische Gesellschaft Nordamerikas auseinanderzubrechen, und es ist in erster Linie George Heart zu verdanken, dass wir uns von diesem Schock erholt haben. Es gibt nur zwei Dinge, die mich an ihm stören: seine zum Teil arg verstaubten Ansichten und die damit einhergehende Freundschaft zu meinem überaus geliebten Erzeuger Adrian Levergne sowie die Tatsache, dass er die Bedeutung des Wortes Nein in Zusammenhang mit einem Auftrag nicht kennt.

»Hör mal, Nathaniel. Du bist ein vernünftiger Mann. Wir *brauchen* eine Hellseherin, um das Königreich vor der Aufdeckung durch die Menschen und vor den Bedrohungen durch fremde magische Reiche zu schützen. Wir könnten jeden Angriff auf uns und die nichtmagische Gesellschaft vorhersehen und verhindern. Und du brauchst eine Ehefrau, die deiner

Magie würdig ist. Wir haben einen Anima engagiert, der mir bestätigen konnte, dass du und die Hellseherin …«

Ich halte mich gerade so von einer Vollbremsung und dem daraus resultierenden Auffahrunfall ab. »Du hast hinter meinem Rücken meine Magie auf Seelenpartnerschaft mit einer anderen Magierin prüfen lassen? Noch dazu mit jemandem, den ich überhaupt nicht kenne?«

»Nathaniel, beruhige dich. Es war eine rein berufliche Entscheidung. Denk doch nach: Wenn du die Fraser heiratest, schlagen wir zwei Fliegen mit einer Klappe. Du kannst sie rekrutieren und selbst für den Fall, dass sie eine Anstellung bei der Magic Agency ablehnt, hätten wir in dir einen unserer zuverlässigsten Agenten direkt an der Quelle ihrer Visionen. Außerdem wirst du deine Familie damit sicherlich sehr glücklich machen. Es gibt nur noch sehr wenige Levergnes, und auch wenn Hailey keine Adlige ist, ist ihr Talent doch völlig einzigartig. Stell dir nur vor, dein Sohn könnte die Zukunft vorhersehen. Oder womöglich mehr als das!«

»Ist sie denn wenigstens … absolut kompatibel?«

»Seelenverpartnert, meinst du?«

»Wie auch immer du es ausdrücken möchtest …« Ich hasse den Begriff. Und eigentlich hasse ich auch das Brimborium, das darum veranstaltet wird. Menschen, deren Seelen eine Partnerschaft eingehen, haben praktisch gar keine andere Wahl, als einander zu vergöttern. Und das ist, gelinde gesagt, irrational. Insofern sollte ich vermutlich froh sein, wenn er mit Nein antwortet. Andererseits bestünde dann immerhin die Chance, dass sie mir nicht völlig zuwider ist …

»Der Anima sagt, ihr wärt ein sehr gutes Match. Nicht perfekt, aber auf dem besten Weg dorthin. Ihr würdet natürlich mit einem magischen Ritus heiraten, das heißt, ihr hättet die besten Voraussetzungen für eine gute Partnerschaft. Du weißt, wie selten absolute Seelenpartnerschaft ist. Es wäre ein bisschen zu viel des

Guten, wenn ihr zwei nicht nur einzigartige, mächtige Talente hättet, sondern auch noch verpartnerte Seelen.«

Es wäre offenbar sogar zu viel verlangt, dass ich mir meine Ehefrau selbst aussuche … »Ich muss darüber nachdenken«, murmle ich und ignoriere, wie sich Ophedias Metall unangenehm um meinen Finger zusammenzieht. Sie reagiert manchmal auf meine Emotionen – ihre einzige Schwäche … Denn es trägt nicht unbedingt dazu bei, dass ich mich besser fühle.

»Du hast bis morgen Abend. Dann erwarte ich dich zu einem Dinner im Royal Room des Thronewood Restaurants.«

Für ihn steht meine Entscheidung also schon fest; andernfalls könnte er sich das Geschäftsessen im teuersten magischen Restaurant der Stadt sparen. Und wenn er tatsächlich nur mich erwarten würde, müsste er auch nicht gleich den separaten Raum belegen, welcher für Besprechungen der königlichen Regierung vorgesehen ist. »Sicher. Bis dann«, sage ich, und habe meine Hand schon nach dem roten Hörer auf dem Bordcomputerscreen ausgestreckt.

»Ach, und Nathaniel?«

»Ja?«, bringe ich zwischen zusammengebissenen Zähnen hervor.

»Ich habe mit deinem Vater über meinen Vorschlag gesprochen.«

»Natürlich hast du das«, seufze ich. Während von anderen Agents gern unterstellt wird, dass die Freundschaft zwischen meinem Vater und George Heart für mich mindestens beruflich ein Segen ist, empfinde ich es als das vollkommene Gegenteil.

»Es ist wirklich nur zu deinem Besten. Überleg dir nur, welchen Einfluss du in der magischen Gesellschaft hättest. Ein Sitz im Rat wäre dir sicher. Wer weiß, vielleicht würde einer deiner Nachfahren gar eines Tages den Thron besteigen …«

»Bis morgen Abend«, sage ich, lege endgültig auf und stelle mein Smartphone aus. Ich will nur noch nach Hause …

Kapitel 2

Nathaniel

Um Punkt 19 Uhr, wie es in Georges Kalendereintrag stand, finde ich mich im Foyer des Thronewood Restaurants ein und lasse die Prozedur über mich ergehen, die mich beim Betreten fast jeder reinmagischen Location erwartet: Ein Magiegraph schüttelt mir nach kurzem Wortwechsel die Hand, zieht sie ruckartig wieder zurück und winkt mit schmerzerfüllter Miene nach drinnen.

Die Fähigkeit von Magiegraphen funktioniert ähnlich wie bei einem Messgerät: Sie können ertasten, ob jemand über Magie verfügt oder nicht. Mit dem Nachteil, dass ihre Leitungen quasi durchbrennen, wenn sie jemanden berühren, der eine ganze Menge davon hat.

Durch die Buntglasfenster blinzelt das Licht der Abendsonne in den Raum und wirft Farbmuster auf die polierten Ebenholztische. Ich nicke Rosalia zu, die gerade mehrere volle Weingläser auf ein Tablett stellt. Sie lächelt und deutet auf den Durchgang, über welchem eine kleine goldene Krone eingeschnitzt ist.

Ich folge ihrem Fingerzeig bis zu der mit Schnitzereien verzierten Wendeltreppe in das erste Obergeschoss. Leises

Stimmengewirr und das laute Gelächter meines Vaters dringen durch den engen Korridor zu mir, noch ehe ich die offen stehende Tür des Royal Room erreicht habe.

Mit meinem Eintreten breitet sich Stille aus. Ich nicke George zu, ignoriere meinen Dad und hebe überrascht die Augenbrauen, als ich Ethan auf einem der Stühle sitzen sehe. Er grinst breit.

Ich habe nicht damit gerechnet, hier auf ihn zu treffen. Der Gedanke, dass sogar mein Freund Teil dieser Scharade werden soll, gefällt mir nicht.

Aber um ehrlich zu sein gefällt mir insgesamt sehr wenig an dieser Situation.

»Nathaniel, schön, dass ich dich auch einmal zu Gesicht bekomme.« Mein Vater lächelt.

»Viel zu tun«, sage ich und setze mich auf den Stuhl neben Ethan, am weitesten von Adrian Levergne entfernt. Einmal mehr bin ich froh, eine eigene Wohnung zu besitzen und meine Eltern fast nur noch zu festlichen Anlässen zu sehen, was in der magischen Gesellschaft Washingtons noch immer häufig genug ist.

George nickt mir zu. »Schön, dass du da bist, Nathaniel. Du hast dich also für eine Hochzeit mit Fraser entschieden.«

Ich schüttle den Kopf. »Nein, ehrlich gesagt, habe ich das nicht.« Ich ignoriere den warnenden Blick meines Vaters und spreche weiter: »Ich verstehe immer noch nicht, warum ich die Frau sofort heiraten soll, um sie als Agentin anzuwerben. Ich kann sie kennenlernen … Vielleicht gefällt sie mir ja. Oder ich ihr.« Ich zucke mit den Schultern. Über Gefühle zu sprechen, ist allgemein nicht unbedingt eine meiner Lieblingsbeschäftigungen. Es in einer Art Businessmeeting vor meinem Vorgesetzten und meinem Vater zu tun, ist ein absoluter Albtraum. Und normalerweise bin ich derjenige, der anderen ihre Albträume vor Augen führt. Nicht umgekehrt.

George seufzt. »Nate, wir haben gestern darüber gesprochen.«

Es irritiert mich, wie er die vertraute Abkürzung meines Namens nutzt. Normalerweise macht er das nur jenseits des Jobs, bei einer Partie Poker oder einem Dinner bei sich zu Hause. Nicht hier.

»Stell dir nur vor, wir hätten den Anschlag der Rebellen auf das Königspaar vorhersehen können. Jacob und Genevieve wären noch am Leben, ich hätte nie das Interregnum übernehmen müssen und Prinz Alexander wäre nicht elternlos aufgewachsen und hätte womöglich Geschwister. Stattdessen gibt es ein ständiges Hickhack unter den Adligen, wessen Tochter Alexander heiraten soll, und jeder versucht, ihm gute Ratschläge ins Ohr zu säuseln. Ich möchte einfach sichergehen, dass Alexander seinen achtzehnten Geburtstag in sechs Monaten erleben wird und ihn nicht dasselbe Schicksal ereilt wie seine Eltern. Er soll eine blühende Zukunft haben und später eine Ehefrau, die in erster Linie an ihm interessiert ist und nicht daran, die Macht ihrer Familie auszubauen.«

Ich spüre ein zynisches Lächeln auf meinen Lippen, hebe den Blick und frage: »Und dafür möchtest du, dass stattdessen Hailey Fraser jemanden heiratet, der ausschließlich die Macht seiner Familie ausbauen will?«

Er zuckt achtlos mit den Schultern. »Hailey Fraser ist nicht die Kronprinzessin der magischen Welt Nordamerikas. Alexander hingegen ist der Kronprinz. Ihm gelten all meine Treue und meine Loyalität.«

Dafür habe ich George immer geschätzt. Dass es ihm nie um seine eigene Macht geht, sondern darum, dass der junge Prinz Alexander eines Tages ein stabiles, starkes Königreich anführen wird. Eines, das weder vom Hass und der Eifersucht der Nichtmagischen zerstört werden kann, wie es 1692 in Salem geschah, noch von anderen Königreichen bedroht ist.

Der Mordanschlag der Rebellen auf die Königsfamilie war ein herber Frevel. Aber wir haben uns davon erholt. Und das nicht dank wankelmütiger Politiker, wie mein Vater einer ist, sondern dank Menschen wie George Heart.

Trotzdem verstehe ich nicht, warum ich Hailey Fraser erst in das Lügengespinst einer Heirat einweben muss.

»Wer sagt, dass sie es nicht herausfindet?«, frage ich. »Sie kann hellsehen, oder nicht? Was, wenn sie ihre Magie auf mich anwendet? Dann bin ich erledigt.«

»Sie kann ausschließlich in die Zukunft sehen«, berichtigt George. »Sofern wir darauf achten, dass wir diese Mission dauerhaft geheim halten, egal, was passiert, sehe ich kein Problem.«

»Warum ich?«, bohre ich weiter nach.

»Weil ich schon verheiratet bin«, wirft Ethan lachend ein.

Er schlägt mir auf die Schulter, und ich verdrehe die Augen.

Georges Blick ruht indes noch immer konzentriert auf mir. »Du weißt, dass du der Beste bist, den wir für den Job haben. Du bist nur ein paar Jahre älter als sie, aber trotzdem ein erfahrener Agent. Du bist zuverlässig. Und jetzt sag mir nicht, die Mädchen stünden nicht bei dir Schlange.«

Ethan lacht schon wieder. »Der Gentleman genießt und schweigt.«

»Halt die Klappe, Ethan«, murmle ich, wende mich wieder an George und frage: »Welche Vorteile hat es für die Agency?«

Aber ehe er darauf antworten kann, blafft mein Vater: »Junge, jetzt hör doch auf, so dumme Fragen zu stellen! Hast du George nicht gehört? Du bist sein bester Mann! Andere wären froh, an deiner Stelle zu sein!«

»Andere wären froh, eine vollkommen Fremde zu heiraten?«, frage ich.

»Habe ich deine Mutter etwa gekannt, hm? Was glaubst du?!«

Seine Augen funkeln. Ich kenne diesen Ausdruck. Und ich hasse alles daran. Denn, nein, er hat meine Mutter nicht gekannt.

Er wollte es auch nie. Für ihn zählte nur, dass sie schwanger wurde und Kinder bekam. Levergne-Kinder. Magische Kinder. Mächtige Kinder. Kinder wie mich.

Dass sie ihm nur ein einziges hat schenken können, hat er ihr jahrelang vorgeworfen. Jedes Mal aufs Neue, wenn sie zitternd und bebend vor ihm stand, in blutverschmierten Kleidern und mit dem Ausdruck von Verlust, Enttäuschung, Angst und Schmerz in den Augen, weil sie schon wieder eines verloren hatte. Und er ihr nichts gab als noch mehr Blut. Und noch mehr Schmerz.

Manchmal möchte ich ihn umbringen. Mir Ethans Bierflasche schnappen, sie gegen die Tischkante schlagen und ihm den zersplitterten Flaschenhals in die Kehle rammen. Damit er derjenige ist, der blutet.

Die Tür schwingt auf, Rosalia kommt mit einem breiten Lächeln auf den Lippen und einem Tablett mit dem »Gruß aus der Küche« in den Händen herein und fragt: »Nathaniel, was kann ich dir bringen?«

»Ein Alkoholfreies. Vom Fass.«

Sie nickt. Ich sehe Verunsicherung in ihrer Miene, wie sie so oft in anderen Gesichtern zu lesen ist, wenn meine Gedanken zu düster sind, um meine Umwelt von einer Kostprobe dieser Abgründe zu verschonen.

Die Tür schließt sich, ich nehme einen tiefen Atemzug und wende mich wieder an meinen Vater. »Sosehr wir alle deine tiefe Verbindung zu meiner Mutter schätzen, so hätte sie sich sicher gewünscht, dich näher kennenzulernen, bevor sie dich an ihrem Hochzeitstag das erste Mal gesehen hat.«

Die Äderchen an seiner Schläfe pulsieren bedrohlich. Ich lehne mich im Stuhl zurück und sehe ihm dabei zu, wie er damit hadert, mich nicht einfach anbrüllen zu können. Denn so wenig, wie ich ihm vor George und Ethan sagen kann, dass die Ehe meiner Eltern nichts ist als ein fürchterlicher

Trümmerhaufen, so wenig wird er mich hier behandeln können wie seinen räudigen Köter.

Dachte ich.

»Dann werde ich dir das Gleiche sagen, was mein Vater mir damals gesagt hat, Nathaniel. Entweder du heiratest dieses Mädchen oder du verlierst sämtliche Privilegien, die dein Name, deine Familie und deine Herkunft dir jemals geboten haben. Einschließlich deiner Wohnung und deiner lächerlichen Autos. Und wer weiß, ob George dich noch in der Agency haben will, wenn du nicht einmal bereit bist, dein lotterhaftes Junggesellenleben für das Wohl der königlichen Familie aufzugeben!«

»Das wagst du nicht«, flüstere ich.

Er knallt seine Fäuste auf den Tisch, erhebt sich in derselben Bewegung von seinem Stuhl und brüllt: »Und wie ich das tun werde!«

Ich sehe ihm zu, wie er sich eine verschwitzte Strähne aus dem Gesicht streicht, in der Hoffnung, diese Geste würde ihm wieder irgendetwas von dem Respekt verschaffen, den er gerade verloren hat.

Ich sehe zu George hinüber, der seinem Freund behutsam die Hand auf den Unterarm gelegt hat. »Beruhige dich, Adrian. Ich bin mir sicher, Nathaniels Fragen resultieren aus einer sehr noblen Grundhaltung. Es ist eine schwerwiegende Entscheidung, und das ist ihm bewusst. Nicht wahr, Nathaniel?«

Ich erwidere nichts darauf.

Die Tür schwingt ein weiteres Mal auf, und Rosalia schleicht mit gesenktem Kopf herein, um mein Bierglas vor mir abzustellen. Auf ihrem Tablett befindet sich verschüttete Flüssigkeit, und es rinnt noch immer ein Tropfen am Glas hinab. Schätze, der kleine Ausbruch meines Vaters ist bis nach draußen gedrungen und hat sie erschreckt.

Ich suche ihren Blick, lächle und bedanke mich. Es hilft wenig; sie flieht praktisch aus dem Raum.

Aber kaum, dass sie ihn verlassen hat, klopft es erneut, und ich höre George aufatmen. »Das müssen unser königlicher Anima und der Moderari sein. Kommt herein!«

Moderari. Er will das mit der *Liebes*-Heirat also tatsächlich durchziehen.

George lächelt erst einem älteren Mann mit schütterem Haar zu, der mich irgendwie an Dumbledore erinnert, wie er mit weiter Kleidung, langem Bart und Brille jedes Klischee eines Bilderbuchmagiers so zwanghaft zu erfüllen versucht.

Ich habe mir meine Augen lasern lassen, als ich neunzehn war, und bin jedes Mal, wenn ich Auto fahre, ins Fitnessstudio oder auch nur ins Bett gehe, dankbar dafür, dieses verfluchte Gestell losgeworden zu sein. Die Technik der Menschen mag in den vergangenen Jahrhunderten noch immer nicht annähernd an unsere magischen Fähigkeiten herangekommen sein, aber das Augenlasern ist wirklich eine Errungenschaft.

Der zweite Gast ist ebenfalls männlich, und allmählich frage ich mich, ob das hier Teil des Problems ist, dass wir sechs Männer über das Schicksal einer Frau entscheiden und bisher niemand außer mir das in irgendeiner Weise merkwürdig findet.

Dumbledore stellt sich als Anima Regalis, als Anima der königlichen Familie, vor, und sein unterkühlter Begleiter als Parcival Hawthorn.

Die Hawthorns sind später Adel. Sie wurden erst im neunzehnten Jahrhundert in den Reigen der traditionell magischen Familien aufgenommen und versuchen, diesen Makel jetzt durch besonders altmodische Namen auszugleichen. Der letzte, der mir begegnet ist, hieß Adonis und konnte die Highschool nicht betreten, ohne dass irgendwer ihm hinterhergepfiffen hätte. Bedauerlicherweise war er dürr und litt unter Akne; das war offensichtlich genug, um ihm das Leben auf dem Schulhof zur Hölle zu machen.

»Ich war sehr gespannt darauf, Sie persönlich kennenzulernen, Mister Levergne«, sagt Dumbledore, an dessen tatsächlichen Namen ich mich bedauerlicherweise im Angesicht seiner Erscheinung einfach nicht erinnern kann.

»Mindestens gesehen haben Sie mich doch ohnehin schon mal«, erwidere ich unterkühlt, »um meine Magie zu erkennen.«

»Ihre Seele«, korrigiert er. »Magie und Seele sind … sie sind sehr stark miteinander verwoben, es ist … ja, ein geradezu … ein unwahrscheinliches Wunder.« Er vollführt mit den Händen ausschweifende Bewegungen in der Luft, während ich noch immer darauf warte, dass er irgendetwas Gehaltvolles sagen wird.

Aber ich fürchte, ich warte vergebens.

Stattdessen wende ich meine Aufmerksamkeit dem anderen zu. Parcival. Er starrt mich aus glasigen Augen an, und müsste ich einen Stalker für einen Thriller casten, wäre er mit diesem Blick meine erste Wahl. »Sie können Gefühle beeinflussen?«, frage ich.

Er nickt. »Keine zu unterschätzende Fähigkeit.« Dann grinst er. Nicht wie Ethan, mit diesem Hauch von Selbstironie, den man irgendwo zwischen den Fältchen um seine Mundwinkel erahnen kann. Nein, Parcival Hawthorn grinst voller Überzeugung, dass er der Beste ist.

Ich nicke. Und hoffe für ihn, dass er nie erfahren wird, was mein Maß einer *nicht zu unterschätzenden Fähigkeit* ist …

George klatscht, reibt die Handflächen gegeneinander und fragt: »Also, meine Herren. Nathaniel, kann ich dem Thronfolger morgen mitteilen, dass wir auf dem besten Weg sind, dass der zukünftige magische König eine Hellseherin in den Reihen seiner Magic Agents begrüßen darf?«

Alle sehen mich herausfordernd an. Und ich frage ein letztes Mal: »Es gibt wirklich keine andere Möglichkeit, als sie von dem Märchen der großen Liebe, Seelenpartnerschaft und Hochzeit zu überzeugen?«

George schüttelt bedauernd den Kopf. »Glaub mir, ich habe darüber nachgedacht. Aber wir müssten sie Tag und Nacht unter Schutz stellen, selbst wenn sie nicht in unseren Dienst tritt. Wir könnten alle – auch sie – nachts besser schlafen, wenn wir sie in sicheren Händen wüssten. Und dass ich mir davon eine lange, friedliche Regentschaft unseres zukünftigen Königs erhoffe, weißt du.«

Ich schließe ergeben die Augen, murmle: »Also gut, wie soll das Ganze funktionieren?«, und werfe anschließend einen sehnsüchtigen Blick auf mein Bierglas. Ich hätte Whiskey bestellen sollen. Einen doppelten.

Kapitel 3

Hailey

»Freiheit!«, ruft Celine überschwänglich und prostet mir mit ihrem bereits halb leeren Cocktail zu. »Nie wieder Klausuren, nie wieder Hausarbeiten, nie wieder Prüfungen.«

»Du meinst, bis auf die Einstellungstests, die garantiert bei jeder Bewerbung auf mich warten.«

»Hailey, hör auf, so vernünftig zu denken.« Sie beugt sich über den Tisch, wobei der Barhocker, auf dem sie sitzt, gefährlich ins Wanken gerät. »Du hast gerade deinen Abschluss an einer der besten Universitäten des Landes gemacht. Du bist ein verdammter Rockstar!«

Ich kann das Grinsen nicht unterdrücken, das sich auf mein Gesicht schleicht. Und will es eigentlich auch gar nicht.

»Du hast recht!« Der Cocktail in meinem eigenen Glas hat eine rosa Färbung angenommen, und als ich am Strohhalm sauge, breitet sich erneut eine Geschmacksexplosion aus. Erdbeeren, irgendetwas Saures und das Brennen des Alkohols. »Auf mich!«

»Hört, hört!« Drei weitere Schlucke, und das Glas meiner Cousine ist leer. Sofort zieht sie die Karte zu sich heran und studiert sie. »Also, lass uns zu den ernsten Themen des Lebens kommen.«

»Nein, lass uns lieber bei den unwichtigen bleiben. Karriere zum Beispiel.«

»Welchen der jungen Männer in dieser Bar findest du gut?«, fragt sie, als hätte ich sie nie unterbrochen.

»Dürfen es nur junge Männer sein?«

»Wenn du dir lieber einen älteren aussuchen möchtest, ist dir das natürlich freigestellt.« Celine weiß genau, dass ich sie nur aufziehen wollte.

»Keinen«, antworte ich auf ihre ursprüngliche Frage.

»Du hast dich nicht mal umgeschaut.«

»Weil es ohnehin nichts bringt.« Möglicherweise macht das Thema mich ein kleines bisschen aggressiv. Weil es nicht das erste Mal ist, dass wir diese Unterhaltung führen, und weil wir beide wissen, wie sie enden wird.

»Hailey, du kannst dich nicht ewig hinter deinen Bildschirmen und Codes und was auch immer du da tust verstecken.«

»Celine«, ahme ich ihren strengen Tonfall nach. »Wie soll ich bitte jemanden kennenlernen, den ich nicht berühren kann?«

»Es sind Jahre vergangen, seit du deine letzte Vision hattest.«

»Ja, weil es Jahre her ist, dass ich Hautkontakt mit einer anderen Person hatte.« Um meine Worte zu unterstreichen, zupfe ich an den überlangen Ärmeln meines Hoodies, den ich trotz der Hitze in der Bar nicht ausgezogen habe. Zwar befinden wir uns in der hintersten Ecke und ich sitze so eingeklemmt zwischen dem Tisch und der Wand, dass es nahezu unmöglich ist, versehentlich Körperkontakt zu haben, aber sicher ist sicher.

Ihre Miene wechselt von Entschlossenheit zu Mitleid.

Urgh.

»Du solltest es wenigstens versuchen. Wir sind hier in Jake's Magic Bar. Wenn du irgendwo eine Chance hast, jemanden zu treffen, dann hier.« Sie wirft einen bedeutungsvollen Blick zur Tür. »Immerhin gehören Normalos wie ich hier eigentlich gar nicht rein. Kann doch gut sein, dass genau jetzt jemand hier ist, der dich perfekt ergänzt …«

»Du bist kein Normalo.«

»Keine magischen Fähigkeiten, schon vergessen?«

Ich werfe ihr einen strengen Blick zu. »Das ändert nichts daran, dass du aus einer magischen Familie kommst. Natürlich gehörst du hierher.«

»Nur, solange ich mit dir unterwegs bin, Süße. Ohne dich wäre ich hier nie reingekommen, und das weißt du auch.«

Dummerweise hat sie recht. Für nichtmagische Kinder aus magischen Familien existieren keine Regularien. Es gibt, selbst in Washington, nur sehr wenige Orte, zu denen ausschließlich die magische Gesellschaft Zugang hat, doch Jake's Magic Bar gehört dazu. Zwei Magiegraphe fungieren als Türsteher, und zusätzlich stehen in großen Lettern vor dem Eingang die Worte: »Geschlossene Gesellschaft.« Ganz davon abgesehen, dass man wissen muss, wo die Bar ist.

Celines kleines magisches Tattoo am Unterarm weist sie als Mitglied einer magischen Familie aus, sodass ihr der Zutritt nicht verwehrt bleibt, solange sie mit einer magisch begabten Person unterwegs ist. Ohne einen Magier an ihrer Seite wird sie jedoch behandelt wie ein ganz normaler Mensch ohne Fähigkeiten.

Zwar versucht sie, es zu verbergen, aber ich sehe den Schatten in ihren Augen. Das Wissen, dass sie nie komplett dazugehören wird. Nicht zur magischen Welt, aber auch nicht zur Welt der Nichtmagischen.

»Versuch nicht, vom Thema abzulenken«, greift sie das Gespräch wieder auf, und mir wird bewusst, wie lange ich geschwiegen habe. Mist. »Ich will, dass du heute flirtest und auf die Konsequenzen keine Rücksicht nimmst. Ich meine, dank Jake und seiner Magie werden wir keinen Kater haben, egal, wie viel wir trinken. Daran, flüssigen Mut zu tanken, sollte es also nicht scheitern.«

Kopfschüttelnd leere ich meinen eigenen Cocktail. »Und was soll ich sagen, wenn jemand fragt, weshalb ich meine Hände in den Ärmeln verstecke?« Es ist immer dasselbe. Entweder werden Menschen, die von meiner Begabung erfahren, in meiner Gegenwart nervös, oder sie wollen alles darüber wissen. Oder, noch schlimmer, sie wollen, dass ich sie berühre und ihnen verrate, was die Zukunft für sie bereithält.

Doch die Zukunft ist nicht immer rosig, und davon abgesehen, dass ich die Visionen nicht steuern kann und es keine Garantie gibt, dass ich etwas sehe, weiß ich nie, was sich möglicherweise vor meinem inneren Auge abspielen wird.

Zu sehen, wie Emma, die dreijährige Tochter unserer Nachbarn, im Pool der Familie ertrank, war ein furchtbares Bild. Ihr kleiner Körper, halb umschlossen von Wasser und so viel Blut, dass ihre hellblonden Haare kaum zu erkennen waren.

Es nicht verhindern zu können, trotz meiner, zugegebenermaßen obskuren, Warnungen …

Ich vergrabe die Hände noch tiefer in meinen Ärmeln.

Je weniger ich weiß, desto besser. Niemand kann sagen, ob eine Vision wahr wird, weil ich nicht darüber spreche, oder nur deshalb, weil ich meinen Mund nicht halten kann.

Die Familie gehörte zu den Nichtmagischen, weshalb ich natürlich keine Details nennen konnte. Einzig, dass ich ein sehr schlechtes Bauchgefühl hätte und sie mit Emma in der Nähe von Wasser vorsichtig sein sollten. Ihre Eltern haben sie nie auch nur in die Nähe des Pools gelassen, doch eines Tages wurde sie zu neugierig, fiel hinein, schlug sich den Kopf am Beckenrand an und kam nicht wieder an die Oberfläche.

Andererseits lebt der Kronprinz noch immer. Die Vision von George Heart hat sich nicht als wahr erwiesen. Jedenfalls noch nicht. Sie war eine der letzten, die ich hatte.

Plötzlich wird die Musik leiser und jemand räuspert sich über die Lautsprecher.

»Hey, toll, euch alle zu sehen!«

Einige Leute klatschen, während ich mich nach dem Sprecher umschaue … Dort! In einer Ecke ist eine kleine Bühne aufgebaut, und Jake, der Besitzer von Jake's Magic Bar, hält sich ein Mikrofon an die Lippen.

»Es ist Samstag, und ihr wisst, was das bedeutet: Karaoke!« Das letzte Wort schreit er, es bricht Jubel aus und ich fahre zu meiner Cousine herum.

»Das ist nicht dein verdammter Ernst!«

Das diabolische Funkeln in ihren Augen ist Antwort genug, und ihr unschuldiges Lächeln verliert dadurch vollkommen seine Wirkung. »Ups.«

Eine Gruppe Männer an einem der Tische neben uns grölt auf, doch ich schaue mich nicht noch einmal um. Stattdessen fixiere ich das Mädchen, das ich vor wenigen Sekunden nicht nur als meine Cousine, sondern auch als meine beste Freundin bezeichnet habe. »Falls du denkst, dass ich diese Bühne betrete, hast du dich gewaltig getäuscht.«

»Entspann dich, sie wählen die Sänger per Zufall aus.«

Tatsächlich, die Lichter der Bar werden gedimmt, und zwei Scheinwerfer beginnen, über die Köpfe der Menge zu flitzen.

»Und das soll mich entspannen?« Panisch suche ich den Raum nach einer Fluchtmöglichkeit ab. Ob ich unter den Tisch kriechen soll?

»Bleib locker.« Amüsiert betrachtet sie mich. »Was willst du tun, bei jedem neuen Lied aufs Klo rennen?«

»Zum Beispiel.«

Der erste Lichtkegel bleibt irgendwo am anderen Ende des Raumes hängen, aber ich kann nicht erkennen, wer ausgewählt wurde. Zu viele Köpfe versperren mir die Sicht. Der zweite Strahl bewegt sich indes unaufhaltsam auf uns zu.

»Celine ...«, beginne ich warnend, aber es ist zu spät.

Blinzelnd versuche ich, mich gegen den grellen Schein zu schützen, gegen all die Augenpaare, die sich uns zuwenden.

Meine Cousine scheint diese ganze Entwicklung diebisch zu freuen. »Du wurdest ausgewählt.«

»Bitte, geh du auf diese Bühne!«, flüstere ich. Himmel, was würde ich jetzt darum geben, mit der Wand verschmelzen zu können.

»Entweder du singst oder du flirtest«, kontert sie, während die Menge um uns herum beginnt, auffordernd Beifall zu klatschen.

»Und wenn ich es nicht tue?«

»Dann erzähle ich deinen Eltern, wer den Traktor wirklich gegen die Scheunenwand gefahren hat.«

»Das ist Erpressung.«

»Sieh es als eine betrunkene Nacht, über die du nie wieder reden willst. Jeder sollte so etwas während seiner Zeit am College mindestens ein Mal erleben. Das hier ist quasi deine letzte Chance.«

Fuck!

Ich werde heute Abend singen, ob ich es will oder nicht.

Sie stellt einen Shot vor mich, und ich greife danach, ohne zu wissen, welchen Alkohol ich meinen Hals hinunterkippe. Es ist egal, Hauptsache, ich bin betäubt. Oder wenigstens betäubter, als ich mich momentan fühle.

Das Getränk ist scharf und brennt den gesamten Weg bis in meinen Magen. Am liebsten würde ich mich schütteln, begnüge mich allerdings mit einer Grimasse und suche meine Umgebung nach einem weiteren Shot ab. Irgendetwas, damit ich mich möglichst nicht an die nächsten Minuten erinnere.

Unterdessen ist Celine aufgesprungen, umfasst meinen Oberarm und zieht mich erbarmungslos mit sich, bevor ich die Chance habe, ein weiteres Glas zu leeren.

Das war's. Ich werde nie wieder mit dieser Verräterin sprechen. Jetzt muss ich nur noch den Rest meiner Familie davon überzeugen, es mir gleichzutun.

Genau, weil dieses Szenario realistisch ist …

Robby und Theo würden nur ein Video meiner Blamage verlangen und mich dann tagelang auslachen. Meistens habe ich nichts dagegen, das Nesthäkchen der Familie zu sein, doch in solchen Momenten wünschte ich, ich wäre ein Einzelkind.

Erst vor der kleinen Treppe hinauf auf die Bühne bleibt Celine stehen und stößt fast mit einem hochgewachsenen Typ zusammen. Stechende blaue Augen wandern an meiner Cousine hinunter, und ich könnte schwören, er setzt ein extra breites Lächeln auf. Mit seinen blonden, leicht gewellten Haaren sieht er aus, als wäre er einer Zahnpastawerbung entstiegen.

Auch er schleift ein Opfer hinter sich her.

»Wir eröffnen den Abend mit einem Duett«, verkündet Jake der versammelten Menge. »Und wie immer ist es ein Überraschungssong. Alle bereit?«

Ohne mit der Wimper zu zucken, schiebt Celine mich die Stufen hinauf, und ich bekomme eines der Mikrofone in die Hand gedrückt.

Im ersten Moment blenden mich die Scheinwerfer, dann wird mir bewusst, dass ich nicht allein auf der Bühne stehe.

Wenigstens funkelt mein Duettpartner seinen Freund ebenso genervt an wie ich Celine.

Er ist groß. Mindestens zwei Köpfe größer als ich, und er sieht so aus, als würde er jeden Tag mehrere Stunden in einem Boxring verbringen. Oder in einem Fitnessstudio. Braune Haarsträhnen fallen ihm in die Stirn. Und wow, es sollte wirklich verboten werden, dass Männer solche Wimpern haben. Wimpern, welche die grünen Iriden nur noch mehr hervorheben, und wüsste ich es nicht besser, könnte ich schwören, dass seine Augen von innen heraus leuchten.

All das wird jedoch dadurch getrübt, dass er dreinblickt, als würde er jeden in seiner Umgebung umbringen wollen … Angefangen mit mir. Oder seinem Kumpel, der meiner Cousine vollkommen unbefangen einen High Five gibt.

Die Menge beginnt höflich zu klatschen. Sie haben gesehen, dass die ersten Sänger bereit sind. Hoffentlich hält niemand mit der Kamera drauf und ich kann später so tun, als hätte es diesen Moment nie gegeben.

Singe ich gern allein unter der Dusche?

Ja.

Habe ich Interesse daran, mich in einem Raum voller Menschen, vor Celine und einem viel zu gut aussehenden Mann zum Affen zu machen?

Definitiv nicht. Da ein Hechtsprung von der Bühne jedoch garantiert mindestens in einem gespaltenen Schädel enden würde, füge ich mich in mein Schicksal, setze mein bestes Lächeln auf und sage: »Hailey.«

Falls Mr Grumpy sich wundert, dass ich ihm nicht die Hand reiche, lässt er es sich nicht anmerken. Stattdessen mustert er mich. Zu lang. Zu eindringlich.

Hitze kriecht meinen Hals herauf.

Aber das hat sicherlich nichts mit ihm zu tun. Ebenso wenig wie das laute Pochen meines Herzens. All das geschieht nur, weil ich auf einer Bühne stehe und jede Sekunde anfangen muss, zu singen.

Genau.

Nicht wegen eines völlig Fremden mit strahlend grünen Augen, dessen Gesichtsausdruck ich einfach nicht deuten kann.

Doch sosehr ich es auch möchte, ich kann mich nicht abwenden. Es ist, als würde er mich anziehen. Als wäre er ein Magnet und ich der Gegenpol. Als wären wir zwei Himmelskörper auf einer gemeinsamen Umlaufbahn, die irgendwann unweigerlich kollidieren werden, in einer Explosion aus Farben und Sternenstaub.

Bildschirme am unteren Rand der Bühne erwachen zum Leben, und innerlich stöhne ich auf. Ein schmachtendes Liebeslied darüber, dass zwei Personen nicht gut füreinander sind, aber im Angesicht einer Katastrophe trotzdem gemeinsam das Ende der Welt erwarten wollen. Kann, wer auch immer das Lied ausgewählt hat, Gedanken lesen? Es ist in dieser Bar nicht unmöglich …

Kurz glaube ich, in der Miene meines Gegenübers Irritation zu erkennen, doch dann lächelt er.

Und diesmal weiß ich ganz sicher, dass der Puls in meinen Ohren nichts mit der Tatsache zu tun hat, dass ich mich gleich bis auf die Knochen blamieren werde.

Kapitel 4

Nathaniel

Ich hätte dem niemals zustimmen sollen. Und vor allen Dingen hätte ich Ethan nicht mitnehmen sollen. Er ist hier, um die jetzt folgende Scharade realistischer zu gestalten und aus mir einen nahbaren Magier aus Fleisch und Blut zu machen. Jemand, dem man vertrauen kann.

Im Moment hat der nahbare, vertrauenswürdige Magier Mordgelüste. Aber ich lasse sie allesamt verschwinden. Verstecke sie hinter der Maskerade des Mannes, der sich gleich Hals über Kopf in die junge Frau neben ihm verlieben wird. Komme, was da wolle.

Die Musik setzt ein, besiegelt meinen lebenslangen Tanz im Dienst der Krone. Das ist es, was ich an meinem ersten Tag als Agent habe schwören müssen: ewige Treue der magischen Königsfamilie. Ich habe gewusst, was auf mich zukam. Dass eine der Missionen mich das Leben kosten konnte und ich es dankend hinzunehmen hatte, solange es die Krone erhielt.

Also habe ich es auch hinzunehmen, wenn mir befohlen wird, eine Fremde zu heiraten. So bitter es gewesen ist, mir das einzugestehen: Es ist die richtige Entscheidung. Und es ist ein geringes Opfer. Früher oder später hätte mein Vater mich ohnehin dazu gezwungen, irgendeines der Mädchen aus den Adelsfamilien zu heiraten. Ich kenne jede einzelne von ihnen. Manche kann ich nicht ausstehen, andere sind für mich zu guten Freundinnen geworden. Allein der Gedanke daran, mit irgendeiner von ihnen Sex haben zu müssen, widert mich an. Es ist das erträglichere Übel, eine Fremde zu heiraten. Zu wissen, dass unsere Seelen kompatibel sind, dass ihre Magie mächtig ist und dass sie etwas für mich empfindet. Irgendwie zumindest …

Ich kenne das Lied, welches aus den Karaokeboxen quillt. Ich habe es hassen gelernt, weil es in sämtlichen Supermärkten, Shopping Malls und Radiosendern gespielt worden ist, bis einem das Schmalz aus den Ohren troff. Tragische Liebe, geh mit mir ans Ende der Welt, blabla.

In meiner Welt existiert so etwas nicht. Nicht außerhalb einer rationalen Ebene. Loyalität ist eine Entscheidung, kein Gefühl. Und meine Loyalität gilt dem zukünftigen König der magischen Bevölkerung Nordamerikas, Alexander.

Ich fahre über Ophedias magische Schuppen um meinen Ringfinger. Das Gefühl des vertrauten Metalls beruhigt mich. Ophedia wurde mir kurz vor meinem siebzehnten Geburtstag von meiner Großmutter vermacht, wenige Tage, bevor sie gestorben ist. Damit hat sie mir mehr als jeder andere in der Familie vermittelt, dass ich das Erbe der Levergnes weitertrage. Dass ich die Verantwortung habe, es weiterzutragen. Selbst dann, wenn es mir schwerfällt.

Ich sehe zu dem Mädchen hinüber. Hailey Fraser. Meine zukünftige Ehefrau.

Sie lächelt zittrig. Hat sich die Ärmel ihres Sweaters bis über die Finger gezogen und klammert sich an dem Mikro fest, als wäre es ihr Rettungsring. Sie ist süß, mit ihren dunklen Beachwaves und den großen blauen Augen. Zu süß für mich. Trotzdem hört sie nicht auf zu lächeln. Als wäre ich weniger … ich, wenn sie mich nur ansieht wie einen verdammten Heiligen.

Zu meiner eigenen Überraschung funktioniert es. Zumindest ein bisschen. Oder vielleicht liegt es auch einfach nur daran, dass dort hinten irgendwo im Publikum ein Magier sitzt, der Gefühle manipuliert. So oder so entspanne ich mich. Ein wenig. Bringe die erste Strophe hinter mich, ohne mich komplett zu blamieren.

Immerhin haben ein paar Stunden Gesangsunterricht neben klassischem Tanz, Fechtkunst und Martial Arts zu der Ausbildung gehört, die meine Eltern mir angedeihen ließen, bevor ich auf die Royal Academy of Magic gegangen bin. Meine werten Eltern waren offenbar der Auffassung, dass ein zum Morden geborener Magier doch bitte auch schön singen können sollte …

Wie richtig sie lagen.

Die zweite Strophe setzt ein – ihr Part. Ich sehe zu ihr hinüber. Sie umklammert noch immer das Mikrofon. Und noch immer liegt in ihren tiefblauen Augen jenes flehende Lächeln. Ihre Stimme klingt fragil. Genauso sehnsuchtsvoll zerbrechlich wie die Liebe, die sie besingt.

Der ganze Raum verfällt in Totenstille, gebannt von ihrer Stimme und der Melodie, die sie trägt. Sie wendet den Blick weg von der Masse zu unseren Füßen. Her zu mir. Sieht mich an, während ihre Stimme mich beschwört, doch noch bei ihr zu bleiben, während die Welt um uns herum in Schutt und Asche vergeht.

Der Refrain beginnt, und damit der Teil, den wir zusammen singen. In dem wir einander versprechen, zu bleiben. Gemeinsam bis in den Schlund der Hölle und wieder heraus. Es folgt eine Bridge, zwanzig Sekunden Instrumentalsolo, die ich brauche, weil ich als nächstes dran bin, aber irgendwo in der letzten Zeile meine Stimme verloren habe. Dieses verfluchte Mädchen hat sie mir von den Lippen geraubt. Mit der Art, wie sie singt. Mich ansieht. Als meinte sie jede Zeile genau so. Jedes verdammte

Wort. Als wäre ich tatsächlich derjenige, dessen Verlust sie so herb getroffen hat und den sie sich zurück in ihr Leben wünscht. Von dem sie das Versprechen einfordert, mit ihr bis ans Ende der Welt zu gehen.

Ich finde sie wieder, meine Stimme. Verspreche mit jeder Liedzeile, zu tun, was immer Hailey sich wünscht.

Wenn sie nur aufhört, mich so anzusehen.

Ein letzter gemeinsamer Refrain. Unsere Stimmen harmonieren perfekt. Ihr Blick fällt von meinen Augen hinab auf meine Lippen. Und sie sollte dringend woanders hinsehen, sonst beweise ich ihr, dass Singen die mit Abstand schlechteste Fertigkeit meines Mundes ist.

Das Lied verklingt. Und mir ist schlecht. Kotzübel. Meine Finger, mein ganzer Körper fühlen sich an, als hätte ich gerade die Dusche von eiskalt auf unerträglich heiß gedreht und wieder zurück. Alles kribbelt.

Ich hasse es.

Verflucht sei der verdammte Magier, der meine gesamte Gefühlswelt mal eben auf den Kopf stellt, nur damit ich … spure. Damit ich mir einbilden kann, verliebt zu sein. Damit ich jemanden, dieses Mädchen dort drüben, heirate. Sie zu einer Agentin mache. Ausbilde. Kinder zeuge.

Der Gedanke daran, dass irgendein dahergelaufener Hawthorn sich so tief in meine Gefühlswelt hineingewühlt hat, macht mich rasend.

Ich sehe zu Ethan hinüber. Er lacht. Und schäkert noch immer mit der jungen Frau von vorhin. So viel zum Thema glückliche Bilderbuchfamilie … Er ist genauso ein scheinheiliger Loser wie alle anderen.

Ich sehe zu, dass ich von dieser Bühne hinunterkomme, bevor ich tatsächlich noch meinem inneren Drang nach einem Blutbad nachgebe.

»Das war gar nicht so schlimm, wie ich dachte«, sagt jemand neben mir.

Ich drehe mich um. Dort ist immer noch sie. Direkt hinter mir. In diesem Moment bin ich mir nicht sicher, ob ich sie umbringen oder vögeln will.

Ein Blick auf ihren Körper sagt: vögeln.

Meine Loyalität spuckt aus: heiraten.

Der gesamte Rest von mir brüllt: *umbringen.*

Ethan kommentiert: »Ihr zwei saht ziemlich heiß aus da oben. Hey, wie war dein Name noch mal? Hailey? Und Celine.« Er grinst zu Haileys Freundin hin, um die er längst einen Arm gelegt hat. »Wollt ihr vielleicht mit zu unserem Tisch kommen? Einen Kurzen trinken? Uns *näher kennenlernen* …?«

»Oh, das klingt nach einem tollen Einfall!« Celine kichert. Sie streckt die Rechte nach mir aus und sagt: »Hi! Ich bin Haileys Cousine Celine.«

»Nathaniel«, sage ich. Ohne Celine anzusehen. Mein Blick hängt noch immer an Hailey fest. Es ist wie gerade eben auf der Bühne. Als könnte ich nicht damit aufhören, sie anzustarren. Dabei sollte es eigentlich andersherum laufen.

Hailey hingegen scheint unter meiner Musterung lediglich noch einen weiteren Schritt zurückzuweichen. Hat dieser überaus kompetente Gefühlsmagier vielleicht einfach verwechselt, auf wen er sich konzentrieren soll?!

Kapitel 5

Hailey

Nathaniel.

Der Name klingt in mir ebenso nach wie seine Stimme, die mich auf der Bühne in eine andere Welt katapultiert hat. Ganz abgesehen davon, wie er mich angesehen hat. Dieser Ausdruck in seinen Augen, eine Mischung aus Überraschung und Wut, gepaart mit etwas anderem. Etwas, das ich nicht habe deuten können, was mein Herz aber definitiv ins Stolpern gebracht hat.

Das ist mit Sicherheit der Alkohol.

Wieder schaut er mich an, mustert mich mit einem Stirnrunzeln, und ich habe keinen blassen Schimmer, was ich ihm getan habe.

In meinen Ohren hämmert mein Puls so laut, dass alle anderen Geräusche um mich herum verstummen, und ich weiche mehrere Schritte zurück, bis ich gegen Celine stoße.

Doch anstatt sich abzuwenden, lässt er seinen Blick an meinem Körper hinab- und wieder heraufwandern.

Immerhin kann ich mich damit trösten, dass er die Gänsehaut, die mir unter seiner Musterung die Arme heraufkriecht, nicht sehen kann. Lange Kleidung hat definitiv Vorteile.

Dummerweise schaffe ich es ebenfalls nicht, wegzuschauen.

Unter dem grauen Shirt sind muskulöse Arme zu erkennen, und ich bin mir sicher, würde er sich dieses Kleidungsstückes entledigen, würde sich zeigen, dass sein Bauch ebenso durchtrainiert ist.

Es juckt mich in den Fingern, ihn zu zeichnen. Das Bild erscheint vor mir. Seine harten Züge, halb im Schatten verborgen. Einzig die Augen hätten einen sanften Zug.

Eine Dunkelheit scheint ihn zu umgeben, etwas Gefährliches, das ich nur zu gern ergründen würde.

Ja, das ist definitiv der Alkohol, der aus mir spricht.

Erst Celines Ellenbogen in meinen Rippen katapultiert mich zurück ins Hier und Jetzt.

Verdammt, wie lange genau habe ich ihn angestarrt? Und, viel wichtiger, ist es ihm aufgefallen?

Nathaniel sieht mich weiterhin fragend an, und ich habe das dumme Gefühl, irgendetwas verpasst zu haben.

»Entschuldige, was hast du gesagt?«

Seine Nasenflügel blähen sich verdächtig. Offenbar ist er es nicht gewohnt, die Aufmerksamkeit von anderen Personen zu verlieren. Aber immerhin sieht er nicht mehr wütend aus.

Stattdessen beobachtet er mich. Wie vorhin. Während wir gesungen haben. Gemeinsam. Als ich im Grün seiner Augen ertrunken bin und sie gleichzeitig die einzige Rettungsleine waren, die ich hatte. Als unsere Blicke aneinanderhingen.

So wie jetzt.

Shit!

Er räuspert sich und setzt ein schiefes Lächeln auf. Überheblich und so unnahbar, dass ich mir fast sicher bin, mir den Moment auf der Bühne nur eingebildet zu haben.

»Ich habe gefragt, ob alles okay ist?« Bedeutungsvoll schaut er von mir zu der Bühne, wo eine Mädchengruppe vollkommen schief einen Countrysong ins Mikrofon grölt.

»Ach so. Ja. Alles bestens. Danke.« Je länger er mich betrachtet, desto kleiner komme ich mir vor. Nicht würdig, auch nur eine Sekunde in seiner Gegenwart zu verbringen. Warum stehe ich eigentlich immer noch hier herum? Möchte ich ihn davon überzeugen, dass ich ebenfalls seine Aufmerksamkeit verdiene?

Mir ist nicht entgangen, dass er seinen Namen erst Celine verraten hat, nicht mir. Und ich hasse es, wie sehr diese auf den ersten Blick unscheinbare Geste eines Fremden schmerzt.

Möglicherweise, weil ich für einen winzigen Moment das Gefühl hatte, er sei kein Fremder.

Welcher Teufel mich geritten hat, während meiner Strophe zu ihm aufzuschauen, kann ich nicht sagen. Alles, was ich weiß, ist, dass wir mit einem Mal allein in der Bar, nein, auf der Welt waren. Nur seine grünen Augen und unsere Stimmen, die perfekt miteinander harmonierten, bis ich so in diesem Augenblick gefangen war, dass ich ihm geglaubt habe, als er versprochen hat, mit mir das Ende der Welt zu erwarten. Alles, solange wir uns nur nie wieder trennen müssen.

Allein diese Erinnerung reicht aus, um meinen Magen in eine Achterbahn steigen zu lassen und einen Looping nach dem anderen zu machen.

Celine, der meine Misere nicht bewusst zu sein scheint, zupft aufgeregt an meinem Pullover. »Los!«

Endlich schaffe ich es, den Blick von Nathaniel zu lösen. Lange genug, um zu beobachten, wie Ethan einen Arm um die Hüfte meiner Cousine legt und sie gekonnt durch die Menge zu einem Tisch navigiert, auf dem bereits zwei Bier stehen.

Neben mir blickt mein Duettpartner den beiden hinterher, und so etwas wie Missbilligung zeichnet sich in seinem Gesicht ab. Eine Millisekunde später wird diese jedoch durch ein freundliches Lächeln ersetzt.

»Wollen wir?« Er bietet mir seinen Arm.

Möchte er, dass ich mich unterhake? Er trägt nur ein T-Shirt, doch solange ich meine Hände in den Ärmeln meiner eigenen Kleidung verberge, sollte es kein Problem sein.

Bevor ich es mir anders überlegen und doch auf die Toilette flüchten kann, wie ich es von Anfang an hätte tun sollen, nicke ich und hake mich ein, ohne ihm noch einmal ins Gesicht zu sehen.

Dann rieche ich es. Rieche ihn. Und ich weiß, ich werde diesen Geruch bis an mein Lebensende nicht vergessen. Eine Mischung aus Aftershave, Hopfen und einfach nur Nathaniel. Am liebsten würde ich ihn näher zu mir ziehen und meine Nase in sein Shirt pressen. Oder noch besser, sein Shirt einfach mit nach Hause nehmen.

Genau, das Mädchen, das immer voll bedeckt ist und meist sogar eine Kapuze trägt, klaut einem wildfremden Mann im wortwörtlichen Sinne die Kleidung, die er trägt. Weil das kein bisschen verrückt oder gruselig ist.

Was ist bloß los?

Wir sind mittlerweile fast am Tisch angekommen und ich sehe, dass Celine es sich bereits neben Ethan auf einem der Hocker bequem gemacht hat.

»Hailey«, ruft sie mir zu. »Die nächste Runde geht auf Ethan.«

»Super.«

Meinen Begleiter loszulassen, ist fast unmöglich. Alles in mir sträubt sich dagegen, dabei wird er direkt neben mir sitzen.

Irgendwie gelingt es mir glücklicherweise, ihm meinen Arm zu entziehen und auf den Stuhl zu klettern.

Nicht so Nathaniel. Er lehnt sich einfach an die Sitzfläche, den Blick auf die Menge gerichtet.

Natürlich.

Weil er sich nicht für mich interessiert. Weil er nicht jede noch so kleine Regung bei mir beobachtet, verstehen will, wer ich bin. Weil sein Herz in meiner Gegenwart nicht auf einem

Trampolin hüpft, höher und höher, nie sicher, ob es wieder landen wird.

»Bitte entschuldige meine Cousine«, nimmt Celine das Gespräch wieder auf. »Sie hat heute ihren Master in Gamedesign gemacht, und offenbar ist sie so überwältigt, dass es ihr die Sprache verschlagen hat.«

Das erregt meine Aufmerksamkeit, und ich schaffe es sogar, das aufgeregte Kribbeln in meinem Arm zu ignorieren, welches dadurch ausgelöst wird, dass Nathaniel sich direkt daneben aufstützt.

»Hey, du hast dich eben erfolgreich um einen absolut blamablen Auftritt gedrückt. Bitte entschuldige, wenn ich mich davon erholen muss.«

»Der Scheinwerfer hat auf dich gezeigt«, erwidert sie und zwinkert mir zu. »Außerdem hast du dich kein bisschen blamiert.«

»Das kann ich bestätigen«, sagt eine bekannte Stimme hinter mir, und ich drehe mich um. Jake steht dort, ein Tablett mit vier Shots, einem Bier und einem Cocktail in der Hand. »Die gehen aufs Haus. Für einen grandiosen Auftritt.«

Das Bier landet vor Nathaniel, der Cocktail vor mir, dann verteilt er die Shots an uns alle und ist kurz darauf wieder im Gewusel der Menschen verschwunden.

»Wenn ich gewusst hätte, dass ein bisschen Trällern mir ein Getränk umsonst einbringt, wäre ich auch auf die Bühne gegangen.« Ethan zwinkert meiner Cousine zu.

Nathaniel blitzt ihn wütend an. »Lässt sich arrangieren.«

Dann wendet er sich mir zu.

Und wieder habe ich, kaum dass der Blick seiner grünen Augen den meinen trifft, keinen Sauerstoff mehr in der Lunge.

»Du hast Gamedesign studiert? Hier in Washington?«

»Ja, an der Washington State.«

Immerhin. Ein ganzer Satz. Jetzt nur das Atmen nicht vergessen und alles wird gut.

Er nickt anerkennend. »Cool.«

»Und was machst du?« Jup. Small Talk … Mein Spezialgebiet.

»Als müsste Nate arbeiten«, wirft Ethan, dessen Existenz ich vergesse, sobald ich mich von ihm abwende, ein. »Sagt dir der Name Levergne etwas?«

Celine japst nach Luft. »Shut up!«

Das fasst es gut zusammen.

Nathaniels Miene verdüstert sich, und er blickt bedeutungsvoll auf die Hand seines Freundes, die mittlerweile an Celines Arm entlangstreicht. »Müsstest du nicht irgendwo anders sein, Ethan?«

Dieser grinst nur. »Nicht dass ich wüsste.«

Betont langsam wendet Nathaniel sich vollends mir zu. »Am besten ignorierst du ihn.«

»Gehörst du wirklich zu den Levergnes?«, rutscht es mir heraus, denn offenbar funktioniert mein Gehirn in seiner Gegenwart nicht richtig.

Er deutet eine kleine Verbeugung an. »Zu Ihren Diensten, Miss …?«

»Fraser. Nicht ganz so beeindruckend.«

»Es beeindruckt mich. Ganz besonders, wie du gesungen hast. Das war gut.«

Ich spüre, dass ich rot werde. Nicht die niedliche Röte, die manchen Frauen in die Wangen steigt. Nein, wenn ich rot werde, glühen zuerst meine Ohren und dann der gesamte Rest meines Kopfes wie bei einer Anime-Figur. Es ist kein Spiegel notwendig: Die Hitze, die meinen Körper heraufkriecht, ist eindeutig. »Gleichfalls.«

»Gesangsunterricht«, kommentiert er mit einem selbstironischen Tonfall und trinkt einen großen Schluck Bier.

Fieberhaft versuche ich, ein Thema zu finden, um das Gespräch am Laufen zu halten, doch in meinen Gedanken herrscht absolute Leere. Als hätte ich noch nie mit Fremden sprechen müssen. Himmel, gibt es denn kein Thema außer dem Wetter? Das kann einfach nicht das Aufregendste sein, was mir einfällt!

Jemand räuspert sich hinter uns, und wir drehen uns gleichzeitig um.

Vor uns steht ein älterer Herr, der einen weiten Mantel, nein, einen Umhang trägt, eine Lesebrille auf der Nase hat und mit einem langen weißen Bart das Klischeebild eines Vollzeitmagiers abrundet.

»Entschuldigen Sie die Störung«, haspelt er und schaut zwar nervös, aber mit einem breiten Grinsen zwischen Nathaniel und mir hin und her. »Bitte erlauben Sie, dass ich mich vorstelle: Ich bin Anima Angus Faber.« Er hebt seine Hand und zeigt uns ein kleines Band, welches um seinen Zeigefinger liegt. Ein Ring mit einem verschlungenen A darin, umringt von Symbolen.

Das Abzeichen der Anima.

Ganz sicher entgleiten mir meine Gesichtszüge.

Celine atmet hinter mir heftig ein, während Nathaniel sich kerzengerade aufsetzt.

Ein Anima. Eine Gabe, so selten und so wertvoll, dass Menschen, die mit ihr geboren werden, einen eigenen Titel besitzen. Die Gabe, Seelen zu sehen. Und diese Seelen zu ihren vorbestimmten Partnern zu führen. Eine perfekte Verbindung zwischen zwei Menschen. Eine Verbindung, wie meine Eltern sie haben.

Glücklicherweise erholt Nathaniel sich deutlich schneller als ich. Kein Wunder. Er ist ein Levergne. Vermutlich sind solche Treffen für ihn normal. »Wie können wir Ihnen helfen, Mr Faber?«

Das Blut rauscht in meinen Ohren, aber immerhin schaffe ich es, dem Fremden vor uns zuzunicken.

»Mein Junge, ich glaube, ich kann *Ihnen* helfen. Gerade wollte ich gehen, da habe ich es gespürt. Das Treffen zweier füreinander geschaffener Seelen, so unwahrscheinlich in dieser weiten Welt ohne die Hilfe von jemandem mit meinen Talenten. Es ist manchmal erstaunlich, wie nah das Gute liegt; man muss nur seine Hand danach ausstrecken.«

Kurz schiele ich zu Nathaniel, der ungerührt auf den alten Mann hinabblickt.

Das mangelnde Erstaunen scheint diesen jedoch nicht aus der Ruhe zu bringen. »Darf ich Ihnen Ihre Seelenpartnerin vorstellen?«

Sein Blick landet auf mir.

Und dieses Mal bleibt mein Herz stehen.

Celine stößt hinter mir einen kleinen Schrei aus, während ich verzweifelt versuche, irgendeinen Gedanken zu fassen. Doch es gelingt mir nicht, die Gedanken rasen zu schnell durch mich hindurch, während die Welt an den Rändern verschwimmt.

Plötzlich liegt eine Hand auf meiner Hüfte. Sanft und warm spüre ich sie durch den Stoff, und erst jetzt bemerke ich, dass die Welt nicht nur verschwimmt, sie war bereits dabei, seitwärts zu kippen. Bis Nathaniel mich aufgefangen hat.

»Atme, Hailey.«

Wie von allein folge ich dem Befehl, sauge Sauerstoff ein und entlasse ihn wieder, während ich mich einzig auf ihn konzentriere. Auf die Wärme, die von ihm ausgeht, auf seine Augen, die mich festzuhalten scheinen.

»Noch einmal.«

Erneut gehorche ich, und langsam, ganz langsam, gewinnt die Umgebung wieder an Schärfe. Trotzdem konzentriere ich mich einfach nur auf das Grün seiner Iriden.

Es erdet mich. Erinnert mich daran, dass ich das hier nicht allein erlebe. Sondern mit ihm.

»Whiskey«, ruft irgendjemand – Ethan, wenn mich nicht alles täuscht – dem Barkeeper zu.

Ohne mich loszulassen, richtet Nathaniel sich langsam wieder auf. »Eine kleine Vorwarnung wäre nett gewesen.«

Der Anima zuckt nur mit den Schultern. »Sehen Sie es als Hochzeitsgeschenk, sollten Sie sich für diesen Schritt entscheiden. Die Dienste eines Anima ohne Berechnung.« Er verbeugt sich. »Ich möchte nicht vermessen klingen, Sie beide aber darauf hinweisen, dass die nächste Verbindungszeremonie in einer Woche stattfinden wird. Wie Sie wissen, sind diese Ereignisse nur höchstens alle zwei Jahre möglich. Sie finden mich an der Bar, falls Sie eine Entscheidung treffen.« Dann verschwindet der Anima zwischen den Menschen, als wäre nichts geschehen. Als hätte er nicht gerade meine gesamte Welt aus den Angeln gehoben.

»Geht es wieder?« Besorgnis liegt in Nathaniels Blick.

Nathaniel Levergne! Mein Seelenpartner. »Das kann nicht sein«, bringe ich hervor und bin überrascht, wie heiser ich klinge.

»Warum nicht?«, mischt sich Ethan schon wieder ein, und wäre ich nicht innerlich zu einer Salzsäule erstarrt, würde ich ihm den Cocktail ins Gesicht kippen.

Stattdessen greife ich nach einem der Whiskeygläser, die glücklicherweise schnell gekommen sind, kippe den Inhalt hinunter und bekomme prompt einen Hustenkrampf.

»Hailey.« In Sekundenschnelle ist Celine an meiner anderen Seite und klopft mir sacht auf den Rücken. »Himmel, da bringt man dich einmal unter Leute, und du singst Karaoke, findest deinen Seelenpartner und erstickst fast. Innerhalb von nicht mal einer halben Stunde.«

Noch immer um Luft ringend, richte ich mich auf. »Tut mir leid«, nuschle ich.

»Wofür entschuldigst du dich?« Nathaniel sieht ehrlich irritiert aus.

»So hast du dir das Zusammentreffen mit deiner Seelenpartnerin sicher nicht vorgestellt.«

Er stößt ein Schnauben aus. »Ehrlich gesagt, habe ich es mir gar nicht vorgestellt.«

Meine Cousine umfasst meine Hände, welche ich tief in den Ärmeln meines Hoodies vergraben habe, Freudentränen in den Augen. »Herzlichen Glückwunsch, Süße!«

Wieder beginnt mein Herz zu rasen, noch tausendmal schneller als vorher. »Bist du dir sicher, dass das ein Anima war? Ein echter? Dass sich nicht jemand einen dummen Scherz erlaubt?«

Dabei weiß ich, dass dem nicht so ist. Ich spüre es. Habe es gespürt, als ich Nathaniel das erste Mal angeschaut habe. Trotzdem brauche ich die Gewissheit.

»Ganz sicher«, erwidert er sofort. »Anima sind nicht gerade bekannt dafür, witzige Zeitgenossen zu sein.«

Wie kann er so ruhig bleiben? Warum flippt er nicht aus, wird wütend oder geht einfach?

Wieso sieht er mich an, als könnte er nicht glauben, wen er vor sich hat? Als wäre ich diejenige mit dem beeindruckenden Namen?

»Das ist eine überraschende Wendung des Abends«, mischt Ethan sich fröhlich ein, und dieses Mal reißt mein Geduldsfaden.

»Sag mal, wie hast du es bisher geschafft, durchs Leben zu kommen, ohne dass jemand dir den Mund zugenäht hat?«

Celine prustet los, und selbst Nathaniels Mundwinkel wandern in die Höhe.

»Hey, einer muss ja das Gespräch aufrechterhalten, und ihr seid sehr ruhig geworden, seit der alte Kauz am Tisch aufgetaucht ist. Was?«, fragt er und hält Nathaniels immer düsterer werdendem Blick stand. »Soll ich dir um den Hals fallen und vor Glück schluchzen? Das wäre nämlich kein Problem.«

»Schon gut. Aber könntest du die nächsten drei Minuten die Klappe halten? Und dich vielleicht verziehen?«

»Und so was nennt sich Freund.« Trotzdem erhebt Ethan sich, greift nach seinem Glas und streckt meiner Cousine auffordernd die freie Hand entgegen. »Wir sind offenbar unerwünscht. Lassen wir den beiden das nächste Lied, um sich zu sortieren.«

Fragend sucht Celine meinen Blick, und ich gebe ihr stumm zu verstehen, dass es okay ist. Das konnten wir schon als Kinder. Diese stumme Kommunikation.

Dann wende ich mich mit klopfendem Herzen Nathaniel zu, der mich weiterhin betrachtet.

Als ich das Schweigen nicht mehr aushalte, versuche ich mich an einem Lächeln. »Hi.«

»Hi. Tut mir leid. Eigentlich wollte ich irgendetwas Kluges oder Witziges sagen. Bedauerlicherweise spuckt mein Gehirn gerade weder das Eine noch das Andere aus. Es ist sehr viel zu verarbeiten.«

»Das kann man wohl sagen.« Um meinen Händen etwas zu tun zu geben, greife ich nach meinem Glas und trinke einen Schluck. Wie hat Celine es genannt? Flüssigen Mut? Davon brauche ich jetzt eine ganze Menge.

»Ich weiß, das mag etwas plötzlich erscheinen«, beginnt er, und zum ersten Mal schleicht sich so etwas wie Unsicherheit in sein Gesicht, »aber in den Kreisen, aus denen ich komme, ist es üblich, schnellstmöglich zu heiraten, wenn man seine Seelenpartnerin findet.«

Schon wieder verschlucke ich mich, und es dauert einen ganzen Refrain, bis ich schließlich hervorgewürgt bekomme: »Du willst das wirklich durchziehen? Wir kennen uns seit gerade einmal dreißig Minuten.«

Er lächelt, etwas in seinem Blick wird weich, und so seltsam all das ist, ich weiß, dass ich ihn nicht werde gehen lassen können. Weiß, dass ich ihm ans Ende der Welt folgen würde, so sehr sehne ich mich danach, diejenige zu sein, die dieses Lächeln hervorzaubert.

»Das stimmt. Aber Hailey, wir sind Seelenpartner. In einer Woche findet eine Zeremonie statt, und bis sich das nächste Mal genug Paare zusammenfinden, um einen Anima zu rufen, kann es zwei Jahre dauern. Vielleicht sogar länger, wenn wir Pech haben.«

Glücklicherweise übertönen die drei Männer auf der Bühne, die alle verschieden schief singen, meinen wild pochenden Herzschlag. Diese ganze Nacht ist vollkommen surreal. Noch nie, niemals, habe ich so für jemanden empfunden. Geschweige denn innerhalb von Minuten über eine gemeinsame Zukunft nachgedacht. Und doch fühlt sich alles daran richtig an, obwohl ich mir nicht erklären kann, wie diese Intensität möglich ist.

Heiraten. In einer Verbindungszeremonie. Meine Eltern haben eine solche Zeremonie hinter sich. Es ist ein Versprechen, mächtiger als jedes andere. Ein Versprechen, nicht nur von Körpern, sondern von Seelen. Sie werden miteinander verwoben, untrennbar, außer durch einen Anima.

Mom sagt immer, wenn sie Dad zu lange nicht sieht, fühlt es sich an, als wäre ein Teil von ihr woanders. Ein Phantomschmerz, der erst verschwindet, wenn er wieder an ihrer Seite ist. Und Nathaniel möchte das für uns.

»Warum tust du das?«, fragt er unvermittelt und deutet auf meine Hände, die ich noch tiefer in die Ärmel meines Hoodies vergraben habe.

Ich rede nie über meine Visionen. Schon gar nicht mit Fremden. Aber er ist mein Seelenpartner. Wenn ich ihm nicht vertrauen kann, wem dann?

»Meine Gabe funktioniert über Berührung«, gestehe ich. »Also versuche ich, Körperkontakt zu vermeiden.«

»Du setzt sie nicht ein?«

Irgendetwas daran irritiert ihn. Oder ich bilde mir ein, ihn besser zu kennen, als es nach dieser kurzen Zeit möglich sein sollte. Aber gelten diese Regeln noch?

Das Bild meiner Eltern schießt mir erneut durch den Kopf. Sie scheinen immer genau zu wissen, was der andere denkt, fühlt und was sie beide brauchen. Immer lächelnd, immer glücklich und auch nach über dreißig Jahren Ehe noch absolut vernarrt ineinander.

»Manchmal ist es besser, vorsichtig mit seinen Fähigkeiten zu sein«, erwidere ich ausweichend. Mein Talent ist selten, das weiß ich. So selten, wie Anima es sind. Vielleicht noch seltener. Theoretisch bin ich in der Magierwelt wertvoll. Allerdings nur, wenn ich lerne, meine Visionen zu kontrollieren. Und daran habe ich keinerlei Interesse. Nicht, wenn ich damit auf Menschen wie George Heart treffe. Solange niemand von meinen Fähigkeiten weiß, muss ich nicht fürchten, irgendwann den Zorn der mächtigsten Magier des Landes auf mich zu ziehen.

Daher ist es besser, diese Fähigkeit bestmöglich zu ignorieren, vollkommen egal, wie selten oder wertvoll sie ist.

Behutsam legt er seine Hand auf den Stoff, der meine bedeckt, und hält meinen Blick fest. »Hailey, mir ist vollkommen bewusst, wie verrückt das alles ist. Glaub mir. Andererseits ist es vielleicht gar nicht so verrückt. Spürst du es nicht? Diesen … diesen Sog?« Ich nicke, und er fährt fort. »Ich weiß, dass das alles sehr viel für einen Abend ist. Aber wir haben hier eine unglaubliche Chance. Wir sollten sie nicht verstreichen lassen, nur weil wir Angst haben. Angst ist nie ein guter Ratgeber.«

Kann man in dem Anblick einer Person ertrinken? Oder in einem Gefühl? Ist es möglich, nach so kurzer Zeit bereits absolut süchtig nach einem anderen Menschen zu sein?

Denn ich bin es.

Vorsichtig gleite ich von dem Hocker, schlinge die Arme um ihn und schmiege mich an seine warme Brust.

Sein Herz trommelt unter dem Shirt mit meinem um die Wette, und das ist all die Bestätigung, die ich brauche.

»Okay.«

Kapitel 6

Nathaniel

»Können wir mal bitte festhalten, wie scheiße du dich anstellst?«, fragt Ethan.

Er hat mich mit der Ausrede, nach dem Anima zu suchen, vom Tisch weggelockt und mich in den leeren Korridor vor dem Zugang zur Küche gezerrt.

»Können wir bitte mal festhalten, wie viel Scheiße du laberst?«, gebe ich zurück.

Ethan fährt sich durch die blonden Haare. »Du sahst zeitweise aus, als wolltest du ihr an die Kehle, Nate. Und das nicht auf die gute Art! Entspann dich. Sag ihr, wie schön ihre Augen glitzern oder wie gut ihr dieses Zelt von einem Hoodie steht oder was-weiß-ich. Was Frauen halt gern hören. Weißt du, was für ein Wahnsinnsglück du hast, dass die Kleine dir förmlich an den Lippen klebt?«

»*Glück* nennst du das, ja?«, knurre ich. »Es ist kein Glück, Ethan. Es ist Manipulation.«

»Und du warst damit einverstanden! Also krieg den Scheißstock aus deinem Arsch und mach dem Mädchen schöne Augen. Das fällt dir doch sonst nicht so schwer!«

Es ist mir zuwider, Ethan zumindest in Teilen recht geben zu müssen. Normalerweise fällt es mir leichter, eine Frau rumzukriegen, weil nichts auf dem Spiel steht außer dem Ausgang einer einzigen Nacht. Das hier … ist nicht mein Fachgebiet. Ich bringe Leute um. Das kann ich. Süßen Mädchen den Kopf zu verdrehen, ist was für die Ethans dieser Welt.

»Du solltest übrigens aufhören, mit ihrer Cousine zu flirten«, sage ich. Weil ich nicht zugeben will, dass er recht hat. Ich sollte mich mehr anstrengen. Mich bemühen. Das hier ist ein Job, verdammt. Und ausnahmsweise ist die Wahrscheinlichkeit, dass ich dabei abkratze, sogar ziemlich gering. Also warum stelle ich mich so an?

»Wieso sollte ich? Die ist heiß. Im Gegensatz zu deiner Diabetes erregenden Zuckerpuppe mit Rehaugen.«

»Zuckerkonsum und die Erkrankung an Diabetes stehen in keinem direkten Zusammenhang miteinander. Es ist ein Irrglaube. Das viel größere Problem sind Übergewicht, Erbgut und Bewegungsmangel, die …« Ich unterbreche mich, lege den Kopf schief. Und erkläre: »Ich akzeptiere deinen Vergleich als wissenschaftlich falsches, aber der Allgemeinheit durchaus verständliches Sinnbild. Ich bin auch bereit, darüber hinwegzusehen, dass Rehaugen gemeinhin braun, Haileys Augen allerdings eher dunkelblau sind.«

»Sind Sie dann fertig, Herr Professor?«

Ich nicke. »Sind wir. Wir wünschen Ihnen viel Erfolg dabei, den Anima ausfindig zu machen und unserer Wenigkeit sowie unserer zukünftigen Ehefrau einen weiteren Cocktail zu bringen, vielen Dank.«

Ich gehe an ihm vorbei. Er ruft mir ein »Ernsthaft jetzt …?« hinterher, aber ich ignoriere ihn.

* * *

Zurück am Tisch, blickt Hailey mir bereits erwartungsvoll entgegen. Sie hat sich die Ärmel wieder über ihre Hände gezogen und umfasst ihr Cocktailglas wie einen Rettungsanker.

»Alles okay?«, frage ich leise, lege ihr behutsam eine Hand auf den Rücken und bemühe mich um einen charmanten Tonfall.

»Ja«, sagt sie und hat das gleiche fragile Lächeln auf den Lippen wie vorhin auf der Bühne. Als hätte sie noch immer Angst. Vor mir oder davor, von mir verlassen zu werden.

Wenn sie mich tatsächlich heiratet, wäre sie eine der mächtigsten Personen in der magischen Gesellschaft. Beträte sie einen Raum, würden die Frauen ihr zunicken und die Männer ihr hinterherschauen. Es bestünde absolut kein Grund mehr für sie, sich vor *irgendetwas* zu fürchten.

Aber, anstatt das laut auszusprechen, sage ich nur: »Ethan sucht den Anima, damit wir die Vorbereitungen besprechen können.«

Sie nickt.

»Wir sollten Ringe aussuchen; wie wäre es mit übermorgen?«, schlage ich vor. »Und wenn du möchtest, könntest du mit deiner Cousine Kleider für die Hochzeit shoppen gehen. Die Rechnung geht natürlich auf meine Familie.« Ich hoffe, sie ist wie neunzig Prozent der Frauen des Adels und probiert alles unter zehntausend Dollar nicht mal an. Wenn mein Dad sich schon einmischt, soll er sich gefälligst auch auf die Rechnung freuen …

»Ähm … äh.« Sie runzelt die Stirn, hält inne, und ich kann förmlich dabei zusehen, wie sie versucht, ihre Gedanken zu sortieren. Bis sie schließlich sagt: »Können wir, ich weiß nicht, vorher einen Kaffee trinken?«

»Weit mehr als das«, antworte ich lächelnd. »Wie wäre es mit einem Getränk deiner Wahl im Chocolat, und anschließend flanieren wir in Ruhe die Juweliere ab und sehen uns die

Auslagen an. Betrachte es einfach als Stadtbummel mit einem guten Freund. Einverstanden?«

Sie atmet tief durch, das Lächeln wird sicherer, und in ihre Augen tritt ein erwartungsvolles Strahlen. Na, bitte. Das war doch gar nicht so schwer.

Wo bleibt jetzt Ethan mit dem Anima?

Kapitel 7

Hailey

»Du fotografierst alles!«, sagt Celine zum mindestens einhundertsten Mal durchs Telefon, während ich auf die Rolltreppe steige.

»Warum hänge ich mir nicht einfach das Handy um den Hals und streame das Date?«, murre ich.

»Oh Gott, würdest du das machen?«

»Nein!«

»Selbst dann nicht, wenn ich dir deine Lieblingsschokolade kaufe?«

»Selbst dann nicht.«

»Spielverderberin.«

»Reality-TV-Junkie.«

»Wo bist du jetzt?«

Bisher bin ich nie zum Shoppen in diese Gegend gefahren, und ich warte eigentlich nur darauf, dass ich von der Security aufgehalten werde, die mir versichert, dass niemand, der mit der Metro anreist, etwas in den hiesigen Geschäften zu suchen hat. Die Connecticut Avenue ist bekannt für hochpreisige Läden, und während ich vor meinem Kleiderschrank verzweifelt bin, ist mir einmal mehr bewusst geworden, dass ich keine Ahnung habe, was ich hier tue.

Meine Chucks haben ihre besten Tage jedenfalls hinter sich, und die Jeans ist von Celine geliehen.

Einzig mein Kleid für den Abschlussball der Highschool kam nicht aus einem Secondhandladen, und selbst das hat gerade einmal einhundertfünfzig Dollar gekostet. Außerdem bezweifle ich, dass ich noch hineinpasse. Dank der nicht sonderlich gesunden College-Ernährung.

Die Luft der U-Bahn-Station wird weniger stickig und ich glaube, Sonnenlicht zu erkennen.

»Ich verlasse gerade die Red Line.« Schnell vergewissere ich mich, dass ich den richtigen Ausgang ansteuere. »Farragut North« steht auf einem Wegweiser, und ich folge ihm über ein weiteres Set an Rolltreppen.

»Diese ganze Sache ist echt so cool.« Das ist Celines neuer Lieblingssatz, seit wir vor zwei Tagen im Jake's waren.

»Ganz ehrlich, mich würde es immer noch nicht überraschen, wenn gleich eine Filmcrew hinter einer Ecke hervorspringt und mir eröffnet, dass das alles ein Scherz war.«

Sogar die U-Bahn-Station ist offensichtlich für die gehobene Gesellschaft gemacht. Nirgends auf dem orangeroten Steinboden liegt Müll und selbst der sonst übliche Uringestank fehlt. Dank der hell beleuchteten Decke, die sich im Halbbogen über mir spannt, wirkt es hier weit weniger klaustrophobisch als in vielen anderen Ecken der Stadt.

Endlich erreiche ich das Ende der Rolltreppe und trete ins Freie, wo die Septembersonne mich kurzzeitig blendet.

Hohe Glasfassaden, welche das Licht reflektieren, säumen die Straßen, und ich brauche einen Moment, um mich zu orientieren. Vor mir ist eine Kreuzung. Auf der anderen Seite befindet sich ein breiter Grünstreifen mit Parkbänken und Bäumen, doch ein Blick auf mein Handy offenbart, dass ich am

Ausgang der Station vorbei in die entgegengesetzte Richtung gehen muss.

»Hailey, bitte glaub doch einfach, dass dir etwas Wundervolles passiert ist. Oder denkst du, deine Eltern hätten alledem sonst zugestimmt und bereits Zimmer für deine Hochzeit reserviert?«

»Keine Ahnung.« Ein Blick auf die Auslagen in den Schaufenstern, und ich weiß: Dies ist nicht mehr meine Preisklasse.

Wenn ich hier für einhundertfünfzig Dollar einen Kaffee bekomme, sehe ich das als Gewinn.

Aber es ist Nathaniel Levergnes Preisklasse.

»Wie weit bist du noch weg?«

»Etwa zehn Minuten.« Was bedeutet, ich komme zu spät. Zu meinem ersten Date mit meinem Verlobten. »Cel, ich muss jetzt Schluss machen«, lüge ich. »Ich glaube, ich sehe ihn.«

Es folgt nur ein Quietschen, dann ist die Leitung tot.

Ich liebe meine Cousine, aber diese letzten Minuten, bevor ich ihn treffe, möchte ich für mich.

Um die Fragen zu sortieren, die ich habe.

In meinem Inneren beginnt es zu rumoren. Wie immer, wenn ich in den letzten zwei Tagen an Nathaniel und die bevorstehende Hochzeit gedacht habe.

Eine Mischung aus Aufregung, Vorfreude und der Angst, dass alles ein riesiger Fehler ist. Immerhin kenne ich ihn nicht. Nicht wirklich.

Abgesehen von seiner Telefonnummer habe ich nicht mehr von ihm bekommen als ein bisschen oberflächlichen Small Talk. Wobei seine Augen ihre ganz eigene Sprache gesprochen haben. Eine Mischung aus Irritation, Überraschung und Wut. Immer wieder abgelöst von einem sanften Ausdruck, sobald er mich betrachtet hat.

Letzteres rufe ich mir ins Gedächtnis, um nicht durchzudrehen.

Und doch … Wie soll es möglich sein, dass wir Seelenpartner sind? Worüber sollen wir reden?

Die etwas in die Jahre gekommene Farm meiner Eltern? Meine Kindheit?

Reisen? Mein Wissen diesbezüglich beschränkt sich auf Wochenendausflüge gemeinsam mit Celine während des Studiums. Natürlich so kostengünstig wie möglich.

Dann wären da noch die Studienkredite, die ich vermutlich abzahlen werde, bis ich häkelnd auf einer Veranda sitze, mit grauen Haaren und jeder Menge Katzen. Erzählt man sich so etwas bei einem ersten Date?

Andererseits sind dies Fragen, über die wir sprechen müssen, bevor wir heiraten. Wichtige Fragen!

Als Celine vorgestern auf dem Weg in unsere kleine Studentenwohnung die Levergnes in die Suchmaschine eingegeben hat, kamen mehr als genug Treffer. Bilder von Nathaniel, seinen Eltern und diverse Artikel im Forbes-Magazin über ihr Vermögen. Und wie sie es einsetzen. Seine Familie ist selbst in der nichtmagischen Welt bekannt.

In unserer Welt braucht sie keine Zeitschriften, die über sie berichten. Jeder kennt den Namen Levergne. Diese Familie gehört zu den ältesten und mächtigsten weit und breit. Abgesehen von ihrem Geld und dem Einfluss in der Politik auf beiden Seiten bringt sie auch durchweg mächtige Magier hervor.

Magier wie Nathaniel.

Zwar habe ich keine Ahnung, welche Gabe er besitzt, aber mit Sicherheit ist sie nicht unerheblich. Möglicherweise sogar so selten wie meine.

Immerhin, unter diesem Aspekt ergibt es Sinn, dass Nathaniel und ich Seelenpartner sind.

Auch wenn ich keinen blassen Schimmer habe, was genau er für Talente hat. Wir haben nicht darüber gesprochen. Zum einen schien es nicht wichtig und zum anderen reden wir in der magischen Gemeinschaft für gewöhnlich nicht offen darüber. Jedenfalls nicht als Small-Talk-Thema. Grundsätzlich sind die Fähigkeiten innerhalb der Familie und des Freundeskreises bekannt. Kein gut gehütetes Geheimnis, aber auch nichts, was man einem Fremden in einer Bar erzählen würde.

Und eigentlich sind Nathaniel und ich nicht mehr als das. Fremde in einer Bar. Die sich zufällig begegnet sind und nun, nur zwei Tage später, einen Verlobungsring kaufen.

Darauf muss ich jetzt vertrauen. Auf unsere Seelenpartnerschaft und das Wissen, dass solche Bande selten sind. Wertvoll. Manche Menschen würden alles geben, um ihren Seelenpartner zu finden. Es gibt also keinen Grund, nervös zu sein. Wir sind in allen Belangen, die wichtig sind, perfekt füreinander.

Das Mayflower Hotel ragt mit seinen goldenen Türen und Stuckverzierungen neben mir auf, und wieder einmal komme ich mir absolut fehl am Platz vor.

Glücklicherweise ist es nicht mehr weit. In einer kleinen Nebenstraße gibt es ein Café, welches zu uns gehört. Zur magischen Gemeinschaft. Wie Jake's Bar.

Als ich schließlich die Connecticut Avenue verlasse, bin ich froh, endlich in den Schatten der Häuserschlucht zu treten. Bäume säumen die Straße zu beiden Seiten, Autos parken, und in einiger Entfernung stehen ein paar Stühle unter weißen Sonnenschirmen.

Okay, offensichtlich ist das Chocolat nicht exakt wie Jake's Bar, denn es sieht ganz danach aus, als könnte es auch von Nichtmagischen besucht werden.

Beim Näherkommen erkenne ich, dass drei der Tische besetzt sind. Ein älteres Ehepaar, beide mit Sonnenhüten auf dem Kopf, studiert eine Karte. Vermutlich einen Stadtplan. Zwei junge Mütter unterhalten sich, während sie ihre Kinderwagen leicht wippend vor- und zurückschieben, und der letzte Gast ist Nathaniel.

Ich weiß es, ohne ihn richtig sehen zu können, und trotzdem galoppiert mein Herz davon.

Im selben Moment blickt er auf. Ich beschleunige meine Schritte. Keine bewusste Entscheidung bringt mich dazu. Eher mein Körper, der ihn bereits vermisst zu haben scheint.

Langsam erhebt er sich, während ich immer näher komme. Der Knoten in meinem Magen wird riesig, und würde er mir nicht entgegenlächeln, würde ich hier und jetzt die Flucht ergreifen.

»Du bist gekommen«, stellt er überflüssigerweise fest.

»Du auch.«

Er ist größer als in meiner Erinnerung. Aber die Augen sind dieselben. Hier, im grellen Licht des Tages, leuchten sie hellgrün. Wie die ersten Blätter im Frühling. Eine dunkelbraune Strähne fällt ihm in die Stirn, und am liebsten würde ich sie ihm zurückstreichen.

Leicht außer Atem bleibe ich vor ihm stehen, plötzlich unschlüssig, was ich tun soll. Ihm die Hand geben?

Wieder trage ich ein weites Oberteil. Es flattert um meinen Oberkörper, doch die Ärmel sind lang genug, um meine Hände komplett zu umschließen. Nicht unmöglich also, aber noch nie hat jemand gut darauf reagiert, wenn ich meine Hände umhülle, bevor es zu einer Berührung kommt.

Eine Umarmung?

Besser. Doch die Gefahr, Haut zu berühren, ist größer.

Ein Kuss?

Ausgeschlossen.

Dummerweise sieht mein Körper dies anders, denn kaum habe ich das Wort »Kuss« gedacht, wird mir heiß.

Nathaniel nimmt mir die Entscheidung ab. Nach meinem winzigen Moment des Zögerns beugt er sich zu mir herab, greift an mir vorbei und zieht einen Stuhl hervor. »Bitte, Hailey. Setz dich.«

Die Worte sind leise. Nur für meine Ohren bestimmt, und ein wohliger Schauer rast meine Wirbelsäule hinab.

Ohne weiter darüber nachzudenken, folge ich seiner Aufforderung und lasse mich fallen. Oder meine Knie geben unter mir nach. Eins von beidem.

»Es tut mir leid, dass ich zu spät bin«, purzelt glücklicherweise ein Satz aus meinem Mund.

Immerhin. Mein Sprachzentrum ist nicht beeinträchtigt.

»Mach dir keinen Kopf. Ich habe die Zeit genutzt und uns eine große Flasche Wasser bestellt.«

»Danke.«

Eine kleine, rundliche Frau Ende vierzig kommt geschäftig in unsere Richtung, zwei Gläser in der einen, eine Wasserflasche in der anderen Hand.

»Bitte schön. Ihr Wasser, Mr Levergne. Kann ich sonst noch etwas bringen, oder erst mal die Karte?«

»Die Karte wäre wundervoll, danke.«

»Sehr gern.« Sie wischt sich eine bereits ergraute Haarsträhne aus der Stirn. »Haben Sie schon einen Wunsch, Miss?«

»Nein, nur die Karte. Danke schön.«

Kaum habe ich den Satz beendet, ist sie schon wieder weg, hält kurz bei dem älteren Ehepaar und verschwindet dann wieder im Inneren.

»Kennt ihr euch?«

Nathaniel schüttelt den Kopf. »Ich war vorher erst ein Mal hier. Aber das ist schon eine ganze Weile her. Sie ist die Besitzerin.«

»Du bist ein Levergne«, murmle ich und schlage mir die Hand vor die Stirn. Nicht, dass ich dieses Detail vergessen hätte, aber erst jetzt wird mir wirklich bewusst, welche Konsequenzen dies nach sich zieht. Konsequenzen, wie zum Beispiel: überall erkannt zu werden.

Er grinst. »Einer der Nebeneffekte meines Nachnamens. Man ist selten anonym unterwegs.«

»Klingt anstrengend.«

»Manchmal. Aber es öffnet einem auch viele Türen.«

Darauf weiß ich nichts zu erwidern.

»Lass uns ein Spiel spielen«, schlägt er unvermittelt vor.

»Ein Spiel?«

»Ja. Wie ich schon sagte, mir ist bewusst, wie merkwürdig diese ganze Sache ist. Also spielen wir ein Spiel. Eine Frage für eine Frage. Wir können uns entscheiden, nicht zu antworten, aber wenn wir es tun, muss es die Wahrheit sein.«

Das ist … brillant.

»Okay.«

Die Besitzerin des Chocolat kommt zurück, zwei Karten in der Hand. »Bitte schön.« Dann ist sie wieder weg.

»Lass uns erst bestellen. Bis dahin können wir uns in Small Talk üben.«

»Juhu. Meine Leidenschaft«, stelle ich trocken fest, und in seinen Augen blitzt es belustigt auf.

»Es ist nicht schwer. Am besten beginnt man mit etwas Unverfänglichem.«

Irgendetwas an der Art, wie er dieses Wort ausspricht und mich mit leisem Schmunzeln mustert, sagt mir, dass seine Hintergedanken alles andere als unverfänglich sind. Ich ziehe mir die Ärmel über die Hände. »Etwas … wie das Wetter?«

»Ein ganz hervorragender Start«, sagt er in butterweichem Tonfall.

Allmählich lockert sich der Knoten aus Nervosität in meinem Inneren. Jedenfalls ein bisschen. »Wie du willst: Wir haben ja wirklich perfektes Wetter, findest du nicht?«

Er grinst schief. »Besser hätte ich es mir nicht wünschen können.« Dann wird sein Blick plötzlich geschäftig. »Jetzt muss ich irgendeine zum Thema passende Erwiderung finden. Man könnte darauf hinweisen, dass die Sonne noch sehr kräftig ist, obwohl der Wind bereits kühler wird. Oder aber – und das werde ich tun – langsam zu einem neuen Gesprächsthema führen, das ein klein wenig romantischer aufgefasst werden kann. Wir sind hier schließlich bei einem Date.« Betont langsam lehnt er sich zurück. »Ist diese Jahreszeit nicht herrlich?«

Ich schnaube. »Was ist denn an dieser Jahreszeit romantisch?«

»Nur nicht so ungeduldig. Hab ein bisschen Vertrauen in mich, Hailey. Erst ist es wieder an dir, eine Erwiderung zu formulieren.«

»Gut, mal schauen.« Kurz denke ich nach und ignoriere die wohlige Wärme, die beim Klang meines Namens von seinen Lippen in mir aufwallt. »Der Spätsommer ist immer schön. Ganz besonders das Licht der tiefer stehenden Sonne.«

»Ich wusste, dass du ein Naturtalent bist.«

»Das erklärt noch nicht, was an dieser Jahreszeit romantisch ist.«

»Geduld. Für mich ist es die schönste Jahreszeit von allen. Die Tage werden zwar kürzer, aber sie sind noch warm. Die Blätter färben sich, und man kann wunderschöne, lange Spaziergänge machen. Also, was hältst du von einem romantischen Spaziergang, Hailey?«

»Oh mein Gott!«, rufe ich aus und lache laut auf. »Ernsthaft? Das ist deine Strategie?«

Sein Unterkiefer zuckt leicht. »Small Talk.«

Das lässt mich schlagartig innehalten. »Tut mir leid. Ich wollte dich nicht auslachen.«

Sofort wird er ernst. »So habe ich das nicht gemeint. Keine Sorge, du darfst mich jederzeit auslachen, wenn ich etwas Dummes tue. Wie zum Beispiel, aufgesetzt romantisch zu sein …«

Über sein Gesicht huscht ein Schatten, aber noch ehe ich ihn recht einfangen kann, kommt eine Kellnerin an den Tisch.

Anders als ihre Chefin trägt sie schwarze Kleidung, eine graue Schürze und hat ihre dunklen Haare zu einem Zopf zusammengebunden. »Haben Sie sich schon entschieden?«

Nathaniel sieht mich fragend an.

»Einen Milchkaffee, bitte.« Oder wollte er etwas essen?

»Für mich einen Kaffee. Schwarz.«

Sie nickt und geht.

»Also«, beginnt er. »Wollen wir die Fragerunde eröffnen?«

Kapitel 8

Nathaniel

Hailey Fraser wurde am 28.3.2002 geboren. Ihre Lieblingsfarbe ist Grau. Sie ist auf die Saint Elizabeth Elementary School in Pleasant Hills, Pittsburgh, Pennsylvania gegangen. Ihr Highschoolabschluss war mit 3,0 vollkommen durchschnittlich, blieb aber unter den Erwartungen ihrer Lehrer. Sie hat keine einzige Stunde Ausbildung in einem magischen Fach genossen und sich darüber hinaus entschieden, den vollkommen magiefernen Studiengang Gamedesign auszuwählen.

Kein Mitglied ihrer Familie bekleidet ein Amt in der Agency, beim Königshaus oder pflegt auch nur Kontakte zum magischen Adel. Fast alle ihre Freunde sind Nichtmagier.

Sie ist die perfekte Zielperson. Und ich habe alle Informationen studiert, die unsere Akte über sie hergegeben hat. Was nicht besonders viele waren. Lange nicht genug, um zu wissen, auf welche Art von Mann sie steht. Was sie sich wünscht. Wovon sie träumt.

Ich habe circa drei verschiedene Strategien angewandt, um irgendeine Form von Nähe zu suchen, aber bisher ist sie jeder einzelnen davon geradezu zwanghaft ausgewichen: als ich ihr den Stuhl zurückgezogen habe, als ich ihr die Kaffeetasse gereicht habe, als ich ihr eine der Servietten hinübergeschoben habe. Jedes Mal ist sie vor mir zurückgeschreckt.

Womöglich liegt es an der Tatsache, dass ihre Magie auf Berührung basiert. Aber ich kenne andere Magier, deren Kräfte über Hautkontakt aktiviert werden und die einem bei erstbester Gelegenheit eine heiße Tasse Kaffee über den Latz kippen würden, wenn ihnen das die Möglichkeit einräumen würde, unauffällig an Informationen zu gelangen. Also entweder ist Hailey Fraser aus unerfindlichen Gründen das absolute Gegenteil oder ich bin alles andere als ihr Traumpartner.

Nichts an dieser Frau ergibt Sinn für mich.

Ich verstehe nicht, warum sie mir gegenübersitzt, wenn sie mich gleichzeitig meidet wie die Pest.

Ich verstehe nicht, warum sie ihre Magie so ablehnt und ihr derart ausweicht, aber offensichtlich kein Problem damit hat, dass ich sogar ein Adliger der magischen Gesellschaft bin.

Ich verstehe nicht, warum sie noch hier sitzt. Und sich meine tölpelhaften Versuche anhört, sie davon zu überzeugen, dass sie unsterblich in mich verliebt ist. Und mich heiraten will.

»Du bist … irgendwie anders heute«, murmelt sie und mustert mich abwartend.

Ich greife nach meiner Kaffeetasse, schelte mich einen Narren und sage abwehrend: »Wo ist deine Frage?«

Sie zupft die Ärmel über ihre Hände. Das tut sie immer, wenn sie nervös ist.

»Glaubst du, dass wir einen Fehler machen, Nathaniel? Mit … alldem hier? Glaubst du, wir überstürzen etwas?«

Es ist mein Impuls, das vehement zu bejahen.

Es ist mein Job, ein klares Nein zu erwidern.

Es ist meine Überzeugung, mit Ja zu antworten.

Es ist mein Verlangen, ihr ein unüberwindbares Nein entgegenzustellen. Und Letzteres stört mich an alledem am meisten.

Klar, sie ist süß, aber das ist kein Grund, sie gleich heiraten zu wollen …

Schlussendlich wiege ich den Kopf. »Vielleicht. Aber ich glaube, dass man dem Leben manchmal Chancen einräumen muss, um es zu genießen. No risk, no fun.«

»Ich bin kein risikofreudiger Mensch«, gibt sie zu.

»Ich liebe das Risiko«, antworte ich. »Bin zugegebenermaßen ein latenter Adrenalinjunkie. Aber in Maßen – ich würde dich also nicht dazu überreden, einen Fallschirmsprung mit mir zu machen, wenn du das nicht möchtest.«

Sie lächelt. »Eigentlich klingt ein Fallschirmsprung gar nicht so schlecht. Jedenfalls wäre ich eines Tages gern jemand, der sich so etwas traut.«

Ich hätte sie gefragt, ob sie nicht ohnehin vorhersehen könnte, ob sie heil wieder landen würde. Aber offiziell weiß ich nichts von ihrer Fähigkeit. Also verkneife ich mir die Frage. Obwohl ich es wirklich gern wüsste.

»Meine Eltern sind Seelenpartner«, sagt sie leise. »Ich wollte immer haben, was sie teilen. Seit ich ein kleines Kind war. Es ist … sehr besonders. Manchmal glaube ich, wir anderen sind in ihrem Universum nur Nebenfiguren.«

»Wie ist die Beziehung zu deinen Eltern?«

»Sehr gut. Ich liebe meine Familie.«

»Warum studierst du dann in …«

Sie hebt einen Zeigefinger, und ich unterbreche mich.

»Ich bin dran mit Fragen«, sagt sie mit einem leisen Schmunzeln auf den Lippen.

Und ich muss allmählich fürchten, dass ich eine Schwäche für jede einzelne Regung ihres Mundes entwickle.

»Wie ist die Beziehung zu deinen Eltern?«

Ich schüttle den Kopf. »Du wirst sie kennenlernen. Bis dahin ziehe ich meinen Joker.«

Sie hebt überrascht die Augenbrauen. »Warum …?«, setzt sie an, aber ich schnalze grinsend mit der Zunge.

»Mein Zug«, erinnere ich sie.

Sie verdreht die Augen, aber in ihren Mundwinkeln lauert ein Lächeln.

»Also, warum hast du in Washington studiert?«

»Ich liebe meine Familie sehr. Aber ich hatte das Gefühl, dass ich woanders hinmuss. Sonst wäre ich vermutlich mein Leben lang das Küken der Familie geblieben. Okay, das bin ich wohl trotzdem noch … Aber ich bin selbstbewusster, seit ich hier bin. Und meine Cousine lebt hier. Außerdem ist das Gamedesign-Programm in Washington wirklich großartig. Ich hatte Glück, dass sie mich genommen haben.«

»Glück oder Talent?«

Sie lacht, und wieder überzieht dieser rosarote Schleier ihr Gesicht.

»Ein wenig von beidem, schätze ich.«

»Du bist also tatsächlich eine Gamerin?«

»Das waren jetzt schon drei Fragen, Nathaniel«, stellt sie fest.

Und ich verdrehe die Augen über mich selbst. »Wer ist nur auf diese überaus beschränkte Spielidee gekommen?«

Damit entlocke ich ihr immerhin ein Lachen.

»Mir gefällt dieses Spiel wirklich gut, ehrlich gesagt«, meint sie und nippt an ihrem Milchkaffee.

»Ach ja?«, murmle ich und sehe dabei zu, wie sie die Überreste ihres Zuckerpäckchens auseinanderzupft.

»Am Samstag in der Bar war ich …« Sie lächelt nervös und streicht sich eine Strähne hinters Ohr. »Ich war irgendwie sehr durch den Wind. Es war so … so surreal. Und hinterher habe ich mich gefragt, ob das alles wirklich passiert ist. Ich bin normalerweise niemand, der in Bars geht und Karaoke singt … Und niemals hätte ich gedacht, dass ich eines Tages einer Hochzeit mit einem Menschen zustimme, den ich gerade erst kennengelernt habe.«

Mich durchzuckt ein Impuls von Widerwillen. Ich weiß nicht, ob sie es bemerkt hat, jedenfalls hebt sie zaghaft die Handflächen und versichert: »Ich meine das nicht abwertend. Auf keinen Fall! Es ist nur merkwürdig für mich. Wäre es bestimmt für viele Menschen … Nichtmagische sowieso. Was ich damit sagen will, ist, dass diese ganze Situation mich echt überrumpelt hat.«

Ich nicke. »Ich bin normalerweise auch eher der rationale Typ.« Ich nehme stark an, dass Ethan diesen Satz in die Kategorie »Untertreibung des Jahrhunderts« einordnen würde.

»So wirkst du ehrlich gesagt auch«, erwidert sie.

Das lässt mich schmunzeln. »Ist nicht zu übersehen, hm?«

»Das ist ja nichts Schlechtes. Im Gegenteil, manchmal wünsche ich mir, weniger emotional zu sein.«

Ich hebe eine Augenbraue. »Weniger emotional. Hailey, du bist in diesem Moment ein Buch mit sieben Siegeln für mich. Ich habe nicht den Hauch einer Vorstellung, was du denkst, und du hast keine Ahnung, wie sehr mich das frustriert. Ich würde es nämlich wirklich gern wissen.«

»Ist das eine Frage …?«

Ich nicke. »Was denkst du gerade, Hailey Fraser?«

»Ich hoffe, dass der Preis für den Milchkaffee noch im einstelligen Bereich liegt …«

Der Satz trifft mich derart unvorbereitet, dass ich laut lachen muss. Sie weicht zurück, und in meinen Fingern lauert der Impuls, sie berühren, beruhigen zu wollen, bis mir aufgeht, dass ich das nicht kann. Weil sie es nicht zulassen würde.

»Du musst in meiner Gegenwart keine Preisschilder lesen, Hailey. Überhaupt gar keine Zahlen, wenn du das nicht möchtest.«

Sie reckt das Kinn. »Ich möchte aber. Ich habe kein Problem mit Zahlen. Zahlen sind immer nur richtig oder falsch. Sie können nicht lügen. Das gefällt mir.«

Ich lege den Kopf schief. »Du bist also gut mit Finanzen, nehme ich an.«

Sie zuckt mit den Schultern. »Vielleicht. Bisher gab es da ehrlich gesagt nicht besonders viel zu tun. Ich habe ja nur studiert.«

»Meiner Erfahrung nach ist ein Student, der mit seinem Budget zurechtkommt, gut mit Finanzen.«

»Du bist ein Levergne. Ich glaube nicht, dass du …« Sie lässt den Satz ins Nichts fallen.

Aber sie muss ihn nicht beenden, damit ich weiß, worauf sie hinauswill. »Ich lasse mich nicht gern von meinen Eltern aushalten.«

»Ich auch nicht«, sagt sie sofort, und ich spüre einen dringlichen Ton darin.

»Werden wir uns gleich um diese Kaffeerechnung streiten?«, frage ich.

»Nicht, wenn wir die Rechnung teilen.«

»Hailey, nach allem, was ich weiß, bist du das perfekte Gegenstück zu meiner Seele. Du bist die Farbe zu meinen Grautönen, die Flut zu meiner Ebbe und der Rhythmus in meinem Herzschlag. Ich bin mir sicher, dass es sehr viele Dinge gibt, die du mir geben kannst, die ich mit Geld niemals werde aufwiegen können, egal, wie unfassbar reich meine Familie ist. Und das ist sie, Hailey. Wenn ich nur eine Partnerin heiraten könnte, die in meiner Preislage ist, gäbe es auf diesem Planeten kaum tausend Frauen, die infrage kämen. Aber es gibt nur eine einzige, die mich so gut wird verstehen können wie du.«

»So sicher bist du dir?«, flüstert sie.

»So sicher bin ich mir.«

So sehr lüge ich sie an.

Mir läuft eine Gänsehaut den Rücken hinab.

Ich schaufle mir kein Grab, ich steuere eine Tunnelbohrmaschine in den Grund, und wenn ich so weitermache, kann ich mich bei Erdkernwärme einäschern lassen.

»Also, was ist jetzt, darf ich dir diese Tasse Kaffee ausgeben?«, frage ich, um mich aus dem Abgrund meiner eigenen Gedanken zu reißen.

»Ausnahmsweise.«

»Wo trinkst du normalerweise deinen Kaffee?«

»Zu Hause.«

»Wirklich?«

Sie nickt. »Ich mache ganz hervorragenden Kaffee. Wenn du ihn einmal getrunken hast, willst du keinen anderen mehr.«

»Ist das ein Versprechen?«

»Wenn du es als solches verstehen willst …«

»Ich fürchte, das ist der Plan. Das heißt: wenn du das möchtest. Du kannst jederzeit auf Stopp drücken, wenn es dir zu viel ist«, sage ich. Und dann, irgendeiner Eingebung folgend, deren Herkunft ich nicht ergründen will, füge ich leise an: »Ich möchte, dass du weißt, dass du in meiner Gegenwart absolut sicher bist. Egal, was du jemals über mich zu hören glaubst. Und du wirst etwas hören, denn ich gelte nicht gerade als laufende Green Flag, Hailey.«

Sie zieht die Schultern hoch. »Du hast also eifersüchtige Ex-Freundinnen?«

Ich muss lachen. Auch wenn es nicht witzig ist. »Ich wünschte, es wären eifersüchtige Ex-Freundinnen«, antworte ich und gebe der Bedienung ein Zeichen, dass wir zahlen wollen.

»Was ist es dann?«

Kurz zögere ich, wäge ab, wie viel ich sagen kann. Aber mein Auftrag ist eindeutig: Ich soll Hailey für die Agency rekrutieren. Ich soll sie so sehr von uns, von mir überzeugen, dass sie mir blind vertraut. Und das kann ich nur, wenn ich ihr wenigstens irgendetwas im Gegenzug anbiete, wenn ich sie sonst schon nach Strich und Faden hintergehe.

»Ich arbeite für die Magic Agency.«

Sie hebt überrascht die Augenbrauen. »Du bist Agent? Für den König?«

»Im Moment für den Ersten Minister George Heart.«

»Oh«, sagt sie tonlos, und über ihr Gesicht zieht ein Schatten.

Was mich nicht überraschen sollte. George genießt in der breiten Gesellschaft nicht gerade ein hohes Ansehen. Weil die Leute nicht wissen, was er tagtäglich für sie opfert. So geht es den meisten in der Agency. Wir werden in der Öffentlichkeit respektiert, aber niemand legt sonderlich großen Wert auf unsere Gesellschaft.

»Das ist bestimmt spannend. Und gruselig. Ich weiß kaum etwas, außer, dass ihr die Rebellen jagt, weil ihr glaubt, sie seien für den Tod des Königspaars verantwortlich. Oder?«, fragt sie.

Es klingt weder wertend noch skeptisch. Aber das muss es auch nicht. George Hearts Politik wird von den magischen Medien gern als »Hexenjagd« verteufelt. Er hat viele Feinde.

»Ich glaube das nicht nur, ich *weiß* das«, erwidere ich. »Ich habe direkten Zugriff auf Dokumente, die das beweisen. Die Rebellen sind rücksichtslose Mörder, und es ist mir schleierhaft, warum sie unter den Magiern noch immer Rückhalt finden.«

Hailey zieht die Schultern hoch. »Ich kenne mich damit nicht gut aus. Und ich bin definitiv nicht dafür, dass politische Ziele gewaltsam durchgesetzt werden. Egal, worum es geht. Aber ich finde die Grundforderung der Rebellen, die strenge Geheimhaltung von Magie aufzugeben, ehrlich gesagt richtig. Wir könnten so viel verändern. Meine Cousine hat unter schwerem Asthma gelitten. Nur weil sie in einer Magierfamilie geboren wurde, konnte sie geheilt werden. Meine Eltern arbeiten als Pflanzenmagier selbst in der Pharmaforschung. Stell dir vor, wir wären eines Tages in der Lage, jede Krebsart zu heilen. Oder effektiver grüne Energie zu gewinnen. Gerade in der Wissenschaft gibt es so viele Dinge, die wir verändern und verbessern könnten, wenn wir mit nichtmagischen Institutionen zusammenarbeiten würden. Ganz davon abgesehen, dass es unglaublich anstrengend ist, vor jeder nichtmagischen Bekanntschaft praktisch ein Doppelleben zu führen.«

Ich schnaube. »Darum geht es ihnen doch nicht wirklich, Hailey. Sie wollen einfach nur ihre Macht ausweiten, das ist alles. Was glaubst du, wie viel manche Menschen für so eine Wunderheilung zahlen würden? Millionen. Aber was ist mit den anderen? Es gibt viel zu wenige Heilmagier, und noch weniger, die so schwere Krankheiten heilen können. Wir würden sie nur in Gefahr bringen, wenn die ganze Welt erführe, wozu sie imstande sind. Es würde in einem Bürgerkrieg enden. Einer *echten* Hexenjagd. Wie in Salem oder praktisch in ganz Europa in der frühen Neuzeit. Glaub mir, damit gewinnen wir überhaupt nichts.«

Hailey zupft sich die ohnehin schon viel zu langen Ärmel weiter über ihre Fingerspitzen. »Wie gesagt, so gut kenne ich mich damit nicht aus. Aber du hast sicher einen spannenden Job …«, meint sie ausweichend. Sie bemüht sich um ein Lächeln. Aber es wankt auf ihren Lippen und verliert bald darauf jeden Halt.

»Du bist nicht begeistert«, setze ich an und frage mich, ob ich gerade einen riesigen Fehler begangen habe. Ob ich es ihr zu früh gesagt habe. Ob ich es doch so hätte machen sollen wie fast alle anderen in der Agency und es ihr erst nach der Hochzeit oder überhaupt nicht hätte mitteilen sollen. Für die meisten von uns gilt eine absolute Geheimhaltungsklausel. Meine besonderen Umstände bilden eine seltene Ausnahme.

Doch im selben Moment kommt die Bedienung mit der Rechnung, und ich habe keine Gelegenheit, Haileys Gedanken aufzufangen. Stattdessen bezahle ich und nicke anschließend in Richtung Straße. »Wie wäre es jetzt mit einem ›romantischen‹ Spaziergang?«, frage ich, will locker klingen und scheitere gnadenlos.

Normalerweise würde ich jetzt versuchen, die miese Stimmung mit physischer Nähe auszugleichen, ihre Hand halten, ihr einen Arm um die Schulter legen, irgendetwas tun, was ihr zeigt, dass ich ihre Meinung respektiere und ein kleiner Disput nichts daran ändert, dass ich sie wertschätze. Üblicherweise funktioniert so was bei mir ziemlich gut. Ich habe das große Glück, dass die Levergnes trotz der latenten Inzestneigung der magischen Adligen einen wirklich ausgezeichneten Genpool mitbringen. Jedes einzelne Mitglied meiner Familie ist auf die eine oder andere Weise attraktiv.

Hailey scheint das jedoch vollkommen gleichgültig zu sein. Sie hält zu jeder Person, mit der ich sie bisher gesehen habe, einen Sicherheitsabstand, als lebten wir noch immer in einer Pandemie. Und ich bin es ihr ganz offensichtlich nicht wert, eine Ausnahme zu machen.

Trotzdem lächelt sie, versetzt mich damit zurück in die Bar vor zwei Tagen und erinnert mich daran, wie gut mir ihr Anblick gefallen hat. Ich hätte es mit meiner Fake-Ehefrau wirklich schlimmer treffen können …

»Ich wünschte nur, wir hätten mehr Zeit«, sagt sie leise.

»Wir haben alle Zeit der Welt. Ganz gewiss haben wir diesen Nachmittag.«

»Du kannst wirklich sehr überzeugend sein, wenn du das willst«, erwidert sie.

»Findest du?«

Sie nickt. »Mich hat noch niemand innerhalb weniger Tage davon überzeugen können, ihn zu heiraten.«

Ich spüre ein triumphierendes Lächeln auf meinem Mund. »Ich habe dich also überzeugt?«, frage ich.

Kapitel 9

Hailey

Ich habe dich also überzeugt?

Wie sehr ich mir gewünscht hätte, seine Frage mit einem eindeutigen Ja beantworten zu können.

Stattdessen habe ich unverbindlich gelächelt und das Thema gewechselt. Keine Ahnung, wie mir das gelungen ist, während mein Gehirn sich komplett aufgelöst hat und nun als unbrauchbare Masse in meiner Schädeldecke hin und her schwappt.

Makaber? Wer, ich?

Nathaniel hat die Hände in den Hosentaschen vergraben, während wir die Straßen entlanglaufen. Ganz sicher irgendeine Designerhose, so perfekt, wie sie sitzt. Und nein, ich habe ihm nicht absichtlich auf den Hintern geschaut, während er mir den Rücken zugewandt hat, um der Bedienung Trinkgeld zu geben. Das war reiner Zufall. Außerdem ist es ganz natürlich, dass meine Aufmerksamkeit dorthin gewandert ist, nachdem er sich umgedreht hat. Dass ich ausgerechnet dort mit dem Blick hängen geblieben bin … Das tut nichts zur Sache.

Das muss dieses Seelenpartnerding sein. Kein Wunder, dass meine Eltern so verrückt nacheinander sind, wenn ihnen ständig jedes noch so kleine Detail am anderen auffällt. Nicht, dass mir jedes Detail auffällt. Nur ein paar.

Zum Beispiel, wie breit Nathaniels Kreuz ist.

Ich wette, er ist perfekt durchtrainiert.

Im Gegensatz zu mir.

Der Yogakurs im College ist so ziemlich das Einzige, was ich konstant an Sport durchgezogen habe, und selbst dort habe ich mich seit drei Wochen nicht blicken lassen, dank der Abschlussprüfung.

Vermutlich wird die gesamte Damenwelt kollektiv in Tränen ausbrechen, sobald sie erfährt, dass Nathaniel heiraten wird. Aber das sollte mich nicht stören.

Seelenpartner, Hailey!

Himmel, ich wünschte, wir hätten mehr Zeit. Schon allein, weil ich keinen blassen Schimmer habe, wie ich die Themen ansprechen soll, die wirklich wichtig sind. Trotz unseres Fragespiels.

»Hailey?«, reißt er mich aus meinen Gedanken.

Shit. Worum ging es gerade?

Der fragende Ausdruck in seinem Gesicht deutet definitiv darauf hin, dass ich irgendetwas verpasst habe.

»Sorry«, murmle ich und spüre unangenehme Hitze meinen Hals hinaufkriechen.

»Auf die Gefahr hin, mich zu wiederholen, woran denkst du gerade?« Schalk blitzt in seinen Augen auf, und mir wird noch wärmer.

»Sport«, platzt es aus mir heraus. Immerhin habe ich nicht »deinen Hintern« gesagt, das verbuche ich als Erfolg.

»An Sport? Jetzt?«

»Das sind schon wieder drei Fragen, wann bin ich dran?«

Er grinst. »Ursprünglich habe ich dich gefragt, was dein Lieblingsessen ist, damit ich es meiner Mutter für die Planung der Festlichkeiten mitteilen kann, aber ehrlich gesagt interessiert mich jetzt wesentlich mehr, weshalb du an Sport gedacht hast.«

»Pancakes. Wie genau wird das ablaufen? Die Feierlichkeiten?« Wenn ich einfach so tue, als hätte ich den letzten Satz überhört, lässt er es vielleicht auf sich beruhen.

»Nach der Trauung wird meine Familie alle Gäste auf unserem Anwesen empfangen. Die Einladungen sind gestern verschickt worden, aber wenn du außer deiner Familie noch jemanden dabeihaben möchtest, ist das gar kein Problem.«

»Keine Sorge, solange Celine dabei ist, bin ich zufrieden.«

»Niemand sonst, den du einladen möchtest?«

»Celine ist die Einzige in meinem Umfeld, die versteht, wie ich innerhalb einer Woche jemanden treffen und heiraten kann. Meine anderen Bekanntschaften vom College sind Nichtmagier. Falls wir jetzt, nachdem ich meinen Abschluss habe, überhaupt noch in Kontakt bleiben. Es waren eher Studienpartner, keine tiefgreifenden Freundschaften.« Ich sehe die Frage bereits in seinen Augen blitzen, daher füge ich schnell hinzu: »Jetzt bin ich wieder dran. Können wir die Feier klein halten?«

»Schön wär's. Aber so läuft das als Levergne leider nicht.« Ist das leichte Gereiztheit in seiner Stimme? »Wenn mein Vater eine Gelegenheit findet, wichtigen Menschen die Hände zu schütteln, wird er das tun.«

»Also nicht nur Freunde und Familie?«, hake ich nach, während der Stein in meinem Magen die Ausmaße der Indiana-Jones-Felskugel annimmt und mich unter sich zu begraben droht.

»Tut mir leid.« Er streckt die Hand nach mir aus, doch bevor ich ausweichen kann, lässt er sie wieder sinken. »Das waren zwei Fragen. Also, ich glaube, zuletzt wolltest du davon ablenken, weshalb genau du an Sport gedacht hast.«

Ich ziehe eine Grimasse. »Ist das so ein Agentending von dir? Nie lockerzulassen? Halt!«, stoppe ich ihn, bevor er mir antwortet und mich noch weiter löchern kann, weil ich andauernd die falschen Dinge wissen möchte. »Das war eine rhetorische Frage.« Shit, aus dieser Nummer komme ich nicht mehr raus. Aber wenn wir ohnehin heiraten, sollte es doch möglich sein, ihm ehrlich zu antworten, ohne im Erdboden versinken zu wollen, oder? Was ist schon so schlimm daran, dass ich ihn attraktiv finde? »Okay, ich sage es dir, aber du darfst nicht lachen!«

»Ehrenwort.«

»Du bist super durchtrainiert, und ich habe zuletzt ein Fitnessstudio von innen gesehen, als meine Brüder mich mitgeschleift haben, und damals war ich fünfzehn, und ich wette, bisher hast du nur Models gedatet, und jetzt gehe ich mich in ein Erdloch verkriechen.« So schnell, wie ich gesprochen habe, würde es mich wundern, wenn er auch nur ein Wort verstanden hätte. Da ich konzentriert auf meine Füße starre, kann ich diese These allerdings nicht prüfen.

Eine sanfte Berührung am Oberarm lässt mich schließlich doch aufschauen. Federleicht wandern seine Finger über den Stoff, und obwohl er sich sichtlich bemühen muss, nicht zu lachen, sagt er ernst: »Danke, dass du mir das gesagt hast. Und nein, Models sind nicht so mein Ding.«

Hier und jetzt von einem Asteroiden erschlagen zu werden, das wär's. Da weit und breit keine brennende Feuerkugel zu sehen ist, entscheide ich mich für Unverbindlichkeit. »Okay. Gut zu wissen.« Oder was immer man in so einer Situation sagt.

»Bleibt noch die zweite Frage: Warum hast du keine Freunde innerhalb der magischen Gemeinschaft?«

Weil meine Eltern nie wollten, dass meine Gabe ausgenutzt wird. Weil ich nach meiner letzten Vision nie wieder in Berührung mit einem anderen Magier kommen wollte, schon gar nicht mit jemandem wie George Heart.

Nichts von alledem kann ich laut aussprechen. Dafür kenne ich meinen Verlobten nicht gut genug. Meinen Verlobten, der ausgerechnet ein Agent ist. Und damit ebenjenem Mann unterstellt, dessen Gesellschaft ich um jeden Preis meiden werde. Ob sie sich kennen? Ganz sicher vom Sehen, doch die Agency ist groß. Ich wette, George Heart und Nathaniel haben selten mehr als einen Gruß gewechselt.

Hat seine Agententätigkeit Auswirkungen darauf, wie ich ihn sehe? Wie ehrlich ich sein kann? Fragen, über die ich später nachdenken werde.

»Joker«, murmle ich, bevor er bemerkt, wie aufgewühlt ich ob seines Berufes bin.

»Na gut.« Abrupt bleibt er stehen. »Wir sind ohnehin angekommen.«

Erst jetzt bemerke ich, dass ich nicht darauf geachtet habe, wo genau wir uns befinden. Ganz sicher noch immer in der wohlhabenden Gegend Washingtons, obwohl das Gebäude vor uns fast ein wenig unscheinbar wirkt, gäbe es die Schmuckstücke im Schaufenster nicht. Mehrere Ringe, Ketten und Uhren glänzen im Licht der tief stehenden Sonne.

»Und ich dachte, wir könnten uns einfach Ringe aus dem nächsten Kaugummiautomaten holen.« Seufzend wende ich mich Nathaniel zu. »Ehrlich, wir müssen nicht extra zum Juwelier. Irgendein Ring reicht mir.«

Kopfschüttelnd grinst er, und ich kann den Ausdruck in seinem Gesicht nicht deuten. Erstaunen? Ungläubigkeit? Hält er mich für vollkommen durchgeknallt?

»Hailey, ich habe dir doch bereits gesagt, du musst keine Preisschilder mehr lesen. Also los, lass es uns hinter uns bringen und dir den teuersten Klunker in diesem Laden kaufen.«

»Was?«

Nathaniel öffnet bereits die Tür, legt mir eine Hand auf den unteren Rücken und schiebt mich hindurch.

Die Wärme seiner Finger, die durch mein Oberteil dringt, breitet sich in Windeseile in meinem gesamten Körper aus, und am liebsten würde ich ihn an mich ziehen und erst wieder loslassen, wenn all das vorbei ist. Dieses Date, die Trauung, alles. Wenn wir einfach nur Hailey und Nathaniel sein können, uns bereits kennen und ich nicht mehr permanent das Gefühl habe, mit Anlauf von einem Fettnäpfchen ins nächste zu hüpfen.

Der Laden des Juweliers ist größer, als es von außen den Anschein hatte. Lange Vitrinen säumen die Wände, und dank der hellen Beleuchtung funkelt es aus jeder von ihnen.

Wir sind die einzigen Kunden, doch hinter einem Computerbildschirm sitzt eine schlanke, adrett gekleidete Frau mit kurzem blondem Bob, die aufsteht, sobald wir den Laden betreten.

»Mr Levergne, was führt Sie zu uns? Und wer ist Ihre reizende Begleitung?«

»Die Freude ist ganz auf meiner Seite, Mrs Durand. Darf ich vorstellen? Hailey Fraser. Meine Verlobte.«

Geschäftig eilt sie zu uns und schüttelt zuerst Nathaniel die Hand, dann wendet sie sich an mich.

»Freut mich«, presse ich hervor und versuche mich an einem Lächeln, ohne ihr meinerseits die Hand zu reichen.

Wie sehr ich solche Situationen hasse!

Glücklicherweise fängt sie sich schnell, erwidert mein Lächeln und wendet sich wieder Nathaniel zu. »Wie darf ich Ihnen heute behilflich sein?«

»Wir suchen Ringe. Einen Verlobungsring für Hailey und natürlich unsere Eheringe. Die Hochzeit ist bereits nächstes Wochenende, meinen Sie, das reicht von der Zeit her?«

Diesmal hellt ihr Gesicht sich merklich auf. »Für Sie, Mr Levergne, machen wir es möglich. Haben Sie etwas Bestimmtes im Sinn?«

Fragend wendet er sich mir zu. »Hailey?«

»Ähm …«

»Wie wäre es, wenn ich Ihnen eine Auswahl zeige, damit wir eine erste Idee bekommen?« Sie wartet unsere Antwort nicht ab, sondern beginnt, geschäftig Ringe aus den Vitrinen zu holen und auf einem mit schwarzem Samt bezogenen Tablett auszulegen.

»Sie scheint dich gut zu kennen«, flüstere ich, während Nathaniel mich zu einer kleinen Sitzecke im hinteren Teil des Raumes führt, auf einen Sessel deutet und in einem zweiten Platz nimmt.

»Das hier ist mein Lieblingsjuwelier«, erwidert er ebenso leise. »Die Handwerkskunst ist einmalig. Mr Durand kann Metalle quasi lebendig werden lassen. Außerdem achten sie hier darauf, dass die Diamanten und alles andere unter fairen Bedingungen und mit guter Bezahlung für die Arbeiter gefördert werden. Inklusive bestmöglichem Schutz und sehr strengen Auflagen.«

»Oh, cool.«

Er grinst. »Ja, cool.«

»Bist du oft hier?«

»Ab und an.«

Geht eine Antwort noch unbefriedigender? »Für andere Frauen?« Die Frage rutscht mir heraus, bevor ich darüber nachdenken kann. »Vergiss es, das war dumm. Es geht mich nichts an, für wen du vor mir hier warst.« Plötzlich kommt mir ein Gedanke. Ein äußerst unschöner Gedanke. »O Gott, du hattest eine Beziehung, oder? Vor alledem? Uns, meine ich.«

Es müsste ein Wunder geschehen, wenn er mich nach diesem Nachmittag noch immer heiraten will.

Zu meiner Überraschung wirkt er weder genervt noch beleidigt. Stattdessen grinst er. »Eifersüchtig?« Zum Glück scheint er nicht wirklich mit einer Antwort zu rechnen, denn er fährt direkt fort: »Keine Sorge. Ich war und bin nicht anderweitig liiert oder Ähnliches. Ist schwierig mit dem Job, den ich habe. Aber ja, ich habe hier schon für andere Frauen Schmuck gekauft. Meine Mutter liebt die Kollektion.« Er zwinkert mir zu. »Und vor unserer Seelenpartnerschaft«, das Wort betont er extra, »habe ich nur für sie und mich hier eingekauft.«

»Du musst mich für absolut bescheuert halten«, nuschle ich hinter den Händen, die ich mir vors Gesicht gepresst habe, hervor.

Glücklicherweise kommt Mrs Durand just in diesem Moment an den Tisch und stellt das samtbezogene Tablett vor uns ab. »Schauen Sie sich alles ganz in Ruhe an. Kann ich Ihnen in der Zwischenzeit etwas zu trinken anbieten? Kaffee? Tee? Champagner?«

»Ein Kaffee wäre lieb, danke.« Dabei brauche ich eigentlich nichts, was mein Herzrasen noch verschlimmert, aber jetzt ist es zu spät, und ich werde mich nicht noch mehr blamieren, indem ich die Bestellung wieder ändere.

Nathaniel ordert dasselbe, und kaum ist Mrs Durand durch einen kleinen Vorhang im hinteren Teil des Ladens verschwunden, wendet er sich mir zu, ohne den funkelnden Diamanten vor uns große Beachtung zu schenken.

»Ich halte dich nicht für bescheuert. Eher für ziemlich niedlich. Aber wo wir gerade bei vorherigen Beziehungen sind, was ist mit dir? Jemand, um den ich mir Sorgen machen muss?«

Fast hätte ich gelacht. Doch … niedlich? Himmel, wäre Celine hier, ihre Augen hätten bereits Herzform angenommen. Tief atme ich durch, um mich ein wenig zu beruhigen, dann erwidere ich: »Nein, du stehst konkurrenzlos da.«

Grinsend beugt er sich vor. »Ich wette, mit unserer Hochzeit wirst du eine Menge Männerherzen brechen.«

Schnaubend tue ich es ihm gleich und lehne mich näher zu ihm, um wenigstens so zu tun, als wäre ich selbstsicher. »Äußerst unwahrscheinlich, wenn man bedenkt, dass das hier mein erstes Date ist.«

»Keiner deiner Ex-Freunde hat dich je ausgeführt?«, fragt er ungläubig. »Komm schon, was waren das denn für Idioten?«

Oh. Fuck!

Nathaniel versteht anscheinend nicht, was es bedeutet, dass ich niemanden berühren kann. Wir haben noch nicht darüber gesprochen. Zwar respektiert er den Abstand, den ich halte, aber ich schätze, er hat noch nicht über die damit einhergehenden Komplikationen nachgedacht. Insbesondere in Zusammenhang mit Männern.

Mir ist schlecht, aber es gibt Dinge, die er wissen muss. Sonst kommen wir kein Stück weiter. Sonst wird unsere Ehe von Anfang an zum Scheitern verurteilt sein.

»Das … So meine ich das nicht. Nathaniel, ich hatte nie einen Freund. Oder einen ersten Kuss … Oder … andere Dinge.«

Kapitel 10

Nathaniel

Ich huste unterdrückt. Ohne das Waterboarding-Training der Agency hätte ich jetzt sicherlich den Kaffee quer über den Tisch gespuckt. Also, vielen Dank für zwei Stunden »Du ertrinkst schon nicht, du musst nur richtig atmen lernen« …

Dass ich es irgendwann brauchen würde, haben sie mir gesagt. Vielleicht hätten sie erwähnen sollen, dass dieses Irgendwann der Moment sein würde, in dem meine Verlobte mir gesteht, dass sie ungeküsst ist.

»Das ist doch … kein Problem? Für dich? Oder?«, fragt sie.

Ihre großen blauen Augen mustern mich nervös. Sie hat die Arme eng um ihren Körper geschlungen und reibt sich mit den Händen über ihre Taille.

Und mich trifft die endgültige Erkenntnis, dass ich dieses Mädchen nicht verdient habe. Nicht so und auch grundsätzlich nicht. Was sie braucht, ist eine romantische Liebe auf den ersten Blick, diesen atemberaubenden Moment, den man sein Leben lang nicht vergisst. Und das nicht mit jemandem wie mir, der hustend seinen Kaffee im Mund behält, weil er darauf trainiert ist, Todesängste mit einem Schulterzucken zu quittieren. Oder sie selbst auszulösen. Sondern mit jemandem, der ihr an einem bedeutungslosen Dienstag ihre Lieblingsblumen mit nach Hause bringt und den Geburtstag ihrer Mutter auswendig weiß. Der an einem Freitag ab zwanzig Uhr allen anderen auf die Frage, ob er Zeit hätte, mit Nein antwortet, weil es für ihn nichts Besseres gibt, als mit ihr auf dem Sofa zu kuscheln und selbst gemachtes Popcorn zu essen. Der ihr Sonntagnacht Eiscreme an der Tankstelle kauft, weil sie PMS hat und Eiscreme nun mal das Einzige ist, was hilft.

Ich wäre gern so jemand. Und das ist mein Ernst. Ich wäre gern dieser Typ mit diesem rotzlangweiligen und dennoch unheimlich erfüllten Leben. Der Schwiegermuttertraum.

Aber ich bin das nicht.

Wenn mich um zwanzig Uhr jemand fragt, ob ich Zeit habe, lautet die ehrliche Antwort darauf in neun von zehn Fällen: Nope, bin arbeiten. Und in einem von zehn Fällen: Muss noch schnell eine Leiche beseitigen, aber, hey, danach gern.

»Es *ist* ein Problem«, resümiert Hailey tonlos.

Und ich sehe ihr an, dass ich das Glas ihrer kleinen Schneekugelwelt gerade zum Bersten gebracht habe.

Ich schüttle den Kopf, stelle die Tasse hin und lächle. »Nein, überhaupt nicht. Der Kaffee war nur zu heiß.«

Regel Nummer zwei im Waterboarding-Einmaleins: weiterhin dumm stellen.

Sie nickt. Und ich fürchte, dass sie mir gerade kein einziges Wort glaubt. Schlimmer noch: Für den Bruchteil einer Sekunde überfällt mich die siedend heiße Angst, dass sie haargenau weiß, dass ich sie gerade manipuliere. Dass sie *alles* weiß. Womit ich beauftragt wurde, dass ich nur hier sitze, damit ich sie zuverlässig rekrutiere. Und dass sich eigentlich niemand dafür interessiert, wer Hailey wirklich ist.

Aber dann lächelt sie, atmet tief durch und sagt: »Ich will es wirklich versuchen. Das mit uns. Ich meine, ich bin zweiundzwanzig und hoffe seit … seit Ewigkeiten darauf, einen

Menschen zu treffen, mit dem ich all das tun könnte, was die anderen tun. Händchen halten. Einen Abschiedskuss geben. Abends auf der Couch kuscheln. Normale Sachen eben. Ich habe das alles noch nie gemacht, Nathaniel. Und es tut mir leid, dass ausgerechnet du derjenige bist, der … jetzt damit umgehen muss.«

»Nate.«

»Was?«

Ich habe keine Ahnung, warum ich das gesagt habe. Warum ausgerechnet das die Erwiderung auf ihr Geständnis ist. Und vielleicht will ich es auch nicht wissen.

Ich schlucke, erkläre: »Sag Nate. Zu mir. Nathaniel ist der Name, den meine Arbeitskollegen benutzen und Leute, die mir relativ egal sind.«

Sie blinzelt verwirrt. Dann nickt sie und sagt: »Okay. Nate.«

Gleich darauf tritt die Juwelierin wieder an uns heran. »Haben Sie schon eine Auswahl getroffen? Oder soll ich Ihnen vielleicht helfen?«

»Ein bisschen Hilfe wäre gut«, antwortet Hailey und blickt fragend zu mir herüber.

Ich hebe abwehrend eine Handfläche. »Du suchst aus.«

Sie verdreht die Augen. »Das ist nicht hilfreich, Nathan… Nate.«

Die Juwelierin lächelt. »Dann gebe ich Ihnen eine kleine Einführung: Weißer Diamant ist ein beliebter Klassiker. Wir haben allerdings auch andere Farben im Angebot, ein dezentes Rosé vielleicht oder ein leichtes Himmelblau? Sonderwünsche müsste ich bestellen. Je nach Form und Fassung würde das mit dem Termin etwas knapp. Denkbar wäre daher beispielsweise auch eine Kombination aus mehreren Stücken. Aber das können wir in Ruhe besprechen. Wir hatten auch schon Paare, die sich für einen Saphir oder einen Rubin entschieden haben, was natürlich noch mal ein besonderer Eyecatcher ist.«

Ich mustere Hailey, während Mrs Durand ihre Erläuterungen gibt. Sie sieht noch immer nicht so aus, als fühlte sie sich wohl in ihrer Haut.

Die Juwelierin lächelt professionell und sagt: »Ich gebe Ihnen einfach noch einen Moment Zeit.«

Nachdem sie verschwunden ist, fragt Hailey: »Wie hast du deinen Ring ausgesucht?«

Ich hebe eine Augenbraue und blicke hinab auf Ophedia. »Oh, das … ist ein Erbstück.«

»Er ist sehr hübsch. Darf ich mal?«

Mein erster Impuls ist es, zu verneinen. Denn ich nehme sie nie ab. Auch wenn sie für Außenstehende nichts als ein Schmuckstück zu sein scheint, ist Ophedia alles andere als das.

Aber dann strecke ich die Hand aus, lege sie vor Hailey auf den Tisch. Und warte, was passieren wird. Sie zieht die Schultern hoch, sieht hinüber zu Mrs Durand, die mit dem Rücken zu uns vor einer der Vitrinen steht. Dann blickt sie wieder zurück zu mir, zweifelnd.

Sie zieht sich die Ärmel ihres Sweatshirts bis über die Fingerspitzen und greift nach meiner rechten Hand. Vorsichtig, als wäre ich selbst der wertvolle, zerbrechliche Schmuck, wiegt sie meine Hand in ihrer. Ich kann ihre Wärme durch den dünnen Stoff ihrer Kleidung spüren. Sie hat den Atem angehalten und streicht mit einer Fingerkuppe über das Metall.

Ich schmiege meine Finger um ihr Handgelenk, bis ich ihren Puls spüren kann. Er schlägt kräftig und viel zu schnell. Ihr Blick flattert von Ophedia herauf in mein Gesicht, und in ihren Augen glänzt ein Anflug von Lust.

Wenn nur diese eine kaum wahrhaftige Berührung das in ihr auslöst, was wird sie dann erst tun, wenn meine Zunge ihre nackten Brüste streift?

Ich blinzle. Falscher Gedanke. Komplett falscher Abzweig. Radikaler Richtungswechsel, sofort.

Ich ziehe ruckartig meine Hand aus ihrer, sage: »Die Schlange ist das Wappentier meiner Familie. Aber etwas wie Ophedia eignet sich absolut nicht als Ehering.«

»O…phedia?«, fragt sie verwirrt, presst die Lider aufeinander und schüttelt den Kopf. Als müsste sie genauso abdriftende Gedankengänge verscheuchen wie ich.

»Ja, ich habe dem Ring einen Namen gegeben. Dumme Angewohnheit.« Vor allen Dingen ist es eine wirklich dumme Angewohnheit, vor Hailey ständig Dinge auszuplappern, die ich lieber für mich behalten sollte. Sicher, falls sie mich tatsächlich heiratet, wird sie früher oder später wohl mitbekommen, dass der Ring um meinen Finger unter Umständen ein gewisses Eigenleben entwickeln kann. Aber selbst in der Agency wissen die meisten nichts über Ophedia. Nachdem ich Agent wurde, habe ich ihre Existenz sogar aus der Liste magischer Artefakte streichen lassen, zu welcher die meisten Adligen freien Zugang haben. Ich habe keine Lust auf böse Überraschungen, und Ophedia ist meine beste Versicherung dagegen.

»Ich finde das Design schön. Vielleicht finden wir etwas Ähnliches. Aber ein bisschen weniger … gruselig.«

Ich werfe schmunzelnd einen Blick auf meinen Ringfinger. »Meine Familie würde dir mit Sicherheit aus der Hand fressen, wenn du dich tatsächlich für unser Wappentier entscheidest.«

»So einfach?«

»Nein«, gebe ich unumwunden zu. Auch wenn ich ihr verschweige, dass meine Familie in mehr als einer Hinsicht eine Schlangengrube ist. »Aber sie ist sehr traditionsbewusst. Dass du keine Adlige bist, könnte dem ein oder anderen womöglich missfallen. Wenn du hingegen mit Stolz eine Levergne sein möchtest, würde dir wahrscheinlich niemand mehr deine Herkunft vorwerfen.«

Sie runzelt die Stirn. »Nimm es mir nicht übel, aber das klingt ein bisschen nach dem vorvorigen Jahrhundert.«

»Oh, es ist noch wesentlich verstaubter als das«, sage ich lachend, auch wenn dem Geräusch womöglich die ehrliche Freude abhandengekommen ist. »Aber ich bin es nicht, okay? Es mag Traditionen geben, die ich mittrage; es mag sogar welche geben, auf die ich stolz bin. Das meiste hingegen ist mir vollkommen gleich. Hailey, sobald die Türen meiner Wohnung hinter mir geschlossen sind, bin ich einfach nur Nate. Kein Levergne, kein Adliger, kein Agent. Also, bitte, such dir aus, was du möchtest. Was dir gefällt. Von mir aus trage ich einen Ring aus dem Kaugummiautomaten für dich, wenn es das ist, was dich glücklich macht. Ich will, dass du dich wohlfühlst. Vielleicht habe ich eine merkwürdige Art, das rüberzubringen, nur … Seelenpartner gibt es kein zweites Mal. Jeder Magier hat exakt einen und manche finden ihn niemals. Du bist mein Sechser im Lotto, und ich werde alles tun, damit du bei mir bleibst. Okay?«

Kapitel 11

Hailey

»Was soll das heißen, einen Wagen?« Die Augen meiner Mom sind rund wie Teller, und sie beginnt an ihrem türkisen Leinenkleid zu zupfen. Sie hat die gleichen braunen Haare wie ich, doch im Gegensatz zu mir trägt sie diese meist in einem Dutt und es sind bereits erste graue Strähnen zu erkennen.

Hoffentlich schlage ich nach ihr, wenn ich älter werde, denn die Lachfalten in ihrem Gesicht machen sie nur noch schöner. Bisher habe ich noch niemanden getroffen, der sich in ihrer Gegenwart nicht geborgen und geliebt gefühlt hat.

»Das heißt ganz offensichtlich, dass wir uns die lange Parkplatzsuche oder die Fahrt mit der U-Bahn schenken können«, erwidert Celine vergnügt und lässt sich auf mein ungemachtes Bett fallen. »Weißt du, was für einen Wagen? Eine Limousine?«

Seufzen scheint meine neue Lieblingsantwort zu sein. Direkt nach: »Ich weiß es nicht, Cel.«

»Zeig den Ring noch einmal.«

Da ich in den letzten fünfzehn Stunden gelernt habe, dass ich ihr diese Bitte nicht abschlagen sollte, strecke ich die Hand aus. Sofort beugen sich Mom und Celine vor.

»Er hat wirklich einen ausgezeichneten Geschmack«, lobt Mom, nicht zum ersten Mal.

Und wie zu allen Gelegenheiten verkneife ich mir die Information, dass ich mir den schlichten Verlobungsring selbst ausgesucht habe. Wäre es nach Nathaniel – halt, Nate – gegangen, würde ich jetzt mit einem Stein herumlaufen, bei dem ich mir sicher war, dass ich den Arm nicht mehr hätte heben können, so groß waren die Diamanten, die er vorgeschlagen hat. Stattdessen zieht sich nun ein dünnes Band aus Silber um meinen Finger. Zwar sitzt noch immer ein Diamant darauf, aber er ist weit weniger auffällig als die meisten anderen Exemplare in der Auslage. Abgesehen von den zwei winzigen Rubinen, die ihn einrahmen. Mein Versuch, Ophedia zu würdigen.

Das Erbstück sieht vielleicht gruselig aus, doch es hat etwas Faszinierendes an sich. Die Schlange wirkt so lebensecht, dass ich mich fast darüber gewundert habe, als sie nicht angefangen hat, sich zu bewegen.

Und das hat mich auf eine Idee gebracht. Das und sein Kommentar, dass die Schlange das Symbol der Familie Levergne ist.

In der katholischen Welt hat die Schlange zwar den Ruf der bösartigen Verführerin, die ihr nichts ahnendes Opfer in den Sündenfall treibt, doch es gibt auch andere Bedeutungen.

Im alten Griechenland zum Beispiel galt das Tier als Beschützerin der Unterwelt. Am besten gefällt mir allerdings die Regenbogenschlange aus der Kultur der indigenen Völker Australiens. Sie gilt als Schöpfungswesen, ist weiblich und männlich zugleich und erschafft in ihrer weiblichen Form Wasser, Berge und Täler. Verkörpert sie den männlichen Teil, erscheint sie als Sonne und bringt den Regenbogen hervor.

Bitte, das Referat in der zehnten Klasse über Schlangen hat sich doch noch bezahlt gemacht.

Also habe ich Mrs Durand nach einem Blatt Papier gefragt und angefangen zu zeichnen. Zwar bin ich auf dem Tablet wesentlich besser, doch manchmal müssen Dinge sofort raus. Wie in diesem Fall.

Nath… Nate hat mich beobachtet, und vielleicht hat es mir eine klitzekleine Gänsehaut verursacht, seinen Blick auf mir zu spüren.

Unsere Ringe zu entwerfen, war eine neue Herausforderung, doch für Spiele mache ich solche Designs ständig. Das Zeichnen von Items, die einem mehr Ausdauer, Schnelligkeit oder Treffsicherheit verleihen, ist genauso Teil des Erschaffungsprozesses eines Spiels wie das Questdesign, eine gute Geschichte und eine hübsche Welt, durch die der Hauptcharakter sich bewegt.

Sollte ich jemals in einem großen Studio für Gamedesign angenommen werden, mache ich mir keine Illusionen. Genau mit solchen Zeichnungen werde ich beginnen.

Ich habe es simpel gehalten. Eine Schlange, die sich eingraviert um den Ring herum schlängeln wird. Ein flüchtiger Blick wird nur ein schmales Band offenbaren, doch bei genauerer Betrachtung wird die Schlange erkennbar sein, deren Kopf auf der Innenseite direkt vor Nates Namen und dem Hochzeitsdatum innehalten wird. Kleine Diamanten (Nates Vorschlag) werden ihren Körper auf der Außenseite schmücken, und statt Weißgold haben wir uns für Platin entschieden.

Der Entwurf ist simpel genug, sodass wir die Ringe pünktlich zur Zeremonie haben werden.

Erstaunlich, was Geld alles möglich machen kann, denn eine kurze Recherche auf der Internetseite des Juweliers hat ergeben, dass man spezielle Designs möglichst drei bis vier Monate im Voraus bestellen soll.

Zum Abschied haben wir uns weder umarmt noch irgendetwas anderes getan, aber Nate hat mir versichert, dass seine Familie alle Kosten übernimmt. Inklusive meines Brautkleides, weshalb ich die strikte Anweisung habe, keine Preisschilder zu lesen.

Ob das seine Love Language ist? Oder ist es ein Versuch, zu verschleiern, wie unendlich unterschiedlich die Welten sind, aus denen wir kommen?

Nachdem Mom und Celine mit Staunen fertig sind, verschwinde ich ins Bad. Vor allem, damit ich eine Nachricht schreiben kann, ohne dass mir dabei über die Schulter geschaut wird.

Hailey: Celine fragt, ob du uns eine Limousine schickst. Ich habe ihr einen Helikopter versprochen. Das war nicht zu hoch gegriffen, oder?

Als nach zwei Minuten noch keine Antwort eingetroffen ist, schalte ich das Handy auf Vibration, trete hinaus in den schmalen Flur und schlüpfe in meine geliebten Chucks. Die mit den Löchern, deren Sohle bald komplett durchbrechen wird.

Würde ich in einem Second-Hand-Brautkleid auf der Feier erscheinen, wie würde Nate wohl reagieren? Nach allem, was er von seinen Eltern erzählt hat, sind sie sehr auf Traditionen bedacht, daher vermute ich: nicht gut.

Und da ich mich nicht direkt bei ihnen unbeliebt machen möchte, habe ich mich entschlossen, seine Großzügigkeit anzunehmen. Es ist seine Welt, und ich werde versuchen, mich nicht davon einschüchtern zu lassen.

»Wann soll der Wagen kommen?«, lenkt Mom meine Gedanken zurück in die Gegenwart, und ich werfe einen Blick auf die Uhr.

»In fünf Minuten. Lasst uns runtergehen.«

Dad und meine Brüder sind noch auf der Farm und werden erst am Freitag die Reise auf sich nehmen, doch meine

Mutter hat darauf bestanden, frühzeitig hier zu sein und bei den Vorbereitungen zu helfen. Ebenso wie meine Cousine ist sie Feuer und Flamme. Selbst wenn es kaum etwas vorzubereiten gibt, da Nates Familie bereits alles zu koordinieren scheint.

Einzig unseren Teil der Gästeliste sollten wir ihr schicken. Eine Aufgabe, die weniger als zehn Minuten in Anspruch genommen hat. Immerhin sind gerade einmal acht Namen darauf. Meine Eltern und Brüder, selbstverständlich Celine sowie ihre Eltern und ihre kleine Schwester. Traurig, aber mehr Kontakte in die magische Welt habe ich nicht. Und niemand vom College würde eine derart überstürzte Hochzeit verstehen. Geschweige denn auf ein Fest des magischen Adels eingeladen werden.

Im Hausflur vibriert es in meiner Tasche, also lasse ich Mom und Celine vorausgehen und tue so, als hätte ich etwas vergessen. Warum genau ich vor ihnen verheimlichen möchte, dass ich Nate schreibe, weiß ich selbst nicht.

Vielleicht, weil es das erste Mal ist, dass ich einfach so aus dem Nichts eine Unterhaltung beginne, bei der es sich nicht um eine Terminabsprache handelt.

Nate: Sorry, die Limousine bekommst du das nächste Mal. Für einen Heli brauche ich ein paar Stunden Vorwarnung.

Hailey: Moment … das mit dem Helikopter war ein Scherz!!!

Nate: Nicht in meiner Welt, Honey!

Hailey: Honey? Ernsthaft?

Nate: Kein guter Spitzname? Sweets?

Hailey: Komm schon, du bist doch derjenige von uns beiden, der Erfahrung in diesen Dingen hat … Sei ein bisschen originell. Ich möchte keinen Nullachtfünfzehn-Kaugummiautomat-Spitznamen.

Drei kleine Punkte erscheinen. Er tippt.

Doch bevor ich seine Antwort lese, mache ich mich auf den Weg nach unten. Mindestens Celine wird sonst wissen, dass ich etwas vor ihr verberge.

Es ist wirklich keine Limousine, die uns abholt, sondern ein schwarzer Mercedes mit getönten Fensterscheiben. Der Fahrer stellt sich vor und nennt als Ziel einen Laden in einem Stadtteil, den ich noch nie betreten habe.

Mom und Celine unterhalten sich, wie schon seit gestern Abend, darüber, welches Glück ich habe, überlegen, welche Kleidform mir am besten steht, und Mom verliert sich in einer Anekdote über ihren eigenen Brautkleidkauf, die sie mindestens ein Mal im Jahr zum Besten gibt.

Schnell werfe ich einen weiteren Blick auf mein Handy und ja, er hat geantwortet.

Nate: Aber mit einem Kaugummiautomaten-Ring wärst du einverstanden gewesen?

Hailey: Ein Spitzname ist etwas Besonderes.

Ich warte so gespannt auf seine Antwort, dass ich erschrocken aufblicke, als der Wagen hält. Männer in teuren Anzügen gehen geschäftig an uns vorbei, und ich habe mich selten so fehl am Platz gefühlt. Klar, gestern ging es mir genauso, aber da war ich zu aufgeregt wegen unseres Dates, um mir weitere Gedanken darüber zu machen. Jetzt bin ich mir nur allzu bewusst, dass die Reichen und Schönen von Washington durch diese Läden flanieren. Gerüchte besagen, dass sogar Michelle Obama hier einkaufen geht, wobei ich vermute, dass diese Behauptung verbreitet wurde, um mehr Menschen in diese Gegend zu locken.

Zumindest Celine sieht einigermaßen passend gekleidet aus mit ihrem hellblauen Sommerkleid, dem Jäckchen und der Handtasche, in die höchstens ein Handy passt.

Im Gegensatz zu ihr komme ich mir in der weiten grauen Stoffhose und dem luftigen, aber langärmligen Oberteil vor, als hätte ich ein Clownskostüm an.

Zum Glück öffnet sich die Tür in den Brautladen, kaum dass wir alle ausgestiegen sind, und eine Dame mit Braids, die ihr bis zur Hüfte reichen, lächelt uns freundlich entgegen. »Hailey Fraser?«

Ich nicke.

»Mrs Levergne hat Sie bereits angekündigt. Für die nächsten Stunden gehört der Laden ganz Ihnen.«

Werde ich mich je daran gewöhnen? Ich hoffe, nein.

Nachdem unser Fahrer mir seine Visitenkarte in die Hand gedrückt hat mit der Bitte, ihn anzurufen, sobald wir fertig sind, betreten wir den Laden.

Unzählige Kleider in allen Weiß- und Beigetönen, die man sich vorstellen kann, säumen die Wände. Schaufensterpuppen, welche strategisch verteilt sind, tragen besondere Ausstellungsstücke, und eine Treppe im hinteren Teil des Raumes deutet darauf hin, dass dies lange nicht die gesamte Auswahl ist. Plötzlich kommen mir mehrere Stunden gar nicht mehr so viel vor.

Die Frau, die uns in Empfang genommen hat, stellt sich als die Besitzerin vor, während sie uns weiße Handschuhe reicht. »Nennt mich Isabella. Wir bitten all unsere Kunden, die Kleider nicht mit bloßen Händen anzufassen, um unnötige Verschmutzung zu vermeiden. Haben Sie schon eine Vorstellung?«

»Das alles kam sehr plötzlich«, gestehe ich und möchte am liebsten unter die Kleiderstangen kriechen und mich zwischen all dem Tüll verstecken. »Daher … nicht wirklich.«

»Kein Problem. Am besten suchen Sie und Ihre Begleitung sich aus, was immer Sie möchten, und hängen es dort auf eine Stange.« Sie deutet in die angesprochene Richtung. »Sollten Sie Fragen haben oder irgendetwas brauchen, sagen Sie einfach Bescheid. Ich hole den Champagner und die Gläser.«

Damit verschwindet sie, und zum ersten Mal wirft Celine mir einen ebenso ungläubigen Blick zu wie ich ihr.

»So fühlt es sich also an, wenn man Geld hat«, flüstert sie, und wir kichern alle drei.

»Ich kann immer noch nicht glauben, dass Nathaniel Levergne dein Seelenpartner ist«, sagt Mom kopfschüttelnd, streift sich die Handschuhe über und beginnt, die Kleider zu begutachten.

»Kann ich dich etwas fragen?« Ich trete näher an sie heran, damit Isabella uns nicht hört.

Mom nimmt eines der Kleider genauer unter die Lupe, bis sie sieht, dass einzig der Brustbereich und der Rock aus nicht durchsichtigem Stoff bestehen. Hastig hängt sie es zurück. »Alles, was du möchtest.«

»Wie hat es sich angefühlt, als du Dad zum ersten Mal gesehen hast? Du weißt schon, warst du aufgeregt?«

Sie hält inne und betrachtet mich nachdenklich. »Natürlich war ich aufgeregt, Schatz. Ihr kennt alle die Geschichte, wie ich von König Jacob aus dem Lostopf gezogen wurde. Ich hoffe wirklich, Prinz Alexander nimmt diese Tradition wieder auf, sobald er den Thron besteigt. Jedenfalls fand der Anima damals deinen Vater auf dieser Farm, und ich bin natürlich sofort hingefahren. Ich glaube, während der gesamten Fahrt habe ich nicht geatmet.«

Sie lächelt selig und zieht ein weiteres Kleid hervor, das über und über mit hellblauen und rosa Blumen bestickt ist.

»Disney-Prinzessin-Style«, kommentiere ich, und sie hängt es zurück.

»Für deinen Vater war der Schock natürlich größer«, fährt sie schließlich fort. »Er hatte nie damit gerechnet, überhaupt eine Magierin zu heiraten, geschweige denn seine Seelenpartnerin. Ich weiß bis heute nicht, weshalb seine Eltern die Farm so weit draußen auf dem Land übernommen haben. Dein Großvater hatte dieselbe Gabe wie dein Vater und konnte Pflanzen schneller wachsen lassen, wie du weißt, doch deshalb hätten sie nicht ans Ende der Welt ziehen müssen. Aber das tut nichts zur Sache. Sobald ich deinen Vater gesehen habe, wusste ich, dass er mein Seelenpartner war, Hailey. Es war, als hätten sich plötzlich alle Puzzlestücke zusammengesetzt. Ich wäre diesem Mann bis ans andere Ende der Welt gefolgt, falls es nötig gewesen wäre. Bis ihr Kinder gekommen seid, war er alles für mich. Meine ganze Sicherheit, meine größte Freude. Und mit jeder Geburt ist das Band zwischen uns nur noch stärker geworden.«

»Und bei der Verbindungszeremonie?«

Sie mustert mich, diesmal mit Sorge im Blick, daher gestehe ich: »Ich bin einfach nervös und denke immer noch, dass das alles ein riesiger Fehler war. Dass der Anima mich verwechselt haben muss oder so.«

Mom hängt das Kleid, das sie gerade begutachtet hat, zurück und wendet sich mir zu. »Eine solche Verbindung ist ein wichtiger Schritt, und wir hatten immerhin einige Monate, um uns vorher kennenzulernen. Das ist nicht vergleichbar. Ich war nicht nervös, weil ich deinen Vater bereits kannte. Es ist also vollkommen normal, dass du aufgeregt bist. Himmel, wenn ich daran denke, ich hätte nur wenige Tage vor der Zeremonie gehabt, statt Monate …« Irgendwas muss sie in meinem Gesicht lesen, denn sie nimmt meine verhüllten Hände in ihre eigenen. »Seinen Seelenpartner zu finden, ist ein Geschenk, Hailey. Es ist wahr, ihr hattet kaum Zeit, euch kennenzulernen, aber dafür habt ihr den Rest eures Lebens. Ganz davon abgesehen, welche Chancen sich für deine Gabe dadurch entwickeln. Vielleicht lernst du sogar, sie zu kontrollieren. Deine Cousine dritten Grades, sie ruhe in Frieden, hatte zwar keine Visionen, aber ihre Fähigkeiten haben ähnlich funktioniert wie deine.«

»Cousine Beatrice? Ist sie nicht verrückt geworden?«

»Erst nachdem ihr Mann gestorben ist. Vor der Seelenverbindung vermochte sie Ausschnitte aus dem Leben von Personen zu sehen. Nach der Zeremonie konnte sie deren Geheimnisse erkennen. Natürlich hat sie es nie an die große Glocke gehängt, aber diese Kräfte waren unglaublich.«

»Mir würde es schon reichen, Hautkontakt mit jemandem haben zu können, ohne eine Vision von dessen Zukunft zu bekommen«, murmle ich und wende mich dem nächsten Kleid zu.

»Du und Nathaniel, ihr werdet euch gegenseitig guttun. Da bin ich mir ganz sicher. Ebenso, wie dein Vater und ich füreinander das Beste sind, was uns je passiert ist.« Ein träumerischer Ausdruck legt sich auf ihr Gesicht. »Selbst nach all den Jahren überrascht er mich noch. Meistens im Positiven. Doch egal, wie lange man sich kennt, man ist nie auf alles vorbereitet. Es kommt nur ganz darauf an, wie man gemeinsam mit Herausforderungen umgeht. Und ich bin jeden einzelnen Tag dankbar. Eure Ehe wird wunderbar sein.«

Ich nicke und lächle.

Leider löst die winzige Stimme in meinem Hinterkopf, die mir sagt, dass all das hier vollkommen verrückt ist, sich nicht in Luft auf. Doch Celine hat bereits zwei Kleider gefunden und auch Mom ist wieder auf der Suche. Keine von beiden scheint meine Zweifel zu teilen. Vielleicht reagiere ich also wirklich über und sollte mich schleunigst selbst auf die Suche machen.

Was würde Nate wohl gefallen?

Kurz überlege ich, ihn einfach zu fragen, doch er hat noch nicht auf meine letzte Nachricht geantwortet, und ich möchte nicht den Eindruck erwecken, um seine Aufmerksamkeit zu betteln, indem ich erneut schreibe.

Garantiert würde er irgendetwas Freizügiges bevorzugen. Wir kennen uns zwar noch nicht lange, aber manchmal bekommt er dieses Funkeln in den Augen, und ich bin mir sicher, er denkt dann an etwas, was nicht jugendfrei ist. Oder ich projiziere meine eigenen, definitiv nicht jugendfreien Gedanken auf ihn.

Wie gestern, als ich seine Hand in meine genommen und Ophedia studiert habe. Als seine Finger sich ganz sacht um mein Handgelenk geschmiegt haben und ich mich kaum auf den Ring konzentrieren konnte, weil mein Herz so schnell gehämmert hat. Weil es in meinem Kopf plötzlich keine unschuldige Berührung mehr war, sondern seine Lippen, die meinen Unterkiefer entlangwandern, zu meinem Mund, bevor er mich an sich gezogen hätte und …

Die bei der Erinnerung aufwallende Hitze wird augenblicklich durch einen Kübel Eiswasser gelöscht. Ausgelöst von dem Gedanken, was Hautkontakt bedeuten würde.

Visionen.

Und da er Agent ist, möchte ich wetten, dass es viele Dinge in seiner, nein, unserer Zukunft gibt, die ich nicht wissen möchte.

Versteht er, was genau es bedeutet, mich zu heiraten?

Vielleicht hätte ich ihm sagen sollen, dass ich seit sieben Jahren keinen Hautkontakt mehr zu anderen Menschen hatte. Allein seine kurzen Berührungen durch den Stoff haben mich vollkommen überwältigt und kurzatmig zurückgelassen.

Andererseits hat er es selbst gesagt: Wir sind Seelenpartner. Füreinander geschaffen. Rundherum perfekt. Es wird nirgendwo auf der Welt jemanden geben, der mich so gut versteht wie Nate. Ich muss nur darauf vertrauen. Auf ihn und auf uns. Darauf, dass wir gemeinsam jedes Hindernis überwinden können, wenn wir es nur wollen. Wenn wir es wagen, uns ein gemeinsames Leben aufzubauen.

Er ist »all in«. Daran habe ich keinerlei Zweifel. Daher wird es höchste Zeit, dass ich beginne, ihm zu vertrauen.

Keine albernen Spielchen, wer als Nächstes dran ist mit Schreiben. Und ich weiß ganz genau, was ich ihn fragen möchte.

Also zücke ich mein Handy und tippe, während ich nichts mehr höre außer dem Puls in meinen Ohren.

Hailey: Übrigens, wir werden nicht *nur* im Brautladen nach etwas Hübschem suchen. Hast du eine Lieblingsfarbe?

Kapitel 12

Nathaniel

Ob ich eine Lieblingsfarbe habe?

Ja, ich habe eine Lieblingsfarbe. Wenn sie mich so fragt, habe ich sogar weit mehr als nur eine einzige …

Mein Dad wirft mir über den massiven Eichenholzschreibtisch hinweg einen skeptischen Blick zu. »Ich hoffe, du spielst deiner Verlobten gegenüber eine überzeugendere Rolle.«

»Sie ahnt nichts«, antworte ich und stecke das Smartphone weg. Und mit ihm das schleichende Gefühl von Scham. Ich bin ein Bastard. Schlimmer noch: Ich genieße es, einer zu sein.

»Deine Mutter und ich, wir wünschen uns eine harmonische Hochzeit ohne Zwischenfälle. Du liebst deine Mutter doch sehr. Erfülle ihr ausnahmsweise einmal diesen Wunsch.«

Ophedia hebt den Kopf von meinem Finger, und ich lasse meine Faust in der Tasche meiner Hose verschwinden. Ich kann es mir nicht leisten, dass mein Vater bemerkt, wie aufgewühlt ich bin. Dass ich ihn allein für diese Aussage durch die Hölle seiner Träume schicken möchte, bis er in diesem Labyrinth den Verstand verliert, mehr noch als ohnehin schon …

»Das wird kein Problem sein«, sage ich. Obwohl ich im Moment selbst nicht weiß, ob ich dieses Versprechen werde halten können. Von allen Missionen, mit denen ich je beauftragt wurde, kommt mir diese als die grausamste vor, und ich kann nicht einmal genau sagen, woran es liegt. Ich kann dem Mädchen eine gute Zukunft bieten. Sicherheit in finanzieller wie physischer Hinsicht. Dass sie die Begegnung mit mir überhaupt überlebt, ist mehr, als die meisten anderen Zielpersonen hoffen konnten, auf die ich angesetzt wurde. Andererseits kannte ich zuweilen nicht einmal deren Vornamen. Geschweige denn ihre Wünsche. Hoffnungen. Ihre Familien. Ich hatte keine Ahnung, und es hatte mich auch nicht zu interessieren. Ihre Leichen waren meist das Letzte, was ich je von ihnen gesehen habe. Hailey wird womöglich für immer ein Teil meines Lebens sein. Tag für Tag werde ich neben ihr aufwachen, sie ansehen und wissen, dass jeder meiner Atemzüge in ihrer Anwesenheit eine Lüge ist.

Wäre ich an ihrer Stelle, ich würde mir wünschen, sie hätte mich einfach umgebracht, anstatt mir das anzutun.

»Du weißt doch, was auf dem Spiel steht, Junge«, knurrt mein Vater.

Ich stehe auf, trete hinüber ans Fenster, um seine Visage nicht mehr ansehen zu müssen. Ich bin ihm wie aus dem Gesicht geschnitten. Das gleiche Kinn. Die gleiche Stirnpartie. Die gleiche Augen- und Haarfarbe. Ich bin größer als er. Weil ich bis vor wenigen Jahren noch gewachsen bin. Und er allenfalls an Inches eingebüßt hat. Das ist der offensichtlichste Unterschied zwischen uns.

»Was willst du eigentlich von mir?«, frage ich. »Ich gebe meine komplette Zukunft auf. Für dich. Für die Agency. Für die magische Gesellschaft. Und du forderst immer noch mehr. Hast du nicht irgendwann mal genug?«

»So redest du nicht mit mir, hast du verstanden? So nicht! Du bekommst alles. Unser gesamtes Erbe. Dieses Anwesen. Meinen Namen und das damit einhergehende Ansehen. Ich hinterlasse dir alles, und du bist noch immer ein undankbares, trotziges Kind!«

»Hast du mal drüber nachgedacht, dass mich das *alles* nicht interessiert?«, frage ich.

Als ich mich zu ihm umdrehe, ist sein Gesicht puterrot angelaufen. Die Adern auf seiner Schläfe pochen bedrohlich. Und ich erwische mich bei dem Gedanken, mir zu wünschen, er möge einen Herzinfarkt erleiden. Hier und jetzt. Vor meinen Augen. Würde einfach sterben.

Er hat recht. Ich bekäme all das, was er gerade aufgezählt hat. Und ich könnte die Hochzeit absagen. Ich müsste mir nie wieder anhören, was für ein unwertes Kind ich bin. Was für eine Enttäuschung. Ich müsste nie wieder mitansehen, wie er meine Mutter behandelt, als wäre sie ein Objekt. Ein Dekorationsgegenstand.

So viele Leben würden sich verändern, wenn seines nicht mehr weiterginge.

Und dennoch ist es falsch. Jede Sekunde, die ich diesen Gedanken fortführe, bin ich keinen Deut besser als er.

»Was willst du denn? Was?«, donnert er. »Was solltest du noch wollen?«

»Eine Zukunft. Kinder von einer Frau, die ich liebe und die mich liebt.«

»Liebe … Und ich dachte, ich hätte dich zu einem Mann erzogen! Nicht zu einem weinerlichen Rockzipfelküsser! Einem verweichlichten …« Er schwadroniert fort.

Mein Smartphone vibriert indes in meiner Tasche. Automatisch ziehe ich es heraus.

Hailey: Wir haben noch viel Zeit, alle Farben der Welt auszuprobieren.

Hailey: Also, wenn du darauf Lust hast …

Hailey: Sorry, ich glaub, diesen Sexting-Kram muss ich noch üben …

Sie hat einen Smiley angefügt. Das Äffchen, das sich die Hände vor die Augen hält. Sie ist der einzige Mensch in meiner Kontaktliste, der diesen Smiley verwendet. Der ihn *mir* schickt.

Nate: Das hier ist kein Sexting, Hailey. Wenn es welches wäre, dann lägst du jetzt nackt in deinem Bett und würdest deine Finger zwischen deinen Schenkeln versenken und dir wünschen, es wären meine Hände, die dich berühren.

Nate: Ein andermal. Muss jetzt los. Viel Spaß beim Shoppen.

»Du erdreistest dich, mit irgendjemandem zu chatten, während ich mit dir spreche?«

Ich hebe den Kopf. Mein Dad. Er ist noch immer hier. Ich stehe noch immer in seinem Studierzimmer.

»Beruflich. Mit meiner zukünftigen Frau. Sie kauft gerade Brautmode. Das sollte doch in deinem Sinne sein, oder nicht?«

Er presst die Kiefer aufeinander. Und schweigt.

Ich drehe mich um und gehe zur Tür. »Wir sehen uns auf der Hochzeit, Vater.«

Und während ich die Klinke unter meinen Händen spüre, weiß ich, dass ich sie tatsächlich heiraten werde. Ich werde es tun. Ich werde ihr und mein Schicksal besiegeln.

Und ich habe tatsächlich geglaubt, ich hätte Rückgrat.

Nichts habe ich. Nichts bin ich. Nichts weiter als ein Mann auf dem emotionalen Level eines Teenagers, dessen einzige

Errungenschaft es sein wird, horny genug zu sein, um eine junge Frau in den lebenslangen Abgrund einer Lüge zu führen.

Dabei sollte ich ihr mehr geben als das. Ich bin es ihr schuldig. Mehr zu sein als der nächstbeste Kerl, der nur Sex will, oder ein roboterhafter Gefrierschrank, der nur seine Pflicht erfüllt.

Wenn ich ihr übermorgen das Jawort gebe, dann sollte ich ihr wenigstens alles schenken, was ich habe.

Kapitel 13

Hailey

»Die Schuhe? Hast du die Schuhe?« Mom wedelt vor Celines Gesicht herum, während sich vor Nervosität rote Flecken an ihrem Hals und auf ihren Wangen bilden. Sie trägt ein bodenlanges dunkelblaues Kleid, welches ihre Augen leuchten lässt.

»Ja, Tante Steph.« Celine hat sich für ein graues Cocktailkleid entschieden, und die Haare fallen ihr offen über den Rücken.

Tatsächlich sind es nur noch die Schuhe, die fehlen. Die Levergnes haben zwei Stylistinnen kommen lassen, die sich ausschließlich um Mom, Celine und mich gekümmert haben. Haare, Make-up, letzte Anpassungen am Kleid, alles ist erledigt. Obwohl sie es definitiv befremdlich fanden, dass ich mich nur habe schminken und frisieren lassen, solange sie Handschuhe trugen. Doch sie sind meiner Bitte, ohne zu murren, nachgekommen.

Vielleicht hat Mom recht. Vielleicht lerne ich mit meinem Seelenpartner endlich, meine Gabe zu kontrollieren. Und vielleicht muss ich dann nicht mehr vor jeder zufälligen Berührung von nackter Haut Angst haben. Vielleicht, vielleicht, vielleicht …

Die Schuhe mit den viel zu hohen Absätzen liegen noch in einer Ecke der ausladenden Hotelsuite, die ebenfalls nur für diesen Morgen gebucht wurde.

Celine und Mom haben beide bereits ihr zweites Glas Champagner in der Hand, während mein erstes weiterhin unangetastet neben dem überquellenden Obstkorb steht.

Mir ist schlecht.

Glücklicherweise wird es nicht mehr lange dauern, bis mir, wie bei der Verbindungszeremonie üblich, ein Schleier über das Gesicht gelegt wird, der erst durch Nate angehoben werden darf. Irgendeine alte Tradition, die vermutlich in eine Zeit zurückreicht, in der Frauen noch keine freie Wahl in Bezug auf die Zustimmung zu ihrer eigenen Ehe hatten. Hauptsache, niemand sah ihre Tränen. Oder ihre Panik. Und hoffentlich erfüllt diese Tradition auch bei mir ihren Zweck.

Ob es den anderen Frauen, die vermutlich in diesem Moment genau wie ich in ihren Zimmern stehen, ebenso ergeht? Von der Dame, die für die Koordination und den reibungslosen Ablauf verantwortlich ist, habe ich erfahren, dass sie sich alle vor einer Woche getroffen und geprobt haben. Inklusive Einlauf und wo jede einzelne Person innehalten wird. Doch ich hatte Nate zu diesem Zeitpunkt gerade erst kennengelernt. Statt einer Probe hatte ich gestern nur ein Telefonat und heute Morgen eine kurze Erklärung anhand eines Raumplans.

Was, wenn ich versehentlich in die falsche Richtung gehe?

»Schatz?«

»Ja?« Ich fühle mich ertappt und weiß nicht einmal, wieso. Vielleicht, weil ich mir wünsche, mehr Zeit zu haben. Gestern erschien mir all das noch unwirklich. Wie ein Abenteuer, das man in einem spannenden Computerspiel erlebt. Heute ist es plötzlich real, und die Tatsache, dass Nate mir seit zwei Tagen nur sporadisch auf Textnachrichten antwortet, ist kein bisschen beruhigend.

»Wo bist du bloß mit deinen Gedanken?«, fragt Mom grinsend und zwinkert mir zu.

»Ich wette, bei ihrem heißen Verlobten.« Celine kniet sich vor mich, um mir in die Schuhe zu helfen. »Und bei all den Dingen, die er heute noch mit ihr anstellen wird.«

Hoffentlich sind die gefühlten drei Schichten Make-up dick genug, um meine Gesichtsfarbe zu überdecken. »Danke, das ist nicht hilfreich.«

»Wo wir gerade bei dem Thema sind, Schatz.« Mom nimmt meine Hände, welche bereits in langen weißen Handschuhen stecken. Sie wird erstaunlich ernst dafür, dass sie bereits das zweite Glas geleert hat. »Deine Hochzeitsnacht … Du weißt, was das bedeutet, oder?«

Ein Blick zu Celine genügt, und ich weiß, worauf dieses Gespräch hinausläuft. Meine Cousine hat die Lippen fest aufeinandergepresst, um nicht lauthals loszuprusten.

»Dass ich einen Ring bekomme?«

Jetzt lacht Celine tatsächlich auf, und auch Mom schmunzelt, wird jedoch sofort wieder ernst. »Hast du Fragen? Nach der Zeremonie werden wir vermutlich keine Zeit mehr haben, um in Ruhe miteinander sprechen zu können.«

»Wirklich, Mom, wir müssen nicht darüber reden.« Aber falls sich jetzt der Erdboden auftun und mich verschlingen würde, hätte ich kein Problem damit.

»Du hattest noch nie … Oder?«

Immerhin bin ich nicht die Einzige, die jetzt knallrot anläuft, und wäre dies ein Gespräch über irgendein anderes Thema, hätte ich bei Moms Anblick gelacht. Unter den aktuellen Umständen bringe ich allerdings nur ein Kopfschütteln zustande. Es ist ja nicht so, als hätte ich gar keine Erfahrung. Mit mir selbst kann ich Spaß haben. Bisher hat nur der Mann dazu gefehlt …

»Das Gespräch über Bienchen und Blümchen kannst du dir sparen, Tante Steph«, springt Celine mir zur Seite. »Sie lebt zwar wie eine Nonne, aber ich habe dafür gesorgt, dass sie bestens informiert ist. Irgendetwas musste ich ja tun, nachdem sie sich standhaft geweigert hat, vorab ein bisschen die Zehen ins kalte Wasser zu tauchen. Dabei hätte ich so tolle Kandidaten gehabt.«

In diesem Moment klopft es an der Tür, und das bewahrt meine Cousine davor, von mir erwürgt zu werden. Es gibt einfach Dinge, die ich nicht mit meiner Mutter besprechen möchte.

Da Celine noch damit beschäftigt ist, mir in den zweiten Schuh zu helfen, und Mom meine Stütze ist, damit ich auf dem einen Absatz nicht umfalle, rufe ich nur »Herein!«, und eine zierliche, dunkelhaarige Frau mit riesiger Brille und Etuikleid öffnet die Tür.

»Die Zeremonie beginnt in zehn Minuten. Alle Gäste sollten jetzt ihre Plätze aufsuchen, und die Bräute müssen sich in der Lobby versammeln.«

Es ist, als würde die Erde wanken. Aber vielleicht bin das auch ich.

Okay, keine Panik. Alles ist gut. Nate ist mein Seelenpartner. Vollkommen gleichgültig, wie lange wir uns kennen.

Das Blut rauscht mir in den Ohren, und obwohl Mom und Celine reden, bekomme ich nichts davon mit. Eine von ihnen hebt den Schleier nach vorn, sie drücken meine Hände und führen mich aus der Suite, einen langen Gang hinunter bis zu einem Fahrstuhl.

Dann umarmen sie mich ein letztes Mal, bevor sie in einem ausladenden Saal verschwinden, aus dem bereits das Murmeln unzähliger Stimmen zu uns dringt.

Ich bin allein.

Abgesehen von mehreren Security-Magiern, die neben den Eingängen positioniert sind. Und natürlich den anderen Bräuten.

Zwei der verschleierten Frauen in Weiß flüstern aufgeregt miteinander, die anderen scheinen ähnlich interessiert an Unterhaltungen wie ich. Insbesondere eine von ihnen sticht mir ins Auge. Sie ist klein, ihr Kleid hat einen cremefarbenen Ton und ist über und über mit Mustern bestickt. Der Grund, weshalb sie mir auffällt, ist allerdings, dass ihr Schleier deutlich kürzer ist und man eine lange goldene Kette darunter sehen kann. Der Anhänger bildet den afrikanischen Kontinent ab, und ihre Finger tasten immer wieder nach dem Schmuckstück.

Das alles passiert wirklich. Genau jetzt. Es ist kein Traum, keine weit entfernt scheinende Vorstellung – das hier ist die verdammte Realität.

»Immerhin weiß ich bereits, dass James fantastisch ist, wenn ihr versteht, was ich meine«, sagt eine der Frauen, deren Gesicht ich hinter dem Schleier nicht ausmachen kann. »Ich weiß, eigentlich sind dafür die Flitterwochen gedacht, aber wir konnten uns nicht zurückhalten.«

»Niemanden interessiert das«, kommt es eisig von einer der anderen. Sie ist groß, und ich kann rote Lippen unter dem Stoff hervorblitzen sehen.

»Kein Grund, biestig zu werden, Mel. Nur weil Oliver nicht aus dem Adel kommt und damit nicht die Seelenverbindung ist, auf die du gehofft hast, können wir anderen uns trotzdem freuen«, erwidert die erste Sprecherin fröhlich.

Kennen sie sich etwa alle untereinander?

Bevor die Rote-Lippen-Frau Mel antworten kann, öffnen sich die Flügeltüren und geben den Blick auf einen Saal voller Menschen frei, die sich alle gleichzeitig zu uns umdrehen und aufstehen. Weiße Blumen verzieren riesige Säulen, und durch das kuppelartige Glasdach fällt warmes Sonnenlicht. Alle zwei Yard stehen weitere Security-Magier in schwarzen Anzügen, und ich frage mich unwillkürlich, ob sie Angst vor einem Anschlag der Rebellen haben. Oder ist dieses Sicherheitsaufgebot normal?

In den letzten Monaten soll es immer wieder kleine Zwischenfälle gegeben haben, und mit der nahenden Krönung von Prinz Alexander …

Ein Rednerpult ist aufgebaut und Anima Angus steht, in eine lange Robe gekleidet, dahinter. Und vor ihm …

Jegliche Gedanken an Rebellen oder Sicherheit verschwinden, sobald ich Nate entdecke. Und obwohl er mich unter dem Schleier unmöglich sehen kann, könnte ich schwören, dass sein Blick an mir hängen bleibt. Selbst auf die Entfernung sieht er … dunkel aus. Dabei ist heute nichts Dunkles an ihm. Nichts, bis auf eine Präsenz, die mir einerseits die Haare zu Berge stehen lässt und mich andererseits wie ein Magnet anzieht.

Alle Bräute setzen sich gleichzeitig in Bewegung, und ich stolpere ihnen, wie angewiesen, als Schlusslicht hinterher. In einer weißen Prozession gehen wir an den gefüllten Stuhlreihen vorbei bis ganz nach vorn. Während die anderen Frauen abwechselnd nach rechts oder links zu ihren Partnern gehen, werde ich direkt in der Mitte haltmachen. Vor Nate. In der Position, die für alle Menschen hervorragend einsehbar ist.

Immerhin ist die Musik laut. Ich bin mir sicher, dass mein Herz sonst klar und deutlich im ganzen Raum zu hören wäre. Außerdem ist mir heiß. Das Kleid, das bis eben noch perfekt saß, wird plötzlich unangenehm eng, und es kostet mich all meine Willenskraft, nicht zu hyperventilieren.

Unzählige Gesichter starren mich an. Irgendwo muss meine Familie sein, doch ich kann keinen von ihnen entdecken.

Das hier ist meine Hochzeit. Sollte ich das nicht genießen, anstatt von all der Ungewissheit, was auf mich zukommt, aufgefressen zu werden?

Vielleicht hatte Celine recht. Vielleicht waren die Jahre der Abstinenz ein Fehler. Vielleicht hätte ich mir irgendeinen Typen suchen und das Thema Sex einfach hinter mich bringen sollen. Eine Vision kann kaum schlimmer sein als das, was ich gerade fühle. Vielleicht wäre ich jetzt einen Hauch weniger nervös, wenn ich nicht nur theoretische Erfahrung in diesen Dingen hätte.

Ich wette, Nate hat mehr als genug praktische Erfahrung für uns beide.

Der Gedanke kommt ungebeten, und beinahe stolpere ich in den hohen Schuhen über die unzähligen Lagen Tüll, aus denen der untere Teil meines Kleides besteht. Gibt es vielleicht sogar in diesem Raum Frauen, mit denen er … Wütend versuche ich, den Gedanken zu verdrängen, und schaue überallhin, nur nicht zu ihm.

Eine Schweißperle läuft mir den Nacken hinunter, und ich wünschte, ich hätte keine Handschuhe an, die mir bis über die Ellenbogen reichen. Direkt bis unter die Ärmel meines Kleides.

Ob es den anderen Frauen ähnlich ergeht?

Wahrscheinlich nicht.

Sie hatten Zeit. Konnten ihre Seelenpartner kennenlernen, konnten ihr Leben miteinander planen.

Je näher ich ihm komme, desto weniger Sauerstoff füllt meine Lunge.

Machen wir einen Fehler? Kenne ich ihn gut genug, um ihm den Rest meines Lebens zu versprechen? Kenne ich mich selbst gut genug, um dieses Versprechen zu geben?

Himmel, dieses Kleid ist eng! Und warm. Könnte ich nur wenigstens die Handschuhe ausziehen, ohne dass es auffällt.

Noch zehn Schritte.

Warum nehmen wir uns keine Zeit? Manche Paare sind Jahre zusammen, bevor sie heiraten. Und das hier ist keine normale Hochzeit. Es wird ein Seelenband geknüpft. Eine Verbindung, so tief, so endgültig, dass es einen in den Wahnsinn treiben kann, wenn sie gekappt wird.

Fünf Schritte.

Irgendwo in meinem Kopf beginnt ein Fiepen, das ich nicht zuzuordnen weiß.

Die grünen Augen, von denen ich die letzten Nächte geträumt habe, scheinen sich durch den Schleier direkt in meine Seele zu bohren.

Zwei Schritte.

Die letzte Frau vor mir tritt zur Seite, dann stehe ich vor ihm.

Dachte ich vor einigen Tagen noch, dass Nate gut aussieht? Das war definitiv ein Irrtum. Er sieht umwerfend aus. Der graue, vermutlich maßgeschneiderte Anzug harmoniert mit seinen braunen Haaren, und die frühlingsgrüne Krawatte ist perfekt auf seine Augen abgestimmt. Jedenfalls, wenn der Vorhang aus Weiß mich nicht komplett farbenblind hat werden lassen.

Mir ist schlecht. Wirklich schlecht.

Hat sich irgendjemand in der Geschichte dieses Rituals schon einmal die Hand vor den Mund geschlagen und ist aus dem Saal gerannt?

Ich hoffe wirklich, dass das heute nicht zum ersten Mal passieren wird.

Panikattacke.

Ist das hier eine Panikattacke?

Selbstsicher ergreift Nate meine rechte Hand, und die Wärme, die durch den Stoff in meine Haut sickert, wirkt wie ein Anker.

»Atme, Hailey«, weist er mich leise an.

Ich gehorche.

»Gut. Noch mal.«

Erneut zwinge ich mich, Luft zu holen, durch die Nase ein- und durch den Mund wieder auszuatmen.

Es hilft. Einigermaßen.

Genug, dass ich bemerke, wie ich am ganzen Körper zittere.

Vielleicht ist ihm das bewusst, denn er streicht beruhigend mit dem Daumen über meinen Handrücken.

Gäbe es nur diesen verdammten Schleier nicht. Ich möchte ihm in die Augen schauen, mich vergewissern, dass es derselbe Mann ist, mit dem ich Ringe ausgesucht habe. Derselbe Mann, der mir vor gerade einmal einer Woche auf der Bühne den Atem geraubt hat. Der mir versprochen hat, bei mir zu bleiben, komme, was wolle. Selbst wenn alles um uns herum zu Staub zerfällt.

Anima Angus räuspert sich, und seine Stimme wird über Lautsprecher an den Seiten verstärkt.

Ich hätte wirklich etwas essen sollen. Vielleicht hätte ich dann jetzt nicht das Gefühl, jede Sekunde umzukippen. Oder habe ich einen Herzinfarkt? Wie kann ein Herz so heftig pochen und keinen Schaden nehmen?

Die Menge beginnt zu applaudieren, und erst jetzt bemerke ich, dass keines der gesprochenen Worte zu mir durchgedrungen ist.

Es kommt mir vor, als hätte Nate seinen Griff verstärkt. Nicht so sehr, dass es wehtut. Eher, als hätte er meine Gedanken gehört und nun Angst, dass ich vor ihm weglaufe.

»Lasst uns nun zum wichtigsten Punkt des heutigen Tages und natürlich eures Lebens kommen.«

»Aber bloß keinen Druck.« Nates Lippen bewegen sich kaum, während er die Worte vor sich hin murmelt. Niemand außer mir kann ihn hören. Wären nicht alle meine Sinne auf ihn gerichtet, hätte ich es vermutlich ebenfalls nicht verstanden.

Ich atme weiterhin ruhig ein und aus, zähle die Sekunden bei meinen Atemzügen, wie Mom es mir schon als kleines Kind beigebracht hat, wenn etwas zu aufregend wurde.

Eins, zwei, drei, vier, ein.

Eins, zwei, drei, vier, fünf, sechs, aus.

Als hätte er sich auf meinen inneren Rhythmus eingestellt, streicht Nates Daumen beruhigend über meinen Handrücken und sendet winzige Stromschläge meinen Arm herauf. Darauf konzentriere ich mich. Nicht auf den Anima, der noch immer redet, nicht auf die unzähligen Augenpaare, die auf mich gerichtet sind, sondern einzig auf meinen Seelenpartner und meine Atmung.

Vertrauen, Hailey. Alles wird gut. Du musst nur vertrauen.

Nathaniel Levergne ist für mich bestimmt. Und ich für ihn. Ich habe es gespürt, als ich ihm zum ersten Mal begegnet bin, und es besteht absolut kein Grund, an ihm und uns zu zweifeln.

Vertrauen.

Allmählich wird mein Herzschlag langsamer. Er ist noch nicht zurück im Normalzustand, aber immerhin muss ich keine Angst mehr haben, ohnmächtig zu werden.

Plötzlich drehen sich alle Paare, schauen sich in die Augen, und wir tun es ihnen gleich. Oder besser: Nate tut es ihnen gleich und ich folge seiner Führung.

»Hebt den Schleier und sprecht mir nach.«

Alle befolgen die Anweisung des Anima.

Irgendwo höre ich Fluchen und Kichern, als hätte sich jemand in Tüll verheddert.

Wieder wird die Luft knapp und es ist eine Erlösung, als der Stoff vor meinem Sichtfeld verschwindet und frischer Sauerstoff meine Lungen füllt.

Nate erforscht mein Gesicht, und die Ruhe, die er ausstrahlt, scheint auf mich überzugehen. Ein Hauch Rasierwasser kitzelt meine Nase, zusammen mit etwas Frischem, das ich nicht ganz zuzuordnen weiß, was mich aber augenblicklich auf die Bühne zurückversetzt. Zu unserem Duett. Zu dem Gefühl, dass alles gut wird, solange wir nur zusammenbleiben.

Ich lächle.

Das ist er. Mein Seelenpartner. Wir werden heiraten.

Glücklich sein.

»Wenn ihr all dies füreinander sein wollt, so sprecht mir nun nach: Ja, ich will.«

»Ja, ich will.« Die Worte kommen mir atemlos über die Lippen, doch Nate hört sie trotzdem. Ein unmerkliches Zucken im Kiefer verrät ihn. Leider habe ich keinen Schimmer, ob das gut oder schlecht ist.

Anima Angus wiederholt die Worte.

»Ja, ich will.« Seine Antwort ist deutlich zu vernehmen.

»Dann tauscht jetzt die Ringe.«

Mein Plan mit den Handschuhen war perfekt durchdacht, bis zu diesem Moment.

Vorsichtig ziehe ich die Seide hinunter und halte den Atem an.

Bitte nicht jetzt. Nicht jetzt. Alles, bloß nicht jetzt.

Meine Hand wirkt winzig im Gegensatz zu seiner, doch er ist vorsichtig, während er mir den Ring über den Finger streift.

Helle Diamanten funkeln auf dem kühlen Metall und sehen tatsächlich aus wie eine Schlange, die sich darum windet.

Wunderschön.

Als seine Haut meine streift, verharre ich reglos. Nichts passiert.

Der zweite Ring liegt noch immer auf dem Kissen, das er von irgendwo hergezaubert hat, und ich nehme ihn vorsichtig auf. Es ist die steinlose Version von meinem, schlicht, aber er zieht dank eines geschickt angebrachten Schliffs trotzdem die Blicke auf sich.

Ich brauche zwei Anläufe, bis ich das Ding ruhig genug halte, um es ihm anzustecken.

»Haltet euch nun an den Händen.«

Sanft streift er mir den zweiten Handschuh ab, und diesmal scheint mehr in der Geste zu liegen als bloße Notwendigkeit. Sie lässt Bilder in mir aufsteigen, wie er mir ganz andere Dinge auszieht. Wesentlich privatere Dinge.

Reiß dich zusammen!

Seine Finger umschließen meine und sein Blick hält mich gefangen. Ich höre nichts mehr bis auf das pochende Rauschen meines eigenen Blutes.

Dann spüre ich etwas. Zuerst ist es kaum wahrnehmbar, doch nach wenigen Sekunden wird es unmöglich, es zu ignorieren. Ein unsichtbares Band, das sich um mein Herz zu schlingen scheint.

Mein Herz, dessen Takt sich ändert. Anpasst. An seinen. Als wäre ich in seiner Seele. Und er in meiner.

Ich spüre dasselbe Tosen in ihm, wie es in mir vorherrscht, ein wilder Mix aus Emotionen, die ich nicht greifen kann. Und es ist unmöglich, zu sagen, wo ich beginne und wo er endet.

Wir sind eins und doch nicht eins, sind zusammen und doch nicht nah genug.

Dann ist es wieder vorbei.

Bis auf das Band, welches sich tief in mir einnistet. Eine permanente Verbindung zwischen uns, nur trennbar durch den Tod.

Kapitel 14

Nathaniel

Ich runzle die Stirn. Denn ich könnte schwören, dass irgendetwas in meinem Inneren sich gerade verändert hat. Sich verbunden hat. Und das sollte nicht passieren.

Oder doch?

Nein.

Sollte es nicht.

Hailey ist nicht *wirklich* meine Seelenpartnerin. Also sollte ich auch keine tatsächliche Verbindung zu ihr spüren. Ich sollte nicht das Gefühl haben, zu wissen, was sie empfindet. Wie die leise Panik, die ich in ihren Augen sehe, ihren Herzschlag beschleunigt. Oder wie in ihrem Inneren ein Vertrauen in mich keimt, das sie nicht haben darf, egal, wie warm und richtig es sich anfühlt.

Aber ich weiß, dass sie es auch spürt. Ich erkenne es an der Art, wie sie mich ansieht. Als wäre ich eine Offenbarung, ein wertvolles Gut.

Es stört mich. Am liebsten würde ich es fortwischen. Ich habe es nicht verdient.

Aber ich sage nichts. Halte Haileys Hände in meinen und warte, bis es vorbei ist. Die Zeremonie, die eingeprobten

Schritte, der Applaus der Umstehenden. Erst dann beuge ich mich zu Hailey hinab und sage: »Lass uns von hier verschwinden. Draußen wartet ein Wagen.«

Sie lächelt, nickt und wir verlassen den Festsaal.

Ich sehe aus dem Augenwinkel, wie Hailey sich hastig ihre ellenlangen Seidenhandschuhe wieder überzieht. Sie stockt, als der Finger mit dem Ring daran nur schwer in sein Futteral rutscht. Ich strecke eine Hand danach aus und zupfe den Stoff zurecht.

»Danke«, flüstert sie kaum hörbar.

Die Luft ist angenehm kühl. Es duftet noch nach Regen, obwohl für den Rest des Tages eitel Sonnenschein angekündigt wurde. Wir haben gerade den Parkplatz erreicht, als ein weiteres Paar zu uns tritt. Der Bräutigam in blauem Anzug und blauer Krawatte scheint mich mit Blicken erdolchen zu wollen, während die Dame an seinem Arm mich aus grünen Augen anstrahlt und ruft: »Nathaniel! Ich wusste ja gar nicht, dass du auch hier sein würdest!«

Ihr Gesicht kommt mir zwar bekannt vor, ich weiß aber nicht, woher.

»Ich hatte das große Glück, vor wenigen Tagen meine Seelenpartnerin zu treffen«, erwidere ich und schenke Hailey mein bestes Zahnpastalächeln.

Die fremde Braut hebt interessiert die Augenbrauen. »Ach, wie schön! Dann wurden wir also nicht nur im selben Jahr eingeschult, sondern auch im selben verheiratet!«

Eingeschult. Ich gehe in Gedanken meine Grundschulklasse durch. Washington, D.C. und New York sind die einzigen Städte in den USA, in denen es Privatschulen ausschließlich für magische Kinder gibt. Meine Erinnerungen bleiben bei einem kleinen Mädchen mit Zahnlücke und braunen Zöpfen hängen. Melanie … irgendwas. Ich habe ihr in der dritten Klasse mal einen Apfel aus meiner Lunchbox gegeben, den ich nicht essen wollte. Danach hatte ich sie für den Rest meiner Grundschullaufbahn an den Hacken.

Ich richte mir die Krawatte und leiere mir ein weiteres Lächeln auf die Mundwinkel. »Darf ich dir meine Braut vorstellen? Hailey Fra… Levergne.«

Melanies Strahlen wankt bedrohlich, als sie Hailey betrachtet. Dann streckt sie ihre Hand aus und sagt: »Melanie Sutton, ist mir eine Freude.«

»Barnes«, korrigiert ihr Ehemann.

Sie lächelt verlegen. »Natürlich, Schatz.«

Hailey reibt in einer nervösen Geste den Stoff ihres langen Handschuhs, dann reicht sie Melanie ebenfalls die Hand. »Schön, dich kennenzulernen«, sagt sie, ein vorsichtiges Lächeln auf den Lippen.

»Und ich bin Oliver Barnes«, fügt Melanies Bräutigam an und streckt mir seine Hand entgegen.

»Nathaniel. Levergne«, stelle ich mich vor und erwidere den Händedruck.

Im selben Moment fährt ein schneeweißer Wagen vor, der über und über mit Fliederblüten bedeckt ist und in großen Lettern den Namen Levergne verkündet. Ich verdrehe die Augen. Meine Mutter hat es wohl wirklich ernst gemeint, als sie sagte, sie wolle meiner Braut diesen Tag unvergesslich machen. Vermutlich erwarten uns bei der Ankunft in meinem Elternhaus ein roter Teppich, handgeschriebene Platzkärtchen und Rosenblätter …

»Dieses überaus bescheidene Vehikel ist unseres«, verkünde ich, deute auf den Wagen und wende mich an Melanie und ihren bedauernswerten Ehemann. »Wenn ihr uns also entschuldigen würdet?«

»Wir sehen uns in Schottland!«, flötet Melanie und spielt damit auf die Flitterwochen an, welche die Magische Regierung allen frischvermählten Seelenpartnern spendiert.

* * *

Nach dem Eintreffen auf dem Anwesen meiner Eltern werden wir ein weiteres Mal von Personal umringt. Offenbar reicht es nicht aus, uns ein Mal für die Zeremonie einzukleiden und abzupudern. Nein, das Ganze muss vor den privaten Feierlichkeiten wiederholt werden …

Ich habe die Visagisten zu Hailey geschickt. Trotz allen Make-ups wirkte sie blass und schweigsam, seit wir das Anwesen betreten haben. Vermutlich hätte ich sie wenigstens ein Mal vor der Hochzeit herbringen sollen, um ihr Gelegenheit zu geben, sich an all das hier zu gewöhnen. Aber ich habe uns das Aufeinandertreffen ersparen wollen, allen voran mir selbst.

Meine Mutter weiß nichts von meinem beruflichen Arrangement. Wie Hailey glaubt sie, all das hier sei eine Traumhochzeit. Mein Vater hielt es »für das Beste«. Und ich will sie nicht belasten. Jetzt steht sie in einem eleganten lavendelfarbenen Abendkleid im Türrahmen meines ehemaligen Schlafzimmers und betrachtet mich voll des mütterlichen Stolzes, während ich mit meiner Krawatte kämpfe. Bei der Zeremonie habe ich Grün getragen. Aber inzwischen ist mir mehr nach Pechschwarz.

Meredith Levergne tritt auf mich zu. Ihre Schritte erzeugen auf dem Dielenboden kaum ein Geräusch, so leicht ist sie. In ihren faltengesäumten Augen glänzen Freudentränen, und sie streckt die zittrigen Finger nach meiner Krawatte aus. »Lass mich das tun«, sagt sie.

Ich nehme meine Hände herunter. Ich komme mir jedes Mal so … grobschlächtig vor, neben ihr. Kaum zu glauben, dass sie mich vor neunundzwanzig Jahren geboren haben soll. Sie ist so winzig. Und so zerbrechlich.

»Bist du aufgeregt?«, fragt sie, schnalzt dann aber leise mit der Zunge und meint lächelnd: »Natürlich nicht. Du warst nicht einmal vor deiner Aufnahmeprüfung in der Magic Agency aufgeregt.« Sie hebt den Blick und sieht mich mit gehobenen Augenbrauen an. »Dein Vater ist so stolz auf dich.«

»Ich bin aufgeregt, Meredith«, antworte ich. »Ich habe heute eine Frau geheiratet, die ich kaum kenne, und unten warten Hunderte von Gästen auf mich. Meinen Job kann ich kündigen. Aber meine Familie nicht.«

Sie zuckt zusammen. Dann lächelt sie, hebt eine Hand und tätschelt mir mit ihren kalten, zarten Fingern die Wange. »Sie wird dir eine gute Frau sein«, verspricht sie. »Wer würde sich nicht wünschen, mit dir verheiratet zu sein? Du bist einer der begabtesten Magier des Landes. Du bist jung, und vor dir liegt eine vielversprechende Karriere. Es wird sein wie bei deinem Vater und mir damals.«

Ich presse die Kiefer aufeinander. Wenn es tatsächlich eine Ehe wird wie zwischen meinem Vater und meiner Mutter, kann ich mir jetzt und hier die Kugel geben. Sie erhalten die Fassade des glücklichen Ehepaars perfekt aufrecht, an neun von zehn Tagen sogar vor mir. Aber dieser zehnte Tag … ist die verdammte Hölle auf Erden. Ich werde den Anblick nie vergessen, wie der zarte Körper meiner Mutter gegen die neoklassizistischen Stützbalken unserer Veranda gekracht und reglos liegen geblieben ist. Nachdem sie meinem Vater ihre siebte Fehlgeburt hat beichten müssen und dieser seine angestaute Wut mit einer einzigen Handbewegung entfesselt hat.

Sieben. Ich habe sieben Geschwister nie gehabt. Und das sind nur die Fehlgeburten, die sie notgedrungen hat offenbaren müssen. Wer weiß, wie viele Kinder meine Mutter verloren hat, bevor irgendjemand hätte ahnen können, dass sie schwanger war.

Meine Mutter zieht die Krawatte um meinen Hals fest. Sie lächelt mich aufmunternd an. »Ich bin mir sicher, du wirst dich noch lange an den heutigen Tag erinnern, Nathaniel.« Ihre Hand verharrt länger als nötig auf meinem Brustkorb. Dann fügt sie an: »Bitte, gib ihr eine Chance. Gewiss ist sie eine ganz, ganz wundervolle Frau.« Ihre hellblauen Augen strahlen flehentlich zu mir herauf.

Und das erste Mal in meinem Leben habe ich das Gefühl, wahrhaftig zu sehen, wie sehr sie gelitten hat, weil mein Vater ihr nie der Mann gewesen ist, der er für sie hätte sein sollen.

»Ich werde mein Bestes tun«, antworte ich.

Meine Mutter hebt ein Taschentuch an ihre Augen und tupft sich elegant die Tränen ab. »Ich werde alles für euch vorbereiten. Unser Haus in Bethany, den Garten. Es wird alles perfekt sein, wenn ihr aus euren Flitterwochen zurückkommt, ja? Vielleicht wird sie schon bald schwanger! Wäre das nicht wundervoll?«

So wundervoll, dass ich kotzen möchte.

Schwanger. Ich wäre in zehn Monaten Vater eines Kindes, dessen Mutter ich bei der Zeugung nicht einmal richtig gekannt hätte.

Ich greife nach meinem Jackett, ziehe es mir über und sage: »Wir sollten gehen. Adrian wartet sicher schon auf uns.«

Das tut er. Steht am Treppengeländer der Empore, begrüßt einzelne Gäste mit Handschlag und Floskeln. Als er uns kommen sieht, runzelt er missbilligend die Stirn. »Ihr seid spät dran! Wo ist deine Braut?«

»Hailey macht sich noch frisch. Sie wird sicher jeden Moment hier sein«, antworte ich.

Mein Vater murrt etwas und wippt auf seinen Fußballen. Spielraum für Nervosität gibt es nicht mehr. Die nächsthöhere Stufe ist offene Aggression.

»Gib ihr einen Augenblick. Es ist ein sehr wichtiger Tag im Leben einer Frau«, flüstert meine Mutter und lächelt ihm beruhigend zu, bevor die ersten Gäste zu uns herantreten: eine Familie, älteres Ehepaar, fünf erwachsene Kinder. Um ehrlich zu sein, habe ich vergessen, wie sie heißen. Grover? Gumper? Keine

Ahnung. Der ältere Herr ist ein Untergebener meines Vaters in der Magischen Regierung, Abteilung Fähigkeitenregistrierung. Seine Frau ist Lehrerin an der Washington Secondary School for the Magically Gifted, hat mich aber nie selbst unterrichtet.

»Unsere herzlichsten Glückwünsche zur Vermählung«, sagt Grover-Gumper.

Seine Frau tupft sich Tränen unter den Lidern weg. »Ich kann mich noch erinnern, wie du als Elfjähriger an unsere Schule kamst. Und jetzt bist du schon verheiratet!«

Ich weiß nicht mal, wie sie heißt. Trotzdem lächle ich. »Wie die Zeit vergeht.« Ich höre mich schon selbst an wie ein Boomer … Wo bleibt Hailey? Wenn das alles hier irgendetwas Gutes hat, dann wenigstens, dass ich durch solche öffentlichen Puderquasten-Events nicht allein durchmuss … Sonst renne ich gleich absichtlich in einen der Kellner hinein und lasse mir von ihm Schampus über den Latz kippen.

»Wo ist denn die Braut? Ich würde sie so gern einmal kennenlernen!«, schluchzt Mrs Grover-Gumper.

»Tja, das fragen wir uns alle«, scherzt mein Vater. Und funkelt mich an, als läge es in meiner Verantwortung, Hailey an eine Hundeleine zu nehmen und augenblicklich vor seine Füße zu zerren. Wahrscheinlich würde ihm das gefallen.

Ich presse die Kiefer aufeinander und sage: »Wenn Sie mich bitte entschuldigen würden, ich gehe sie suchen.« Nicht, dass sie noch in einen der Schokobrunnen gefallen ist …

Ich deute eine Verbeugung an und entfliehe dem Empfang. Auch wenn ich jetzt schon die Tirade meines Vaters hören kann, was mir denn einfalle, auf meiner eigenen Hochzeit die Gäste zu vernachlässigen. Aber es ist nun einmal *meine* Hochzeit. Und wenn er mit seiner Erziehung so ziemlich alles verfehlt haben mag, was er gern erreicht hätte, eines hat er mir erfolgreich eingeprügelt: Durchsetzungsfähigkeit.

Ich finde Hailey im Korridor vor dem dritten und letzten Gästebad. Genau genommen findet sie mich, denn sie rauscht förmlich in mich herein.

»Au! Entschuldigung, ich habe Sie nicht …!« Sie stockt, als sie sieht, in wen sie hineingelaufen ist.

Ich hebe eine Braue. »Und ich habe immer geglaubt, ich sei schwer zu übersehen.«

»Vor allen Dingen bist du sehr … standhaft.«

Ich muss grinsen. »Es werden sich bestimmt Gelegenheiten finden, bei denen du darüber nicht allzu unglücklich sein wirst.« Da ich mir jedoch vorgenommen habe, über spezifische Gelegenheiten nicht mehr nachzudenken, insbesondere nicht bildlich, fahre ich fort: »Die Gäste warten.«

»Du hast recht. Entschuldige, ich brauchte ein bisschen Abstand. Außerdem ist dieses Haus ziemlich groß, weißt du das? Braucht ihr wirklich so viele Schlafzimmer? Habt ihr mal daran gedacht, sie zu vermieten? Ich lebe immer noch mit meiner Cousine in einer WG, weil ich mir keine eigene Wohnung leisten kann, und ihr …«

Inmitten ihres Redeflusses biegt am anderen Ende des Korridors eine alte Dame um die Ecke. Als ihr Blick auf uns fällt, beginnt sie glücklich zu lächeln. Ich nicke ihr zu und lege Hailey einen Arm um die Taille, damit sie ihren Redeschwall für ein paar Sekunden unterbricht. Sie hat zwar nicht ganz unrecht, aber ich glaube, aktuell ist nicht die beste Gelegenheit, darüber zu sprechen.

Die alte Dame nickt uns zu und sagt: »Entschuldigt, ich wollte euer junges Glück ganz gewiss nicht stören. Ich müsste mir nur einmal die Nase pudern …?«

»Zweite Tür, gleich links.«

»Vielen Dank, Nathaniel«, sagt sie und verschwindet hinter der besagten Tür.

»Wer war das?«

»Ich habe keine Ahnung.«

»Du hast keine Ahnung? Aber sie kannte deinen Namen!«

»Mein Name und deiner standen groß und fett auf der Einladung. Inklusive Fotos. Das bedeutet aber nicht, dass ich auch nur die Hälfte der fünfhundert geladenen Gäste mit Namen ansprechen kann.« Zumal ausgerechnet diejenigen Freunde und Bekannten, die für die Magic Agency arbeiten, aus Sicherheitsgründen nicht eingeladen wurden.

Hailey klappt den Mund auf. Wieder zu. Dann begradigt sie grazil ihre Schultern und fragt: »Wo lang?«

»Erster Stock …«, murmle ich und führe sie durch die Korridore bis zur Treppe.

Zu Füßen derselben stehen meine Eltern und begrüßen die Gäste. Im Moment sind es die Dekanin meiner ehemaligen Universität und ihr Mann. Dahinter wartet eine weitere Familie, die ich noch nie gesehen habe.

»Das sind meine Eltern und meine Brüder«, flüstert Hailey, und ihre Augen funkeln aufgeregt, bevor sie neben meinem Erzeuger und meiner Mutter Halt macht. »Hailey. Freut mich, Sie kennenzulernen.«

Meine Mutter lächelt, während Adrian nur steif nickt. Viel Zeit bleibt ohnehin nicht, denn meine neue Schwiegerfamilie steht bereits vor uns.

Hailey fällt ihren Eltern in die Arme und gleich darauf zwei jungen Männern, die einander aufs Haar gleichen.

»Manieren hat sie keine. Aber Geschwister. Sogar *Zwillinge.*« Mein Vater hebt die Augenbrauen und wirft erst mir, dann meiner Mutter einen bedeutungsvollen Blick zu.

Ich räuspere mich. »Eineiige Zwillinge sind nicht genetisch bedingt. Es bedeutet also nicht, dass Hailey automatisch auch Zwillinge bekommen wird.«

Mein Vater verengt die Augen. »Magische Fähigkeiten der beiden?«

»Das werden sie uns sicher gleich freiwillig verraten«, sage ich mit erzwungenem Lächeln.

Während Hailey und ihre Familie in heiteres Plappern verfallen, wird die steife Falte auf der Stirn meines Vaters immer tiefer. Er läuft hochrot an, und schließlich räuspere ich mich und sage: »Hailey, meine Mutter würde gern wissen, ob dir die Feier zusagt.«

Ihre Augen leuchten auf und sie wendet sich an Meredith. »Ja, sehr! Entschuldige, es ist alles so überwältigend, aber ich finde sie wirklich ganz wundervoll. Vielen, vielen Dank!«

Meine Mutter schenkt ihr eine höflich-distanzierte Umarmung. »Das freut mich sehr, Hailey. Du bist so ein wundervoller Zuwachs für unsere Familie.«

Sie lächelt mir zu. Schätze, sie mag Hailey. Nicht, dass die Meinung meiner Mutter bei den Levergnes irgendeine Bedeutung hätte, aber mich erleichtert es trotzdem. Meredith hat ein Gespür für Menschen. Und das nicht im herkömmlichen Sinne: Sie kann die Aura anderer Menschen sehen. Ich habe sie nie danach gefragt, was sie wahrnimmt, wenn sie meinen Vater ansieht, aber vielleicht will ich es auch nicht wissen …

Hailey spricht meine Mutter auf die raffinierte Beleuchtung an, und im Nu sind sie ins Gespräch vertieft.

Mein Vater blinzelt pikiert zu ihr hinüber und schüttelt dann notgedrungen die Hände von Mr Fraser. »Fraser, nie zuvor gehört den Namen«, sagt er, lacht und fügt an: »Aber jetzt haben Sie ja eine Levergne in der Familie!«

Die beiden Zwillinge tauschen vielsagende Blicke und verdrehen anschließend unisono die Augen. Als der Linke meine Musterung bemerkt, zieht er die Schultern hoch und sieht weg. Ich strecke ihm demonstrativ die Hand hin. »Nathaniel. Levergne.«

»Robin«, sagt er und fährt sich mit der Linken durch die Haare.

»Theodor«, erklärt der andere.

Hailey kickt ihm in die Seite und korrigiert: »Theo. Niemand sagt Theodor. Und der andere ist Robby.«

»Robin!«

Sie verdreht die Augen. »So nennt dich Dad, wenn du verschlafen hast und zu spät aufs Feld kommst …«

Ihre Brüder hat sie offensichtlich im Griff. Auch wenn beide fast einen ganzen Kopf größer sind als Hailey und sie sich auf die Zehenspitzen stellen muss, um Robin wie gerade jetzt die schwarzen Haare zu zerzausen. Er schlägt ihre Hand weg, und sie grinst ihn breit an.

Der Anblick versetzt mir einen Stich. Es ist das, was ich nie hatte. Geschwister. Zusammenhalt. Familie. Nicht aus Pappmaché, sondern aus Fleisch und Blut.

»Feld?«, fragt mein Vater mit erhobener Augenbraue.

»Wir ziehen verschiedene Pflanzen, um sie auf ihre medizinischen Wirkstoffe zu testen. Vor ein paar Wochen erst wurden neue Setzlinge aus dem Regenwald Brasiliens angeliefert. Sie haben ein eigenes Gewächshaus bekommen, in dem wir das richtige Klima simulieren können, und sie treiben bereits aus!«

»Boris …«, tadelt Mrs Fraser und lächelt verlegen. »Entschuldigen Sie bitte, mein Mann lebt für seine Pflanzen.« Sie hat dasselbe einnehmende Lächeln wie Hailey.

Ich sehe den Unterkiefer meines Vaters unwillig zucken, trete einen halben Schritt näher und frage: »Also stellen Sie magische Wirkstoffe her? Wie genau funktioniert das?«

»Wir … also, um ehrlich zu sein, ist es schwer, das in wenigen Worten zu erklären. Dank meiner Fähigkeiten kann ich das Wachstum der Pflanzen fördern. Meine brillante Frau erkennt, welche Wirkstoffe auf molekularer Ebene miteinander interagieren, und macht den Rest. Momentan entwickeln wir ein Mittel, das hoffentlich das Potenzial hat, die meisten Gifte im Körper zu neutralisieren.«

Mrs Fraser scheint peinlich berührt ob des Lobes ihres Mannes und macht eine wegwerfende Handbewegung. »Ich mische nur die Sachen zusammen.«

»Das ist ja alles sehr spannend«, fällt mein Vater ihr ins Wort, »aber wir haben noch weitere Gäste. Wie wäre es, wenn ich Sie ein bisschen herumführe? Hailey sollte einige wichtige Mitglieder der magischen Gesellschaft kennenlernen; mich dünkt, in dieser Hinsicht bestehen noch Lücken, die es zu füllen gilt. Es ist die Aufgabe einer Levergne, gesellschaftliche Kontakte zu pflegen.«

Bevor Hailey in den ozeangroßen Fettnapf treten und meinem Vater widersprechen kann, biete ich ihr meinen Arm und sage: »Lass uns ein paar Gäste begrüßen.«

Angesichts ihres enttäuschten Blicks füge ich an: »Die Sitzplätze deiner Familie sind beim Abendessen direkt zu deiner Linken.«

»Okay. Es schadet sicher nicht, ein paar Namen derer zu erfahren, die auf meiner eigenen Hochzeit eingeladen sind ... Sofern du dich an sie erinnerst.« Sie zwinkert mir zu.

Und ich habe vermutlich das erste Mal an diesem Tag das ehrliche Bedürfnis, zu lächeln.

Kapitel 15

Hailey

Irgendwie habe ich nicht den Eindruck, dass Nates Familie mich mag. Zugegeben, sie kennt mich kaum, ebenso wenig, wie ich sie kenne, doch wann immer sein Vater während des Essens in meine Richtung blickt, möchte ich mich am liebsten in irgendeiner Ecke zusammenkauern. Oder in das nächste Badezimmer fliehen und erst wieder herauskommen, wenn er weg ist.

Seine Mutter, die mir vor einigen Stunden angeboten hat, sie Meredith zu nennen, scheint zwar freundlich, aber distanziert.

Immerhin habe ich mich während des Essens nur ein kleines bisschen blamiert, als ich zum ersten Mal in meinem Leben Austern serviert bekommen habe. Die Dinger mit Handschuhen zu essen, war eine echte Herausforderung. Dass ich nicht direkt zur nächsten Vase gelaufen bin und mich übergeben habe, grenzt an ein Wunder. Als Nate mich dann auch noch darauf hinweisen musste, dass ich den Ausdruck des Ekels besser aus meinem Gesicht verschwinden lassen sollte, war ich zwiegespalten zwischen Peinlichkeit und Wut.

Was fällt ihm ein? Erst meldet er sich tagelang kaum und dann erwartet er, dass ich braves kleines Frauchen spiele? Hat er Sorge, dass ich ihn blamiere?

Zugegeben, es sind genug Magier hier, die wichtige Positionen bekleiden, sodass ich es ihm eigentlich nicht verübeln kann. Ich habe keine Ahnung von diesen Kreisen; wer weiß, in wie viele Fettnäpfchen ich schon getreten bin, ohne es zu merken.

Immerhin habe ich George Heart nirgendwo entdeckt. Kurz hatte ich Sorge, dass er unter den Gästen sein könnte, immerhin ist die Familie Levergne in der magischen Gesellschaft ziemlich wichtig. Aber es gab keinen Grund für derlei paranoide Gedanken.

Celine, meine gefühlt letzte Verbündete, sitzt mehrere Plätze von mir entfernt und ist überraschend ruhig.

Immerhin wusste ich dank des Films »Titanic«, dass während der sieben Gänge das Besteck von außen nach innen aufgenommen wird. Nicht auszudenken, wenn ich auch noch die falsche Gabel für das jeweilige Gericht verwendet hätte. Gut möglich, dass irgendjemand aus der feinen Gesellschaft vor Schreck vom Stuhl gefallen wäre. Vielleicht sogar Nate, immerhin scheint der Stock im Arsch vor ihm keinen Halt gemacht zu haben.

Aber möglicherweise bin ich ihm gegenüber auch unfair. Vielleicht möchte er einfach, dass ich diese Veranstaltung, die an ein Staatsbankett erinnert, bestmöglich überstehe.

»Nicht mehr lange«, flüstert er, kurz nachdem die Nachspeise abgeräumt ist.

»Wie oft finden solche Veranstaltungen denn statt?«, erwidere ich, ebenso leise.

»Unsere Hochzeit?« Er zieht eine Augenbraue in die Höhe. »Ehrlich gesagt dachte ich, dass es ein einmaliges Ereignis bleibt.«

Ich schnaube, doch mein Magen vollführt trotzdem einen kleinen Looping. »Du weißt, was ich meine.«

»Wenn wir Glück haben, nicht allzu häufig. Geburtstage und die ein oder andere Spendengala sind natürlich dabei, also vielleicht fünf oder sechs Veranstaltungen im Jahr.«

»Ernsthaft?«

»Solange keine Hochzeiten oder Ähnliches dazwischenkommen.«

»Wäre es sehr auffällig, wenn ich ... keine Ahnung, Migräne entwickle oder so?«

Nate grinst, und meine Mundwinkel wandern von ganz allein nach oben. Ich kann nichts dagegen tun. Sein Lächeln ist einfach ansteckend.

»Verehrte Gäste«, schallt es plötzlich aus den Lautsprechern, und Adrian Levergne erhebt sich. »Vielen Dank für euer zahlreiches Erscheinen, obwohl die Einladung sehr kurzfristig war. Wir freuen uns, dass unsere Familie nun um eine Person reicher ist. Ich bin mir sicher, ihr alle wartet bereits ungeduldig auf den Eröffnungstanz.«

»Zu spät«, beantwortet Nate meine letzte Frage und zieht mich hoch. »Du kannst tanzen, oder?«

»Einen Discofox oder einfachen Walzer bekomme ich hin, aber ich hoffe sehr, dass du Schuhe mit Eisenkappen trägst.«

Der Applaus ebbt ab, und während Nate galant meine Hand nimmt und mich auf eine große Fläche in der Mitte des Raumes führt, erklingen die ersten Töne eines Liedes, das ich nicht kenne.

Er zieht mich an sich und murmelt: »Folge einfach meinen Bewegungen und bleib im Walzer-Grundschritt.«

Meine Hoffnung, mich nicht vollends zu blamieren, ist hiermit gestorben. Mehrmals stolpere ich, bis ich die Augen schließe und mich komplett von Nate führen lasse. Solange ich nicht versuche, die nächste Bewegung vorherzusehen, gelingt es mir erstaunlich gut, den Takt zu halten. Trotzdem bin ich froh, als es vorbei ist.

Doch kaum haben wir die Tanzfläche verlassen, wartet Celine bereits auf uns. »Nate, hi. Du erinnerst dich bestimmt noch an mich. Ich bin Celine, Haileys absolut umwerfende Lieblingscousine, und ich muss dringend mit ihr sprechen, nachdem du sie den ganzen Nachmittag belagert hast.«

»Ich bin mir nicht sicher, ob es als Belagerung zählt, wenn ich meinen Hochzeitstag mit meiner Frau verbringe.«

»Haarspalterei!«

»Wir wollten ohnehin gleich aufbrechen.«

»Wollten wir das?«, mische ich mich in die Unterhaltung ein und füge hastig hinzu: »Nicht, dass ich etwas dagegen hätte.«

Celine wackelt vielsagend mit den Augenbrauen, und schlagartig wird mir wieder bewusst, was genau Nate und ich heute Nacht noch vorhaben.

Shit, ich hoffe, mein Magen dreht sich aufgrund der Auster um, die darin wieder zum Leben erwacht ist und nun durch meine Eingeweide wandert, und nicht, weil ich in nur wenigen Stunden zum ersten Mal Sex haben werde.

»Wie wäre es mit folgendem Vorschlag«, beginnt Nate. »Wir verabschieden uns schnell, und ihr beide fahrt gemeinsam in der Limousine zum Hotel. Ich komme in einer halben Stunde nach. Reicht das?«, fragt er an Celine gewandt, die ihm entgegenstrahlt.

»Perfekt. Hailey?«

»Klingt gut, schätze ich.«

»Nervös, Cousinchen? Wünschst du dir jetzt doch, du hättest auf mich gehört und schon einmal …«

»Cel!«, unterbreche ich sie, denn wenn sie vor Nate die Worte »Zehen ins kalte Wasser getaucht« verwendet, muss ich sie wirklich umbringen.

Dummerweise scheint mein Mann zu ahnen, worum es gerade geht. Garantiert nicht schwer zu erraten, wenn ich die Hitze in meinen Wangen bedenke, die nicht durch das Tanzen glühen.

Zum Glück ist Nates Vater unauffindbar, und seine Mutter scheint nichts gegen unseren verfrühten Aufbruch zu haben. Meine Eltern hingegen fühlen sich sichtlich unwohl, und obwohl sie zuerst mich und dann auch den leicht überrumpelten Nate in eine Umarmung ziehen, habe ich die Vermutung, dass sie nicht mehr lange bleiben werden.

Celine wartet bereits im Wagen, und obwohl sie nach außen hin wie immer wirkt, bin ich mir diesmal sicher, dass sie etwas bedrückt. Jeglicher Schalk ist aus ihrem Blick verschwunden.

Kaum setzt der Wagen sich in Bewegung, fragt sie: »Wie geht es dir?«

»Müde«, gebe ich zu.

Mehrere Herzschläge lang sagt sie nichts, dann: »Hattest du eine Vision, als ihr euch während der Zeremonie an den Händen gehalten habt?«

Ich schüttle den Kopf. Washington rauscht an uns vorbei, und endlich erlaube ich mir, was ich den ganzen Tag nicht zugelassen habe. Seufzend sinke ich tiefer in den Sitz und schließe die Augen. »Aber es kann jederzeit passieren. Und bisher haben wir uns noch nicht über unsere Fähigkeiten ausgetauscht. Was ist, wenn er sauer wird, weil ich etwas sehe?«

»Du weißt, dass das nicht deine Schuld ist. Ihr seid Seelenpartner. Ihr solltet keine Geheimnisse voreinander haben müssen.«

»Er hat mir die letzten Tage kaum geantwortet, wenn ich ihm geschrieben habe. Anfangs schon, aber dann war es, als hätte er einfach das Interesse verloren.«

»Bestimmt hatte er gute Gründe.« Mein skeptischer Blick entgeht ihr nicht, und sie wirft die Hände in die Luft. »Okay, ich weiß auch nicht, was wichtiger sein könnte, als dir zu antworten. Aber was soll ich sagen? Ihr seid verheiratet.«

»Danke, dass du mich daran erinnerst, wäre mir fast nicht aufgefallen«, erwidere ich sarkastisch und greife in den weißen Tüll, der überall um mich herum ist. »Meinst du, er hatte vielleicht wirklich nur viel um die Ohren?«

Celine nickt. »Bestimmt. Immerhin konnte er auf der Feier die Augen nicht von dir lassen. Und wo wir gerade dabei sind, bist du nervös? Wegen heute Nacht, meine ich.«

»Wehe, du fragst mich jetzt, ob wir über Bienchen und Blümchen reden müssen.«

»Keine Sorge, dafür habe ich dir ja die Romance-Bücher und Pornos besorgt.«

Stöhnend schlage ich mir die Hände vors Gesicht. »Das waren die traumatisierendsten fünfzehn Minuten meines Lebens. Und ich kann sehen, wie Leute in ihrer Zukunft sterben! Das soll also etwas heißen!«

»Zugegeben, die Auswahl der Videos war vielleicht nicht für Anfänger auf diesem Gebiet gemacht. Aber du hast neue Einblicke gewonnen, gib es zu.« Sie grinst. »Außerdem hätte ich dir noch ganz andere Sachen zeigen können.«

»Kann sein, aber nein danke! Ich bleibe bei Büchern.«

Neben mir steht eine kleine Kühlbox, der ich eine Flasche entnehme.

»Soll ich dich mit heißem Gossip ablenken?«

»Ich bitte darum.«

»Ethan und ich hatten Sex!«

Hustend pruste ich den Schluck Wasser wieder aus. »Der Ethan aus der Bar? Nathaniel Levergnes Freund?«

Während sie ihr Kleid inspiziert, das tatsächlich einige Spritzer abbekommen hat, atmet sie tief durch. »Das ist nicht der Gossip.«

»Ich ahne Böses«, sage ich gedehnt. »Normalerweise ist Sex kein Problem für dich.«

»Normalerweise tauchen meine One-Night-Stands auch nicht eine Woche später auf der Hochzeit meines Lieblingsmenschen auf. Zusammen mit ihrer hochschwangeren Ehefrau.«

Bis ich die verschiedenen Informationen verarbeitet habe, dauert es einen Moment. Dann beginne ich trotz allem zu kichern. »Und ich dachte, mein Tag wäre dramatisch.«

»Die Geschichte ist noch nicht vorbei.«

»Bitte sag mir jetzt nicht, dass du Gefühle entwickelt hast.«

Diesmal schlägt sie sich die Hände vors Gesicht. »Wir schreiben uns fast ununterbrochen, Hailey. Und heute hat er so getan, als würde er mich nicht kennen! Was logisch ist, wenn man bedenkt, dass er verheiratet ist!«

»Lösch seine Nummer«, sage ich sofort. »Solidarität unter Frauen und das alles. Bisher ist er der Böse, immerhin wusstest du von nichts.«

Celine nickt langsam und bedächtig. »Wie kann man so ein Arsch sein? Sie ist hochschwanger!«

»Meinst du, Nate weiß über seine Seitensprünge Bescheid?« Allein der Gedanke reicht aus, und mir ist schon wieder schlecht. »Ist das so ein Bro-Code-Ding?«

»Sagen wir so, falls er dir jemals etwas Ähnliches antut, kastriere ich ihn.« Sie klingt so wütend, dass ich lachen muss.

Wenn es jemandem gelingt, Nathaniel Levergne körperlichen Schaden zuzufügen, dann Celine auf einer Vendetta.

Den Rest der Autofahrt verbringen wir damit, uns Rachefantasien zu überlegen, und tatsächlich schafft meine Cousine es erfolgreich, mich einigermaßen abzulenken.

Jedenfalls, bis wir vor dem Hotel sind.

Ein Portier öffnet die vergoldeten Eingangstüren, und Celine steuert zielstrebig auf die Rezeption zu, nur um keine halbe Minute später mit einer Schlüsselkarte in der Hand vor mir zu stehen. »Die sollten dringend an ihrer Security arbeiten. Hoffentlich ist eure Wohnung besser gesichert.«

»Dir ist schon klar, dass es nicht meine Wohnung ist, oder?«, frage ich.

Sie zuckt mit den Schultern. »Nathaniel hat eine, oder nicht? Ihr habt heute geheiratet. Wenn ich das richtig mitbekommen habe, gibt es keinen Ehevertrag. Damit gehört die Hälfte seines Vermögens ab sofort dir.«

»Nicht wirklich.«

»Wirklich.« Lächelnd sieht sie mich an. »Ob du es wahrhaben möchtest oder nicht, du bist eine Levergne, und zu diesem Namen gehört nun einmal ein Haufen Asche. Ade Studienkredit, ade Target und ade Ein-Dollar-Hotdog.«

Bevor ich auch nur anfangen kann, diese Erkenntnis zu verdauen, sind wir oben. Vielleicht ist es besser, das Thema Geld für heute auf sich beruhen zu lassen. Ich habe bereits mehr als genug, worüber ich mir den Kopf zerbrechen kann.

Die Hochzeitssuite ist riesig. Noch größer als der Raum, in dem ich mich heute fertig gemacht habe.

Wir betreten einen ausladenden Wohnbereich, in dessen Mitte bereits mein Koffer auf mich wartet. Direkt neben einer Sporttasche. Vermutlich Nates. Ein Sofa steht in einer Ecke des Zimmers, der Obstkorb auf dem Tisch davor ist prall gefüllt, und eine Flasche Champagner liegt in einem Eisbehälter neben zwei kunstvoll platzierten Gläsern.

Eine weitere Tür führt in das Schlafzimmer und Celine steckt bereits den Kopf hinein. »Holy shit!«

»Was ist los?«

»Kitsch-Overload.«

Tatsächlich. Das riesige Himmelbett ist über und über mit Rosenblättern bestreut, und auf einem kleinen Podest direkt vor der von außen verspiegelten Glasfront steht ein Whirlpool bereit.

»Was glauben die, was wir hier machen? Einen Sexmarathon?«, murmle ich.

Celine stellt sich neben mich und schlingt ihren Arm um meine Schultern. »Ob du es wahrhaben willst oder nicht, liebe Hailey, alle Welt weiß, was du heute Nacht tun wirst.«

Die Erkenntnis, dass sie recht hat, lässt eine neue Welle von Panik in mir aufsteigen.

Ich habe noch nie jemanden geküsst. Oder, bis auf die Zeremonie, mit einem Mann Händchen gehalten. Und jetzt sollen wir miteinander schlafen?

Offensichtlich verberge ich die Emotionen nicht halb so gut, wie ich dachte, denn Celine betrachtet mich besorgt. »Alles gut, Süße? Noch können wir einfach abhauen. Wir nehmen uns ein Uber, und Nathaniel kann allein nach Schottland fliegen.«

Statt einer Antwort atme ich tief durch.

Seelenpartner. Nate ist mein Seelenpartner, und es besteht kein Grund, an ihm zu zweifeln. Ich habe es gespürt. Das Band. Spüre es noch immer. Spüre seinen Herzschlag wie ein Echo zu meinem eigenen. Warm und kräftig. Aber vor allem sicher.

Es ist vollkommen irrational, dass ausgerechnet er derjenige ist, bei dem ich mich geborgen fühle, aber es ist, wie es ist.

Riesige Balkontüren führen neben dem Whirlpool auf eine geräumige Terrasse, und wie in Trance laufe ich darauf zu.

Ich brauche dringend irgendein Gefühl von Normalität, und auch wenn fast nichts hiervon normal ist, so sind es immerhin der Lärm des Verkehrs, das Heulen der Sirenen und die leichte Brise.

Die Abendluft ist warm, vor mir erstreckt sich ein Meer aus Grün, und dahinter liegen schillernde Gebäude im Licht der untergehenden Sonne. Die Menschen auf den Gehwegen sind nur als winzige Punkte zu erkennen. Der Lärm der Straßen ist ein entferntes Echo, und zum ersten Mal an diesem Tag kann ich atmen.

Wirklich atmen.

Für einige wundervolle Momente hat niemand Erwartungen an mich, ich muss nicht lächeln, ich kann einfach nur sein.

»Hailey?« Celine ist nur wenige Schritte hinter mir und hält Abstand, um nicht auf das ausladende Kleid zu treten.

Erst jetzt fällt mir auf, dass ich ihr nicht geantwortet habe. »Danke, aber das ist nicht nötig.« Hoffe ich. »Die letzten Tage und Stunden waren einfach etwas überwältigend.«

»Kann ich etwas tun, damit es weniger überwältigend wird?«

»Meinst du, es gibt in diesem Palast eine Dusche?«

Keine fünf Minuten später stehe ich in dem Badezimmer, das in etwa so groß ist wie Celines und meine Wohnung. Dort wische ich mir die Tonnen an Schminke aus dem Gesicht, zupfe an den falschen Wimpern, bis diese sich lösen, und ziehe unzählige Haarspangen aus meiner Frisur. Erst als meine braunen Locken sich über meinen Rücken ergießen, fühle ich mich wieder einigermaßen wie ich selbst.

Meine Cousine hilft, mich aus dem Kleid zu schälen, dessen Knöpfe ich nie allein hätte öffnen können.

»Nathaniel sollte jede Sekunde hier sein«, sagt sie schließlich. »Soll ich mit dir gemeinsam auf ihn warten?«

»Lieber nicht«, antworte ich. »Es wird schon komisch genug ohne eine dritte Person.«

»Sicher?«

Am liebsten würde ich den Kopf schütteln und mich an sie klammern, doch ich weiß tief in mir, dass ich diesen ersten Abend mit Nate allein meistern muss. Celine wird mir nicht helfen können und höchstens das Unvermeidliche hinauszögern.

»Ganz sicher!«

»Meinetwegen. Aber melde dich bei mir. Am besten stündlich. Und falls irgendetwas ist, mein Handy habe ich die ganze Nacht auf laut. Du kannst jederzeit zu mir kommen.«

Grinsend schüttle ich den Kopf und halte die Hand mit den Ringen in die Höhe. »Nicht wirklich.«

Wie zur Bestätigung funkeln die Diamanten im Licht der Suite. Den Verlobungsring trage ich vor dem Ehering, und die Schlangensymbolik kommt, dank der Rubine im Verlobungsring, noch besser zum Vorschein.

»Es gibt immer einen Weg.« Plötzlich sieht meine Cousine mich streng an. »Sollte ich während eurer Flitterwochen länger als eine Stunde nichts von dir hören, schicke ich das gesamte Militär nach Schottland, um dich rauszuholen.«

Lachend schiebe ich sie zur Tür. Dass Nate als Agent höchstwahrscheinlich mehr Einfluss auf das Militär hat als sie, behalte ich für mich. Wir verabschieden uns mit einer langen Umarmung, dann bin ich allein.

Mein Shampoo ist noch im Koffer, aus dem ich nur die rote Spitzenunterwäsche, eine kurze Schlafhose und ein weit geschnittenes Hello-Kitty-T-Shirt nehme, bevor ich mich ins Bad zurückziehe. Glücklicherweise stehen hier jede Menge Fläschchen mit allem, was man zum Haarewaschen braucht.

Der warme Wasserstrahl ist eine Wohltat, und ich bleibe für eine ganze Weile einfach nur stehen, die Augen geschlossen, und genieße es, allein zu sein.

Seit der Nacht in der Bar hatte ich diesen Luxus viel zu selten. Ständig waren Celine oder meine Mom bei mir, und es gab so viel zu erledigen, dass ich kaum die Chance hatte, meine eigenen Gedanken zu hören.

Dieser Tag ist einfach so an mir vorbeigezogen und hat sich angefühlt, als wäre er einer anderen Person widerfahren. Als wäre all das ein Film gewesen und nicht mein Leben. Doch es ist mein Leben.

Ich bin verheiratet.

Mit Nathaniel Levergne, der jede Sekunde hier sein sollte. Der sich seit unserem ersten und einzigen Date kaum noch gemeldet hat.

Was, wenn er mich nicht wirklich mag? War ich ihm gegenüber zu schüchtern? Hätte ich nie erwähnen sollen, dass ich keinerlei Erfahrung mit Männern habe? War es das, was ihn abgeschreckt hat?

Oder bin ich einfach nur eine Art Investment?

»Du bist mein Sechser im Lotto, und ich werde alles tun, damit du bei mir bleibst.«

Das hat er zu mir gesagt. Und ich möchte ihm glauben, möchte ihm vertrauen und möchte, dass diese Ehe funktioniert.

Gleichzeitig weiß ich auch, dass Worte leicht auszusprechen sind. Taten hingegen zeigen einem deutlich mehr über den Charakter, als Worte es jemals könnten.

Meine Finger sind bereits schrumpelig, als ich die übergroße Dusche verlasse, eines der flauschigen Handtücher um mich lege und versuche, irgendetwas in den Räumen dahinter zu hören. Doch falls Nate bereits in der Suite ist, gibt er keinen Laut von sich.

Nachdem ich mir die Haare geföhnt und gekämmt habe, versuche ich, das rote Nichts anzuziehen, welches ich in einem übermütigen Moment gekauft habe. Warum zum Henker habe ich nichts genommen, was mehr verdeckt? In der roten Spitze bin ich quasi nackt, und die Schnüre, die an verschiedenen Stellen den Stoff zusammenhalten, sind gar nicht so leicht zu bändigen. Mehrmals verheddere ich mich, bis ich leise fluchend schließlich verstanden habe, wo mein Arm und wo mein Kopf durchgefädelt werden müssen.

Bequem ist es schon mal nicht. Aber ich schätze, die wenigsten Frauen tragen ein solches Ensemble, weil es gemütlich ist.

Bevor ich es mir anders überlegen kann, ziehe ich das Hello-Kitty-Shirt und die kurze Hose drüber. Wann habe ich zum letzten Mal so viel nackte Haut gezeigt? Ich kann mich beim besten Willen nicht erinnern. Jetzt laufe ich in Shirt und Hotpants herum und muss mich darauf verlassen, dass alles gut gehen wird. Dass durch unsere Seelenverbindung irgendein Wunder geschehen ist und ich Nate tatsächlich berühren kann. Immerhin ist es während der Verbindungszeremonie auch gut gegangen. An diesem Gedanken muss ich mich einfach festhalten. Ein letztes Mal atme ich tief durch und öffne endlich die Tür.

Das Schlafzimmer ist leer, allerdings höre ich leise Post Malones Musik aus dem Wohnbereich.

Nate sitzt auf der Couch, noch immer im Anzug, tippt auf seinem Handy und schaut erst auf, als ich durch den Türrahmen trete. Langsam wandert sein Blick hoch und wieder runter, und ich könnte schwören, dass er kurz an dem Hello-Kitty-Logo hängen bleibt, bevor er lächelt.

»Hey«, quietsche ich und räuspere mich sofort, um meine Stimme in eine angemessene Tiefe herunterzuschrauben. »Wartest du schon lange?«

»Nein.«

Okay.

»Ich hoffe, es war in Ordnung, dass ich schon duschen war? Mit der ganzen Schminke habe ich mich ziemlich angemalt gefühlt.«

»Natürlich.«

Einige quälend lange Sekunden warte ich, ob er noch etwas sagt. Als dies nicht geschieht, deute ich auf den Champagner. »Sollen wir den öffnen?«

»Möchtest du ihn öffnen?«

»Eigentlich nicht, das Zeug schmeckt furchtbar. Aber Alkohol lockert die Stimmung, und irgendwie habe ich das Gefühl, das wäre jetzt nicht schlecht.«

»Findest du die Stimmung angespannt?« Wie um mir das Gegenteil zu beweisen, lehnt er sich tiefer in die Kissen.

»Keine Ahnung, sag du es mir.« Vielleicht bin ich noch ein kleines bisschen sauer aufgrund der Funkstille. Und möglicherweise kam der letzte Satz etwas zu aggressiv rüber. Aber wenn ich schon einmal angefangen habe, kann ich auch weitermachen. »Ist irgendetwas passiert? Viel zu tun, in der Woche vor der Hochzeit? Ein Notfall, um den du dich kümmern musstest?«

»Bist du sauer?« Der belustigte Ausdruck ist wie weggeblasen.

»Ganz ehrlich? Ich weiß nicht, was ich fühlen soll. Zuerst treffen wir uns, die Seelenpartnerbombe platzt, wir gehen Ringe aussuchen und verstehen uns gut, und dann bekomme ich keine Antwort mehr, obwohl wir nur eine Woche später heiraten? Keine Nachricht? Gar nichts?« Sieh einer an, ich bin wirklich sauer und habe mich offenbar in Rage geredet. »Hast du irgendeine Ahnung, wie scheiße sich das angefühlt hat? Wenn du das hier nicht gewollt hast, hättest du es vorher sagen müssen.«

Kapitel 16

Nathaniel

Ich mustere Hailey aus verengten Augen. Was genau ist gerade passiert? Vorhin auf der Hochzeit wirkte sie angespannt, aber nicht wütend. Liegt es an ihrer Cousine? Celine? Oder … habe ich sie tatsächlich vernachlässigt und es nicht einmal bemerkt? Weil mein Kopf mit allem anderen beschäftigt war außer mit Hailey.

Mein erster Impuls ist, mit ebensolchem Zorn zu reagieren. Aber ich besinne mich eines Besseren, stehe langsam auf, hebe die Handflächen in die Höhe und sage: »Es tut mir leid. Ich neige dazu, in stressigen Situationen mit Eigenbrötelei zu reagieren, und das war nicht hilfreich. Ich hätte mich melden sollen. Ich habe nicht darüber nachgedacht, wie du dich dabei fühlst, aber genau das hätte ich tun sollen. Entschuldige.«

Sie blinzelt. Stutzt. Öffnet den Mund. Und sagt nichts.

Es kostet mich wirklich Mühe, mir ein Schmunzeln zu verkneifen, das im Moment mit Sicherheit nicht hilfreich gewesen wäre.

Schließlich legt sie den Kopf schief und fragt mit verengten Augen: »Es hat also … nichts mit mir zu tun?«

»Nein.«

Das stimmt nicht ganz. Mit ihr zu tun hat es durchaus. Aber sie hatte keinen Anteil daran. Es ist nicht ihr Fehler, dass ich mit der Situation überfordert war. Dass ich zwischen dem Druck meiner Eltern, meinem Job und dem plötzlichen Schock einer einzugehenden Ehe weder ein noch aus wusste.

Ich ziehe mir das Jackett aus und werfe es aufs Sofa, öffne die Manschettenknöpfe meines Hemds und kremple die Ärmel hoch, während Hailey mich mit einer Mischung aus Verunsicherung und stillem Begehren mustert. Ich muss zugeben, dass es mir gefällt, wenn sie mich so ansieht. Gleichzeitig vergegenwärtigt es mir, wie unerfahren sie ist.

Ich gehe zur Minibar hinüber, nehme eine Coke Zero heraus und nicke Hailey zu, die mich noch immer aus ihrem Sicherheitsabstand heraus kritisch mustert. »Willst du auch eine?«

Sie reibt sich mit der Hand über die nackten Oberarme. »Nein. Aber ein Wasser, bitte.«

Ich nicke, greife nach der gewünschten Flasche, schraube den Deckel ab und reiche sie ihr. Hailey greift danach, immer darauf bedacht, meine Haut nicht zu berühren.

Langsam nehme ich einen Schluck, mustere sie, während sie ihrerseits an ihrem Getränk nippt. Bevor ich die Flasche abstelle und sage: »Wir müssen das hier nicht tun. Das ist dir bewusst, oder?«

Ich greife nach dem obersten Hemdknopf und löse ihn. Haileys Blick flackert nervös zwischen meinen Fingern und meinem Gesicht hin und her. Falls sie gerade einen Widerspruch zwischen meinen Worten und meinen Taten wahrnimmt, dann hat sie damit absolut recht.

»Wie kommst du darauf?«, fragt sie.

Ich lasse mir Zeit mit der Antwort. Drei Knöpfe lang. Bevor ich erwidere: »Weil ich nicht möchte, dass du das Gefühl hast, zu irgendetwas gezwungen zu sein. Das bist du nicht.«

Sie nickt, reckt das Kinn und sagt: »Ich weiß.«

Ich halte kurz inne, bevor ich den letzten Knopf öffne. Zu Anfang kam Hailey mir in vielerlei Hinsicht widersprüchlich vor. Zuweilen ist sie schüchtern, manchmal forsch. Sie bemüht sich sehr darum, dass Menschen sich in ihrer Gegenwart wohlfühlen, aber schreckt auch nicht davor zurück, es geradeheraus zu sagen, wenn ihr etwas nicht passt. Manchmal ist sie zutiefst verunsichert, und manchmal weiß sie ganz genau, was sie will, und nichts und niemand kann sie davon abbringen.

Allmählich beginne ich, sie besser zu verstehen, einschätzen zu können, wann sie sich wirklich unwohl fühlt und wann sie lediglich Anlauf nimmt, um weiter über ihren eigenen Schatten zu springen.

Es wird immer Situationen geben, in denen sie mich überrascht, und das ist gut so, denn sonst würde mir vermutlich langweilig, aber es beruhigt mich, dass ich ihr Sicherheit geben kann, wo sie keine empfindet.

Jetzt gerade ist keiner dieser Momente.

»Gut«, sage ich, zupfe mir das Hemd vom Körper und lasse es aufs Sofa fallen. »Dann habe ich nur noch eine Frage.«

»Die da wäre?«

»Was muss ich tun, damit du diese … überaus bezaubernde Comic-Katze dort ausziehst?«

Mit gerunzelter Stirn blinzelt sie auf ihr T-Shirt. »Das ist Hello Kitty!«

Höre ich da Empörung in ihrer Stimme?

Ich nicke. »Meine Cousine steht total drauf. Sie ist vier.«

Hailey verschränkt die Arme vor der Brust. »Na und? Man kann Hello Kitty auch mit zweiundzwanzig noch mögen!«

»Selbstverständlich«, sage ich und mache einen Schritt auf sie zu.

Hailey weicht einen zurück.

»Hast du ein Problem mit süßen Kätzchen, Nathaniel?«

»Nate«, korrigiere ich. Und mache einen weiteren Schritt.

Und sie einen weiteren zurück. Mit gerecktem Kinn und hitzig funkelnden Augen, während ihr flacher Atem kühl meine Haut streift.

»Kein Problem mit süßen Kätzchen«, informiere ich sie.

»Sehr gut.« Sie nickt bekräftigend und prallt im selben Moment mit dem Rücken gegen die Badezimmertür.

»Es sei denn, sie versperren mir den Weg.«

Haileys Augen weiten sich. Ihre Pupillen haben das Blau ihrer Augen fast vollständig verschluckt. Zwei ihrer Finger zupfen unsicher am Stoff ihres T-Shirts.

Ich senke den Kopf bis zu ihrem Ohr und flüstere: »Das Badezimmer, Hailey. Ich möchte ins Bad und du stehst mir im Weg.«

»Oh. Ohhh. Oh, okay. Klar.«

Sie rennt förmlich vor mir davon. Ich sehe ihr grinsend nach. Bis mein Blick auf ihren süßen Hintern fällt und ich zusehe, dass ich im Bad verschwinde, bevor ich ihr doch noch die Klamotten vom Leib reiße.

Als ich nach einer kurzen Dusche ins Zimmer zurückkehre, sitzt Hailey auf der Bettkante und kichert über irgendetwas auf ihrem Smartphonescreen.

»Geht es dir besser?«, frage ich.

Aber kaum, dass sie mich bemerkt, lässt sie das Handy fallen, nuschelt etwas und bückt sich danach, während sie murmelt: »Klar! Alles prima!«

Ich gehe auf sie zu, hebe das Smartphone auf und reiche es ihr.

»Danke«, sagt sie. »Celine hat mir das Versprechen abgenommen, ihr jede Stunde ein Lebenszeichen zu geben. Nur für den Fall, dass du doch ein Serienkiller sein solltest.«

»Jede Stunde«, wiederhole ich.

Hailey nickt.

»Manche Dinge brauchen länger als eine Stunde, Hailey.«

»Mord zum Beispiel?«

Ich schüttle den Kopf. »Der tatsächlich nicht.«

Sie sieht mich geschockt an.

»War ein Witz.« War es nicht.

Ich lege ihr behutsam die Hände auf die Schultern und hoffe, dass die Berührung unverfänglich genug ist, damit Hailey sie zulässt. Sie zuckt nicht zurück. Trotzdem merke ich ihr an, dass sie es nicht gewohnt ist. Es bedarf nur weniger zarter Berührungen und Hailey bekommt eine Gänsehaut.

Als mein Daumen ihren Hals streift, beginnt ihr Blick zu flackern, und sie schmiegt sich in meine Hände, als hätte ihr Körper ihr gesamtes Leben lang auf diesen Moment gewartet.

Die Erkenntnis trifft mich. So sehr, dass ich für den Bruchteil einer Sekunde um mein Gleichgewicht kämpfen muss. Ich bin der erste Mann, der sie seit Jahren berührt hat. Der erste, der sie jemals *so* berührt hat.

Ich habe keine Ahnung, warum ausgerechnet mir dieses Privileg zuteilgeworden ist. Aber ich gedenke, es zu achten. Ich will es nicht einfach nur haben, ich will es mir verdienen.

»Alles okay?«, frage ich leise, während ich vor ihr in die Knie gehe.

»Ja.«

»Du versprichst mir, es zu sagen, sollte sich das ändern?«

Sie hebt den Blick, sieht mich an und nickt.

Ich versinke im Ozeanblau ihrer Augen, schmiege eine Hand um ihren schlanken Unterkiefer und lege meine Lippen auf ihre. Ihr Körper erschauert und meiner mit ihr. Sie legt mir die Hände auf den Brustkorb, sinkt gegen mich und lässt sich in den Kuss fallen. Ich lege einen Arm um ihre Taille, ziehe sie enger an mich und streife mit der Zunge über ihre Unterlippe. Ihre Haut ist so weich und sie nimmt jede Berührung hin wie eine Offenbarung, was mich nur umso mehr daran erinnert, wie falsch das ist, was ich hier tue. Auch wenn es sich nicht so anfühlt. Für mich nicht. Es ist anders als bei irgendwelchen gefühllosen Nächten mit Frauen, deren Namen ich zwei Wochen später schon wieder vergessen habe. Es ist … echter.

Aber der Gedanke ist egoistisch. Ich habe kein Recht darauf, das hier zu genießen. Es ist ein Job. Hailey hingegen hat jedes. Wenn ich ihr schon vorgaukeln muss, unsterblich in sie verliebt zu sein, dann sollte sich das wenigstens für sie lohnen. Ich möchte, dass diese Nacht für sie unvergesslich wird, dass sie, was auch immer geschieht, sich hieran mit einem glücklichen Gefühl erinnert.

Sie gibt ein entsetztes Wimmern von sich. Schubst mich ruckartig von sich. Und rennt weg.

»Hailey?« Verwirrt blicke ich ihr nach. Der panische Ausdruck auf ihrem Gesicht ist das Letzte, was ich sehe, bevor sie die Tür des Schlafzimmers zuknallt.

Kapitel 17

Hailey

Ich renne. Denke gerade noch daran, mein Handy vom Nachttisch zu reißen, flüchte in die Suite und bin meiner Cousine mehr als dankbar, dass sie meinen alten Rucksack, der mein Handgepäck für den Flieger ist, direkt neben die Tür gehängt hat.

Irgendwo hinter mir höre ich Nathaniel, doch ich drehe mich nicht um, reiße die Tür auf und flüchte über den ausgestorbenen Flur in Richtung Lift. Nein, nicht der Lift, bis der hier ist, könnte er mich eingeholt haben, könnte …

Die Treppe zu nehmen, wird ewig dauern, aber alles ist besser, als hier zu stehen und …

Blindlings stürze ich durch die Feuerschutztür und über die kühlen Fliesen die Treppe hinab.

Kühle Fliesen? Shit, ich habe meine Schuhe vergessen. Und etwas anderes zum Anziehen.

Doch nun ist es zu spät. Immerhin habe ich mein Handy, und noch während ich die Treppen hinabsteige, rufe ich ein Uber.

Ein Schweißtropfen rinnt mir den Rücken hinunter, erinnert mich daran, dass ich einen Körper habe, dass ich hier bin, dass es bloß eine Vision war.

Trotzdem rast mein Herz viel zu schnell. Nicht, wie noch wenige Minuten zuvor, vor Verlangen. Nein, das hier ist Panik. Tiefe, allumfassende Panik, und obwohl ich mir der Irrationalität meiner Emotionen bewusst bin, kann ich nichts tun.

Mir ist egal, was die Mitarbeiter im Foyer denken, während ich blindlings hindurchhaste. Bestimmt haben sie schon merkwürdigere Dinge gesehen als eine Frau in Hello-Kitty-Shirt und kurzer Hose, die barfuß nach draußen rennt. Dieser Auftritt landet höchstens in den Top Ten der komischsten Gäste aller Zeiten. Oder in den Top Five.

Glücklicherweise wartet das Uber bereits und ich springe hinein.

»Fahren Sie«, blaffe ich die verdutzte Frau an, und zu meiner Erleichterung stellt sie keine Fragen.

Schnell tippe ich eine Nachricht an Celine, dass ich auf dem Weg zu ihr bin, sie sich keine Sorgen machen soll und es mir gut geht.

Aber das ist eine Lüge.

Mir geht es nicht gut.

Allmählich verlässt das Adrenalin meinen Körper und erst jetzt bemerke ich, wie sehr ich zittere.

Eine Nachricht ploppt auf. Von ihm. Das Smartphone wackelt so sehr in meiner Hand, dass ich die Worte kaum lesen kann.

Nate: Hailey, was zum Teufel ist passiert?

Ich umklammere das Handy und zittere noch mehr.

Nate: Antworte mir!

Nate: Bitte.

Es ist fast, als könnte ich seine Hand noch immer spüren. Wie sie meinen Kiefer hinabgleitet, während seine Lippen sich warm und weich auf meine gelegt haben. Wie der Flügel eines Schmetterlings.

Und ich war so erleichtert. So verflucht erleichtert, dass die Berührung keine Vision ausgelöst hat. Dass Nathaniel der Eine ist, mein Seelenpartner. Dass er mich küssen kann.

Bis alles um mich verschwamm. Bis die goldenen Fäden mich mit sich gerissen haben.

Ich kneife die Augen zusammen, doch die Bilder bleiben. Sie tanzen vor meinem inneren Auge, als wollten sie mich verhöhnen.

Es ist schwarz um mich herum, und nur gedämpft dringt ein Schrei an meine Ohren. Mein Schrei.

Panik.

Kein Sauerstoff.

Atmen.

Muss.

Atmen.

Irgendwo in den Tiefen meines Unterbewusstseins weiß ich, dass dieser Ausgang unvermeidlich war. Oder habe ich nur eine falsche Abzweigung auf den Wegen des Schicksals genommen?

Darüber nachzudenken hilft nicht. Nicht mehr. Ich bin hier.

Und ich werde sterben.

Anstatt wie wild um mich zu treten, zu schlagen oder irgendetwas anderes zu unternehmen, liege ich stocksteif da. Kann mich nicht rühren.

Alles in mir krampft sich zusammen, schreit mich an, endlich wieder Luft zu holen.

Aber da ist eine Barriere, und alles ist schwarz.

Plötzlich trifft mich etwas Hartes, ein Grunzen ertönt und die Schwärze lichtet sich für einen winzigen Moment.

Grüne Augen funkeln mich wütend an, braune Haare …

* * *

Dieselben grünen Augen, die mich vor wenigen Minuten erschrocken angeblickt haben, als ich ihn von mir gestoßen habe.

Dieselben Augen, die mir jetzt vom Display meines Handys entgegenstarren, während es unablässig in meiner Hand vibriert.

Er wird mich umbringen.

Nathaniel Levergne wird mich töten. Mein Seelenpartner. Wird. Mich. Umbringen.

Mein Herz hämmert noch immer viel zu schnell, und kalter Schweiß bricht mir aus, während ich versuche, irgendeinen klaren Gedanken zu fassen. Es funktioniert nicht.

Die Fahrt zu meiner Cousine dauert eine halbe Ewigkeit, aber irgendwann hält das Uber, und noch ehe ich das Fahrzeug verlassen kann, reißt Celine bereits die Tür auf.

Ihr Blick wandert an mir herauf und wieder hinunter, bevor sie sich Handschuhe überstreift und mich aus dem Wagen zieht. »Was ist passiert?«

Sie mustert mich, auf der Suche nach irgendeinem Kratzer, der dieses nächtliche Spektakel erklären könnte. Als sie keinen findet, bugsiert sie mich die Treppe hinauf in unsere Wohnung. Ihre Wohnung. Seit heute wohne ich nicht mehr hier.

Wortlos lasse ich mich auf die Couch fallen. Wir haben sie unserem Vormieter günstig abgekauft, und die vertraute Sprungfeder in meinem Rücken fühlt sich seltsam beruhigend an.

Offenbar hat Celine die Zeit seit meiner Nachricht genutzt und einen Tee aufgesetzt, denn es stehen bereits eine dampfende Kanne und zwei Becher bereit, die sie nun füllt. Dann setzt sie sich auf ihre Seite.

So, wie sie es immer tut.

So, wie wir Hunderte Male hier saßen und uns über unsere Erlebnisse des Tages ausgetauscht haben.

Und wie so oft wartet sie geduldig, bis ich den Anfang mache.

»Ich hatte eine Vision«, presse ich schließlich heraus.

»Keine gute, nehme ich an.«

Kopfschütteln.

»Möchtest du darüber reden?«

Will ich? Am liebsten würde ich vergessen, wie unglaublich wütend er aussah. Das Gesicht zu einer Fratze verzerrt. So ganz anders als der Mann, der vor mir saß, mit mir geflirtet hat, mich geküsst hat …

Erneut schüttle ich einfach nur den Kopf. Versuche, meine Gedanken zu sortieren.

Visionen zeigen nur eine von vielen Möglichkeiten. Manchmal treten sie ein. Oft genug nicht. Was, wenn ich damit, dass ich weggerannt bin, all die Ereignisse, welche diesem Ende vorausgehen, erst in Gang gesetzt habe?

Genau das ist der Grund, weshalb ich es vermeide, meine Gabe zu nutzen. Es ist besser, die Zukunft nicht zu kennen.

Und hätte ich die Vision nicht gehabt, würden Nate und ich jetzt gemeinsam in dem Hotelbett liegen und …

Er hat mich geküsst, und ich bin Hals über Kopf geflohen. Ohne Erklärung. Ohne ein weiteres Wort.

Ich bin gerannt.

Habe meinen Seelenpartner einfach zurückgelassen. Was, wenn er es nicht versteht?

Kann ich ihm von der Vision erzählen, ohne dass er mich für komplett übergeschnappt hält?

Schließlich presse ich heraus: »Was mache ich denn jetzt, Cel? Nachdem ich vollkommen überhastet abgehauen bin, will er mich bestimmt nie wieder sehen.«

»Würdest du mir vielleicht etwas mehr über die Umstände dieser …« Sie stockt und zeigt auf mich, die Tür und wieder zurück.

»… Flucht?«, helfe ich ihr auf die Sprünge.

»Genau das. Was hat er gemacht? Ihr könnt doch noch keine ganze Stunde allein gewesen sein.«

Hitze kriecht mir in die Wangen, und ich nehme schnell einen Schluck Tee.

Prompt verbrenne ich mir die Zunge. »Scheiße!«

Celine schüttelt nur den Kopf, und im selben Moment klingelt mein Handy erneut. Und wieder sind es seine Augen, die ich zuerst sehe.

»Willst du nicht drangehen?«

»Was soll ich ihm denn sagen?« Um weitere Unfälle zu vermeiden, stelle ich die Tasse beiseite, nehme eines der alten Kissen und presse es mir vor die Brust. »Es war ein superromantischer Moment, Cel. Es war … als hätte ich Tausende Knallfrösche in meinen Bauch gehabt und sie wären alle gleichzeitig explodiert.«

»Du hattest eine Vision beim Sex?« Ihre Augen kullern ihr förmlich aus dem Kopf.

»Nein! Wie kommst du denn darauf?«

»Na ja, du hast von Knallfröschen geredet …«

»Wir haben uns geküsst. Oder besser, er hat mich geküsst.«

»So richtig? Mit Zunge?«

Ich verdrehe die Augen. »Prioritäten, Cel!«

»Weißt du, wie viele Jahre ich schon darauf warte, dich das zu fragen?«

Typisch meine Cousine. Eine Situation kann noch so ernst sein, sie schafft es immer, mir das Gefühl von Leichtigkeit zurückzugeben. Das Gefühl, kein kompletter Totalausfall zu sein, weil ich im Zweifel darauf zählen kann, dass sie mir den Rücken stärkt.

»Nein, nicht mit Zunge.« Seufzend vergrabe ich mich tiefer in die Sprungfedern der Couch und nuschle: »Aber ich bin mir sicher, das wäre noch gekommen.«

»Du hattest bei eurem ersten Kuss eine Vision?«

»Was meinst du, wie schlimm ist es?«

»Kann ich noch nicht sagen. Wie hast du reagiert?«

»Ich habe ihn von mir gestoßen und bin weggerannt.« Meine nackten Zehen wackeln durch die Luft. »Ohne Schuhe.«

Celine seufzt tief, doch ich sehe ihre Mundwinkel zucken.

»Das ist nicht komisch«, murre ich.

Immerhin ist mein Kleiderschrank noch hier und ich muss nicht die ganze Nacht in der roten Unterwäsche verbringen, die ich für Nate unter dem Hello-Kitty-Oberteil versteckt habe. Und ein Extrapaar Schuhe habe ich ebenfalls.

»Ein bisschen schon.« Dann wird sie ernst. »Sicher, dass du mir nicht erzählen möchtest, was du gesehen hast? Wenn das deine Reaktion war, muss es schlimm gewesen sein.«

»Es war schlimm«, gebe ich zu. »Aber darüber reden … Keine Ahnung, das macht es noch realer.«

»Hatte es etwas mit dir oder euch zu tun?«

Ich nicke, und Besorgnis huscht über ihr Gesicht. »Mir ist bewusst, dass es nur eine von vielen Möglichkeiten ist …« Meine Stimme stockt und erneut greift die Panik nach meinem Herzen.

Neben mir schrillt das Handy.

Ohne Vorwarnung hebt Celine es auf und hält es ans Ohr. »Ja? Celine. Ja, es geht ihr einigermaßen gut. Nein. Auf keinen Fall. Nathaniel Levergne, wenn du das tust, schwöre ich dir, dass du diese Nacht nicht überleben wirst. Nein.« Dann wird sie still und ich wünschte, ich könnte hören, was er zu ihr sagt.

Schließlich seufzt sie ergeben. »Ich verspreche dir nichts.« Dann legt sie auf.

»Was hat er gesagt?« Meine Stimme klingt viel zu ängstlich für meinen Geschmack, aber ich schaffe es nicht, die Furcht daraus zu verbannen. Ich fürchte mich nicht vor ihm. Nicht wirklich. Aber vor der Ungewissheit, was nun aus uns wird. Vor dem Wissen, dass meine Reaktion vollkommen unverhältnismäßig war. Und vor der Frage, was zum Henker ich jetzt tun soll. Muss ich jedes Mal, wenn er mich berührt, dabei zusehen, wie er mich umbringt?

»Nun ja. Wie soll ich sagen? Er war bereit, Himmel und Hölle in Bewegung zu setzen, um dich ans Telefon zu bekommen, und hat klargestellt, dass unsere Wohnungstür ihn sicherlich nicht aufhalten wird.«

»Ergo deine Drohung, ihn umzubringen«, schlussfolgere ich, und sie nickt. Da mein Ehemann ein Agent ist, traue ich es ihm allerdings trotzdem zu, hier einzubrechen. Und zu überleben.

»Er bittet dich, mit ihm zu reden, und hat mich daran erinnert, dass euer Flieger morgen um zehn Uhr startet. Außerdem hat er mich gebeten, dir auszurichten, dass er weiterhin *all in* ist, wenn du das willst. Morgen früh wird er am Flughafen auf dich warten.«

Ihr Blick ruht abwartend auf mir, und ich spüre Tränen in mir aufsteigen, die ich hastig hinunterschlucke.

Er ist mein Seelenpartner.

Er könnte zu meinem Mörder werden.

Doch beim Gedanken an ihn schlägt mein Herz höher. Tief in mir vertraue ich ihm. Aber reicht das aus?

»Ich habe keine Ahnung, was ich jetzt machen soll.«

Kapitel 18

Nathaniel

Ich starre auf die Tür, als könnte ich dadurch die Zeit zurückdrehen. Als wäre Hailey noch immer hier.

Hätte ich sie aufhalten sollen?

Ich glaube nicht, dass es mir gelungen wäre. Nicht ohne Anwendung von Gewalt. Und dann wäre ich keinen Deut besser als mein Vater.

Hailey hatte Panik in den Augen. Echte Panik. Todesangst. Ich weiß, wie das aussieht. Wenn irgendwer das weiß, dann ich.

Aber warum? Es ist diese Frage, die mich so sehr beschäftigt, dass ich mich nicht einmal rühren kann. Seit Stunden sitze ich wie ein Idiot am selben Fleck und versuche, zu verstehen, was passiert ist. Was ich getan habe. Was Hailey derartig in Angst versetzt haben mag.

Mir fällt eigentlich nur eine einzige Erklärung ein: dass sie etwas gesehen hat. Eine Vision. Irgendetwas, das sie dazu getrieben hat, wegzulaufen. Ob sie erfahren hat, wer ich bin? Dass ich sie nur geheiratet habe, weil …

Aber das hätte Celine mir am Telefon erzählt. Oder?

Ist es doch der Kuss gewesen? War das zu viel für sie? Hätte ich Abstand nehmen sollen?

Habe ich gerade den wichtigsten Job meiner Karriere in den Sand gesetzt, bevor er überhaupt richtig angefangen hat? War alles umsonst?

Oder hat es womöglich gar nichts mit mir zu tun, sondern jemand anderes ist in Gefahr …?

Die Fragen bringen mich um. Weil ich keine Antwort finde. Und sie auch nicht finden werde. Nicht, indem ich weiter reglos die Wand anstarre. Ich habe den Nachrichtenticker gecheckt und Ophedia beauftragt, ein Auge auf die Kommunikation mit der Agency zu haben, nur, falls doch irgendetwas Dramatisches passieren sollte. Aber bisher gibt es keinerlei Anzeichen dafür.

Träge hebe ich einen Arm und werfe einen Blick auf die Uhr. Inzwischen ist es fast drei Uhr nachts. Und mit meinem Gestarre erreiche ich überhaupt nichts. Was ich stattdessen tun sollte, weiß ich allerdings genauso wenig. Ich werde kein Auge mehr zutun, und spätestens um neun Uhr muss ich ohnehin bereits am Flughafen sein.

Falls das dann überhaupt noch wichtig sein wird. Und mir Hailey nicht in den nächsten sechs Stunden zu verstehen gibt, dass sie mich nach unserer Hochzeit umgehend wieder aus ihrem Leben gestrichen hat.

* * *

Fuck, fuck, fuck, fuck!

Ich bin spät dran. Da ich oft bis in die Nacht hinein arbeite, fahre ich entsprechend erst am frühen Vormittag in die Agency. Weswegen ich die Rushhour normalerweise verpasse. Ausgerechnet heute stecke ich mittendrin. Kurz überlege ich, ob ich den Taxifahrer eine Panikattacke erleiden lassen und mich einfach selbst ans Steuer setzen soll, lasse den Gedanken aber fallen …

Allerdings bereue ich die Entscheidung beinahe, als ich um kurz vor neun Uhr meine Dufflebags und Haileys Koffer aus dem Taxi hole und ins Flughafengebäude eile.

Ist sie schon hier? Denkt sie, ich hätte sie versetzt?

Wird sie überhaupt kommen?

Oder war die ganze Eile umsonst, weil Hailey gar nicht die Absicht hat, mit mir in die Flitterwochen zu fliegen?

Ich verdränge den Gedanken und mit ihm die Menschenmassen um mich herum, haste von der Gepäckaufgabe zur Sicherheitsschleuse und weiter zum Gate des Privatjets, den die Magische Regierung für uns gebucht hat. Aufgrund meiner Größe fällt es mir recht leicht, die Anwesenden zu überblicken, auch wenn fast alle zehn Paare schon da sind – nur Hailey ist nicht darunter.

Sie ist nicht gekommen.

Ich ignoriere den dumpfen Schmerz in meiner Brust und checke ein letztes Mal mein Smartphone. Keine neue Nachricht.

Ich vergrabe eine Hand in meinen Haaren, und es gelingt mir nicht, weiterhin zu verdrängen, wie dreckig ich mich fühle. Nicht wegen des Schlafmangels. Nicht wegen der Scham. Sondern weil sie nicht hier ist und ich nicht verstehe, warum.

In meinen Ohren klingelt das grässliche Geräusch eines rückkoppelnden Mikrofons, dann ertönt eine hohe Frauenstimme: »Liebe Frischvermählte, dürfte ich ganz kurz um eure Aufmerksamkeit bitten, auch wenn ihr euch bestimmt wahnsinnig viel zu erzählen habt. Ich bin die Monique und werde euch durch die nächsten drei Wochen – eure ersten drei Wochen als frisch verheiratetes Paar! – begleiten.« Sie quietscht glücklich, und die Hälfte der Frauen mit ihr.

Ich hätte eine Kopfschmerztablette nehmen sollen, bevor ich hergekommen bin. Mein völlig übermüdetes Hirn kann mit diesen Frequenzen nicht mehr umgehen.

»Der Flieger steht schon für euch bereit; ich habe gehört, es gibt superleckere Snacks und Cocktails an Bord, also keine Sorge, wir werden alle ganz wunderbar versorgt sein, bis wir in Schottland sind. Aktuell fehlen noch drei Fluggäste, haben vermutlich nach der anstrengenden Nacht ein bisschen verschlafen.« Sie kichert. »Bis sie hier eintreffen, möchte ich die Anwesenden schon einmal bitten, sich auf ihre Plätze zu setzen, das Gepäck zu verräumen und es sich gemütlich zu machen. Sicher muss der ein oder andere von euch noch ein bisschen Schlaf nachholen, nicht wahr?«

Wenn sie noch eine einzige Anspielung auf Sex macht, finde ich sie und schiebe ihr das Mikro zwischen die Stimmbänder. »Ich werde euch also auf dem Flug nicht behelligen.« *Amen.* »Sondern erst heute Abend wieder, wenn wir alle wohlbehalten auf Castle Dove in den schottischen Highlands angekommen sind.« Sie zwitschert ein »Bye Bahaaaay!«, und ich entwickle Mordgelüste.

Im selben Moment überfällt mich ein merkwürdiges Gefühl. Als hätte ich im Schatten gestanden und jemand hätte mich wieder in die Sonne gerückt. Irritiert mustere ich meine Umgebung, die Türen, potenzielle Gefahrenquellen, suche nach irgendetwas, was mein Unterbewusstsein mir mitteilen will.

Bis ich es finde.

Hailey.

Sie steht dort, im verglasten Durchgang zum Flughafenhauptgebäude, mit zerzaustem Haar und einem Rucksack in der Hand. Ihr Blick flattert unstet über die Anwesenden, bis er an mir hängen bleibt. Mein Herz macht einen unsanften Satz, und nicht zum ersten Mal verfluche ich das verdammte Ding dafür, dass es nicht einfach seinen

Job machen und einen regelmäßigen Rhythmus halten kann. Denn im Ernst: Was soll der Scheiß? Seit dieser verfluchten Hochzeit, die überhaupt keine echte Hochzeit war, bildet es sich ein, dass … es irgendetwas zu sagen hätte, sobald es um Hailey geht. Hat es aber nicht. Sie ist ein Job, verdammt. Nichts anderes.

Ich versuche, das Gefühl zu unterdrücken, während Hailey mit zögerlich langsamen Schritten auf mich zukommt.

»Hi«, haucht sie leise.

»Hi«, erwidere ich.

Als wahnsinnig kompetenter und überaus intelligenter Magic Agent sollte ich selbstverständlich wissen, wie man am besten mit einer Situation wie dieser umgeht.

Habe aber absolut keine Ahnung.

Ich glaube, ich war noch niemals in meinem Leben derart verunsichert wie jetzt gerade. Und mir war bisher nicht bewusst, was für ein beschissenes Gefühl das sein kann.

Hailey knetet den Saum ihres übergroßen Hoodies und flüstert: »Es tut mir leid. Dass ich gestern … Es war alles ein bisschen viel.«

Ich nicke. Als hätte ich verstanden. »Du bist hier«, sage ich schließlich.

Über ihre Lippen huscht ein zittriges Lächeln. Dieselben Lippen, die ich gestern geküsst habe. Ein einziges Mal. Bevor sie vor mir davongelaufen ist.

»Ich bin hier«, bekräftigt Hailey.

»Wir fliegen gemeinsam nach Schottland.« Ich weiß selbst nicht, ob es eine Frage ist oder eine Aussage.

Aber Hailey nickt nur. »Ja.«

»Es geht dir gut?«

Erneutes Nicken.

»Wirst du mir vorher erzählen, was gestern passiert …?«

Sie schüttelt heftig den Kopf und antwortet »Nein!«, bevor ich den Satz überhaupt zu Ende bringen kann.

»Okay«, sage ich gedehnt. »Dir ist bewusst, dass du es mir früher oder später wirst sagen müssen, wenn es etwas mit mir zu tun hatte. Wenn ich etwas ändern soll. Wenn ich …«

»Ja. Nein.«

Sie nimmt einen tiefen Atemzug. Ihre Finger zittern, ihre Augen füllen sich mit Tränen, und ich begreife, dass ich aufhören muss, sie in die Enge zu treiben, wenn ich sie nicht vor all den anderen Paaren bloßstellen will. Und das ist ganz sicher nicht meine Absicht.

»Können wir später darüber reden?«

Ich nicke. »Sicher. Nur …« Ich beiße mir auf die Zunge. Aber wenn ich es nicht sage, werde ich definitiv keine sieben Stunden Flugzeit still sitzen können. Die Wahrscheinlichkeit ist höher, dass ich das gesamte Interieur auseinandernehme, und das hatte ich eigentlich nicht vor. »Sag mir, wenn ich etwas falsch gemacht habe. Oder wenn dir etwas passiert ist. Wenn du Hilfe brauchst oder …«

Sie schüttelt erneut den Kopf, bevor ich in weiteres Stammeln verfallen kann.

»Okay«, sage ich.

Im selben Moment winkt uns eine Blondine in pinkem Cocktailkleid und Heels im selben Farbton frenetisch zu. »Hiha-hallo!«, zwitschert sie.

Oh nein! Das ist die Mikrofonfrau.

»Schnell, schnell, ihr zwei Hübschen seid die Letzten. Ihr könnt euch im Flieger noch ganz viel unterhalten.« Sie strahlt uns entgegen, als wäre sie diejenige, die in die Flitterwochen fährt, und nicht wir.

Tatsächlich muss ich annehmen, dass Hailey und ich nicht gerade das Klischee eines frisch vermählten Ehepaares abgeben. Allerdings ist mir das im Moment herzlich egal. Ich bin froh, dass sie überhaupt hier ist. Dass sie neben mir her zum Flugzeug geht, dass sie mich dabei helfen lässt, ihr Gepäck zu verstauen. Dass sie neben mir im Leder des Sitzes versinkt und nicht einmal so tut, als bestünde ich aus Luft. Ihr Lächeln ist fragil und zögerlich, aber es ist da. Und mein bescheuerter Pumpmuskel reagiert darauf wie … bei einem hormongeplagten Teenager. Fuck!

Kapitel 19

Hailey

Sieben Stunden.

Sieben Stunden, in denen wir kaum ein Wort wechseln, während wir in dem Privatflugzeug sitzen, welches für unsere Reise gechartert wurde. Einzig Floskeln wie »Was möchtest du essen?« oder »Lässt du mich kurz raus?«.

Zwar haben wir einen abgetrennten Bereich, der die Illusion von Privatsphäre vermittelt, aber ich kann hören, wie die anderen Paare reden, lachen und okay, ich will nicht darüber nachdenken, was das Schmatzen zu bedeuten hat. Der Punkt ist, wenn ich sie hören kann, können sie das umgekehrt ebenfalls.

Wenigstens gibt es mehr als genug zu entdecken. Der extra große Doppelsitz, den man bequem zu einem Bett umbauen kann, war eine sehr angenehme Überraschung, ebenso wie das Multimediaset. Wir haben zwei Bildschirme, die wir zu einem großen verbinden können, unendlich viele Filme, Musik und sogar E-Books zur Auswahl.

Trotzdem entgehen mir Nates Seitenblicke nicht. Forschend wandern sie über mein Gesicht, während ich krampfhaft versuche, mir nichts anmerken zu lassen. Irgendwann tue ich sogar so, als würde ich schlafen, einfach nur, um dem Gespräch aus dem Weg zu gehen, von dem ich weiß, dass es kommen wird.

Wäre ich klug, würde ich wirklich schlafen. Letzte Nacht habe ich kein Auge zugetan, und die Müdigkeit sitzt mir in den Knochen.

Um fünf Uhr war ich mehr als bereit, zum Flughafen zu fahren. Um sechs war ich mir sicher, Nate würde nicht auftauchen. Um sieben war ich aus der Tür, nur um wieder umzudrehen aus Angst, ich sei zu früh und würde mich vor den anderen Paaren blamieren, insbesondere, falls er sich tatsächlich umentschieden hätte. Und um acht bin ich schließlich in die Rushhour gekommen und hatte panische Angst, nicht rechtzeitig hier zu sein und ihn endgültig zu verlieren.

Doch er hat sein Wort gehalten. Er war da, hat auf mich gewartet, und wir fliegen gemeinsam nach Schottland.

Dabei hätte ich es gut verstehen können, wenn er nie wieder ein Wort mit mir hätte sprechen wollen. Er ist Nathaniel Levergne. Sicherlich hätte er dank des Einflusses seiner Familie den Anima auftreiben und die Zeremonie rückgängig machen können.

Gab es nicht irgendwann früher diese Regel, dass eine Ehe erst dann gültig ist, wenn man sie mit Sex besiegelt hat? Gilt dies bis heute? Rein technisch gesehen könnten wir das alles sicherlich annullieren.

Zumal körperliche Aktivitäten bis auf Weiteres gestrichen sind. Jedenfalls habe ich keine Lust, noch einmal dabei zuzusehen, wie er mich tötet. Es zu fühlen. Die Angst. Den Sauerstoffmangel. Die Ohnmacht.

Aber ich muss darauf vertrauen, dass mein Bauchgefühl mich nicht belügt und dass dieses Ereignis nicht eintreten wird. Immerhin ist er mein Seelenpartner. Die Ordnung zu meinem Chaos, die Sicherheit zu meiner Angst.

* * *

In Edinburgh werden wir erst durch die Passkontrolle geleitet, und obwohl ich weiß, dass alles in Ordnung sein sollte, knete ich nervös meine Hände. Dank der Verbindungen der Familie Levergne habe ich noch vor dieser Reise gültige Papiere bekommen. Der Beamte winkt uns ohne Probleme durch, und am Gepäckband angekommen sehe ich meinen Koffer bereits von Weitem.

Ursprünglich war er weiß, doch irgendwann habe ich einen Chocobo aus »Final Fantasy IV« darauf verewigt, nachdem Celine und ich das Spiel während der Weihnachtsferien durchgespielt hatten. Mit jeder Reise zu meiner Cousine und später mit ihr gemeinsam kam etwas Neues dazu. Wir hatten zwar nie viel Geld, aber für Wochenendtrips in die Nähe von Washington hat es immer gereicht, und mein Koffer ist voller Erinnerungen daran. Hier eine Robbe, dort ein Delfin, und mittlerweile gibt es nur noch eine kleine Aussparung an der oberen rechten Ecke.

Mühelos hebt Nate den Koffer vom Band, und die Muskeln in seinem Arm werden selbst durch den Stoff des Oberteils sichtbar.

Mein Puls schnellt augenblicklich in die Höhe, und ich schlage verlegen die Augen nieder.

Ich bin so was von geliefert. Der Typ muss nicht einmal etwas sagen, und mein gesamtes Nervenzentrum feuert wilde Signale in alle Richtungen.

Wie soll ich mich jemals auf irgendetwas anderes konzentrieren als auf ihn, wenn er in der Nähe ist?

Wir werden in einen Reisebus gescheucht, ebenfalls in Luxusausstattung. Wirklich Zeit, mich mit unserem Ziel zu beschäftigen, hatte ich noch nicht. Ebenso wenig wie dafür, die anderen Paare näher unter die Lupe zu nehmen.

Einzig eines der Paare hat bisher deutlich hervorgestochen, da sie in einer Tour übereinander herfallen und ich plötzlich froh über die Pornos bin, mit denen Celine mich nachhaltig traumatisiert hat. Wenigstens überrascht mich jetzt nichts mehr.

Die liebevollen Spitznamen »Wanderhand« und »Brülläffchen« haben sie sich redlich verdient, und auch im Bus hören sie nicht auf, einander zu begrapschen.

Woher ich das weiß?

Sie sitzen genau vor uns, und diesmal gibt es keinen Sichtschutz. Zu dem Hörspiel aus dem Flugzeug wird uns nun die Liveshow präsentiert. Großartig.

Insbesondere, da Brülläffchen laut quietscht, während Wanderhand ihre Brust umfasst und an ihrem Hals saugt.

Danke, dieses Bild hätte ich mir gern erspart.

Vorsorglich schaue ich aus dem Fenster. Keine Ahnung, was genau sie damit erreichen wollen. Können sie wirklich nicht bis zur Ankunft im Hotel warten, bevor sie noch einen Orgasmus brauchen? Denn ich könnte schwören, im Flugzeug mehr als einmal ein Stöhnen gehört zu haben. Die Krönung war allerdings, als sie auf die Toilette gegangen ist und er keine Minute später hinterher. Ihre Schreie waren kein bisschen subtil, ergo ihr Spitzname. Nicht, dass es irgendjemanden sonderlich gestört hätte.

Vermutlich haben alle unsere Mitreisenden ihre erste gemeinsame Nacht genutzt, statt panisch vor ihrem Seelenpartner wegzurennen.

Wenn ich mich nur etwas mehr zusammengerissen hätte, wo könnten Nate und ich jetzt stehen? Ganz sicher würde kein unangenehmes Schweigen zwischen uns herrschen, von dem ich mir sicher bin, dass es mindestens einer anderen Person aufgefallen ist.

Jedenfalls wirft uns die Blondine, die uns nach der Hochzeit zusammen mit ihrem Mann begrüßt hat, regelmäßig Blicke zu.

Melanie Barnes.

Immerhin scheint ihr Mann über die Aufmerksamkeit, die sie Nate zuteilwerden lässt, ebenso wütend zu sein, wie ich es allmählich bin.

Dafür ist die Landschaft absolut atemberaubend. Unser Ziel liegt mitten in den Highlands, ein altes Schloss, welches liebevoll zu einem Hotel restauriert wurde. Jedenfalls schwärmt Monique lang und breit davon, während wir zuerst auf Haupt- und später über schmale Landstraßen fahren, die von hohen Böschungen eingerahmt werden. Sie sind so schmal, dass der Bus regelmäßig langsamer werden und vorsichtig an anderen Autos vorbeifahren muss, die in Ausbuchtungen am Rand warten. Ich bezweifle sogar, dass die Straßen breit genug sind, um zwei Autos aneinander vorbeifahren zu lassen, weshalb es mit dem Bus doppelt abenteuerlich ist.

Graue Wolken versperren uns zwischenzeitlich immer wieder die Sicht, doch ab und an wagt sich ein Strahl der bereits untergehenden Sonne hindurch, der den Blick auf grüne Berge, schwarze Seen und unzählige Schafe freigibt.

Nate lässt Moniques Redefluss stoisch über sich ergehen, und ich frage mich, ob er nur mir zuliebe noch hier sitzt, denn er sieht so aus, als würde er sich am liebsten kopfüber aus dem Fenster stürzen.

Es ist bereits dunkel, als wir unser Ziel endlich erreichen. Eine lange Auffahrt, die von Bäumen gesäumt ist, führt auf unser Hotel zu, welches durch mehrere Strahler beleuchtet wird.

Ich spüre die Müdigkeit in jeder Zelle meines Körpers, doch kaum verlasse ich das Fahrzeug, weht mir die Seeluft in die Nase, und zum ersten Mal habe ich nicht das Gefühl, das alles sei ein Traum.

»Hier wohnen wir?« Es ist die erste Frage, die ich Nate nicht bloß deshalb stelle, weil sie unvermeidbar erscheint, seit wir in Washington losgeflogen sind.

Überraschung huscht über sein Gesicht, doch er fängt sich schnell und setzt ein Lächeln auf, von dem ich mir sicher bin, dass es nicht echt ist.

»Sieht so aus.« Er nimmt dem Busfahrer meinen Koffer ab, bevor er sich selbst zwei Dufflebags über die Schulter wirft. »Wollen wir?«

Die anderen Paare und sogar unsere äußerst nervige Reiseleitung sind vergessen, während ich die ausladende Steintreppe zum Haupteingang hinaufsteige. Wie Nate es schafft, meinen Koffer zusätzlich zu den zwei Reisetaschen zu tragen und es mühelos erscheinen zu lassen, ist mir ein Rätsel. Fast lenkt das Spiel seiner Muskeln mich von der beeindruckenden Szenerie ab, sie sich vor uns auftut. Fast.

Das Schloss – und es ist genau das, ein Schloss – liegt in sicherer Entfernung zu einer Steilklippe, doch man kann das Meer von hier aus sehen. Oder besser, man könnte es sehen, wäre es nicht bereits dunkel. So lässt einzig das beständige Rauschen der Wellen erahnen, wie nah wir uns an der Küste befinden.

Monique steht an der Rezeption, als wir mit der restlichen Gruppe hineingehen.

Wenn hier noch kein Historiendrama gedreht wurde, fresse ich einen Besen. Die Decke der Eingangshalle ist hoch und ein Kronleuchter hängt mittig darin. Links und rechts führen Treppen auf eine Empore, deren Balustrade jede der Außenwände umspannt. Der Boden wurde mit weißen und schwarzen Kacheln gefliest, ein Muster, das über die Treppe und das Geländer fortgeführt wird. Dieser erste Eindruck wird durch eine Vielzahl an Statuen aus Marmor abgerundet, die an den Rändern der Eingangshalle stehen, als wollten sie uns den Weg weisen. Lächelnde Geister der Vergangenheit, gefangen in der immer gleichen Form.

»Kommt einmal bitte kurz zusammen«, flötet Monique, und ihre Stimme hallt von den Wänden wider.

Es fällt mir schwer, mich vom Anblick der Decke loszureißen. Ein Gemälde wurde darauf verewigt, bestehend aus Wolken, Engeln, Teufeln und unzähligen Kreaturen, die ich gern aus der Nähe betrachten würde.

Wir treten in einem Halbkreis zu ihr, und ich spüre Nate in meinem Rücken. Überhaupt scheine ich eine Art Radar für ihn zu haben. Selbst mit geschlossenen Augen kann ich zu jeder Zeit sagen, in welcher Richtung er sich in Bezug auf mich aufhält. Jetzt, während er direkt hinter mir wartet, ist es, wie unter einer Hochspannungsleitung zu stehen. Die feinen Härchen auf meinen Armen richten sich auf, und ein beständiges Prickeln kriecht über meine Haut.

Am liebsten würde ich mich zurücklehnen, mich gegen ihn fallen lassen und mich in seiner Wärme verlieren.

Nach der heutigen Nacht verkneife ich mir den Impuls allerdings.

»Die ganze Anlage ist für die nächsten drei Wochen ausschließlich für uns reserviert, ihr habt also vollkommene Privatsphäre.« Monique klimpert auffällig mit den Wimpern, und ich habe Mühe, nicht die Augen zu verdrehen. »Ihr könnt alles frei nutzen. Die Saunalandschaft, den Fitness- und den Spa-Bereich, wobei die Kosten für Massagen nicht übernommen werden. Nach der langen Reise seid ihr sicherlich müde, daher werden wir ein vernünftiges Kennenlernen auf morgen beim Frühstück verschieben. Die Küche hat leider nur bis zehn Uhr geöffnet, doch auf euren Zimmern sollten kleine Verpflegungspakete bereitstehen, falls ihr noch Hunger habt. Gibt es Fragen?«

Niemand meldet sich. Dafür fällt mir die zierliche Frau ins Auge, welche ich bereits vor der Zeremonie gesehen habe. Sie kann kaum älter sein als ich, hat kurze schwarze Locken und hüpft aufgeregt am Arm ihres Partners auf und ab, wobei der Anhänger des afrikanischen Kontinents fröhlich an der feingliedrigen Kette mittanzt. Während sie aussieht wie eine Elfe, mit ihrem kurzen Kleid, den grazilen Stiefeln und den Ohrsteckern, an deren Ende bunte Federn baumeln, ist er das genaue Gegenteil. Riesige Muskelberge türmen sich unter seinem langärmeligen Shirt, seine Nase sieht aus, als wäre sie schon mindestens einmal gebrochen worden, und er überragt sogar Nate. Die Elfe reicht ihm gerade einmal bis zur Brust, doch er schenkt ihr ein liebevolles Lächeln, bevor er ihre Koffer nimmt und, ohne entlassen zu sein, losgeht.

Sie bemerkt meinen Blick, zwinkert mir zu und folgt ihm.

Falls Monique etwas daran auszusetzen hat, lässt sie es sich nicht anmerken.

Nate nimmt unsere Schlüsselkarte mit demselben stoischen Schweigen in Empfang, mit dem er schon diesen gesamten Tag meistert.

Großartig.

Neben der ausladenden Treppe gibt es einen unscheinbaren Fahrstuhl, den wir in den fünften Stock nehmen, dort folgen wir einem langen Flur bis zum Ende. Eine Flügeltür, in deren dunkles Holz kleine Bilder und Verzierungen eingeschnitzt sind, versperrt uns den Weg, bis Nathaniel die Schlüsselkarte zückt, vor das Schloss hält und dieses sich sirrend öffnet.

Die Suite in Washington war groß, doch sie war nichts im Vergleich zu dem Anblick, der sich nun vor mir auftut.

Riesige Wandteppiche sind an drei von vier Wänden angebracht, wobei sich zu meiner rechten eine weitere Doppeltür befindet. Was den Blick jedoch unweigerlich auf sich zieht, ist die Fensterfront. Sie besteht vollständig aus Glas, und nur wenige Yards entfernt kracht das tosende Meer gegen die schroffen Klippen. Ein Balkon grenzt außen an die Glasfront und ich fühle mich unwillkürlich wie in einem Märchen.

Wieder stehen Blumen und eine Flasche Champagner auf einem Tisch vor einer gemütlich aussehenden Couch. »Wollen die, dass wir uns in einer Tour die Kante geben?«

Obwohl ich es mehr zu mir selbst sage, weiß ich, dass er mich hören muss, und mein Herz donnert unangenehm.

»Sag du es mir.«

Bei seinem forschen Ton drehe ich mich um. Er steht, die Arme vor der Brust verschränkt, in der Mitte des Zimmers.

»Würde es die Dinge für dich leichter machen, wenn du dich betrinken würdest?«

Sofort schießt mir Hitze in die Wangen, und ich wende den Blick ab. »Manche Dinge vielleicht«, gestehe ich. »Aber nicht die Wesentlichen, nein.«

Er seufzt und wendet sich dann den Flügeltüren zu, von denen ich vermute, dass sie ins Schlafzimmer führen.

Resigniert folge ich ihm.

Das fängt ja alles ganz großartig an. Wir haben genau drei ziemlich einsilbige Gespräche geführt, und ich habe keinen blassen Schimmer, wie ich mit ihm umgehen soll.

Im Durchgang bleibe ich abrupt stehen. Ein riesiges Bett aus dunklem Holz erwartet uns in der Mitte des Zimmers. Es steht auf einem noch größeren, runden Teppich, und als wäre es nicht ohnehin schon der Blickfang des Raumes, sind echte Rosenblätter darauf verteilt. Abgerundet wird das Bild durch weiße Vorhänge, die an vier langen Pfeilern befestigt sind und sich wie ein Dach über das Bett spannen.

Ich rolle den Koffer hinter mir her zu einem von zwei in der Wand eingebauten Schränken und beginne auszupacken. Nate tut es mir zögerlich gleich, auch wenn ich das Gefühl habe, dass er mich währenddessen keine Sekunde aus den Augen lässt.

Das Schweigen um uns herum ist so laut, dass selbst den Gespenstern klar sein muss, dass wir keinesfalls das glückliche Paar sind, das wir sein sollten.

»Hör mal«, beginne ich, nachdem selbst meine Waschsachen ordentlich im Bad verstaut sind und ich wirklich nichts mehr zu tun habe. »Wegen gestern Abend … Ich habe überreagiert. Es tut mir leid, dass ich einfach so weggerannt bin.«

Er hält mitten in der Bewegung inne.

Mustert mich.

»Und warum genau hast du überreagiert?«

Weil ich gesehen habe, wie du mich umbringst. Genau der richtige Satz, um die Stimmung zwischen uns aufzulockern. Daher mache ich nur eine wegwerfende Handbewegung. »Ist wirklich nicht so wichtig.«

»Hailey, wenn du mir nicht sagst, was ich falsch gemacht habe, dann …«

»Überhaupt gar nichts, okay?«, unterbreche ich ihn und hasse es, wie dünn meine Stimme in diesem Augenblick klingt. Hasse, dass ich ganz von allein meine Arme um mich geschlungen habe, als könnte ich mich auf diese Weise vor den Erinnerungen an die Vision schützen. Bedacht atme ich ein, dann aus, schüttle meine Hände und blicke ihm mit aller Entschlossenheit, die ich aufbringen kann, in die Augen. »Du hast nichts falsch gemacht. Die ganze Sache hatte rein gar nichts mit dem zu tun, was wir gemacht haben.«

Und die Hitze ist zurück.

Wenn das so weitergeht, brauche ich nie wieder in meinem Leben Geld für Heizkosten auszugeben. Ich werde einfach meine eigene, kleine Kernschmelze.

»Du meinst die Tatsache, dass ich dich geküsst habe?«

Da ist er wieder. Der selbstbewusste Typ, den nichts aus der Ruhe bringen kann. Er lächelt schief, und falls ich eben schon dachte, mir sei heiß, ist das nichts im Vergleich zu jetzt. »Können wir vielleicht einfach vergessen, dass ich so ausgetickt bin? Können wir einfach … keine Ahnung, so tun, als sei alles normal zwischen uns?« Wie auch immer normal für uns aussieht. Denn nichts, absolut gar nichts an dieser Situation ist normal.

Ruhig betrachtet er mich. »Früher oder später müssen wir anfangen, einander in diesen Dingen zu vertrauen.«

Er hat recht. O Gott, er hat recht, doch wenn ich ihm davon erzähle …

»Aber es reicht, wenn wir zu einem späteren Zeitpunkt damit beginnen«, fährt er fort. »Nachdem wir beide mehr Schlaf hatten, zum Beispiel.« Er nickt in Richtung der Matratze. »Heute Nacht bekommst du das Bett für dich allein, wenn du möchtest. Ich nehme die Couch.«

Eine riesige Last purzelt von meinen Schultern hinunter, und ich lächle. »Danke!«

»Ab morgen würde ich es allerdings bevorzugen, wenn wir uns das Ding wenigstens teilen. Es ist groß genug für uns beide. Was ich gesagt habe, meine ich auch so. Du bist sicher bei mir. Selbst wenn du völlig nackt neben mir liegst. Okay?«

Die plötzliche Unsicherheit in seinem Blick bricht mir fast das Herz, und ich schaffe es gerade noch so, eine Antwort herauszupressen, bevor ich ins Bad flüchte. »Ich weiß, Nate.«

Kapitel 20

Nathaniel

Ich starre auf die Schlafzimmertür, hinter der Hailey vor circa zwei Stunden verschwunden ist.

Das scheint meine neue Bestimmung zu sein. Mitglied im Club der »Männer, die auf Türen starren«.

Ich reiße den Blick von der dunklen Maserung los und greife stattdessen nach dem Hals meines neuen besten Freundes. Er heißt Johnnie Walker, ist zu neunzig Prozent Schotte und zu vierzig Prozent reiner Alkohol. Mir wäre es andersherum lieber, aber ich fürchte, dann würde er noch heftiger in meiner Kehle brennen als ohnehin schon. Kurz blinzle ich auf das eindeutig zu klein geratene Schnapsglas und entscheide dann, einfach direkt aus der Flasche zu trinken. Nur, dass ich kein zweiundzwanzigjähriger Collegestudent mehr bin, der zum Nachtisch fünf Kurze hat exen können, ohne mit der Wimper zu zucken. Ich habe mich seit … fünf Jahren nicht mehr betrunken. Immerhin stehe ich im Dienste seiner Majestät, Kronprinz der Magischen Nordamerikas, Alexander IV. Lang lebe … und so weiter.

Agenten trinken nicht. Wir heiraten wildfremde Frauen, die beim ersten Kuss in Todesangst vor uns davonlaufen, um am nächsten Tag mitten in der tiefsten schottischen Pampa in einem Hotelbett zu schlafen, während wir im Vorraum mit der samtbezogenen Couch vorliebnehmen.

Ich reibe mir über die Stirn und blinzle auf den Game-Controller. Noch eine Runde »Call of Duty«? Und ja, mir ist bewusst, wie ironisch der Spieltitel ist …

Aber statt das halbwegs Richtige zu tun und mein Hirn mit einer weiteren Runde Egoshooter zu betäuben, nehme ich einen weiteren Schluck Scotch und starre zurück zur Tür. Seit gestern Nacht bohrt sich immer wieder eine Idee in mein Hirn. Und jedes Mal, wenn ich sie habe, wie jetzt gerade, hebt Ophedia ihren Kopf von meinem Finger und starrt mich wütend an.

»Was denn?«, knurre ich genervt. »Hast du einen Alternativvorschlag, hm?«

Sie gibt ein leises Geräusch von sich. Es ist kaum hörbar, aber ich könnte schwören, sie zischelt.

Ich verdrehe die Augen. »Wenn du schon unbedingt eine Persönlichkeit entwickeln musstest, kannst du dann nicht wenigstens ab und zu reden? Anstatt mich vorwurfsvoll anzustarren, weil ich das Einzige tun will, was mir Antworten gibt?«

Sie wackelt mit ihrer Schwanzspitze. Ich kann es nicht sehen, aber das Metall kitzelt zwischen meinen Fingern.

»Wenn du nichts Sinnvolles beizutragen hast, dann kannst du dich auch gleich wieder schlafen legen.«

Sie legt schmollend den Kopf zurück auf meinen Finger.

»Sorry«, grummle ich kurze Zeit später. Denn Johnnie Walker ist zwar wirklich ein sehr loyaler Kumpel, und er widerspricht auch nicht, aber auf Dauer fühlt man sich in seiner Gegenwart doch irgendwie einsam …

Aber selbst Ophedia hat ihre geschuppte Nase voll von mir. Und mein Blick landet schon wieder auf dieser verfluchten Tür.

Und mir ploppt schon wieder diese verfluchte Idee ins Hirn.

Ich sollte sie verwerfen. Ein für alle Mal. Verwerfen und nie, niemals wieder in Betracht ziehen, weil es …

Fuck this!

Ich schließe die Augen, lehne den Kopf zurück und lasse meine Magie frei. Es kostet mich mehrere Sekunden voller Konzentration, sie zu bündeln, zu fokussieren, um nicht mit einem Mal die Ängste sämtlicher Seelen in diesem Haus auf mich einströmen lassen zu müssen. Was ich will, ist Hailey. Nur Hailey.

Sie schläft. Was mein Glück ist. Denn ihre Magie pulsiert in meinem Bewusstsein wie ein stiller Ozean. Wäre sie wach, würde es mich vermutlich einiges an Mühe kosten, dagegen anzukommen. Es überrascht mich nicht. So sehr, wie Hailey darauf bedacht ist, niemanden zu berühren, lag es nahe, dass ihre Magie stark ist.

Jetzt hingegen braucht es kaum mehr als ein sanftes Zupfen, und sie gewährt mir Eintritt. Eintritt in ihr Bewusstsein, ihre schlimmsten Ängste, ihre Albträume.

Kurz bin ich irritiert. Weil sie schläft. Selbst in ihrer Angst schläft sie. Oder, nein, sie … ist wach. Aber reglos. Will oder kann sich nicht rühren. Als würde sie jemand daran hindern. Magisch lähmen. Nur ihre Lider heben sich, blicken in ein schwarzes Nichts. Ich fühle Stoff. Ein Kissen? Ich kann es nicht genau sagen. Aber ich kann ihre Angst spüren. Angst davor, nicht zu wissen, wo sie ist, was passiert ist und warum sie nicht atmen kann. Ihr Körper, ihr Geist, ihre Seele, ihre Magie, alles begehrt dagegen auf. Ringt nach Luft und findet keine. Ihre Lungen brennen, ihr ganzer Körper vergeht in Angst. In Todesangst. Sie wimmert erstickt, und ich kann das Geräusch aus dem Schlafzimmer zu mir dringen hören. Nur die dumpfen Kampfgeräusche ihrer Vision fehlen, weil nicht wirklich passiert, was sie gerade sieht. Sie durchlebt es nur, als wäre es real. Wehrt sich. Ihre Arme und Beine lösen sich aus der magischen Umklammerung, sie nimmt einen tiefen, schwindligen

Atemzug und starrt in die Augen des Menschen, der gerade versucht hat, sie zu töten.

In grüne Augen.

Meine Augen.

Mein Gesicht.

Ich ziehe meine Magie zu mir zurück und reiße die Lider auf. Im selben Moment gellt im Nebenzimmer ein schriller Schrei, ich höre berstendes Glas und rapple mich auf die Füße. Mir ist schwindlig. Und schlecht. Ich hatte zu viel Alkohol, und vor allen Dingen habe ich zu viel gesehen. Zu viel von dem, was mich nichts angeht. Und gleichzeitig tief erschüttert.

Haileys größte Angst ist, dass ich sie töten werde. Mehr noch, ich nehme stark an, dass sie gesehen hat, wie ich es tue. Normalerweise sind Ängste subtil, verschwommen, wechselhaft. Bei Hailey hingegen hat es sich angefühlt wie eine glasklare Tatsache. Eine Erinnerung.

Eine Vision.

Ist es das, was sie gestern gesehen hat? War das der Grund, weshalb sie weggelaufen ist?

Kein Wunder. Scheiße, jeder andere wäre überhaupt nicht zu mir zurückgekehrt. Und zwar nie wieder.

Sie hat gesehen, dass es passiert. Ich habe es gesehen. Durch ihre Augen. Ich stand über ihr und habe sie … umgebracht? Erstickt?

Wie in Trance renne ich auf die verfluchte Schlafzimmertür zu, klopfe an und warte ihre Reaktion kaum ab.

»Hailey!«

Sie sitzt aufrecht im Bett. Ihr Hello-Kitty-T-Shirt klebt schweißnass auf ihrer Haut, und auf dem Boden neben dem Bett bildet sich eine Wasserpfütze zwischen zersprungenem Glas. Eine versprengte Scherbe wirbelt zu meinen Füßen um ihre eigene Achse.

»Entschuldige, ich wollte dich nicht wecken«, murmelt Hailey.

Und mir sackt das Herz bis tief in die Eingeweide. Das ist es, was sie mir zu sagen hat? Dass sie mich nicht wecken wollte? Nachdem sie gesehen hat, wie ich sie umbringe?

Ich presse die Kiefer aufeinander, sage: »Bleib sitzen, nicht, dass du in eine Scherbe trittst«, und sammle das Malheur zusammen. Ich könnte den Zimmerservice rufen, aber ich nehme stark an, dass Hailey gerade genauso wenig Bedarf an Fremden in unserer Suite hat wie ich.

Als ich mit einem Handtuch zurückkehre, um die letzten versprengten Wassertropfen aufzuwischen, steht Hailey am anderen Ende des Raumes vorm Kleiderschrank, die Decke bis hoch ans Kinn gezogen.

»Du willst dich sicher umziehen«, murmle ich.

Sie nickt.

»Kann ich … dir einen Tee kochen?« Tee kochen. Jawoll, Nate, bester Vorschlag, nachdem jemand gesehen hat, wie du ihn umbringst. Lass mal Tee kochen, das wird es sicher wieder richten.

Heilige Scheiße, warum ist sie überhaupt *hier*?

»Nate?«

»Ja?«, frage ich zerstreut.

»Könntest du …« Sie wedelt mit der Hand in Richtung Tür.

Ich blinzle, reiße mich aus meiner Starre und sage: »Ja, klar. Sorry. Tut mir leid.« Ich renne förmlich aus dem Raum, hinüber zur Anrichte mit dem lächerlich kleinen Wasserkocher und einem handbemalten Miniaturteeservice, das aussieht, als hätte Queen Victoria es bei einem Ausritt hier vergessen.

Mit einem Tablett voller Tee, Kekse und Schokolade aus der Minibar auf dem Arm kehre ich zur Schlafzimmertür zurück, klopfe an und warte, bis Haileys dumpfes »Komm rein« ertönt.

Sie hat sich einen Handtuchturban gebunden und steckt in einem bodenlangen Hotelbademantel, in dem sie vollkommen verschwindet.

Ich stelle das Tablett auf einen kleinen Beistelltisch ab, darauf bedacht, Hailey nicht zu nahe zu kommen, geschweige denn, sie zu berühren.

»Ist … alles okay?«, fragt sie, nachdem ich mich ans andere Ende des Zimmers verzogen habe.

Die Frage würde mich belustigen. Wenn sie nicht so verdammt traurig wäre. »Mit mir?«

»Du wirkst aufgelöst. Es war wirklich nur …«, sie stockt, schluckt und fährt schließlich heiser fort, »es war nur ein Albtraum.«

»Das erste Mal, dass du ihn hattest?«, frage ich.

»Ja … Nein. Es ist kompliziert«, gibt sie flüsternd zu.

»Du hast ihn miterlebt, nicht wahr?«

Sie runzelt die Stirn, mustert mich erst irritiert, dann mit zunehmender Panik. »Du … du …«

»Mein magisches Talent ist es, Ängste zu sehen, Hailey. Es ist der Grund, weshalb die Agency meine Bewerbung mit Kusshand genommen hat. Ich lese in den Todesängsten der Menschen wie andere Leute in Horrorromanen.«

Sie zieht die Enden des Bademantels fester um sich. Und mir wird bewusst, dass ich gerade definitiv nicht dazu beigetragen habe, dass sie sich in meiner Gegenwart sicherer fühlt. Aber ich will ehrlich zu ihr sein. Das verdammt erste Mal ehrlich. Wenn ich sie schon sonst nach Strich und Faden belügen muss, dann wenigstens dieses eine Mal nicht.

»Du hast geträumt, dass ich dich töten werde«, sage ich. »Ersticken. Und das war es auch, was du gestern gesehen hast. Als ich dich geküsst habe. Richtig?«

Sie nickt. Und bringt kein einziges Wort über die Lippen. Ihre Wangen sind kreidebleich und ihre Hände zittern.

Ich reibe mir die Stirn und sage: »Hailey, auch wenn gerade alles dagegenspricht und ich es verstehen könnte, wenn du mir kein Wort glaubst: Ich würde dir nie niemals wehtun. Egal, was du tust, egal, wie wütend ich jemals werde oder … was auch immer passieren mag. Ich schwöre bei allem, was mir heilig ist, ich würde nie …«

»Nate …«

»… niemals irgendetwas tun, was dich in Gefahr bringt! Es liegt mir nichts ferner als das. Egal, was du gesehen hast, ich verspreche dir, es wird nicht passieren. Ich werde alles tun, damit es nicht passiert.«

»Nate!«

Ich verstumme abrupt.

»Ich weiß das. I… ich weiß, dass meine Visionen nicht …, dass sie nicht eintreten müssen. Dass es nur eine mögliche Version der Zukunft ist. Und nicht zwangsläufig Realität.«

»Okay«, antworte ich. Es geschieht mehr automatisch, als dass ich tatsächlich begriffen hätte, was sie mir damit sagt. Erst als mir mein Gehirn mit mehreren Sekunden Verspätung freundlicherweise mitteilt, dass sie mir glaubt, lasse ich mich vor Erleichterung zu Boden sinken. Fuck! »Es tut mir leid«, sage ich. »Es tut mir so verdammt leid.« Damit meine ich alles. Alles, was ich ihr angetan habe und von dem sie überhaupt nichts weiß, und alles, von dem sie geglaubt hat, dass ich es womöglich tun könnte.

»Sag mir einfach nur, wie ich es verhindern kann«, erwidert sie. »Was muss ich tun, damit es nicht passiert. Damit ich es nie wieder sehe. Damit ich nie wieder irgendetwas sehen muss.« Ihre Stimme klingt erstickt, und sie wischt sich hastig mit einem Ärmelzipfel über den Augenwinkel.

»Okay.«

Sie schnaubt traurig. »Mir ist klar, dass du das nicht kannst.«

»Natürlich kann ich das«, erwidere ich. Und meine es haargenau so.

»Wie willst du das anstellen? Ich habe Visionen, seit ich denken kann. Ich sehe Dinge vorher, seit ich denken kann. Schlimme Dinge. Was glaubst du, warum ich …« Anstatt den Satz zu Ende zu führen, hebt sie die Ärmel ihres Bademantels, in denen ihre Hände vollständig verschwunden sind.

Ich runzle die Stirn. »Dir hat nie jemand beigebracht, es zu kontrollieren?«

»Ich kann es nicht kontrollieren, Nathaniel!«, braust sie auf. Kauert sich aber schon in der nächsten Sekunde wieder in sich zusammen wie ein kleiner Pangolin. »Glaubst du, ich hätte es nicht versucht? Meine Familie hat ihr Bestes gegeben und ist immer und immer wieder daran gescheitert, mir beizubringen, wie ich meine Kräfte selbstständig steuern kann.«

»Du kannst es lernen«, erkläre ich. »Ich kann es dir beibringen. Und ich kann dafür sorgen, dass dir niemand ein Haar krümmt. Weder ich noch sonst irgendwer. Du hast mein Wort darauf.«

Kapitel 21

Hailey

Schon wieder zittere ich, doch diesmal ist es vor Aufregung. »Du kannst … Wirklich?«

Irgendeine Emotion huscht über sein Gesicht, die ich nicht deuten kann. Schmerz? Wut?

»Glaubst du, ich konnte meine Gabe von Anfang an kontrollieren?«

»Keine Ahnung.«

Er lacht, doch es ist kein fröhliches Geräusch. Noch immer kauert er auf dem Boden vor der Tür, wo er in sich zusammengesunken ist.

Und mein Herz bricht bei seinem Anblick.

Wie muss es sein, die schlimmsten Ängste der Menschen um einen herum zu kennen? Insbesondere, wenn man sie nicht einmal berühren muss? Welche Schrecken hat er gesehen, bevor er gelernt hat, seine Fähigkeiten gezielt einzusetzen?

Was hat er gesagt? Die Agency hat seine Bewerbung mit Kusshand genommen? Ist es das, was er täglich tun muss? Andere ihre Ängste durchleiden lassen? Diese Ängste mit ihnen erleben?

Langsam gehe ich auf ihn zu, hocke mich hin und lege ihm eine Hand auf die Schulter. Dort, wo das Shirt seine Haut verdeckt.

Der Geruch nach Alkohol kriecht mir in die Nase, scharf und beißend, als hätte er eine komplette Flasche Whiskey hinuntergekippt. Allerdings hoffe ich, dass er nach solchem Konsum nicht mehr stehen, geschweige denn Tee kochen könnte, also waren es wohl nur wenige Gläser.

Bei der Berührung schaut er auf.

»Ich habe keine Angst vor dir, Nate. Das hatte ich nie.«

Wieder dieses hohle Lachen. »Du hattest Todesangst.«

»Aber die habe ich jetzt nicht mehr. Wie gesagt, ich habe überreagiert. Normalerweise habe ich mich bei Visionen besser im Griff, aber ich hatte so lange keine mehr, dass es mich völlig überrumpelt hat.«

»Wann war deine letzte?«

»Vor sieben Jahren. Damals war ich noch nicht so vorsichtig, bin mit jemandem zusammengestoßen und habe gesehen, wie der Thronprinz umgebracht wurde.« Ich schüttle den Kopf, atme tief durch und lächle Nate so unbedarft wie möglich an. »Aber Alexander lebt noch. Mittlerweile sieht er älter aus als in meiner Vision damals. Wie du also siehst, sind diese kleinen Schauermärchen in meinem Kopf nicht sonderlich zuverlässig. Daher versuche ich, zu verhindern, dass ich überhaupt Visionen habe. Wenn ich aus Versehen doch jemanden berühre, versuche ich, die Bilder zu ignorieren. In neun von zehn Fällen treten sie nicht ein, und ich mache mir umsonst Sorgen. Oder, noch schlimmer, versetze alle um mich herum in Panik, ohne dass es notwendig wäre.«

Bei der Erwähnung von Prinz Alexander huscht etwas über Nates Gesicht, und ich bin mir fast sicher, dass er mich nach meiner Vision fragen wird. Sollte ich ihm von Heart erzählen? Er ist sein Vorgesetzter. Vielleicht wäre es sogar gut, wenn wenigstens eine weitere Person wüsste, dass seine Motive möglicherweise nicht so altruistisch sind, wie er der ganzen Welt weismachen will.

Aber würde Nate mir glauben?

»Ist schon einmal eine deiner Visionen wahr geworden?«, möchte er stattdessen wissen, und am liebsten würde ich vor Erleichterung laut seufzen.

»Ja.« Langsam beginnen meine Beine in der ungewohnten Position zu krampfen, daher setze ich mich neben ihn, lehne mich an die Schlafzimmertür und lasse den Blick durch den opulenten Raum schweifen. Alles hier drin sieht aus wie die romantische Vorstellung einer mittelalterlichen Burg.

»Erzählst du mir davon?«

Unwillkürlich schießt mir das Bild von Emma in den Kopf. Im Pool ihrer Eltern, alles voller Blut …

»Ein anderes Mal vielleicht«, krächze ich, räuspere mich und stehe schwerfällig auf. »Möchtest du die ganze Nacht hier sitzen? Nicht, dass ich grundsätzlich etwas dagegen hätte, aber wenn ich richtig Pech habe, hole ich mir eine Verspannung, und ganz ehrlich, wir brauchen nicht noch mehr, was unsere Flitterwochen verkompliziert.«

Ein Grinsen huscht über sein Gesicht.

Gut.

Doch schon eine Sekunde später blickt er wieder nachdenklich drein. »Deine Vision von Prinz Alexander … Weißt du, wen du gesehen hast? Wer ihn umbringen wollte?«

»Können wir da ein anderes Mal drüber sprechen?« Noch bin ich nicht sicher, wie er die Nachricht, dass sein Vorgesetzter etwas damit zu tun hat, aufnehmen wird.

Er seufzt, wischt sich mit den Händen über das Gesicht, und ich kann förmlich dabei zuschauen, wie er mit sich ringt, bevor er schließlich murmelt: »Morgen dann.«

»Komm schon!« Ich halte ihm meine nicht von Stoff bedeckte Hand hin, um ihm auf die Beine zu helfen. »Du nimmst jetzt eine schöne, lange Dusche, putzt Zähne, und wir gehen ins Bett. Gemeinsam. Ich bin mir nämlich ziemlich sicher, dass Monique morgen das gesamte Sommerferiencamp-Gruppenflitterwochen-Ding abzieht, und wenn ich nicht ausgeschlafen bin, stehen die Chancen auf eine Migräne echt hoch.«

Vielleicht begreift er noch nicht, wie viel Überwindung es mich kostet, seine Haut zu berühren. Es ist meine Art der Entschuldigung, und darüber hinaus möchte ich ihm beweisen, dass ich ihm vertraue. Dass ich keine Angst vor dem habe, was ich sehen könnte.

Nate umfasst sanft meine Finger, und ich halte kurz den Atem an, aber die Vision bleibt aus. Gut.

Mit meiner Hilfe richtet er sich auf, doch ich mache mir keine Illusionen. Ich ziehe ihn nicht wirklich hoch, er steht aus eigener Kraft auf.

Dann ist er direkt vor mir, die Haare fallen ihm wirr in die Augen, und es juckt mir in den Fingern, sie zur Seite zu schieben, während sein Blick sich in meinen bohrt. Mein Atem geht schneller und ich könnte schwören, seiner ebenfalls.

Ich rühre mich nicht. Kann mich nicht rühren, solange er mir so nah ist und alles in mir danach schreit, ihn zu küssen.

Er wendet sich ab, so abrupt, dass ich einen Schritt zurückstolpere, und verschwindet im Bad.

Das Blut rauscht in meinen Ohren mit dem Wasser der Dusche um die Wette, und diesmal sind die Bilder vor meinem inneren Auge alles andere als gruselig. Im Gegenteil, das Wissen, dass uns nur eine Tür trennt, während er nackt ist, stellt äußerst merkwürdige Dinge mit meinem Inneren an. Ich bin wirklich ein hoffnungsloses Wrack. Aber immerhin habe ich noch ein paar Stunden, um mir zu überlegen, wie weit ich ihm tatsächlich vertraue.

* * *

Nate hatte recht. Das Bett ist tatsächlich so riesig, dass ich es nicht einmal mitbekommen habe, als er aufgestanden ist.

Zu meiner unendlichen Erleichterung hat er nicht geschnarcht, und selbst mir sind irgendwann die Augen zugefallen.

Es ist nur dem Wecker meines Handys zu verdanken, dass ich jetzt schon wach bin.

Richtig.

Frühstück.

Mit all den anderen, ach so verliebten Pärchen und der immer glänzend aufgelegten Monique.

Sollte ich vorsorglich eine Kopfschmerztablette einwerfen? Nur zur Sicherheit?

Ächzend schlage ich die Decke zurück und schleppe mich zum Bad, die Tür schwingt auf, und …

Männerbrust.

Nackt.

Voller Muskeln. Und Wassertropfen.

Direkt vor meinem Gesicht.

»Sorry«, quietsche ich und schlage ihm die Tür vor der Nase zu, bevor ich ans andere Ende des Raumes flüchte.

Lachend öffnet Nate die Tür. »Dir auch einen guten Morgen.«

Er trägt nichts als ein weißes Handtuch um die Hüfte und ich kann jeden Inch seiner Haut bestaunen. Könnte, meine ich. Mache ich natürlich nicht. Wirklich, ich drehe mich gleich um.

»Darf ich also davon ausgehen, dass dir gefällt, was du siehst?«

Die Selbstsicherheit in seiner Stimme ist Lichtjahre von dem Mann entfernt, der gestern Nacht an der Schlafzimmertür in sich zusammengesackt ist. Vor Erleichterung lächle ich zurück, beschließe, mich nicht wie eine verängstigte Maus zu verstecken, und mustere ihn. Vollkommen unverhohlen und ohne Scheu. Immerhin hat er es mir quasi angeboten.

Wieder vollführt mein Magen mehrere Pirouetten, aber daran muss ich mich wohl gewöhnen.

»Damit lässt sich auf jeden Fall arbeiten«, bringe ich wesentlich ruhiger über die Lippen, als ich mich fühle. Dummerweise kann ich die Hitze, die mir ins Gesicht schießt, nicht ansatzweise so gut kontrollieren wie meine Stimme. »Bist du fertig im Bad?«

»Bin ich. Außer, du möchtest, dass ich dir Gesellschaft leiste, dann kann ich meine Morgenroutine sicherlich noch etwas hinauszögern.«

Nennt mich ab jetzt Hailey Feuerball. Denn genau so fühle ich mich. »Schon okay.«

Ich renne förmlich an ihm vorbei und höre sein lautes Lachen selbst durch die geschlossene Tür, während ich entschieden den Schlüssel herumdrehe und mich im Spiegel betrachte.

Kein Wunder, dass er lacht. Mit den weit aufgerissenen Augen und den roten Flecken überall im Gesicht sehe ich nicht ansatzweise so selbstbewusst aus, wie ich mich geben wollte.

Der Versuch, meine innere Celine zu channeln, ging definitiv nach hinten los.

Aber er hat gelacht, und die Erinnerung daran reicht aus, dass eine Gänsehaut meine Unterarme bedeckt. Gut möglich, dass es mein neues Lieblingsgeräusch ist.

Da wir nicht mehr viel Zeit haben, binde ich meine Haare zu einem Dutt, springe unter die heiße Dusche und spüle nur den Schlaf und die Müdigkeit ab, bevor ich das Wasser wieder abstelle.

Nachdem ich meine Morgenroutine abgeschlossen habe, lege ich noch etwas Concealer auf, um die viel zu tiefen Augenringe zu überdecken, pudere mein Gesicht und runde das Bild mit Wimperntusche ab.

Es gibt mir ein Gefühl von Sicherheit, das es leichter macht, mich den anderen Paaren zu stellen.

Wie viele von ihnen sind auf dieselben Schulen gegangen? Kennen sich, seit sie Kinder waren?

Als ich, erneut in den dicken Bademantel gewickelt, das Schlafzimmer betrete, stelle ich erleichtert fest, dass Nate mittlerweile angezogen und gerade im Begriff ist, den Raum zu verlassen. Sobald er mich sieht, hält er allerdings inne.

»Danke, Hailey.«

»Wofür?«

»Für gestern Nacht. Dafür, dass du mich nicht in hohem Bogen vor die Tür gesetzt hast.«

Diesmal bin ich es, die zuerst lächelt. »So schnell wirst du mich nicht mehr los. Und was sind schon ein paar kleine Todesvisionen, wenn ich dich dafür im Bad überraschen kann?«

Wieder lacht er, und wieder möchte ich es aufnehmen und mir in Dauerschleife anhören.

»Das nächste Mal lasse ich das Handtuch weg. Damit du mehr zu gucken hast.« Mit diesen Worten verlässt er den Raum und lässt mich knallrot zurück.

Bis wir zum Frühstück aufbrechen, hat sich wenigstens mein Puls wieder eingekriegt.

Wir haben geflirtet.

Glaube ich.

Meine Erfahrung auf diesem Gebiet ist äußerst begrenzt, aber ich habe das Gefühl, Celine wäre stolz auf mich. Ich habe ihr noch aus dem Schlafzimmer eine kurze Nachricht geschickt und ihr versprochen, mich zu melden, jedoch nicht stündlich. Immerhin sind das hier meine Flitterwochen.

Der Speisesaal ist auf derselben Ebene wie die Rezeption, allerdings an der Rückseite des Schlosses. Auch hier ist die Fassade aus Glas und gibt den Blick auf eine Terrasse frei, welche über Treppen zu beiden Seiten in einen weitläufigen Garten führt. Sonnenschirme stehen zusammengefaltet darauf, doch just in diesem Moment drückt eine Windböe Regen gegen die Scheibe, sie werden heute also eher nicht zum Einsatz kommen.

Die Kulisse dahinter raubt mir den Atem.

Grau und wild peitscht das Meer gegen einige Felsen, die vor der Küste aus dem Wasser ragen, und Möwen fliegen akrobatisch über der schäumenden Gischt.

Im Inneren tummeln sich bereits mehrere Pärchen, aber es ist Monique, die sofort auf uns zustürzt.

»Da seid ihr ja endlich. Sucht euch einen Platz aus; wie ihr seht, gibt es mehrere Tische nur für zwei, aber ich bin mir sicher, am Ende der Reise sind wir alle die besten Freunde.«

Melanie Barnes und ihr Mann stehen am Büfett, und wenn ich den Blick, den er uns zuwirft, richtig deute, bezweifle ich Moniques Aussage stark.

»Aber wo sind meine Manieren?« Monique wirft sich ihr blondes Haar über die Schulter, was die goldenen Armreife an ihrem Handgelenk klimpern lässt. »Bitte, holt euch etwas zu essen. Sobald alle da sind, werden wir beginnen.«

Immerhin sind wir nicht die Letzten. Trotzdem spüre ich mehrere Augenpaare auf mir, während wir zu der langen Tafel schlendern, auf der das Büfett präsentiert wird.

»Sie beobachten uns«, zische ich.

»Gewöhn dich dran. Als Levergne ist man immer im Zentrum der Aufmerksamkeit.«

Es klingt nach einem einstudierten Text.

Ist das sein Leben? Immer beobachtet zu werden, von Menschen, die hoffen, einen Riss in der perfekten Fassade zu finden?

Ein Automat spuckt mir röchelnd einen Milchkaffee aus, während Nate sich aus einer Kanne eine Tasse einschenkt und einen großen Schluck nimmt. Keine Milch. Kein Zucker.

»Sorry, aber du musst wirklich jedes Klischee bedienen, oder?« Er hebt nur fragend eine Augenbraue, also flüstere ich: »Lass mich raten, du trinkst deinen Martini auch geschüttelt, nicht gerührt?«

Ein wissender Blick auf meine Tasse und die drei Päckchen Zucker darin. »Willst du jetzt einen dummen Spruch über süße Frauen und ihren süßen Kaffee hören, oder überspringen wir den Part mit den klischeebehafteten Getränken für heute?«

Ich stoße ihm den Ellenbogen in die Seite, während mir schon wieder Hitze in die Wangen kriecht. Hoffentlich verdeckt mein Puder zumindest die schlimmsten Auswirkungen.

Neben Bacon, Rührei, Baked Beans, rechteckigen Frikadellen und kleinen Würstchen, aus denen Fett tropft, finde ich glücklicherweise auch Bagel und Marmelade.

Vielleicht esse ich am Ende der drei Wochen ein echtes schottisches Frühstück, aber noch bin ich nicht so weit.

Nach und nach füllen sich die Tische. Die Elfe und ihr Hüne kommen kurz nach uns, und sie tänzelt am Büfett entlang, bevor sie einen Tisch in unserer Nähe ansteuert. Im Gegensatz zu Melanie, die glücklicherweise am anderen Ende des Raumes vor sich hin stiert, direkt neben Brülläffchen und Wanderhand.

Bisher hatte ich keine Gelegenheit, die anderen Paare näher zu betrachten. Insgesamt sind wir um die zwanzig Leute. Kein Wunder, dass es so selten Verbindungszeremonien gibt. Wenn die Krone extra ein ganzes Schloss inklusive Flügen und dem Rundum-Verwöhnprogramm als Hochzeitsgeschenk spendiert, soll es sich lohnen. Diesen Aufwand betreibt man nicht für zwei oder drei Paare.

Nate und ich essen schweigend, doch anders als gestern ist es nicht unangenehm. Ich habe bloß keine Ahnung, wie ich mich mit ihm über unverfängliche Dinge unterhalten kann, denn ich bin mir absolut sicher, dass alle in unserer Umgebung gespannt lauschen.

»Dürfte ich um eure Aufmerksamkeit bitten?«, schallt Moniques nerviger Singsang durch den Saal. »Jetzt, wo wir ausgeruht und gesättigt sind, wird es Zeit, dass wir uns ein bisschen besser kennenlernen, immerhin werden wir die nächsten drei Wochen jede Menge Zeit gemeinsam verbringen.« Sie lacht und ich wünschte, ich hätte vorhin die Schmerztablette geschluckt. »Heute Abend steht eine kleine Willkommensparty auf dem Programm. Alles Weitere findet ihr hier.« Sie hält eine Broschüre in die Höhe. »Empfehlen würde ich euch einen Ausflug ins Dorf, falls das Wetter aufklart. Einige Gebäude sind noch aus dem fünfzehnten und sechzehnten Jahrhundert und alle anderen historisch getreu nachgebaut. Ansonsten steht euch die Spa-Landschaft zur Verfügung. Falls ihr Fragen habt, meine Nummer findet ihr ebenfalls im Programm. Und nun wünsche ich euch einen wundervollen ersten Tag.«

Damit sind wir ganz offensichtlich entlassen, Stühle schaben über den Boden und auch Nate erhebt sich.

Monique steht am Eingang und händigt uns allen die Hefte aus, flötet Floskeln vor sich hin und wirkt allgemein wie Amor auf Drogen.

»Irgendeine Idee, was wir mit dem Tag anfangen könnten?«, frage ich Nate.

»Nicht, dass ich dich direkt allein lassen wollen würde, aber hättest du was dagegen, wenn ich für ein bis zwei Stunden ins Gym gehe? Du kannst natürlich gern mitkommen und mir beim Gewichtheben zuschauen, falls du noch einen besseren Blick auf meine Muskeln bekommen möchtest.«

»Haha, sehr witzig.«

»Ich weiß, ich bin ein Naturtalent.«

»Vor allem bist du echt gut gelaunt heute.«

Er zwinkert mir zu. »Von einer schönen Frau angeschmachtet zu werden, bewirkt Wunder für das eigene Ego.«

»Ich habe dich nicht angeschmachtet«, murmle ich und wünschte, ich hätte einen Fächer zur Hand, da mir schon wieder unangenehm warm ist.

»Wie würdest du es sonst bezeichnen?« Der Blick, den er mir zuwirft, erinnert mich an eine Raubkatze, die genau weiß, dass ihre Beute ihr nicht entkommen kann.

»Als Künstlerin ist es immer wichtig, genau auf die Anatomie zu achten«, versuche ich es trotzdem. Sein Lächeln zeigt, dass er mir kein Wort glaubt. »Zufällig hast du einen sehr gut definierten Körper, und den habe ich studiert. In der Uni habe ich einen Kurs zum Aktzeichnen belegt, da mussten wir das ständig tun.«

Jup. Ich habe mich noch tiefer in die Scheiße geritten.

»Dann würde ich vorschlagen, dass du das nächste Mal mich als Model nimmst. Ohne Handtuch.«

Die Felsklippen draußen wirken plötzlich sehr einladend und die Idee, mich hinunterzustürzen, gar nicht mehr so abwegig.

Kapitel 22

Nathaniel

»Bist du sicher, dass du allein zurechtkommst?«, frage ich. Möglicherweise zum dritten Mal.

Hailey lacht mich aus. »Ja! Jetzt geh schon trainieren«, antwortet sie und schiebt mich in Richtung Flur.

»Wow, da kann es jemand wirklich nicht erwarten«, sage ich und wackle mit den Augenbrauen. »Keine Sorge, meistens sind trainierte Muskelpartien noch mehrere Stunden lang angeschwollen – Durchblutung und so weiter. Du kommst also definitiv auf deine Kosten.«

Sie läuft rot an. Schon wieder. Dieser Anblick ist der eigentliche Grund, warum ich sie ständig damit aufziehe. Und weil ich hoffe, dass sie auf diese Weise vergessen kann, was gestern Nacht passiert ist … Auch wenn mich dieser Umstand an etwas erinnert. Und bevor sie ein weiteres Mal hoffnungslos damit scheitern kann, mich aus der Tür zu schieben, sage ich: »Und wir müssen über die Sache von gestern reden.«

Sofort verschwindet das Lächeln aus ihrem Gesicht. Am liebsten hätte ich die Worte zurückgenommen. Aber ich kann auch nicht einfach ignorieren, dass sie gesagt hat, sie hätte eine Vision zu einem Anschlag auf den Kronprinzen gehabt.

Genau das ist immerhin der Grund, warum ich sie überhaupt anwerben soll.

»Was meinst du?«, fragt sie tonlos.

»Der Anschlag? Ich muss wissen, wer dahintersteckt. Warte, du kannst doch zeichnen, oder? Kannst du mir ein Phantombild oder so was anfertigen?«

Sie schüttelt stumm den Kopf. Inzwischen sind ihre Wangen nicht mehr rosarot, sondern aschfahl. »Ich weiß, wer es war«, gibt sie zögerlich zu.

»Du weißt es? Warum hast du mir das nicht sofort gesagt? Hailey, ich muss das wissen! Was, wenn ich tatsächlich einen Anschlag verhindern kann? Wie alt war Alexander in deiner Vision? Wann ungefähr passiert es?«

Hailey hebt abwehrend die Handflächen und taumelt mehrere Schritte vor mir zurück, bis sie unter leisem Klirren gegen die Bar stößt.

»Nate, ich weiß nicht! Die Visionen kommen nicht mit einem Zeitstempel. Ich weiß nicht genau, wann oder ob es tatsächlich eintritt. Ich meine … Ich glaube auch nicht, dass du mich umbringen willst.«

Sie rauft sich die Haare, und ich sehe ihr an, dass sie sich in die Ecke gedrängt fühlt. Aber ich muss es wissen. Jetzt. Kein Hinauszögern mehr. Wenn der Kronprinz tatsächlich in Gefahr schweben sollte – ob jetzt oder in naher Zukunft –, muss ich sofort handeln.

»Hailey, spuck's aus! Wen hast du gesehen? War es jemand, den du kennst? Ein Bekannter? Jemand aus deiner Familie? Ich schwöre, ich kann dich schützen. Aber du musst mir verraten, wen du gesehen hast!«

Sie zieht die Schultern hoch, weicht meinem Blick aus, aber ich habe keine Zeit für falsche Ängstlichkeit.

»Der Name«, beharre ich und stütze meine Arme rechts und links neben ihr auf dem Bartresen ab.

»D-der Erste Minister«, krächzt sie.

»George Heart? Du hast gesehen, wie *George Heart* den Kronprinzen getötet hat? Hailey, bist du dir sicher, dass deine Kräfte überhaupt zuverlässig sind? Das ist eine verdammt harte Anschuldigung!«

»Ja. N-nein …« Sie legt mir eine Hand auf die Brust und sieht aus schreckgeweiteten Augen zu mir auf. »Würdest du … einen Schritt zurücktreten? Bitte? Du machst mir irgendwie … Angst.«

Oh. Fuck! Ich taumle einen Schritt zurück und reibe mir über die Stirn.

Hailey ist meine Frau. Und wir befinden uns nicht in irgendeinem der Verhörräume in der Agency, sondern in den Flitterwochen.

So viel zum Thema: Ich würde dir nie etwas antun. Habe ich wirklich ganz toll hinbekommen. Sehr überzeugend, Nate.

»Tut mir leid«, sage ich. »Das war daneben. Es ist nur …«

»… dein Job«, flüstert sie.

Ja.

Mein *verdammter* Job.

Ich werfe ihr einen knappen Blick zu, während sie halb von mir abgewandt am Fenster steht und nach draußen sieht. Sie ist so eine verflucht schöne Frau. Und sie versucht gerade alles, um dieser Ehe eine Chance zu geben. Um mir eine Chance zu geben.

Ich gehe einen halben Schritt auf sie zu, will die Hand nach ihr ausstrecken und lasse es doch bleiben. Nur ihr milder Duft steigt mir in die Nase. Jedes Mal, wenn das passiert, bekomme ich dieses verwirrende Gefühl im Magen.

Am Anfang dachte ich, es sei dieser Nichtsnutz von einem Gefühlsmagier, der wie-auch-immer irgendeinen Einfluss auf mich hätte. Oder die Zeremonie. Oder weiß-der-Geier. Aber inzwischen muss ich mir eingestehen, dass ich Hailey … dass sie mir gefällt. Auf irgendeine Art und Weise. Sie ist so ganz anders, als ich gedacht habe. Und je mehr ich von ihr sehe, je besser ich sie kennenlerne, desto weniger gefällt mir der Gedanke, sie so sehr zu belügen.

»Es tut mir so leid«, murmle ich. Auch wenn sie keine Ahnung hat, was ich damit wirklich meine.

»Schon okay«, flüstert sie.

Aber ich schaffe es nicht einmal, sie anzusehen. Ich habe mich im Labyrinth meiner eigenen Lügen verlaufen und weiß nicht mehr, wo der Ausgang ist.

Abrupt wende ich mich ab und laufe in Richtung Tür. »Ich gehe trainieren. Bis nachher.«

Wer weiß, vielleicht finde ich im Gym ja mein verschollenes Hirn wieder. Das, was mich daran erinnert, dass das hier ein Job ist.

Ein Job.

* * *

Während ich nach dem Aufwärmen direkt die Free-Weights-Area ansteuere, summt das Smartphone in meiner Hosentasche. Auf dem Bildschirm prangt eine von George Hearts Sicherheitsnummern, die er eigentlich nur benutzt, wenn es entweder wirklich wichtig ist oder er verhindern will, dass der Anruf zurückverfolgt werden kann. Oder beides. Stirnrunzelnd hebe ich ab, gewappnet dafür, mit irgendeiner Hiobsbotschaft konfrontiert zu werden.

»Hi.«

»Kannst du reden?«

Ich werfe einen Blick über die Schulter. Das hoteleigene Fitnessstudio ist komplett leer. »Ja.«

»Bist du mit Fraser weitergekommen?«

»Levergne«, korrigiere ich automatisch.

George lacht. »Das klingt gut. Die Kleine frisst dir aus der Hand, was? Kein Wunder, so eine gute Partie wie dich hätte sie unter normalen Umständen nie gelandet.«

Ich unterdrücke ein Seufzen. Ich kenne diese Art von Gerede aus fast allen stark männerdominierten Umfeldern meiner Grundausbildung bei den Magic Forces, meinem Studium und jetzt meiner Arbeit bei der Magic Agency. Aber dass ich verstehe, wie es zustande kommt, ändert nichts daran, dass es mich nervt. Nicht zuletzt George sollte intelligenter sein als das.

»Wir kommen zurecht«, sage ich schließlich.

Er lacht. »Bescheiden wie immer.«

»Es ist nicht so einfach wie gedacht. Und Haileys magische Fähigkeiten sind … Sie sind sehr unzuverlässig. Wobei ich im Moment annehme, dass das in erster Linie daran liegt, dass Hailey nicht trainiert ist. Niemand hat ihr beigebracht, wie sie ihre Gabe kontrollieren kann. Was sie im Moment braucht, ist kein Ehemann, sondern jemand, der ihr dabei hilft, ihre Magie richtig einzusetzen.«

»Was meinst du damit? Unzuverlässig?« Er gibt ein unzufriedenes Grunzen von sich. »Ich wusste, dass diese ganzen Nichtmagier in ihrer Blutlinie dazu führen werden, dass ihre Magie verwässert.«

Dass Nichtmagier einen negativen Einfluss auf magisches Erbe haben, ist eine inzwischen überholte Theorie. Fest steht allerdings, dass sie beeinflussen, welches Talent Kinder aus diesen Ehen entwickeln. Eine Familie, die jahrzehntelang Telekineten hervorgebracht hat, mag plötzlich einen Sohn haben, der mit Pandas sprechen kann. Das kann sehr gut oder aber sehr schlecht sein. Sofern man Gaben in Kategorien wie »gut« oder »schlecht« einordnen möchte. Für einen Biologen ist Pandakommunikation vermutlich ein überaus interessantes Talent; für die Magische Regierung dürfte es vollkommen uninteressant sein. Aber genau das ist es, woran Gaben für gewöhnlich gemessen werden: Wie wichtig sind sie für die magische Elite? Ich wäre niemals dort, wo ich jetzt bin, wenn meine

Fähigkeit nicht so wertvoll wäre und ich sie nicht so gut kontrollieren könnte.

»Sie sieht nur eine mögliche Realität. Und ich bin mir nicht einmal sicher, wie wahrscheinlich die ist, wenn man bedenkt, dass sie gesehen hat, wie ich sie umbringe. Oder du den Kronprinzen tötest. Ich glaube, bevor sich irgendeine ihrer …«

»Sie hat was?«, unterbricht George mich entsetzt.

»Wie gesagt, es ist sehr unzuverlässig. Wir wissen beide, dass nichts davon tatsächlich passieren wird. Aber ich sehe durchaus Potenzial bei ihr, ihre Magie ist stark. Ich muss ihr nur beibringen, sie effektiv einzusetzen. Ich glaube, im Moment lässt sie sich noch sehr stark von Ängsten leiten; dementsprechend sieht sie möglicherweise die schwärzeste aller Realitäten anstatt der wahrscheinlichsten. Gib mir einfach ein paar Monate Zeit, okay?«

George seufzt. »Es tut mir leid, Nathaniel. Ich habe mich so in diese Wahrsagersache verrannt, um Gefahren vom Kronprinzen abzuwenden, und jetzt stellt sich das Ganze als Himmelfahrtskommando heraus. Du hattest die ganze Zeit recht. Wir hätten mehr über sie herausfinden sollen, bevor ich dich einfach mit ihr verheirate … Bring die nächsten drei Wochen einfach über die Bühne, spiel ihr was vor, und wenn du wieder hier bist, sehen wir weiter. Wir können die Ehe immer noch annullieren. Ich kann eine unserer Junior-Agentinnen bitten, sich mit ihr anzufreunden, ein Auge auf sie zu haben.«

Von seinem plötzlichen Einlenken irritiert, lasse ich mich auf eine der Drückbänke fallen. Es sieht George nicht ähnlich, seine Meinung so schnell so drastisch zu ändern. »Wieso das auf einmal? Ich denke durchaus, dass sie in Gefahr ist. Jeder andere magische Geheimdienst der Welt würde sie mit Kusshand nehmen.«

»Wenn sie ohnehin nur Hirngespinste sieht, soll uns das nicht stören. Zur Not können wir sie immer noch eliminieren.«

Ich schlucke. »Sie ist meine Frau. Du kannst nicht einfach …«

Er kichert. »Entschuldige. Du weißt schon, in der Agency ist der Ton manchmal rau. Ich will nur, dass du weißt, dass du dich nicht gefangen fühlen musst. Du machst deine Sache hervorragend, Nate. Sobald wir alle Informationen beisammenhaben, bist du sie wieder los. Du bist doch unser bester Agent. Ich würde dich niemals wirklich ein Leben lang an eine Frau ketten, die du nicht einmal leiden kannst. Ein paar Monate noch, und dann ist deine Mission abgeschlossen. Finde mehr über ihre Fähigkeiten heraus und berichte mir, einverstanden?«

»Sicher«, murmle ich. Und blinzle auf das Smartphone, als bereits wieder das Freizeichen ertönt. Das war das mit Abstand merkwürdigste Gespräch, das ich jemals mit ihm geführt habe …

War das für ihn wirklich so einfach? Eine schnelle Mission und fertig? Nehme ich das alles zu persönlich? Habe ich einen der größten Fehler gemacht, den ein Agent überhaupt begehen kann, und Privatleben mit Job vermischt?

Fuck! Mit Sicherheit habe ich das. Ich habe mich von Anfang an viel zu sehr von meinen Emotionen leiten lassen. Aber ich kann Hailey doch auch nicht einfach wie einen Gegenstand behandeln. Immerhin ist sie immer noch … Sie ist … Urgh, keine Ahnung.

Genervt von mir selbst stehe ich auf, gehe rüber zu den Gewichten und muss mich dazu zwingen, nicht gleich mit einem Deadlift anzufangen. Ich bin … wütend. Und weiß nicht einmal, warum. In erster Linie vermutlich auf mich selbst. Weil ich meine Gefühle für Hailey die Oberhand habe gewinnen lassen. Gefühle, die ich überhaupt nicht habe. Haben sollte. Verflucht.

Kapitel 23

Hailey

Nate ist nicht nur einfach gegangen, direkt nachdem ich ihm von George Hearts Rolle in meiner Vision erzählt habe. Nein, er ist auch zurückgekehrt und scheint noch schlechtere Laune zu haben als vorhin.

Eigentlich sollte es mich nicht überraschen. Zu erfahren, dass der Vorgesetzte vielleicht einen Mord geplant hat, sind nicht die angenehmsten Nachrichten.

Aber er hat gefragt. Mehr als das. Er hat verlangt, dass ich ihm alles sage, nur um mich im nächsten Moment allein zurückzulassen. Wenn jemand einen Grund hat, schlechte Laune zu haben, dann ja wohl ich!

Eine Sturmböe, begleitet von Regenprasseln, klatscht so heftig gegen die Fensterscheiben, dass ich für eine Sekunde Angst habe, sie könnten dem Wetter nicht standhalten. Exzellentes Timing.

Laut der Broschüre, die Monique uns allen mitgegeben hat, sind heute zwei optionale Aktivitäten auf dem Programm. Die romantische Ruderbootfahrt fällt wohl ins Wasser.

Die zweite Option ist eine Paarmassage, in der wir unter Anleitung unseren Partner massieren sollen.

Definitiv keine Option. Ich bezweifle stark, dass ich mich entspannen kann, während ich dank meiner Gabe immer und immer wieder erlebe, wie ich umgebracht werde. Da würde ich selbst die Ruderbootfahrt im Sturm bevorzugen.

Aus dem Schlafzimmer höre ich ein unterdrücktes Fluchen und verziehe das Gesicht.

Dabei kann ich nachvollziehen, dass ihn meine Vision aufwühlt, und habe sogar Verständnis für sein Verhör. Soweit ich weiß, leisten alle Magier, die der Agency beitreten, einen Schwur, den Prinzen unter allen Umständen zu schützen. Wenn dann jemand um die Ecke kommt und von dessen Ermordung spricht, ist das vermutlich Grund genug, klare Antworten zu verlangen. Trotzdem muss er danach nicht wütend den Raum verlassen und nicht mehr mit mir reden, schließlich kann ich nichts für den Inhalt meiner Vision.

Immerhin konnte ich die Zeit allein nutzen, um Celine ein ausgiebiges Update per Sprachnachricht zu schicken, statt sie anzurufen. Für sie ist es schließlich noch mitten in der Nacht. Wobei ich ihr verschweige, dass ich ihm von der Vision berichtet habe, ebenso wie seine Reaktion darauf. Ich möchte nicht, dass sie sich Sorgen macht.

Die Dusche geht an, und ich lasse mich auf das ausladende Sofa sinken. Mehrere Decken liegen unordentlich darauf, ebenso wie verschiedene Kleidungsstücke, die ich allesamt beiseiteschiebe. Aufräumen kann ich später.

Bis die Icebreaker-Party heute Abend beginnt, sind es noch mehrere Stunden, und ich hoffe sehr, dass Nate bis dahin wieder besser drauf ist. Okay, ich gebe zu, idealerweise kommt er als strahlender Sonnenschein aus der Dusche und verkündet irgendeine tolle Unternehmung für den Nachmittag, denn in dieser Stimmung möchte ich nicht mehrere Stunden mit ihm eingesperrt sein. Dafür erinnert er mich zu sehr an einen Löwen im Käfig.

Ich mag Löwen. Am liebsten in Freiheit und auf einem anderen Kontinent, aber dort sehen sie toll aus. Ein Zimmer muss ich mir deshalb nicht mit einem von ihnen teilen.

Ist er angespannt, weil ich ausgerechnet den Namen seines Vorgesetzten erwähnt habe? Mit Sicherheit ist das keine Information, die er einfach so mit jedem teilen kann. Falls er mir überhaupt glaubt.

Schließlich hat er recht, sonderlich zuverlässig ist meine Gabe nicht. Aber ich weiß, was ich damals gesehen habe. Ob diese Zukunft nun eintritt oder nicht, es war zumindest eine Möglichkeit.

Ob ich noch einmal mit Nate darüber sprechen soll? Ihm erklären, wie genau meine Gabe funktioniert? Nicht, dass ich es einhundertprozentig weiß, aber ein bisschen was verstehe ich schon. Jeder Mensch hat immer die Wahl, wie er oder sie handelt, aber zu dem Zeitpunkt, an dem ich Visionen habe, ist das, was ich sehe, der wahrscheinlichste Ausgang. Glaube ich jedenfalls.

Irgendwo neben mir vibriert es.

Halt. Nicht neben mir. Unter mir.

Irritiert rutsche ich weg, nur um festzustellen, dass Nates Trainingshoodie mit dem Collegeprint aus dem Berg aus Decken, Jacken und Kissen gerutscht sein muss. Schnell suche ich nach der Quelle der Vibrationen. Sein Handy steckt in der Tasche und ich habe genau draufgesessen. Shit.

Hoffentlich ist nichts kaputt.

Um ganz sicher zu sein, hole ich es hervor und … erstarre.

Sofort stopfe ich es zurück an seinen ursprünglichen Platz. Trotzdem klopft mir das Herz bis zum Hals.

Der Name, der mir vom Display entgegengesprungen ist, verfolgt mich in meinen Albträumen.

George Heart.

Wie hoch ist die Wahrscheinlichkeit, dass ich Nate von meiner Vision erzähle und kurz darauf ruft derjenige an, der die Hauptrolle darin spielt? Hat Nate jemandem erzählt, was ich gesehen habe?

Warum ruft er Nate auf dessen privatem Handy an? In seinen Flitterwochen? Und wie kommt es, dass Nate seine Nummer eingespeichert hat?

Wie gut kennen die beiden sich wirklich?

Panik steigt in mir auf, langsam, doch unaufhörlich wie die Flut, die nach und nach alles überspült. Man glaubt, man könnte ihr entkommen, bis man irgendwo auf einer Sandbank steht, eingeschlossen von Wassermassen.

Mein Körper bewegt sich von allein, ich springe auf und laufe in der Suite auf und ab.

Weiß Heart, dass ich seine Absichten kenne?

Irgendwo in dem Strudel meiner Angst nehme ich wahr, dass die Dusche abgestellt wird.

Shit. Ich muss mich schnellstmöglich beruhigen.

Mehrmals atme ich tief durch. Eins, zwei, drei, vier ein. Eins, zwei, drei, vier, fünf, sechs aus.

Alles ist gut. Wir sind Seelenpartner. Das ist alles nur ein riesiger Zufall. War es ein Fehler, ausgerechnet Nate davon zu berichten? Welcher Irrsinn hat mich da geritten? Bisher habe ich niemandem davon erzählt, nicht einmal Celine. Und jetzt plappere ich es ausgerechnet ihm gegenüber aus? Andererseits arbeitet er direkt für die Agency. Wenn jemand um die Gefahr, in der Prinz Alexander schwebt, wissen sollte, dann er, oder?

Nur, dass ich keine Ahnung habe, ob er wirklich noch in Gefahr ist.

In meiner Vision war er jünger als heute. Vielleicht fünfzehn oder sechzehn Jahre alt. Auf dem letzten Foto, das ich von ihm gesehen habe, hat er definitiv älter ausgesehen. Vielleicht ist George Heart keine Gefahr mehr für ihn. Oder aber der Leiter der Agency hat schlicht und einfach seine Pläne geändert. Was würde ich sehen, wenn ich ihn heute berührte?

Genau aus diesem Grund rede ich nie, niemals über die Dinge, die ich sehe.

Die Schlafzimmertür öffnet sich und ich wirbele herum. »Nate!« Meine Stimme kommt dem Fiepen eines Meerschweinchens erstaunlich nahe. »Fühlst du dich besser?«

»Klar.« Zwar sagt er das Wort, doch der Ausdruck in seinen Augen erzählt eine andere Geschichte. »Nur wirklich erledigt vom Sport. Hab es wohl übertrieben.«

Ich sollte ihn fragen. Sollte ihn direkt auf seine Verbindung mit Heart ansprechen, ihm gestehen, dass ich auf sein Handydisplay geschaut habe, und die ganze Sache erklären. Alles, was ich stattdessen herauswürge, ist: »Es soll hier eine riesige Bibliothek geben, die für Besucher geöffnet ist. Und eine Kunstgalerie. Die würde ich mir gern anschauen, aber du kannst hierbleiben, wenn du möchtest.«

Der Blick, den er mir zuwirft, spricht Bände. Er hat keine Lust, tote Menschen in alten Bilderrahmen zu bestaunen. Gut.

»Wärst du sehr enttäuscht, wenn ich dich nicht begleite?«, fragt er einen Moment später, und es kostet mich all meine Willenskraft, mir die Erleichterung nicht anmerken zu lassen.

»Nein, habe ich doch gesagt.« Ich lächle in dem Wissen, dass es meine Augen nicht erreicht. »Bis später.«

Damit flüchte ich aus dem Zimmer.

Kapitel 24

Hailey

Eine Stunde. So lange dauert es, bis ich die immer wieder aufwallende Panik in den Griff bekomme. Einzig das Wissen, dass Nate und ich Seelenpartner sind, hält mich davon ab, irgendwo in einen Schrank zu kriechen, mich zu verstecken und nie wieder herauszukommen. Leider haben wir diese dumme Party, und als ich endlich meinen Mut zusammengenommen habe und in unsere Suite zurückgekehrt bin, sind wir spät dran. Ich bemühe mich, zumindest über meine Kleiderwahl, einen guten ersten Eindruck bei den anderen Mitgliedern der magischen Gesellschaft zu erwecken.

Nate ist freundlich, fast wie immer, aber ich finde kein Gesprächsthema. Alles kommt mir künstlich und falsch vor.

Perfekt also, um all die anderen, glücklichen, frisch vermählten Paare zu treffen und so zu tun, als wären wir genauso glücklich. Glücklicher. Die allerglücklichsten Eheleute auf der Welt. Mindestens.

Ein weiteres Mal betrachte ich mich in dem Spiegel neben der Eingangstür. Celine hat mir das Cocktailkleid vor einigen Jahren geliehen und schließlich geschenkt, da sie meinte, es sehe an mir ohnehin besser aus.

Was nicht stimmt. Meine Cousine sieht in dem Kleidungsstück umwerfend aus. Aber ich gefalle mir ebenfalls. Der weite Rock reicht mir bis zu den Knien und lässt meine Beine länger erscheinen. Insbesondere dann, wenn ich hohe Schuhe dazu trage. Was ich heute ausnahmsweise tue. Der V-Ausschnitt betont mein Dekolleté gerade genug mit der feinen Stickerei am Saum, die den Blick geschickt dorthin lenkt. Dazu trage ich ein Erbstück meiner Familie. Die Kette passt perfekt zu dem Kleid und ist angeblich von ebenjener Vorfahrin, die als Hellseherin bekannt war. Die letzte Hellseherin Nordamerikas, wenn ich das richtig in Erinnerung habe.

Der Anhänger ist schlicht, aber in seiner Einfachheit ein echter Hingucker. Es ist ein Auge, das in der Mitte einer Blüte sitzt. Eine Andeutung in Bezug auf die Gabe von Meadow Hailey Barley. Inklusive ihrer Lieblingsblume. In meiner Familie kursiert die Geschichte, dass sie einen Juweliersohn vor einem Erdrutsch gewarnt und ihm dadurch das Leben gerettet hat. Daraufhin fragte er sie, was er ihr als Dankeschön schenken könne. Ihre Antwort: »Bring mir eine Blume, und die Schuld ist beglichen.«

Ich habe keine Ahnung, ob diese Version der Ereignisse der Wahrheit entspricht, oder warum ich das Erbstück überhaupt mitgenommen, geschweige denn angelegt habe. Irgendetwas daran, es hier zu tragen, fühlt sich richtig an. Vielleicht, weil ich noch nie so viele Magier auf einmal kennengelernt habe. Kennenlernen muss, wenn man es genau nimmt. Es erinnert mich daran, dass auch meine Familie alt ist und mächtige Gaben hervorgebracht hat.

Nate zieht sich gerade um. Keine Ahnung, wie er den Nachmittag rumgebracht hat.

Vielleicht hat er einen Kaffeeklatsch mit seinem Kumpel George Heart gehalten.

Okay, das bringt mich nicht weiter. Er ist mein Seelenpartner. Ich muss ihm vertrauen. Muss in uns vertrauen und darauf, dass er mir nie absichtlich schaden würde. Entgegen meiner Vision. Immerhin hat er mir versprochen, dass ich in seiner Gegenwart sicher bin. Andererseits hat er mir verheimlicht, dass er einen der Akteure der zweitschlimmsten Vision, die ich je hatte, gut genug kennt, dass dieser ihn in seinen Flitterwochen anruft. Oder aber, noch schlimmer, dass er irgendjemandem von meiner Vision erzählt hat und Heart sich nun offenbar persönlich der Angelegenheit angenommen hat.

Als sich die Schlafzimmertür öffnet, stockt mir einen Moment der Atem.

Nate trägt einen Anzug, allerdings hat er sich nicht die Mühe gemacht, eine Krawatte umzulegen. Stattdessen sind die ersten zwei oder drei Knöpfe des Hemdes geöffnet. Gerade genug, dass es einen neugierig auf mehr macht. Und mit *einen* meine ich *mich*.

Diese Gefühlsachterbahn macht mich noch wahnsinnig.

Er mustert mich und ein Lächeln huscht über sein Gesicht. »Du siehst gut aus.«

»Danke. Wollen wir?« Mein Herz hat schon wieder den Turbogang eingelegt, und mittlerweile weiß ich nicht mehr, weshalb. Panik? Anziehung? Beides?

»Okay.« Er betrachtet mich einen Moment zu lang, bevor er fragt: »Alles in Ordnung?«

Also ist ihm etwas an mir aufgefallen. Shit.

»Bestens«, erwidere ich leise und überlasse es ihm, die Tür hinter uns zu schließen, da ich noch dabei bin, mir Samthandschuhe überzuziehen. Sicher ist sicher.

Schweigend gehen wir durch die langen Gänge, und mein Blick gleitet über alte Kerzenständer, Gemälde von Männern und Frauen aus verschiedenen Epochen und natürlich noch mehr Wandteppiche. So wunderschön die opulente Treppe auch ist, ich bin dankbar für den Fahrstuhl.

Wohnen wir allein auf unserer Etage? Ich weiß, dass die Paare extra ein wenig entfernt voneinander untergebracht sind, um Privatsphäre zu bieten, aber irgendwo muss hier noch jemand sein. Andererseits ist das Schloss so riesig; es ist gut möglich, dass wir uns nie über den Weg laufen, wenn wir uns nicht explizit verabreden.

Im Foyer ist bereits das leise Summen von Stimmen aus dem Speisesaal zu vernehmen. Schnell greife ich Nates Arm und hake mich bei ihm unter, was er nur mit einer hochgezogenen Augenbraue quittiert.

Ob er es bemerkt oder nicht, aber dieser eine Blick fasst den momentanen Zustand unserer Ehe hervorragend zusammen.

Als würden sie mir alles vor Augen führen wollen, bei dem ich gerade versage, sind es ausgerechnet Brülläffchen und Wanderhand, die uns begrüßen. Wobei begrüßen das falsche Wort ist. Sie lehnen an einem der Stehtische, je ein Champagnerglas in der Hand. Natürlich hat er seine freie Hand auf der Aussparung ihres Kleides direkt über der Hüfte liegen. Dort, wo er bloße Haut zu fassen bekommt. Währenddessen knabbert sie an seinem Ohr.

Der Speisesaal sieht komplett verwandelt aus. Gedimmtes Licht strahlt von einem der Kronleuchter, und überall an den Seiten sowie auf den Stehtischen sind echte Kerzen verteilt, die vermutlich zur Atmosphäre beitragen sollen. Zugegeben, es gelingt. Flackernde Schatten tanzen über die Wände, werfen Grimassen und vermitteln einem den Eindruck, der Raum sei voller Geister. Wer weiß, vielleicht ist er es auch.

»Ah, da seid ihr ja!«, ruft Monique und stürzt übereifrig auf uns zu. »Kommt herein und fühlt euch wie zu Hause! Getränke gibt es an der Bar.« Sie trägt ein pinkes Kleid mit roten Herzen darauf, das so eng anliegt, dass es keinerlei

Spielraum für Interpretationen lässt. Selbstverständlich klimpern auch wieder die Goldreife an ihren Armen, während sie uns zwei Champagnerflöten entgegenhält. Sie lächelt insbesondere Nathaniel an, und irgendetwas in mir verknotet sich schmerzhaft.

Instinktiv werfe ich ihm einen schnellen Seitenblick zu.

Keinerlei Emotion ist in seiner Mimik. Ein kühles Lächeln liegt auf seinen Lippen, wie ich es bei der Hochzeitsfeier ab und an gesehen habe.

Eine Maske.

Um die Menschen um ihn herum nicht sehen zu lassen, wie es in ihm aussieht?

Shit, brauche ich so was in Zukunft ebenfalls? Ich könnte kaum lügen, wenn mein Leben davon abhinge, und er?

Seine ganze Körperhaltung ist anders. Er steht ein wenig aufrechter. Der lässige Sarkasmus ist Arroganz gewichen, und ich glaube nicht, dass ich an diesem Abend seine fürsorgliche Seite sehen werde. Nicht, solange wir unter Menschen sind, jedenfalls.

»Danke«, sagt er nur und lässt Monique ohne ein weiteres Wort stehen. Ich werfe ihr einen entschuldigenden Blick zu, doch sie hat sich bereits einem anderen Paar zugewendet, das gerade durch die Tür tritt.

Offenbar haben Brülläffchen und Wanderhand nicht nur mir den Flug und die anschließende Busfahrt madig gemacht, denn die anderen Paare stehen in Grüppchen beisammen und unterhalten sich. Weit weg von den beiden. Fairerweise ist festzustellen, dass sie auch nicht aussehen, als hätten sie gern Gesellschaft.

Wir bewegen uns in Richtung der Bar, und ich überlasse Nate die Führung. Wenn jemand Erfahrung mit Räumen voller fremder Menschen hat, dann er.

»Nate, endlich.«

Schon Melanies Stimme zerrt an meinen Nerven, doch Nathaniel wendet sich um und lächelt höflich.

Logisch. Er hat schließlich Manieren. Jedenfalls meistens.

Sie löst sich von ihrem Mann, kommt auf uns zu, und bevor ich reagieren kann, zieht sie *meinen* Mann in eine stürmische Umarmung. »Es freut mich wirklich wahnsinnig, dich endlich wiederzusehen. Warum bist du so spät dran?« Sie scheint sich an meine Existenz zu erinnern, wirft mir einen kurzen Seitenblick zu und löst sich gerade genug von ihm, um ihre Brüste weiterhin gegen ihn zu pressen, während sie seinen Arm streichelt. »Wir kennen uns schon ewig, musst du wissen. Früher haben wir immer Witze darüber gemacht, dass wir eines Tages heiraten werden.«

Ihr affektiertes Lachen geht mir gewaltig auf den Zeiger. Wie groß wäre wohl der Skandal, wenn ich ihr hier und jetzt die Augen auskratze? Insbesondere, wenn sie nicht bald ihre Brüste einpackt und ihre klauenartigen Fingernägel von seinem Arm nimmt.

Nate mustert sie, macht jedoch keine Anstalten, sich aus ihrer Umklammerung zu lösen. »Meine Frau und ich brauchten noch ein wenig … Privatsphäre.«

Niemand, absolut niemand kann diese Anspielung missverstehen.

Außer Melanie. »Manchmal muss man einfach erst miteinander warm werden.«

»Wollen wir unseren Platz suchen, Liebling?« Mittlerweile ist auch ihr Mann bei uns angekommen und sieht so aus, als würde er jede Sekunde eine Schlägerei beginnen. Gut. Ich hoffe, ich lande mindestens einen Hieb auf ihre Nase.

Wie hieß er noch gleich?

Ohne ihre Antwort abzuwarten, zieht er sie mit sich, und ich weiß nicht, ob er mir sympathisch sein sollte, oder ob die

Art, wie er seine Frau behandelt, selbst wenn diese Frau Melanie ist, mich nervt. Eine Mischung aus beidem, schätze ich.

»Du solltest wirklich lernen, deine Emotionen unter Kontrolle zu halten«, flüstert Nate in mein Ohr, zu leise, als dass ihn jemand außer mir hören könnte. »Dir steht alles ins Gesicht geschrieben.«

Ich schnaube und spare mir eine Erwiderung. Weil ich keine Ahnung habe, wie ich reagieren soll. Nicht nach allem, was heute vorgefallen ist.

Warum konnte ich nicht einfach die Klappe halten? Ich hätte Nate niemals von dieser Vision erzählen dürfen.

Behutsam legt er mir einen Arm um die Taille und lenkt mich in Richtung des Büfetts. »Kurz hatte ich Angst, dass du der lieben Melanie alle Haare einzeln ausreißt.«

Jede Stelle, an der er mich durch den Stoff des Kleides berührt, prickelt. Als wollte mein Körper mir versichern, dass mein Misstrauen absolut dumm ist.

»Hätte sie dir noch länger ihre Brüste ins Gesicht gehalten, hätte ich das vielleicht auch gemacht«, murmle ich, löse mich von ihm und nehme mir einen der Teller. Vor allem, um der aufsteigenden Wärme in meinem Inneren zu entkommen.

»Kann es sein, dass du eifersüchtig bist?«

Wirklich? Jetzt macht er Witze?

Am liebsten würde ich alles dementieren, ihm all die Gründe aufzählen, weshalb diese Annahme absolut lächerlich ist. Dass ich ganz sicher nicht eifersüchtig bin, nur weil ich ihr ein klein bisschen die Augen auskratzen möchte. Dummerweise könnte es allerdings sein, dass er recht hat.

Ist das jetzt gut oder schlecht?

»Lass uns tun, weshalb wir hier sind, und Leute kennenlernen.« Seufzend schaue ich mich in dem Saal um.

Aus dem Augenwinkel habe ich gesehen, wie die Elfe mit ihrem Hünen zu einem Tisch am Rand gegangen ist, und wenn es eine Person gibt, deren Bekanntschaft ich gern machen würde, dann ist sie es.

Bevor ich allerdings auch nur in ihre Nähe komme, gesellt sich ausgerechnet Melanie zu den beiden.

Klasse. Ich habe keine Ahnung, wohin ich gehen soll.

An einen Stehtisch abseits der anderen, damit wir den ganzen Abend begutachtet werden?

Zu einem der Paare, um ausgefragt zu werden?

»Was ist los?«, fragt Nate, als er meine Unschlüssigkeit bemerkt.

»Ich kenne hier niemanden.« Mein Magen macht einen kleinen Salto.

»Verständlich, am Rand stehen und mit niemandem reden hat normalerweise diesen Effekt.«

»Haha.«

»Bitte versteh mich nicht falsch, ich hätte kein Problem damit, wenn wir uns direkt zurück auf unser Zimmer begeben würden. Dann hätten die Leute wenigstens etwas zu lästern.«

»Lass uns zumindest versuchen, mit irgendjemandem ins Gespräch zu kommen.« Denn wenn wir allein sind, muss ich ihn auf Heart ansprechen. Jedenfalls, wenn ich nicht durchdrehen möchte. Also werde ich diesen Moment möglichst lang hinauszögern.

Als hätte sie mich gehört, winkt das Elfenmädchen uns zu sich. Ich werfe Nate einen fragenden Blick zu und möchte im nächsten Moment über mich selbst die Augen verdrehen. Seit wann gehöre ich zu diesen Personen, die erst eine Freigabe von ihrem Partner brauchen?

Wenn ich mit ihr reden möchte, werde ich mit ihr reden. Ob Melanie nun ebenfalls am Tisch steht oder nicht.

Außerdem schweben zu viele Dinge zwischen Nate und mir in der Luft, ich werde ihn also sicherlich nicht um Erlaubnis für irgendetwas bitten!

Ich setze mich in Bewegung, bevor Nate reagieren kann, und bilde mir ein, dass er angesichts meiner Reaktion schmunzelt.

»Hey!« Die Elfe winkt ein zweites Mal, sobald wir am Tisch sind, und ihr Lächeln wirkt ansteckend. »Das ist mein Mann, Brian. Und ich bin Kaya. Melanie und Oliver kennt ihr ja anscheinend schon.«

Oliver. Richtig. So hieß er.

»Hab dich vorhin aus dem Fitnessstudio kommen sehen«, begrüßt Brian Nate. »Hab selbst einen Blick reingeworfen. Sieht nett aus.«

»Hier gibt es eine gute Ausstattung.«

»Oh, dann muss ich da morgen definitiv auch reinschauen«, mischt Melanie sich augenblicklich ein und klimpert übertrieben mit den Wimpern. »Was machst du für Sport, Hannah?«

Sie sieht mich fragend an.

»Hailey.« Nate schaut nicht einmal von seinem Teller auf.

»Natürlich, entschuldige.«

»Ich schwimme gern«, antworte ich, obwohl ich bereits weiß, dass sie irgendeine Angriffsfläche sucht. Aber immerhin lenkt es mich ab. »Seit ich am College angefangen habe, ist das allerdings viel zu kurz gekommen.«

Melanies abschätziger Blick wandert über mich und ich weigere mich, die zwei Pfund mehr auf den Hüften als Problem wahrzunehmen. Auf keinen Fall werde ich mich ausgerechnet deshalb verunsichern lassen! Schließlich liefert Nate mir mehr als genug Gründe dazu.

»Für mich kommen nur Yoga und Pilates infrage. Mehr Flexibilität.« Schon wieder wirft Melanie einen bedeutungsvollen Blick in die Runde, und ich könnte schwören, dass Kaya kurz davor ist, die Augen zu verdrehen. Ebenso wie ich.

Glücklicherweise ertönt in diesem Augenblick Moniques Stimme durch die Lautsprecher, erzählt irgendetwas davon, wie perfekt alles werden wird und dass wir uns alle gut miteinander bekannt machen sollen. Natürlich durchsetzt sie ihre Ansprache mit viel affektiertem Lachen und schließt erneut mit den Worten, dass wir auf dem Weg sind, Freunde fürs Leben zu werden.

Ein Mann mit roten Haaren, den ich von der Verbindungszeremonie her erkenne, schlendert Hand in Hand mit seiner Frau herüber. Sie trägt ihre dicken schwarzen Haare in einem langen Zopf und lächelt freundlich. »Können wir uns zu euch gesellen? Ich bin Zoraida, das ist Henry.«

Auch die anderen Paare finden sich in Grüppchen zusammen. Die meisten stellen sich uns kurz vor, nur um bald darauf weiterzuziehen, und ich gebe es auf, mir alle Namen merken zu wollen. Drei Wochen auf einem einsamen Schloss werden mir sicherlich ausreichend Gelegenheit dazu geben.

»Jedenfalls hat Mr Owens uns diese Meditationsübung gegeben«, erzählt Brian eine Geschichte aus seiner Schule. Dieselbe Schule, die offenbar auch die meisten anderen hier besucht haben. Inklusive Nate. Eine Schule für Magiebegabte. Celines Schwester geht ebenfalls dorthin. »Und kaum haben wir die erste Runde Atemzüge gezählt, ertönt dieses ohrenbetäubende Schnarchen.«

Alle beginnen zu lachen. Selbst Nate schaut belustigt drein und sagt: »Schön zu hören, dass der alte Owens noch immer seinen Atmungsquatsch macht.«

»Bloß dass du ein paar Jahre länger raus bist, heißt nicht, dass sich alles verändert hat. Und nur nebenbei, die Atemübungen sind kein Quatsch«, meldet Kaya sich zu Wort. »Im Gegenteil. Vielleicht kommt dir das alles lächerlich vor, aber manche sind auf genau solche Techniken angewiesen, um Kontrolle zu erlernen. Mir persönlich haben die Übungen sehr geholfen.«

»Was ist deine Fähigkeit?«, fragt Melanie prompt.

Niemand rührt sich.

»Was ist deine?«, erwidert Kaya und lächelt herausfordernd.

In meiner Familie sind wir immer offen mit diesen Informationen umgegangen, allerdings weiß ich, dass die meisten Magier ihre Fähigkeiten gern unter Verschluss halten.

So wie ich.

Shit, was würde ich dafür geben, jetzt mit Celine in irgendeinem Café zu sitzen und über unsere nervigen, stinknormalen Kommilitonen zu sprechen. Anstatt mir nie sicher sein zu können, welche besonderen Fähigkeiten mein Gegenüber hat.

Ich war nie gut in diesen verdammten sozialen Gefügen, wo ein Blick den Unterschied zwischen Freund und lebenslangem Feind machen kann. Nachdem ich in der Middle School mehrere Visionen durchstehen musste, habe ich mich von meinen Mitschülern ferngehalten. Die Eltern von Clara sind tatsächlich wie in meiner Vision bei einem Autounfall ums Leben gekommen. Hätte ich sie warnen müssen? Hätte man mir am Ende möglicherweise sogar die Schuld gegeben?

Nein, mich von anderen Menschen fernzuhalten, war der einzig richtige Weg. Immerhin hatte ich das Glück, dass ich nie auf dem Radar von irgendjemandem aufgetaucht bin. Niemand hat mich übermäßig geärgert oder gar gemobbt.

Während des Studiums ist es deutlich leichter, in der Masse unterzugehen, doch die wenigen Bekanntschaften, die ich dort gefunden habe, waren nie eng genug, um zu Freunden oder Feinden zu werden. Schlimmstenfalls wurden keine gemeinsamen Gruppenarbeiten gemacht.

Mir bleibt nur, zu lächeln, ab und an zu nicken und zu hoffen, dass keiner auf die Idee kommt, mich großartig zu bemerken.

Nate hält bereits das dritte Glas mit goldener Flüssigkeit in der Hand, während ich noch immer an meinem ersten Sex on the Beach schlürfe. Zugegeben, mittlerweile sind es vor allem geschmolzene Eiswürfel, aber ich möchte bei klarem Verstand bleiben.

»Habt ihr gehört, dass die Agency mehrere Rebellen geschnappt haben soll?«, kommt es plötzlich von Oliver. »Natürlich veröffentlichen sie keine Namen, aber angeblich haben sie mit der Festnahme einen Anschlag auf Prinz Alexander verhindert.«

Henry schaut auf. »Ganz ehrlich, das Vorgehen der Agency ist mir in letzter Zeit nicht geheuer. Ich meine, warum jetzt plötzlich die ganzen Festnahmen, nachdem sie über Jahre nichts unternommen haben?«

»Weil nicht alles Gold ist, was glänzt«, brummt Brian.

»Sag nicht, du glaubst den Quatsch, dass wir alle besser dran wären, wenn unsere Magie allen zur Verfügung stehen würde.« Oliver schwenkt sein Glas, und Eiswürfel klimpern darin.

Brian zuckt nur mit den Schultern. »Angeblich ist unser Prinz ebenfalls dieser Auffassung.«

»Also, ich für meinen Teil habe keine Lust, irgendein Versuchskaninchen in einem Labor zu werden, nur weil die Nichtmagischen entscheiden, dass sie lieber Angst vor uns haben, als unsere Hilfe anzunehmen«, meldet sich Oliver wieder zu Wort.

Nate sagt nichts, aber ich bin mir sicher, dass er jede Silbe aufmerksam verfolgt.

»Lasst uns nicht über Politik reden und kommen wir endlich zu den wirklich wichtigen Themen!«, ruft Zoraida und piekst Henry in die Seite. »Los, Männer, macht euch nützlich, holt noch mehr Cocktails und bleibt schön lange weg. Wir wollen über euch lästern.«

»Heißt das, die Gespräche darüber, wer den Größten hat, gehen los?«, fragt Brian, ein Funkeln in den Augen. »Das will ich hören.«

Kaya tätschelt ihm den Arm. »Keine Sorge, ich werde dich nur im allerbesten Licht dastehen lassen.«

Hilfe suchend schaue ich mich zu Nate um, doch der Verräter zuckt nur mit den Schultern und schlendert zur Bar.

Toll.

Einfach toll.

Henry ist sofort an seiner Seite. Brian und Oliver kurz dahinter. Ich hoffe, sie kauen ihm ein Ohr ab. Über langweilige Themen, die ihn kein bisschen interessieren, und dann wünscht er sich, mich nicht mit dieser Meute allein gelassen zu haben.

Andererseits hebt sich ein Gewicht von meinen Schultern, das ich nicht einmal bemerkt habe. Shit, bin ich erleichtert, dass er geht?

»Also«, unterbricht Zoraida meine Gedanken, »wie habt ihr eure Männer kennengelernt?«

»Zufall«, erwidert Kaya und lächelt selig. »Ich habe mich für einen Erste-Hilfe-Kurs angemeldet, er war der Lehrer. Ich habe ihn gesehen und wusste einfach, dass er der Eine ist. Der Rest ist Geschichte.«

»Oh, ein Lehrer-Schüler-Verhältnis. Wie verrucht!«, wirft Zoraida ein, und Gelächter mischt sich unter das allgemeine Aufseufzen.

Mein erstes Zusammentreffen mit Nate kommt mir in den Sinn. Das Gefühl, als wären wir zwei Magneten.

»Und die Verbindung ist … lohnend?«, bohrt Zoraida weiter und wackelt anzüglich mit den Augenbrauen.

»Hallo? Hast du Brian gesehen?« Kaya kichert. »Zwar sollte eine Lady schweigen und genießen, aber so viel sei gesagt: Er ist fantastisch! Und ziemlich unersättlich.«

Melanie und Zoraida lachen, und ich kann mir ein Grinsen nicht verkneifen.

»Solange ihr es nicht vor allen treibt …« Melanie deutet mit dem Kinn in Richtung Brülläffchen und Wanderhand, die in einer Ecke stehen und sehr vertieft in den Rachen des jeweils anderen sind.

Ich bin fast schon erleichtert, dass ich nicht die Einzige in der Runde bin, der dieses Verhalten auffällt. Selbst wenn der Kommentar von Melanie kommt.

»Über Henry kann ich mich in dieser Hinsicht auch nicht beklagen.« Zoraida nimmt den letzten Schluck ihres Cocktails. »Er weiß definitiv, was er tut.«

»Hoffentlich kann ich das bald auch von Oliver behaupten«, murmelt Melanie und verdreht die Augen. »Nicht, dass es grundsätzlich schlecht wäre, aber er braucht eine Menge Anleitung.«

»Das wird schon noch«, sagt Zoraida aufmunternd. »Es ist noch kein Meister vom Himmel gefallen. Wie lange vor der Zeremonie habt ihr euch getroffen?«

»Vier Monate«, erwidert sie tonlos. »Dad hat den Anima bezahlt, um meinen Seelenpartner zu finden.« Sie nimmt einen tiefen Schluck aus ihrem Glas. »Manchmal bin ich mir sicher, es liegt ein Fehler vor.«

»Aber Anima täuschen sich nicht.« Kaya blickt verwirrt von Melanie zu Zoraida, zu mir und wieder zurück. »Oder?«

»Es wäre jedenfalls das erste Mal, dass ich davon höre«, erwidert Zoraida schulterzuckend. »Was ist mit dir, Hailey?«

Drei Augenpaare wenden sich mir zu.

Ich blinzle zurück.

»Nur ein winziger Hinweis«, bettelt Kaya. »Wie seid ihr euch begegnet? Und wie ist der berühmt-berüchtigte Nathaniel Levergne wirklich im Bett?«

»Ja, nur ein kleiner Hinweis«, wiederholt Melanie, doch ihr Lächeln erinnert mich eher an ein Zähnefletschen.

»Das ist privat«, erwidere ich leise und schaue keiner der Frauen in die Augen.

»Aber ihr habt eine Seelenverbindung, oder nicht?«, fragt Melanie unerbittlich. »Sag schon, wie ist es jemandem wie dir gelungen, ausgerechnet den besten Fang der letzten zehn Jahre zu landen?«

Jemandem wie dir …

Am liebsten würde ich erwidern, dass ich keinen blassen Schimmer habe, wie mein Leben sich innerhalb weniger Tage um hundertachtzig Grad drehen konnte. Warum ausgerechnet ich jemanden wie Nate heiraten durfte. Mehr noch. Warum ich seine Seelenpartnerin bin, obwohl wir quasi nichts gemeinsam haben.

»Wenn du uns schon nicht erzählen willst, wie ihr euch getroffen habt, sag uns wenigstens, ob er wirklich so gut im Bett ist, wie die Gerüchte besagen«, mischt Zoraida sich wieder ein.

Ich habe keine Antwort. Auf keine ihrer Fragen. Aber dieses Fass kann ich schlecht aufmachen, denn dann müsste ich auch erklären, dass ich ihn aufgrund meiner Gabe nicht berühren kann. Und dann würden sie garantiert mehr über meine Gabe wissen wollen.

»Tut mir leid, ich muss weg.« Abrupt wende ich mich um und flüchte.

So viel dazu, einen guten ersten Eindruck zu hinterlassen. Aber ich habe genug Dinge, über die ich mir den Kopf zerbrechen kann, und keinerlei Interesse daran, eine komplizierte Situation noch komplizierter zu machen. Schon gar nicht, wenn das unweigerlich zu noch mehr Klatsch und Tratsch führen würde.

Zumal die Kreise der Magier klein sind.

Es dauert keine fünf Sekunden, dann ist Nate an meiner Seite. »Wir gehen?«

»Jap.«

»Deute ich deine Gesichtsfarbe richtig und es ging wirklich um Penislängen?«

»Nein.«

»Sondern?«

Ohne ihm zu antworten, stapfe ich, so gut das in den verdammten Schuhen geht, durch den Saal, schaffe es, Monique auszuweichen, und sobald ich im Foyer bin, ziehe ich die dummen Dinger aus. Dann stürme ich, immer zwei Stufen auf einmal nehmend, die Treppe hinauf. Der Fahrstuhl scheint mir keine gute Option. Zu eng. Insbesondere mit Nate an meiner Seite.

Mühelos hält er Schritt.

Wir haben noch vier Stockwerke vor uns und ich bin jetzt schon außer Atem. Die Gänge sind nicht so gut ausgeleuchtet wie das Foyer und liegen in schummrigem Halbschatten. Der Sturm, der noch immer ums Schloss tobt und Regen gegen die Fenster peitscht, passt hervorragend zu meiner Stimmung. Er heult um die Ecken des alten Mauerwerks, als könnte er meine Wut spüren. Und meine Angst.

Im zweiten Stock bleibt Nate schließlich abrupt stehen, hält meinen Arm fest und zwingt mich, ebenfalls innezuhalten. »Was ist passiert?«

»Nichts!« Er lässt mich noch immer nicht los, daher bleibt mir nichts übrig, als mich ihm vollends zuzuwenden.

»Deshalb rennst du weg? Wegen nichts?«

»Wenn du wegen nichts sauer sein kannst, warum darf ich nicht dasselbe?«

»Komm schon«, bittet er, und mir reißt der Geduldsfaden.

»Vielleicht werde ich einfach nicht gern darüber ausgequetscht, wie ausgerechnet ich bei dem großartigen Nathaniel Levergne landen konnte. Wie ich seine Seelenpartnerin sein kann. Insbesondere, da ich mich das langsam selbst frage. Ich meine, ich habe nicht die geringste Kontrolle über meine Fähigkeiten, während es für dich ein Kinderspiel ist.«

»Erstens, du glaubst, meine Kräfte kontrollieren zu lernen, war ein Kinderspiel? Ich musste jahrelang trainieren, Menschen ihre Albträume zu zeigen. Aus immer größeren Entfernungen. Bis ich ihre Schreie nicht mehr hören musste.«

Bedeutet das, ich müsste Vision um Vision ertragen, bis ich irgendwann verstehe, wie ich es ausschalte?

Doch allein der Gedanke, absichtlich Visionen zu provozieren, lässt mich frösteln. Zu viele Schicksale, die ich nicht beeinflussen kann.

»Zweitens, Hailey, sie haben *was* über dich gesagt?« Seine Stimme wird bedrohlich leise, und die Dunkelheit, die ich schon öfter an ihm bemerkt habe, ist zurück.

»Ist egal.« Die Worte sind nicht mehr als ein heiseres Flüstern, und ich starre die Wand an. Wieder kommt er mir vor wie ein Löwe im Käfig, und ich will ihn nicht noch weiter provozieren.

»Mir ist es aber nicht egal, wenn irgendjemand dir einzureden versucht, dass du nicht absolut perfekt für mich bist. Denn das bist du, Hailey.«

»Du kannst mich nicht berühren, ohne dass ich sehe, wie du mich umbringst. Willst du mir ernsthaft weismachen, so was seien normale Probleme in einer Ehe? Einer Seelenverbindung? Was sollen wir machen, zur Eheberatung gehen?« Es ist unfair, ihm das vorzuwerfen. Aber ich weiß nicht mehr, was ich denken soll. Er sagt all die richtigen Dinge, doch wenn es darauf ankommt, lässt er mich allein. Um mit seinem Kumpel George Heart zu telefonieren.

Seine Finger brennen sich durch den Stoff meiner Handschuhe, aber ich habe es satt, diese zwei Seiten von ihm zu kennen und nie zu wissen, welche ich bekomme. Habe diesen Tanz auf Eierschalen zwischen uns satt.

Mein Puls wummert durch mich hindurch, schneller und schneller, bis ich nicht mehr weiß, ob ich falle oder schwebe. Wie aus weiter Ferne höre ich seine nächsten Worte.

»Habe ich dir nicht schon gesagt, dass wir daran arbeiten werden? Dass ich dir helfen kann? Warum zum Teufel vertraust du mir nicht, Hailey? Was muss ich tun, damit du endlich aufhörst, mich von dir wegzustoßen?«

Das bringt meinen Fokus zurück. »Vielleicht könntest du damit anfangen, mir die verdammte Wahrheit zu sagen«, zische ich. »Zum Beispiel, weshalb George Heart dich in deinen *Flitterwochen* anruft? Direkt nachdem ich dir von meiner Vision erzählt habe? Einer Vision, die ich noch niemals mit irgendjemandem geteilt habe, aus Angst um mein verdammtes Leben? Denn jemand, der darüber nachdenkt, den Kronprinzen umzubringen, wird ganz sicher nicht vor mir haltmachen. Oder willst du mir einreden, dass es Zufall war, dass er dich angerufen hat? Und, ganz nebenbei, ist er nur dein Vorgesetzter, oder kennt ihr euch privat? Mir fällt nämlich kein anderer Grund ein, weshalb du seine Nummer eingespeichert haben solltest. Das hättest du mir sagen müssen, spätestens, nachdem ich das alles mit dir geteilt habe. Aber nein, das ist dem unantastbaren Mr Levergne natürlich nicht in den Sinn gekommen. Also komm mir nicht mit Vertrauen, Nathaniel!«

Kapitel 25

Nathaniel

»Woher weißt du von seinem Anruf?«, frage ich kalt. »Oder hast du so wenig *Vertrauen,* Hailey, dass du mir jetzt auch noch hinterherspionieren musst, hm?« Dann würde mich ehrlich interessieren, wie sie das angestellt hat.

Sie läuft rot an, fuchtelt abwehrend mit den Händen vor ihrer Brust hin und her und sagt: »Er hat dich angerufen! Während du im Badezimmer warst! Ich saß auf deinem blöden Telefon und … und er ist mir quasi ins Gesicht gesprungen, okay? Was kann ich denn dafür, dass du nicht auf deinen Kram aufpasst!«

»Du saßt auf meinem Smartphone«, wiederhole ich. Und versuche, ernst zu bleiben. Immerhin ist das hier eine ernsthafte Unterhaltung. Bedauerlicherweise hat zumindest ein kleiner Teil von mir Mühe, ein Grinsen zu unterdrücken, während Hailey wie eine Mischung aus Furie und Unschuldsengel vor mir herumschwadroniert. Ihre Wangen leuchten rot und ihre sonst so warmen blauen Augen sprühen Funken vor Wut.

»Ja! Das passiert nun mal! Und wehe, du sagst jetzt, ich hätte einen dicken Hintern! Dann … dann …!«

Ich fange ihre Fäuste ab und erwidere: »Das würde ich nie sagen.«

»Gut! *Für dich!*«

Ich nicke.

Natürlich will ich nicht, dass sie wütend auf mich ist. Weniger, weil ich Sorge aufgrund ihrer Reaktion habe. Sondern hauptsächlich deswegen, weil sie gerade ganz offensichtlich unglücklich ist und ich mindestens eine Teilschuld daran trage.

»Tust du mir einen Gefallen?«, frage ich und verfluche die drei Gläser Scotch, die ich auf der Party geleert habe. Mindestens eins davon war zu viel.

»Warum sollte ich dir einen Gefallen tun?«, fragt Hailey.

Aber ich erkenne an der Art, wie sie mich ansieht, dass ihr Zorn allmählich verraucht.

»Weil ich dich darum bitte.«

»Was willst du?«, zischt sie.

»Dass du einen tiefen Atemzug nimmst, mich auf unsere Suite begleitest und mir dann ganz in Ruhe erklärst, warum du solche Angst hast. George Heart ist mein Vorgesetzter, Hailey. Ich arbeite für ihn. Weswegen ich grundsätzlich *nicht* annehme, dass es ihm auch nur im Traum einfallen würde, den Kronprinzen zu ermorden. Du hast selbst gesagt, dass du das nicht für wahrscheinlich hältst.« Sie schnappt nach Luft, und ich lockere den Griff um ihre Hände, weil ich nicht möchte, dass sie sich in meiner Gegenwart machtlos fühlt. »Aber ich werde dir nicht absprechen, was du gesehen hast. Ich kenne deine Gabe nicht. Ich weiß nicht, wie sie funktioniert. Also, wie wäre es, wenn du sie mir erklärst oder noch besser: zeigst.«

Sie reißt die Augen auf. »Du willst, dass ich noch einmal durchlebe, wie du mich umbringst?«

»Nein, Hailey.« Ich unterdrücke ein Seufzen. Einerseits frustriert mich ihre Situation. Es frustriert mich, wie viel Angst sie hat. Andererseits hätte ich sie an ihrer Stelle garantiert auch.

Himmel, ich bin eine ausgebildete Kampfmaschine, und das sowohl in physischer wie magischer Hinsicht, aber das bedeutet noch lange nicht, dass ich mich deswegen ständig sicher fühle. Ich wünschte, dem wäre so. »Ich möchte dir vertrauen lernen.«

»Und das kannst du nur, indem du mich das alles noch einmal durchmachen lässt?«, flüstert sie. Die angespannte Wut ist vollkommen aus ihrem Körper gewichen. Zurückgeblieben sind Trauer und Verzweiflung. Sie glänzen in ihren Augen und lassen mein Herz sinken.

Am liebsten würde ich sie in den Arm nehmen. Ihr versichern, dass alles okay ist und es für immer bleiben wird. Dass sie sich vor nichts fürchten muss. Dass ich ihr glaube, was sie gesehen hat, auch wenn ich nicht glauben kann und will, dass es tatsächlich eintreten wird.

»Nein«, antworte ich. »Lass mich in Ruhe erklären, was ich meine.« Ich greife nach ihrer Hand und ziehe sie zurück zu unserer Suite. Wir haben schon viel länger, als gut sein kann, auf dem Flur palavert.

»Wartest du kurz? Ich möchte mich umziehen«, bittet Hailey, reibt sich über ihre Augen und verschwindet im Badezimmer. Ich sehe ihr nach und mache mich in der Zwischenzeit meinerseits daran, mir bequemere Klamotten zu suchen.

Als Hailey zurückkommt, steckt sie wieder in dem riesigen Hotelbademantel. Sie sieht verloren aus, und ich verschränke meine Finger ineinander. Dieses ständige Gefühl von übergriffigem Beschützerinstinkt, das ich in ihrer Gegenwart habe, ist nervtötend.

Sie lässt sich in einigem Abstand zu mir auf die Couch sinken und mustert mich und mein Wasserglas aus dem Augenwinkel, bis ich frage: »Willst du auch eins?«

Sie schüttelt den Kopf. »Warum hast du mir nicht gesagt, dass du George Heart kennst?«

Ich stelle das Glas auf den Couchtisch und reibe mir über die Stirn. »Ich gehe normalerweise nicht transparent mit meinem Job um, Hailey. Außer dir weiß niemand in diesem Gebäude, für wen ich arbeite.«

»Nicht mal Melanie?«

Ich runzle die Stirn. »Wieso sollte sie davon wissen?«

»Sie scheint dich doch so gut zu kennen …«, murmelt sie.

Ich muss unwillkürlich schmunzeln. »Du bist eifersüchtig.«

»Natürlich bin ich eifersüchtig!«, fährt sie auf. Und dieses plötzliche, unverblümte Geständnis schockiert mich. »Sie kennt dich. Viel länger und besser, als ich es tue. Sie ist aufgewachsen wie du. Sie ist auf tolle Elite-Privatschulen gegangen, sie ist älter als ich, sie sieht ziemlich gut aus und … und …«

Ich verenge die Augen. »Du glaubst, das ist gut?«, frage ich irritiert.

»Gut? Ob es gut ist, sein Leben lang hierauf vorbereitet zu werden? Zu wissen, was einen erwartet und was von einem erwartet wird? Gelernt zu haben, wie man seine Magie einsetzt? Wer welche Positionen bekleidet? Fragst du mich das gerade ernsthaft, Nathaniel Levergne?«

Wenn sie es so ausdrückt … »Entschuldige. Ich habe nicht darüber nachgedacht …«

Ich hatte viel zu wenig Zeit, um mich hierauf vorzubereiten. Rohe Fakten auswendig zu lernen, ist eine Sache, aber zu verstehen, wie Hailey fühlt, eine ganz andere. Ihre Lebensrealität ist eine komplett andere als meine.

Sie zieht ihre nackten Füße zu sich heran und schlingt die Arme um ihre Beine. »Ich bin überfordert«, gibt sie flüsternd zu. »Das hier ist alles ein bisschen viel für mich. Du bist der Einzige, den ich hier kenne. Du bist … mein Seelenpartner. Du solltest auf meiner Seite stehen, wenn es schon sonst niemand hier tut. Stattdessen bleibst du über Stunden hinweg verschwunden, lässt mich mit Wildfremden allein, verheimlichst Dinge vor mir und bist allgemein … anders.«

Ich hebe überrascht die Augenbrauen. »Anders? Was meinst du?«

Sie zieht die Schultern hoch. »Als wir uns kennengelernt haben, warst du … eben anders. Du warst, ich weiß nicht, zugewandter, interessierter? Liebevoller? Jetzt ist es, als wärst du enttäuscht. Von mir. Weil ich nicht ganz das bin, was du erwartet hast.«

Ihre Stimme erstickt am Ende des Satzes. Und ich bin ganz offiziell der größte Volltrottel auf diesem gesamten Planeten. Während ich in meinen eigenen Selbstzweifeln versunken bin, im Konflikt mit meinem Vater, mit meinem Erbe und meinem Nachnamen, mit meinem Job und meiner Verantwortung, hatte Hailey keine Ahnung davon, was in mir vorging. Und sagen kann ich es ihr auch nicht. Natürlich muss sie annehmen, dass es ihr Fehler ist, wenn ich ihr erst die Sterne vom Himmel verspreche und plötzlich … nicht mehr.

»Es hat nichts mit dir zu tun«, antworte ich heiser. Und taste mich weiter vor auf das Glatteis von Wahrheiten, die ich ihr mitteilen kann, ohne sie oder mich selbst in Gefahr zu bringen. »Ich wollte nie heiraten, Hailey. Das alles kam sehr überraschend für mich. Ich weiß, dass ich zugestimmt und … dich auch noch mitüberzeugt habe. Und ich will das alles hier nach wie vor! Aber ich bin nicht so gut hierin, wie ich es gern wäre.«

Sie schnaubt. »Du und nicht gut genug. Ja, klar.«

»Ja, Hailey. *Ja!*«, fahre ich auf, rufe mich aber im selben Moment zur Ordnung, in dem ich sehe, wie sie unter meiner Reaktion zusammenzuckt. »Sagen wir einfach: Mein Job und Privatleben sind nicht gut miteinander vereinbar. George hat mich angerufen, weil er auch nicht unbedingt begeistert von der Hochzeit ist.«

»Kein Wunder«, flüstert sie. »Vermutlich hattest du nichts Besseres zu tun, als zu ihm hinzugehen und ihm zu erzählen, dass ich gesehen habe, wie …« Sie verstummt, sieht mich an, liest in meiner Mimik, dass ich *haargenau das* tatsächlich getan habe, und schlägt sich die Hände vors Gesicht.

»Sorry. Ich hab's verbockt«, murmle ich. Und weiß selbst nicht, was ich damit eigentlich meine. Meinen Auftrag? Verfehle ich gerade komplett meine Mission, die nach Georges letztem Anruf ohnehin nicht mehr zu bestehen scheint? Oder tue ich Hailey unrecht? Beides? Weil ich mich entscheiden muss. Entweder das eine. Oder das andere. Und ich dieser Entscheidung ausweiche, seit ich Hailey das erste Mal gesehen habe.

Ich stehe auf, gehe hinüber zum Fenster, wo der kräftige Sturm nächtlicher Stille gewichen ist und nur noch vereinzelte Regentropfen die Fensterscheiben hinabrinnen.

»Das alles hier war ein Fehler«, sagt Hailey tonlos.

Ich drehe mich jäh zu ihr um, schüttle den Kopf, würde am liebsten brüllen, dass es kein Fehler ist. Weil sich mein Inneres aus unerfindlichen Gründen mit aller Kraft gegen diesen Satz zur Wehr setzen will.

»Nein«, bringe ich schließlich mühsam beherrscht hervor. »Ich weiß, dass ich Mist gebaut habe, Hailey. Aber das bedeutet nicht, dass ich glaube, es wäre ein Fehler gewesen, dich zu heiraten.«

Sie hebt den Blick, sieht mich aus tränenverschleierten Augen an und fragt: »Warum habe ich dann das Gefühl, als würdest du das hier nicht wirklich wollen?«

»Weil ich ein Idiot bin. Und du …«, ich kneife ein Auge zu, »… auch. Manchmal. Beispielsweise dann, wenn du glaubst, dass ich allen Ernstes mehr Interesse an jemandem wie Melanie haben könnte als an dir. Das ist vollkommen abwegig.«

»Wirklich? Vollkommen abwegig? Hast du gesehen, wie sie aussieht, und vor allem: wie sie dich anschaut?«

Ich schnaube. »Hätte ich sie gevögelt, vor einer Woche? Als ich dich noch nicht einmal gekannt habe? Mit absoluter Sicherheit, Hailey. Würde ich es jetzt noch tun? *Nein.* Hätte ich es jemals in Betracht gezogen, sie zu heiraten? Nein. Bin ich dumm genug, zu riskieren, dich zu verlieren, für … für was? Bedeutungslosen Sex?« Ich muss widerwillig lachen. »Nein, Hailey. Bin ich nicht. Ich mag manchmal wenig intelligente Entscheidungen treffen, aber dieses Maß an Dummheit würde ich bei aller Bescheidenheit niemals erreichen.«

»Bei aller Bescheidenheit«, wiederholt sie.

Und das erste Mal seit viel zu langer Zeit erahne ich in ihren Mundwinkeln ein stilles Lächeln. Ich will meine Hände danach ausstrecken. Ich will es berühren und festhalten und ich will es küssen. Aber tue nichts davon, weil ich es nicht kann.

Es ist frustrierend. Glücklicherweise kann ich mit Frust umgehen. Womit ich nicht umgehen könnte, wäre der Gedanke, dass Hailey mich verabscheut, weil ich sie verletzt habe.

»Vielleicht sollten wir uns für heute hinlegen«, schlage ich vor. »Ich habe zu viel getrunken, und mit etwas Glück entgehe ich einem Kater, wenn ich jetzt noch einen halben Liter Tee in mich reinpumpe und anschließend sechs Stunden Schlaf bekomme.«

»Du bist nach *sechs* Stunden Schlaf fit?«, fragt Hailey.

»Ich bin froh, wenn ich unter der Woche fünf bekomme«, erwidere ich knapp.

Hailey schüttelt den Kopf. »Du bist wirklich ein wandelndes Klischee, Nate.«

»Ich bin halt einfach großartig«, erwidere ich sarkastisch.

Sie verdreht die Augen. »Oder eine Katastrophe.«

»Manchmal auch das«, gebe ich zu und schlendere hinüber zum Wasserkocher. »Tee? Oder willst du lieber schlafen gehen?«

Sie schüttelt den Kopf. »Tee klingt gut.« Dann steht sie auf, wobei die Kordel ihres Bademantels sich lockert, kommt zu mir herüber und wirft neugierig einen Blick in die Minibar. »Gibt es hier vielleicht noch irgendwo Schokolade …? Oder Popcorn?«

Ich muss grinsen. »Was willst du mit Popcorn?«

Hailey hebt den Kopf und sieht mich an. Diesen Unschuldsengelblick hat sie wirklich perfekt drauf. Und ich will gar nicht wissen, wie oft sie ihre Familienmitglieder damit bereits um den Finger gewickelt hat. »Ich dachte, wir könnten vielleicht einen Film schauen. So … normale Couple-Time? Und so?«

»Ah. Wir üben normal sein, ja?«, frage ich schmunzelnd.

Sie reckt das Kinn vor und nickt. »Ja.«

»Das klingt nach einem sehr guten Vorschlag«, sage ich, beuge mich vor und sehe zufrieden dabei zu, wie ihre Pupillen sich weiten. Ich taste über den Stoff ihres Bademantels, fange die Kordel auf und ziehe sie wieder nach vorn. »Den hier solltest du aber schön geschlossen halten, einverstanden? Nicht dass ich deine Sailor-Moon-Unterwäsche nicht süß fände, aber du hast mir heute zu verstehen gegeben, dass du es nicht schätzt, wenn ich meinen Blick nicht von nackter Haut abwenden kann, also …«

»Dabei ging es um die nackte Haut von anderen Frauen, Nate.«

Kapitel 26

Hailey

Geweckt werde ich durch einen Lichtstrahl, der ziemlich fies direkt auf meine Augen gerichtet ist, dank eines Spaltes in der Gardine.

Blinzelnd drehe ich mich um, strecke die Hand aus und finde das Bett neben mir leer vor.

Dafür höre ich im Wohnzimmer bereits den Wasserkocher sprudeln und lächle in mich hinein. Gestern haben wir es uns auf dem Sofa gemütlich gemacht, und Nate hat mich einen Film aussuchen lassen. Entschieden habe ich mich für »R.E.D. Älter. Härter. Besser.« Vor allem, um die Ironie unserer Situation noch einmal hervorzuheben.

Immerhin schien ihm der Film ebenfalls zu gefallen, was ich als Gewinn verbuche, und als wir schließlich tatsächlich schlafen gegangen sind, war selbst die Panik nur noch ein dumpfes Hintergrundrauschen.

Doch Heart weiß von meiner Vision. Weiß, dass ich seine Pläne gesehen habe, selbst wenn diese noch nicht umgesetzt wurden. Oder vielleicht nie umgesetzt werden. Möglicherweise hat sich seine Strategie verändert, und er hatte die Einsicht, dass er Prinz Alexander doch nicht in den Selbstmord treiben möchte, oder … oder … oder.

Seufzend schlage ich die Bettdecke zurück und tapse, mit nichts als einem übergroßen Shirt und meiner Schlafhose bekleidet, in die Suite.

Nate verteilt gerade Wasser auf zwei Tassen und dreht sich um, während er sagt: »Guten Morgen, Schlafmütze. Tee?«

»Gern.«

»Was ist aus dem Hello-Kitty-Shirt geworden? Nicht, dass ich Stitch nicht mag, aber die Katze ist mir irgendwie ans Herz gewachsen.«

»Dir fällt jetzt erst auf, dass ich ein anderes Shirt trage?«

»Normalerweise schaue ich dir in die Augen.«

»Und heute nicht?«, frage ich herausfordernd, nehme ihm die Tasse ab und puste.

»Wie sonst soll ich herausfinden, ob du immer noch die Sailor-Moon-Unterwäsche trägst?«

Hitze kriecht mit einiger Verzögerung meinen Nacken hinauf, aber ich weigere mich, wegzuschauen. »Zu deiner Information, das war eine der wichtigsten Anime-Serien und hat den Weg für die Vermarktung anderer wundervoller Geschichten an ein westliches Publikum geebnet. Wer weiß, ob wir jemals ›Prinzessin Mononoke‹, ›Das wandelnde Schloss‹ oder ›Kamikaze Kaito Jeanne‹ bekommen hätten, wäre ›Sailor Moon‹ nicht gewesen?«

»Das zweifle ich auf gar keinen Fall an«, erwidert er und hebt die Hände. »Noch weniger, wenn du irgendwann ein Cosplay in knapper Schulmädchenuniform für mich veranstalten möchtest.«

Jetzt steht mein gesamter Körper in Flammen. Ich suche händeringend nach einer guten Antwort und … nichts.

»Hat es dir die Sprache verschlagen?« Das Grinsen in seinem Gesicht spricht Bände. Genau das hier war sein Plan.

Schnaubend wende ich mich ab. »Die Dusche wartet auf mich.« Auf halber Strecke bleibe ich allerdings stehen, blicke über die Schulter und füge hinzu: »Versuch, bei der Vorstellung, wie ich mich am ganzen Körper einseife, nicht zu sehr zu sabbern.«

Vielleicht bilde ich mir das unterdrückte Husten nur ein, während ich die Schlafzimmertür hinter mir schließe. Trotzdem kichere ich in mich hinein. Nur weil ich keinerlei Erfahrung mit Beziehungen habe, heißt das nicht, dass ich vollkommen ahnungslos bin.

Eine Stunde und ein Frühstück zu zweit im Speisesaal später tänzelt Kaya auf uns zu, während Nate und ich das Foyer durchqueren.

»Hailey, warte.« Sie bleibt stehen und lächelt mich an. »Ich wollte mich für gestern entschuldigen. Diese ganze Fragerei war nicht nett, und ich wollte auf keinen Fall, dass es dir unangenehm wird.«

»Schon okay«, murmle ich und winke ab.

»Nein, ist es nicht. Manchmal weiß ich nicht, wann ich es gut sein lassen sollte. Aber ich verspreche dir, es kommt nie wieder vor.«

»Wirklich, mein Abgang hatte weniger mit euch und mehr mit mir selbst zu tun. Ich habe überreagiert.«

Brian kommt hinter seiner Frau zum Stehen, legt ihr eine Hand auf die Schulter, und er und Nate nicken sich auf diese typische Männerart zu.

»Na gut. Aber das ist nicht alles. Brian und ich wollen ins Dorf fahren, jetzt, wo endlich die Sonne scheint. Habt ihr Lust, uns zu begleiten?«

Eigentlich war der Plan, den wir während des Frühstücks geschmiedet haben, weiter an so etwas wie Normalität zu arbeiten. Und vielleicht, Nate einen Einblick in meine Visionen zu gewähren, wenn alles gut geht. Andererseits ist das Wetter wirklich verlockend, und wer weiß, wie viel Sonne wir noch bekommen? Außerdem möchte ich in meinen Flitterwochen mehr sehen als nur das Schloss.

Schnell blicke ich zu Nate, der mich ebenso fragend anschaut.

Offensichtlich liest er die Antwort in meinen Augen, denn er lächelt und nickt. »Sehr gern. Wann wollt ihr los?«

»So schnell wie möglich.« Kaya springt in die Luft und klatscht dabei in die Hände. »Das wird richtig super. Ich habe gehört, man kann eine Kutschfahrt buchen. Gebt mir dreißig Minuten, dann treffen wir uns vor den Ställen.«

»Gern.« Weiterhin lächelnd steuere ich auf den Fahrstuhl zu, Nate an meiner Seite. Als wir die kleine Kabine betreten, sehe ich den Schalk in seinen Augen. »Was ist?«

»Jetzt bin ich wirklich neugierig, worüber ihr gestern im Detail gesprochen habt.«

»Das wäre ich an deiner Stelle auch«, gebe ich zu und lächle ihn an.

»Du wirst es mir nicht sagen.«

»Nein.«

Er seufzt tief. »Dann muss ich wohl Kaya danach fragen.«

»Untersteh dich!« Spielerisch boxe ich ihm gegen den Oberarm. Etwas, das nur deshalb möglich ist, weil er einen langärmligen Sweater trägt. Natürlich in Schwarz.

Die Fahrstuhltüren öffnen sich wieder und wir setzen uns gleichzeitig in Bewegung, während er mich mit gespielter Entrüstung betrachtet. »Hat dir schon mal jemand gesagt, dass du ganz schön gewalttätig bist?«

»Ob du es glaubst oder nicht, eigentlich bin ich sehr lieb und umgänglich.«

»Offenbar bringe ich ganz neue Seiten an dir zum Vorschein.«

Ich halte die Schlüsselkarte vor das Schloss, und die Tür zur Suite öffnet sich. »Das lässt sich nicht bestreiten.«

Zu meiner Überraschung folgt Nate mir bis ins Bad, nimmt gleichzeitig mit mir seine Zahnbürste heraus und zwinkert mir zu, als ich ihm einen fragenden Blick zuwerfe. »Normalität, schon vergessen? Normale Paare putzen gemeinsam Zähne.«

»Tun sie das?«

»Bestimmt.«

Ich grinse, und mein Herz macht einen Hüpfer, während ich ihn im Spiegel betrachte. Seine braunen Haare fallen ihm unordentlich in die Stirn, die grünen Augen leuchten amüsiert, und am liebsten würde ich Luftsprünge machen. Direkt in seine Arme. Denn er hat recht. Hier mit ihm gemeinsam Zähne zu putzen, fühlt sich normal an. Wie etwas, das wir ab jetzt jeden Tag tun könnten.

Wir haben noch immer einige Hürden zu überwinden, aber der Anfang ist gemacht.

»Nate?«, beginne ich, nachdem wir beide fertig sind. Er wendet sich mir zu. »Darf ich dich umarmen?« Natürlich laufe ich schon wieder rot an, aber das ist mir egal. Wenn ich könnte, würde ich mich an ihn klammern und ihn nie wieder loslassen.

Im ersten Augenblick sieht er mich so geschockt an, als hätte ich ihn gebeten, gemeinsam mit mir die Klippen vor dem Schloss hinunterzuspringen, dann wandelt sich sein Gesichtsausdruck zu einem liebevollen Lächeln. »Du willst mich umarmen?«

Ich nicke.

»Immer, Hailey. Du darfst mich immer umarmen. Jederzeit.«

Langsam gehe ich auf ihn zu. Mein Herz hüpft auf einem Trampolin davon, aber ich denke gar nicht daran, jetzt einen Rückzieher zu machen.

Dann, immer darauf bedacht, keine nackte Haut zu berühren, lehne ich mich gegen ihn, schlinge die Arme um seine Mitte, lege den Kopf auf seine Brust und schmiege mich an ihn.

Sofort schließen sich seine Arme um mich, und ich kann einen wohligen Seufzer nicht unterdrücken.

Nicht, während ich seinen Geruch am liebsten einfangen und für immer bei mir tragen würde.

Seine Wärme hüllt mich ein, legt sich tröstend um meine Schultern, und es scheint, als wären unsere Körper füreinander gemacht. Er ist groß genug, dass ich mich bequem gegen ihn lehnen kann. Theoretisch könnte er sicherlich sein Kinn auf meinem Scheitel ablegen, doch er tut es nicht.

Stattdessen streichen seine Hände beruhigend über meinen Rücken, und eine Gänsehaut kriecht über meinen Körper.

Das hier. Das will ich. Ihn. Mich. Zusammen.

»Ist alles okay?«, fragt er leise.

»Bestens.« Keine Ahnung, warum meine Stimme so rau klingt. »Lass mich nur noch nicht los.«

»Niemals.«

Vielleicht ist es die Sicherheit, die ich in seiner Nähe spüre. Das Vertrauen, dass er mich auffangen wird. Die Worte sprudeln mit einem Mal von ganz allein hervor: »Meine Gabe«, flüstere ich, das Gesicht noch immer an seiner Brust vergraben. »Ich habe Visionen nie provoziert, aber nachdem ich Heart gesehen habe … Das war der Moment, der alles verändert hat.«

»Kannst du mir davon erzählen?«

»Ich habe keine Ahnung, wie genau es funktioniert«, gestehe ich. »Es ist mir nie gelungen, absichtlich eine Vision hervorzurufen. Celine und ich haben es als Kinder öfter probiert, aber irgendwann hatte ich zu viel Angst vor dem, was ich sehen könnte, und wir haben aufgehört. Wenn ich eine habe … Nate, oft genug bin ich im Kopf der Person. So war es auch bei Heart. Ich habe gefühlt, was er gefühlt hat, habe gesehen, was er gesehen hat. Vielleicht haben seine Pläne sich geändert. Dinge, die ich sehe, müssen nicht eintreten, so viel weiß ich. Doch das bedeutet nicht, dass die Absicht nicht deutlich geworden ist. Die Zukunft ist oft zu schwammig, Pläne ändern sich, unvorhergesehene Ereignisse können eine mögliche Zukunft … überschreiben. Aber in dem Moment, als ich die Vision hatte, war das die zukünftige Realität.«

Seufzend löse ich mich von ihm, obwohl ich alles dafür geben würde, weiterhin seinen Duft einzuatmen und seine Wärme aufzusaugen.

Er hat die Brauen konzentriert zusammengezogen und mustert mich.

»Du glaubst mir nicht«, stelle ich resigniert fest und trete einen Schritt zurück.

»Doch.« Kurz sieht es so aus, als wollte er auf mich zustürzen und mich zurück an seine Brust ziehen. Als wäre er nicht bereit, den Körperkontakt zu beenden. Aber er besinnt sich eines Besseren. Sanfter fährt er fort: »Natürlich glaube ich dir, Hailey. Ich glaube dir, dass du gesehen hast, was du gesehen hast. Aber George Heart tut alles in seiner Macht Stehende, um Prinz Alexander zu schützen. Und wenn ich sage, alles, dann meine ich das auch so.«

»Weißt du, was seine Gabe ist?«

Nate runzelt die Stirn. »Soweit ich weiß, spürt er Gefahr. Aber ich habe ihn nie direkt danach gefragt. Warum?«

»Weil ich in seinem Kopf war. Er kann Menschen mit Worten manipulieren. Ich habe es gespürt. Seine Macht. Seinen Hunger nach noch mehr Macht.« Kopfschüttelnd wende ich mich ab und spüre Tränen in meinen Augen brennen. Weil ich keine Ahnung habe, wie ich es ihm begreiflich machen soll. Und weil wir offenbar noch nicht an dem Punkt sind, an dem er mir einfach glaubt. »Lass uns ins Dorf fahren. Kaya und Brian warten bestimmt schon.« Er möchte mir widersprechen. Ich sehe es an der Art, wie er den Mund öffnet, wie er mich aufhalten möchte, also mache ich nur eine wegwerfende Handbewegung. »Schon gut, Nate. Du musst mir nicht glauben. Es ist nicht wichtig. Solange wir hier sind, kommt er ohnehin nicht an mich heran, richtig? Außerdem wäre es nicht das erste Mal, dass ich überreagiere. Was meinst du, brauche ich eine Regenjacke?«

Irgendetwas huscht über sein Gesicht, ist aber bereits wieder verschwunden, ehe ich die Emotion einordnen kann, dann nickt er. »Wir sind in Schottland. Eine Regenjacke ist vermutlich eine gute Idee.«

* * *

»Auf keinen Fall!« Ich stemme die Hände in meine Hüften und schaue dem schwarzen Monstrum mir gegenüber in die Augen.

Es schnaubt, schabt ungeduldig mit den Hufen und wirft den Kopf in den Nacken, wobei das Zaumzeug unheilvoll klappert.

»Sie ist nur ein Pferd, Hailey«, sagt Nate grinsend, geht vor und streichelt dem Biest über die Schnauze. »Und so ein hübsches. Du würdest meine Frau nicht beißen, oder, Schönheit?«

Das Pferd schnaubt zutraulich in seine Hand. Typisch. Der Kerl kann jeden um den Finger wickeln, selbst ein tausendfünfhundert Pfund schweres Friesenpferd.

Woher ich weiß, um welche Rasse es sich handelt?

Nate. Offenbar kennt er sich mit den Viechern aus, dabei wirkt selbst er im Gegensatz zu dem Tier klein.

»Dir ist schon klar, dass nur ein Tritt gegen den Kopf dich töten könnte?«

Kaya und Brian haben den Teil mit der Kutschfahrt ernst gemeint, und unser Kutscher klappt gerade das Verdeck auf, damit wir ohne Dach fahren können, während Nate auf Kuschelkurs mit dem Ungeheuer ist.

»Halt ihr einfach nur die Hand hin. Ich verspreche, dir wird nichts passieren«, lockt er mich und streichelt den Hals unter der Mähne. Abschließend klopft er mehrmals mit der flachen Hand dagegen und sieht mich herausfordernd an. »Komm schon. Vertrau mir.«

Ich atme tief durch. Mist! Das ist der eine Satz, den ich nicht hören wollte. Zögerlich trete ich einen Schritt näher und strecke den Arm vor mir aus.

»Du bist immer noch etwa zwei Yards zu weit weg«, stellt er fest, und ich sehe deutlich, wie er ein Lachen unterdrückt. Dann kommt er zu mir, legt die Hände auf meine Schultern und schiebt mich vorwärts.

Nur widerwillig lasse ich es zu.

Aus der Nähe ist das Biest noch größer und betrachtet mich viel zu interessiert. »Sicher, dass sie nur Pflanzen frisst?«

»Ganz sicher«, murmelt er, direkt neben meinem Ohr.

Schauer jagen meinen Rücken hinab, während Nate sachte von hinten seine Hand an meinem Arm hinabgleiten lässt. Wir tragen beide lange Kleidung, denn obwohl uns die Sonne wärmt, weht ein frischer Wind vom Meer her. Kurz bevor der Stoff aufhört, umschließt er meinen Unterarm und leitet ihn zur Schnauze.

Ich zittere am ganzen Körper. Ob es wegen des Pferdes ist, das mir sicherlich gleich mehrere Finger abbeißen wird, oder aufgrund der plötzlichen Nähe zu meinem Mann, kann ich nicht sagen.

»Öffne die Faust«, flüstert er.

»Bist du irre?«

Warmer Atem streicht über meine Ohrmuschel und seine Brust vibriert vor unterdrücktem Lachen. »Versuch es einfach.«

»Wenn sie auf den Geschmack von Fleisch kommt, nachdem sie mich verspeist hat, sag nicht, ich hätte dich nicht gewarnt«, murre ich und halte die Hand flach vor die riesigen Nüstern.

Sie schnaubt, kommt näher, und ihre weichen Lippen berühren meine Handfläche.

Untersuchen sie.

Okay.

Das ist weniger schlimm als erwartet.

Plötzlich wackelt sie mit dem Kopf, und vor Schreck knalle ich gegen Nate, der einen Schritt nach hinten macht und mich lachend festhält.

»Sie hat dich nur begrüßt.«

»Das nächste Mal würde ich mich über eine kleine Warnung freuen.«

Er geht um mich herum, stellt sich schon wieder in unmittelbarer Nähe zu Zähnen und Hufen neben das Tier und krault ihre Mähne. »Wir bringen dir später einen Apfel vorbei.«

»Wir?«

»Natürlich.« Er grinst. »Immerhin möchte ich mit meiner Frau gemeinsame Ausritte machen, und wie soll das gehen, wenn sie sich nicht einmal in die Nähe von Pferden traut?«

»Seid ihr bereit?«, rettet Kaya mich. Sie und Brian kommen aus den Ställen, weil auch sie offenbar einen Todeswunsch haben und dringend niedergetrampelt werden möchten.

Der Kutscher nickt uns zu, und wir klettern in das altertümliche Fortbewegungsmittel. Kaya und Brian setzen sich in Fahrtrichtung, Nate und ich nehmen mit dem Rücken zum Kutscher Platz.

»Könntest du Hailey vielleicht versichern, dass Pferde lieb und harmlos sind?«, wendet der Verräter sich an die kleine Elfe.

»Glaub mir, sie sind wie große Hunde«, bestätigt sie.

Brian streichelt ihr übers Knie. Trotz des kühlen Wetters trägt sie ein kurzes Kleid voller Blumen. Immerhin hat sie eine Strumpfhose und ein Jäckchen an, aber bei ihrem Anblick friere ich trotzdem.

Mein Outfit ist mit Jeans, Hoodie und Regenjacke deutlich simpler.

Und Nate … Tja, der Mann sieht in allem gut aus. Selbst in Wollpullover und Chinos.

Ein Signal vom Kutscher, und wir setzen uns in Bewegung.

Nichts deutet mehr auf den Sturm hin, der gestern gewütet hat. Nun ja, nichts, bis auf die Regenpfützen und kleinen Äste, die den Boden der Auffahrt bedecken.

»Habt ihr Haustiere?«, fragt Kaya interessiert und schaut zwischen Nate und mir hin und her.

»Meine Familie hat ein Gestüt mit allen möglichen Tieren, aber meine Eltern waren seit Jahren nicht mehr dort. Ebenso wenig wie ich.«

Ich mache mir eine mentale Notiz, dass ich definitiv mehr über dieses Gestüt wissen möchte, und ziehe mein Handy hervor.

»Meine Familie hat einen Hund. Einen echten«, füge ich hinzu und entsperre den Bildschirm. »Das ist Zerberus.«

Ich halte das Bild meines Startbildschirms hoch, um allen einen guten Blick zu gewähren, und wie immer, wenn ich in das treue, zottelige Gesicht schaue, überfällt mich schreckliches Heimweh.

»Zerberus? Wie der Höllenhund?«, fragt Nate und grinst.

»Versuch, unbemerkt in die Nähe unseres Hauses zu gelangen, und du weißt, weshalb wir diesen Namen gewählt haben«, erwidere ich und lache bei der Erinnerung an den armen Postboten. Wir mussten extra für ihn einen Briefkasten an einem Baum direkt an der Hauptstraße anbringen. Weit genug entfernt, damit Zerberus nicht jedes Mal völlig durchdreht.

»Solltest du nicht mich als Hintergrund haben?« Er sieht so vorwurfsvoll aus, dass ich nicht anders kann, als ihm das Bein zu tätscheln.

»Wenn du mich acht Jahre lang jeden Tag schwanzwedelnd an der Tür begrüßt hast, können wir darüber reden.«

Kaya und Brian lachen laut auf und Nate beugt sich grinsend zu mir. »Das lässt sich arrangieren.«

Unsere beiden Reisebegleiter lachen nur noch lauter, und trotz der Hitze, die in mir aufsteigt, muss ich ebenfalls kichern.

Kapitel 27

Nathaniel

»Hattest du Spaß?«, frage ich Hailey, als ich sie mehrere Stunden später aus der Kutsche hebe.

Sie lächelt mir glücklich zu und lässt sich in meine Arme sinken. »Es war großartig. Aber jetzt bin ich hundemüde. Ich glaube, ich lege mich vor dem Abendessen noch ein bisschen hin.«

»Aw, bist du dir sicher?« Kaya flattert neben ihr auf und ab, und ich wäre wirklich nicht überrascht, wenn jeden Moment Elfenflügel aus ihrem Rücken sprießen würden. »Ich wollte unbedingt mal dieses Schlammbaden ausprobieren!«

Hailey verzieht das Gesicht. »Vielleicht ein andermal?«

Brian kichert. Es klingt wie ein Grizzlybär auf Helium. Er wendet sich an mich und fragt: »Du warst schon mal im Fitnessstudio hier, oder? Sollen wir eine Runde trainieren? Ich suche noch einen Spotter.« Er grinst breit.

»Was ist ein Spotter?«, fragt Hailey.

»Jemand, der das Gewicht hält, damit es dir nicht ins Gesicht knallt, falls deine Muskeln beim Work-out versagen«, erkläre ich.

Sie starrt mich mit großen Augen an. »Das kann passieren?«

Ich zucke mit den Schultern. »Klar.«

»Okay«, erwidert sie gedehnt. »Würdest du mir einen Gefallen tun und mir versprechen, in einem Stück wieder zu mir zurückzukehren?«

Brian lacht dröhnend. Wahnsinn, wie der Kerl vom Heliumgrizzly zum bassverstärkten Subwoofer wechseln kann. »Ich sorge schon dafür, dass sein hübsches Gesicht unbeschadet bleibt.«

Kaya horcht auf. »Hast du ihn gerade hübsch genannt?«, fragt sie.

Brian wackelt mit den Augenbrauen. »Nicht hübscher als du, selbstverständlich.«

»Das will ich dir auch geraten haben!«, sagt sie, stellt sich auf Zehenspitzen und gibt ihrem Angetrauten einen Schmatzer.

»Dann bis gleich im Gym?«, fragt Brian.

Ich nicke und schlage mit Hailey den Weg zurück zu unserer Suite ein.

»Ich mag sie«, flüstert Hailey, als wäre das ein überaus unerwartbares Geständnis. »Sie sind nicht so, äh, versnobt wie die anderen.«

Ich unterdrücke ein Lachen. »Ach nein?«

»Ich meine, sie benehmen sich nicht wie superkrasse Megamagier, in deren Präsenz man am besten einen Knicks macht, weil sie jederzeit die Weltherrschaft an sich reißen könnten.«

»Soweit ich weiß, ist Brian der Erbe von Pharmloot Enterprises. Und damit vermutlich der Einzige, der rein theoretisch durchaus in der Lage wäre, die Weltherrschaft an sich zu reißen. Zumindest im wirtschaftlichen Sinne.«

»Beruhigend«, erwidert Hailey sarkastisch. Und fügt an: »Hättest du mir diese Information vielleicht später geben können? Am besten *nie*? Dann hätte die realistische Wahrscheinlichkeit bestanden, dass ich mich in seiner Gegenwart zukünftig nicht wie ein nervöser Creep verhalte.«

Ich muss lachen. »Das wirst du so oder so nicht tun. Im Gegenteil, ich nehme stark an, dass er dir dankbar dafür ist, dass du nicht zwanghaft versuchst, seine beste Freundin zu werden, nur, damit er dir bei nächstbester Gelegenheit einen ›Gefallen‹ tut.«

»So was tun Leute?«

»Wart's ab, bis der Erste das bei dir versucht.«

»Sollen sie mal hübsch machen. Auf meine kostenlosen Charakterillustrationen wären sie sicher sehr stolz.« Hailey nickt nachdrücklich und grinst. »Für alle unwichtigen Nebensächlichkeiten sollen sie gefälligst dir auf die Nerven gehen.«

»Macht garantiert niemand. Wer will schon einen Gefallen von den Levergnes, wenn man eine Charakterillustration haben kann.«

»Du bist doof«, sagt sie schmollend. »Meine Illustrationen sind toll! Manche Menschen geben ziemlich viel Geld dafür aus.«

Ich liebe es, wenn sie das tut. Die Unterlippe vorschiebt und so tut, als hätte ich sie zutiefst beleidigt, während ihre Augen mich beschwören, es gefälligst wiedergutzumachen. Ich bleibe stehen, beuge mich zu ihr hinab und flüstere: »Nur, damit du es weißt: *Ich* wäre definitiv an der Illustration interessiert.«

»So? Welche willst du denn?«

»Batman«, sage ich sofort.

Sie schnaubt. »Von allen Charakteren da draußen willst du Batman. Ist das dein Ernst?«

»Jap.«

»Fein«, seufzt sie. »Dann bekommst du einen Batman.«

»Ehrlich?«, frage ich. Weil ich unser Geplänkel zu fünfundneunzig Prozent als Scherz eingestuft habe.

Aber Hailey meint es offenbar ernst. Sie nickt nachdrücklich und erklärt: »Du bekommst einen *badass* Batman von mir, und dann wirst du niemals wieder annehmen, irgendwer würde einen dämlichen Levergne-›Gefallen‹ meinen Designkünsten vorziehen.«

Ich salutiere. »Yes, Ma'am! Ich freu mich drauf.« Tue ich tatsächlich. Hailey geht selten hausieren. Dass sie sich an dieser Stelle so selbstbewusst zeigt, lässt mich vermuten, dass sie wirklich verdammt gut in ihrem Job ist. Und es macht mich stolz, wie sehr sie dafür brennt.

* * *

Ich liege auf der Benchpress, als das Klingeln meines Smartphones mich davon befreit, das Set beenden zu müssen. Es war keine besonders intelligente Idee, ausgerechnet mit Brian trainieren zu gehen. Dass der Kerl mehr hebt als ich, war zu erwarten. Aber selbstverständlich ist es meinem männlichen Ego geradezu unmöglich, nicht wenigstens versuchen zu wollen, mitzuhalten …

Gerade als ich den Anruf annehmen will, hebt Ophedia ihren Schlangenkopf von meinem Finger.

»Nicht hier«, zische ich und sehe mich nervös nach Brian um, gebe ihm ein Zeichen, dass er ohne mich weitermachen soll, und gehe ein paar Schritte beiseite.

Aber Ophedia wirkt unbeeindruckt. Ihre Augen glühen und sie wackelt uneinsichtig mit ihrem Köpfchen, während das Smartphone unablässig weiter vibriert.

»Ich muss da rangehen«, murmle ich und verdrehe die Augen über Ophedias Sturheit. *Es ist nur ein Erbstück mit ein paar kleinen magischen Funktionen,* hieß es immer. Tatsächlich ist es ein Erbstück mit der Sturheit und dem Mitteilungsbedürfnis eines pubertierenden Teenagers …

»Ja?«, schnaufe ich endlich in den Hörer.

George lacht leise. »Habe ich dich gestört, Nathaniel?«

»Du störst nicht«, sage ich. »Bin nur gerade noch trainieren.«

»Ah, prima. Hör mal, ich wollte mich entschuldigen wegen gestern. Das alles muss dich sehr verwirrt haben. Wie wäre es, wenn ich es wiedergutmache? In der Nähe gibt es einen Jachthafen. Ich dachte, ich buche dir und Hailey dort was Hübsches. Wie wäre das? So ein romantischer Ausflug auf See wäre doch prima für euch zwei.«

»Wow«, sage ich, gelinde gesagt etwas überrascht. »Das wäre nicht nötig gewesen.«

»Doch, doch! Ich finde, ihr solltet ein wenig eure Zweisamkeit genießen. Womöglich ist das gar nicht so schlecht.«

»Ich werde Hailey fragen.«

»Nicht jetzt! Es eilt ja nicht. Schreib mir doch einfach eine Nachricht.«

»Ja, mach ich nachher, im Moment schläft sie ohnehin.« Ich reibe mir über die Stirn. Offenbar habe ich es beim Training wirklich übertrieben. Jedenfalls nistet sich gerade ein stechender Kopfschmerz in meiner linken Schläfe ein. Ich kenne das Gefühl. Als kleiner Junge hatte ich heftige Migräneanfälle, jedes Mal nach meinem Magietraining. Aber das ist mir schon seit Jahren nicht mehr passiert.

»Hey, Nate?« Ich blicke auf und sehe Brian wild in Richtung Spa-Bereich gestikulieren.

»Ist es gerade ungünstig, Nathaniel?«, fragt George gleich darauf. »Du kannst mich einfach später zurückrufen.«

»Äh, ja«, murmle ich und überlege, wo ich die nächste Schmerztablette herbekommen kann. Mein Kopf fühlt sich an, als würde er jeden Moment explodieren.

»Was hast du denn jetzt noch so vor?«

»Spa … schätze ich.«

»Das klingt nach einem hervorragenden Plan. Du wirkst sehr angespannt. Lass dich ein bisschen durchkneten.«

»Mach ich.«

»Ruf doch gern wieder an, wenn es bei dir Abend ist. Diese ganze Zeitverschiebung bringt mich immer so durcheinander. Aber ich bin heute ohnehin den ganzen Tag im Büro.«

»Bis dann«, sage ich und lege auf. Wo kommt dieser verfluchte Kopfschmerz her?

Ich greife nach meiner Wasserflasche, nehme zwei tiefe Schlucke und spüre im selben Moment, wie mich ein heftiger Anflug meiner eigenen Magie in die Brust trifft. Fuck. Was ist das? Ich bin kein kleines Kind mehr, das sich von unkontrollierter Magie herumschubsen lässt.

Was habe ich früher dagegen gemacht? Unterdrücken.

Stimmt, dieses *Unterdrücken* war der Grund für meine Magiemigräne.

Aber irgendwas stimmt nicht. Ganz und gar nicht …

Ich höre Brian verschwommen irgendetwas sagen, während ich mich darauf konzentriere, wenigstens einen winzigen Impuls meiner Magie zuzulassen. Sofort durchzuckt mich ein heftiges Empfinden von Angst. Ich reibe mir über die Rippen, während das Gefühl immer bedrängender wird.

Abstand. Ich brauche Abstand. Das Schlimmste, was mir passieren kann, ist, mich in diesen Strudel hineinziehen zu lassen. Teil einer fremden Angst zu werden, anstatt ihr Beherrscher.

Ich sollte aufhören. Sofort.

Stattdessen lasse ich mich tiefer ziehen, aber da ist nichts als Schwärze. Schwärze und dieses beklemmende Gefühl von nimmer endender *Angst.* Atemlosigkeit. Reglosigkeit. Sauerstoffmangel.

Ich reiße die Augen auf. Ich kenne diesen Albtraum. Ich habe ihn schon einmal erlebt. Bei Hailey.

Ich lasse die Flasche fallen, werfe das Handtuch beiseite und renne in Richtung Fahrstuhl, hämmere auf den Rufknopf ein, aber es passiert einfach nichts.

»Nathaniel?«, ruft Brian mir verwirrt hinterher.

Verdammt!

Treppe. Wo ist die Scheißtreppe?

Ich renne einen der Masseure über den Haufen, frage den nächsten nach dem Weg und folge seinem Fingerzeig zu einer winzigen Wendeltreppe.

»Hey, Nate, was ist los? Wo willst du hin?«

»Hailey!«, rufe ich noch, bevor ich das erste Treppengeländer überspringe. »Irgendwas stimmt nicht.«

Noch ein Geländer.

Dritter Stock.

Fünfter Stock.

Ich renne die ellenlangen Korridore entlang. Die Tür zur Suite steht offen. Warum steht die verdammte …?

Ich lasse meine Magie ausströmen. Haileys Angst kann ich nun klar und deutlich spüren, aber es ist noch jemand hier. Eine weitere Angst. Ein weiterer Albtraum.

Jemand hält ein Familienfoto in der Hand und zündet es mit einem Feuerzeug an. Im selben Moment geht im Hintergrund ein Haus in die Luft. Die Explosion fiept in meinen Ohren.

Während ich meine Magie tun lasse, was sie am besten kann, reiße ich die Tür zum Schlafzimmer auf. Neben dem Bett krümmt sich ein rattengesichtiger Mann, gefangen in dem Versuch, meine Magie von sich abzuschütteln. Aber bevor ich mich gänzlich um ihn kümmere, reiße ich das Kissen fort, das er Hailey aufs Gesicht gepresst hat. Ich sehe ihr in die Augen, die mich schockiert anstarren. Sie ist wach. Bei klarem Verstand. Am Leben.

Aber sie rührt sich noch immer nicht. Im selben Moment streift mich fremde Magie, lässt meine Muskeln erstarren, für den Bruchteil einer Sekunde, dann habe ich sie abgeschüttelt, greife blindlings nach dem nächstbesten Gegenstand – der Nachttischlampe – und schleudere sie dem Kerl an den Kopf.

Er geht zu Boden. Ich werfe mich auf ihn. Er weicht aus. Tritt nach mir. Seinen gezielten Hieben nach zu urteilen hatte er Training. Er weiß, was er tut. Und meine Muskeln sind vom Training noch bleiern und matt.

Nichtsdestotrotz habe ich drei entscheidende Vorteile in diesem Kampf:

Erstens bin ich größer als er.

Zweitens ist meine Magie stärker als seine, und ich kann sie ausschließlich auf ihn konzentrieren, während er noch immer mit Hailey beschäftigt ist.

Drittens bin ich wütend. Mehr als das. Ich bin auf hundertfuckingachtzig. Niemand – *niemand* – legt Hand an meine Frau. Es trotzdem zu tun, während ich sogar im selben Gebäude bin, ist entweder grenzenlose Dummheit oder völlige Selbstüberschätzung. Was auch immer es sein mag, er wird es nicht wiederholen.

Wir wälzen uns herum, ich packe eine der Scherben der Lampe, spüre, wie sie mir ins eigene Fleisch schneidet, und ramme sie im nächsten Moment tief in seine Schulter. Er schreit auf. Und ich lasse das hübsche Haus aus seinem Familienfoto ein weiteres Mal vor seinen Augen in die Luft gehen. Ziehe die Scherbe heraus. Steche zu. Und hetze ihm sämtliche verdammten Ängste auf den Hals, von denen er noch nicht einmal geahnt hat, dass sie in seinem Unterbewusstsein schlummern.

»Wer hat dich beauftragt?«, frage ich, schüttle ihn, treibe die Scherbe tiefer. »Rede!«

Er redet nicht. Ich schlage ihm gegen die Schläfe. »Mund auf!«

Ein stechender Schmerz bohrt sich in meine Seite. Erschrocken sehe ich hinab auf das Messer, das sich zwischen meine Rippen bohrt. Blut rinnt durch seine zu einem Grinsen gefletschten Zähne hindurch, während ich mir die Klinge aus dem Leib ziehe und sie ihm direkt unter die Kehle halte.

»Na los, Nathaniel, bring mich um«, krächzt er.

Genau das will ich gerade tun, als seine Augen sich in ihren Höhlen verdrehen, ein Röcheln aus seinem Brustkorb kommt und sein Hinterkopf dumpf gegen die Dielen knallt.

Er ist tot.

Ich packe seine Kiefer, presse sie auseinander und sehe nur noch, wie blauer Schaum in seinem Rachen versickert. Blausäurereaktion.

Frustriert schlage ich seinen leblosen Kopf zurück gegen den Fußboden. Wer auch immer das hier hat geschehen lassen wollen, hat ganze Arbeit geleistet …

Kapitel 28

Hailey

»Nate!«

Meine Stimme ist das erste, was wieder funktioniert. Dann kommt das Gefühl langsam zurück in meinen Körper.

Jeder Atemzug schmerzt, doch ich springe auf, und in weniger als einem Herzschlag bin ich bei ihm.

Sein Gesicht ist blass.

Und da ist so viel Blut.

»Nicht so wild, nur ein Kratzer«, versucht er, mich zu beruhigen. Dummerweise klingt seine Stimme so rau, dass ich ihm kein Wort glaube.

»Du musst in ein Krankenhaus.«

Er schüttelt den Kopf und deutet auf meinen Angreifer, der reglos auf dem Boden liegt. Schaum quillt aus seinem Mund.

Irgendein Gift?

Nathaniel versucht, sich aufzurichten und … scheitert. Fällt in sich zusammen.

»Fuck! Geht es … dir gut?«, presst er unter rasselndem Atem hervor, während er gegen das Bett sackt.

Keine Panik, Hailey. Keine Panik. Du findest eine Lösung. Du musst eine Lösung finden!

»Bestens«, schluchze ich, greife nach dem Bademantel, den ich vorhin auf dem Boden habe liegen lassen, und presse ihn auf seine Wunde. Zu hoher Blutverlust ist tödlich. So viel weiß ich.

»Hey, alles okay?«, ruft jemand von der Tür her. Brian schiebt seinen Kopf hindurch, nimmt die Szene vor sich auf und fragt: »Was zur Hölle ist hier passiert?«

Unter seinem Arm schlüpft Kaya in den Raum, erfasst die Situation mit nur einem Blick und schließt hastig die Tür.

»Brian«, weist sie ihn sofort an.

Doch er kniet bereits neben mir und legt seine Hände auf Nate. »Hailey, halt den Druck aufrecht.«

»Du heilst?«, krächzt mein Mann, und ich könnte schwören, dass er noch blasser geworden ist. »Hätte dich eher für einen Knochenbrecher gehalten.«

»Normalerweise nur kleine Schnitte, also halt die Klappe«, brummt Brian und schließt die Augen.

Ich presse weiterhin den Stoff auf seine Rippen, auch wenn dieser mittlerweile blutgetränkt ist.

Zu viel Blut.

Weil er mich gerettet hat. Weil ich so verdammt hilflos bin und nicht einmal bemerkt habe, dass ich mich nicht allein in diesem Raum aufgehalten habe, bis es zu spät war. Und nun zahlt ausgerechnet Nate den Preis dafür. Mein Seelenpartner, der immer an mich – nein, an uns – geglaubt hat. Im Gegensatz zu mir. Weil ich meine Gabe nicht steuern kann und bis eben Zweifel ihre Klauen in mich geschlagen hatten. In Form der Frage, was geschehen muss, damit er versucht, mich umzubringen.

Doch die Vision hat nie davon gehandelt, dass er mich töten wollte. Sie hat mir gezeigt, dass er mich rettet.

Brian schwankt neben mir und Kaya packt seine Schultern.

»Konzentrier dich!« Der Befehlston ist … überraschend. Kein Raum für Diskussion.

Nach und nach wird Nathaniels Atmung weniger gepresst und das Rasseln darin verschwindet. Das ist ein gutes Zeichen, oder?

Vorsichtig lege ich ihm eine Hand an seine Wange. Es ist mir egal, dass ich etwas sehen könnte. Alles, was ich will, ist, sicherzustellen, dass er lebt. Und bei ihm sein.

Kalter Schweiß steht ihm im Gesicht, doch sobald ich ihn berühre, sieht er auf. Seine grünen Iriden sind dumpf. Da ist nicht das Strahlen, das sie normalerweise füllt.

»Wenn du auch nur daran denkst, jetzt aufzugeben«, drohe ich ihm, »werde ich dich im Jenseits so was von verfolgen. Du hast keine ruhige Minute, das schwöre ich dir! Ich werde bis in alle Ewigkeit mit Blumengirlanden hinter dir herlaufen und dir Penisbilder in verschiedensten Varianten auf die Stirn malen, während du schläfst. Falls man im Jenseits schläft.«

Er lächelt. Schwach, aber es ist da. »Sag bloß, du machst dir ernsthafte Sorgen um mich.«

Vielleicht ist es mein Wunschdenken, aber ich habe das Gefühl, seine Stimme wird wieder fester. »Es wäre verdammt unangenehm, der gesamten Magier-High-Society erklären zu müssen, weshalb ich allein aus den Flitterwochen zurückkomme.«

»Das Erbe würde es mit Sicherheit erträglich machen.«

»Das interessiert mich einen Scheiß!«

Seine Hand legt sich über meine. Blut klebt daran, aber auch das ist mir egal. »Ich weiß.«

Brian stöhnt, sackt in sich zusammen und murmelt: »Sorry, Bro. Das war's.«

Kaya hockt sich neben mich, streicht sacht über Brians Arm, dann hebt sie den ruinierten Bademantel an.

Die Wunde hat sich nicht komplett geschlossen und noch immer kommt ein dünnes Rinnsal Blut heraus, aber nicht mehr die Flut von vor wenigen Minuten.

»Die Lunge hatte einen Schaden«, erklärt Nates Retter atemlos. »Das war die Priorität. Und das Blut im Bauchraum. Sorry, Kumpel, kein Sport für dich in nächster Zeit.«

»Was bist du, ein verdammter Arzt?«

Brian grinst. »Rettungssanitäter. Aber in diesem Fall ist es logischer Menschenverstand, wenn man sich das Ausmaß deiner Verletzungen anschaut. Oder sie mit Magie spürt.«

»Wir sollten es desinfizieren und verbinden«, unterbricht Kaya die sich anbahnende Diskussion, dann wandern ihre Augen über mich. »Tief atmen, Hailey. Das hilft gegen den Schock. Ich hole einen Verbandskasten, dann müssen wir uns überlegen, was wir mit dem da machen.« Sie nickt mit dem Kopf in Richtung des Toten, und ich bemerke das Zittern, das mich erfasst.

Und die Kälte.

Nate lehnt den Kopf ans Bett und beobachtet Kaya. Offenbar geht es ihm wirklich besser. »Du machst so was nicht zum ersten Mal.«

Sie schüttelt den Kopf. »Frag besser nicht.«

Er zieht die Augenbrauen in die Höhe, bleibt jedoch still. Seine blutigen Finger verflechten sich mit meinen. »Dir geht es wirklich gut?«

Ich nicke, auch wenn ich das Gefühl habe, mich jeden Augenblick übergeben zu müssen. Aber immerhin hatte ich kein Messer zwischen den Rippen.

Kaya verschwindet, und Stille legt sich über uns, nur unterbrochen von Brians noch immer schweren Atemzügen. Dann, endlich, höre ich die Zimmertür und Kayas flinke Schritte, bevor sie mit einem Verbandskasten unter dem Arm und einer Flasche Scotch in der Hand zurückkehrt.

»Wenigstens liegen unsere Zimmer nicht allzu weit voneinander entfernt«, murmelt sie leicht außer Puste. »Und ein Glück, dass Brian immer einen Notfallkoffer packt.«

Dann reicht sie mir die Flasche Alkohol.

»Meinst du nicht, da ist besseres Desinfektionsmittel drin?«, frage ich und deute auf die Tasche mit dem roten Kreuz darauf.

Sie grinst. »Der Scotch ist für uns. Für dich, um ganz genau zu sein. Du bist noch weißer als unser lieber Nathaniel hier.« Während sie spricht, öffnet sie die Flasche und reicht sie mir. »Drei Schluck mindestens. Glaub mir, es wirkt Wunder.«

Der Alkohol brennt in meiner Kehle, hinunter bis in den Magen. Doch sie hat recht. Allmählich höre ich auf zu zittern, und selbst die Übelkeit wird weniger.

Ohne ein Wort nimmt Brian mir das Getränk ab, setzt an und trinkt ebenfalls. »Schätze, wir vier schwänzen heute das Abendessen.«

»So ein Pech«, murmelt Nate neben mir.

Kapitel 29

Nathaniel

»Also, wer von euch zwei Zuckerschnecken verrät mir jetzt, was hier passiert ist?«, fragt Kaya mit in die Hüften gestemmten Händen. Dann legt sie den Kopf schief und mustert unsere Fensterfront. »Schicke Suite übrigens.«

»Die hätten wir auch fast bekommen«, sagt Brian. »Aber Nathaniels Mom war schneller. Sie hatte die Suite bereits reserviert, als meine Mom angerufen hat.«

»Aw, deine Mom hätte uns das hier reserviert? Sie ist so ein Schatz!«

»Nein, sie ist einfach nur fast so vernarrt in dich, wie ich es bin. Du bist eben großartig. Dich kann man nur lieben.«

»Ihr zwei seid widerlich«, murmle ich.

Kaya hebt drohend einen Zeigefinger. »Nur weil mein Kerl sich nicht zu fein ist, ein bisschen Liebe zu zeigen, heißt das noch *lange* nicht, dass irgendetwas mit ihm verkehrt wäre, Mr Levergne. Emotionen sind menschlich und damit auch sehr männlich. Frauen stehen auf so was. Merk dir das!«

Ich hebe abwehrend eine Hand. »Ist notiert«, krächze ich. Schätze, nur weil glücklicherweise ein Heiler hereinmarschiert ist, nachdem ich mir ein Messer zwischen die Rippen habe rammen lassen, muss ich nicht glauben, dass ich plötzlich wundersam geheilt wäre. Wo ist eigentlich diese Scotchflasche?

Ich strecke meine Hand danach aus, aber Kaya gibt mir einen Klaps auf die Finger. »Nichts da, du wirst erst mal hübsch ein paar Schmerzmittel nehmen. Ohne Alkohol. Außerdem will ich immer noch wissen, was hier passiert ist!«

Ich sehe zu Hailey hinüber, die kreidebleich am Bett lehnt und auf den Leichnam starrt. Schätze, so bald wird sie sich von dem Anblick nicht erholen.

»Ich habe keine Ahnung«, flüstert sie. »Ich habe mich hingelegt … und bin davon aufgewacht, dass ich keine Luft mehr bekommen habe.«

Kaya schnalzt mit der Zunge. »Im Schlaf. Was für ein feiges Arschloch.«

»Was wollte er?«, fragt Brian mit verschränkten Armen.

»Das wird er uns nicht mehr erzählen«, erwidere ich.

Kaya deutet auf seinen Mund. »Zyankali?«

Ich nicke.

»Das machen doch nur noch die Idioten von der Agency.«

Die Idioten von der Agency, genau. Idioten wie ich. Ich besitze eine Halskette, einen Kugelschreiber und ein Halsbonbon mit Zyankalikapseln. Gehört zu meinem Notfallkit für Spezialaufträge, von denen ich entweder als Sieger oder überhaupt nicht zurückzukehren habe. Ein Kit liegt in meinem Auto, das andere gammelt in meiner Reisetasche.

»Für wen arbeitest du?«, frage ich Kaya.

»Magic Forces, Special Corps, Scharfschützin. Du?«

Sie ist Soldatin im Dienst der Magischen Regierung. Interessant. »Bodycount?«

»Siebzehn. Und mit jedem Einsatz wird's mindestens einer mehr …« Sie grinst selbstzufrieden. »Und du schuldest mir noch eine Antwort. Ich sehe hier nämlich kein zweites Messer. Was bedeutet, mein Herzchen, dass du dir das selbst herausgezogen hast. Und so was Bescheuertes macht nur jemand mit Suizidverlangen oder sehr explizitem Training. Aber dein hübsches Gesicht hätte ich mir sicher gemerkt, wenn es mir bei den Special Forces mal begegnet wäre … Also?«

»Agency.«

Sie lacht. »Wusste ich es doch.«

»Siehst du, vorhin hast du dich noch beschwert, dass ich ihn hübsch genannt habe. Aber heimlich stimmst du mir zu!«

Kaya kichert und tippt Brian auf die Nasenspitze. »Dein Gesicht ist viel sexyer. Ich steh auf die gebrochene und wieder gerichtete Nase. Das ist so heiß.«

»Hört bitte damit auf, das in meiner Gegenwart zu tun, ehrlich …«, jammere ich. Ich ertrage dieses rosarote Gesülze nur maximal fünf Minuten am Tag. Und die waren heute schon auf der Kutschfahrt rum.

»Du hast deiner Herzensdame gerade ganz selbstlos das Leben gerettet und wärst dabei fast selbst draufgegangen, Nathaniel. Ich fürchte, du bist nicht in der Position, hier irgendwem den Sinn für Romantik abzusprechen«, erwidert Kaya zuckersüß.

»Ja, bestimmt empfindet Hailey es als hochromantisch, dass ich jemanden vor ihren Augen umgebracht hätte, wenn er mir nicht zuvorgekommen wäre«, brumme ich.

Hailey verzieht das Gesicht. »Ja. Irgendwie hatte ich mir deinen Job attraktiver vorgestellt. Weniger … das da.« Sie deutet auf den Leichnam.

Ich muss lachen. Was bedauerlicherweise wehtut, weswegen ich es sofort einstelle. »Tut mir wirklich leid, dass mein Job weniger sexy ist als gedacht.«

»Ging es vielleicht gar nicht um Hailey?«, wirft Brian ein.

Ich schüttle den Kopf. »Es ging definitiv um Hailey. Wenn man mich hätte umbringen wollen, hätte man das versucht. Kollateralschäden auf fremdem Staatsgebiet sind nicht gut für die Diplomatie. Was mich dazu bringt, dass wir diesen Freund hier am besten gut verstauen. Meeresgrund halte ich für eine valide Option. Er hatte einen amerikanischen Akzent, die Schotten werden ihn also höchstwahrscheinlich nicht vermissen.«

Brian zuckt mit den Schultern. »Wir könnten uns eine Jacht mieten. Zu viert. Wir wickeln ihn in einen Teppich ein und …«

Ich schnaube. »Teppiche sind so was von 1985.«

Kaya verdreht die Augen. »Dann nehmen wir einen Koffer und meine Taucherausrüstung mit. Da wird niemand nachfragen.«

»Prima«, murmle ich. »Dann lasst uns anfangen.«

* * *

Es ist nicht schwer gewesen, spontan eine Jacht zu bekommen. Lediglich die Tatsache, dass es weit und breit nur diesen einen Hafen gibt, bereitet mir etwas Sorge. Wir vier sind nicht gerade unauffällig. Es wäre leicht, sich an uns zu erinnern. Und George hat mir vor wenigen Stunden noch selbst den Vorschlag gemacht, eine Jacht für uns anzumieten … Das Telefonat mit ihm lässt mich nicht los. Aber das ist ein Thema, um das ich mich später kümmern muss.

»Wie geht es dir?«, flüstere ich Hailey zu, während wir aus dem kleinen Hafen auslaufen.

Brian und Kaya haben sich um die Tatortreinigung und den Abtransport des Leichnams gekümmert, während ich die Anmietung der Jacht übernommen und Ethan ein Foto des Toten geschickt habe. Irgendwie kommt mir der Kerl bekannt vor, aber ich kann nicht sagen, woher.

»So gut, wie es einem eben geht, nachdem jemand versucht hat, einen umzubringen. Und dann beinahe deinen Mann getötet hat und anschließend sich selbst.« Hailey verstummt und starrt weiter auf den Ozean hinaus.

»Tut mir leid, dass du das sehen musstest.«

»Na ja, für dich ist das alles hier Routine, oder?«, fragt sie, dreht den Kopf und sieht mich einen Augenblick lang an. Es liegt kein Urteil in ihrer Miene. Eher eine skurrile Mischung aus Unglauben und erzwungener Bodenständigkeit.

»Routine nicht, nein. Ich hatte bisher das Glück, dass mein Job mich nie in unmittelbare Lebensgefahr gebracht hat. Aber …« Ich stütze meine Unterarme auf die Reling und folge Haileys Blick hinaus auf die dunklen Wellen. »Ich habe vor zwei Jahren meinen besten Freund verloren. Seitdem … ist es anders. Die Gefahr ist realer.«

»Was ist passiert?«

»Ich weiß es nicht. Er war auf einer Mission in Kanada und ist nicht zurückgekehrt. Offiziell ein Unfall. Gabriel konnte Gas kontrollieren, die meisten seiner Aufträge waren gezielte Bewusstlosigkeit oder Explosionen. Angeblich soll er sich gemeinsam mit der Zielperson in die Luft gejagt haben. Ich halte das für Unsinn. Dazu war er viel zu gut. Aber bevor ich nicht die Autorität habe, die Akten selbst einzusehen, muss ich diese Version wohl oder übel hinnehmen.«

»Das tut mir leid.«

»Sorry. War ein dummer Zeitpunkt, um dir davon zu erzählen. Ich wollte dir nicht noch mehr Angst einjagen, als du ohnehin schon hast. Wir werden rausfinden, was passiert ist. Wenn du möchtest, können wir den nächsten Flieger zurück in die Staaten nehmen. Die Agency hat dort mehrere Schutzhäuser, deren Adresse nur sehr wenige Menschen kennen.« George nicht eingeschlossen …

Doch Hailey schüttelt heftig den Kopf. »Nein. Nein, nein, du darfst niemandem sagen, was passiert ist, hörst du? Auf gar keinen Fall!«

Ich strecke eine Hand nach ihr aus, ziehe sie aber zurück, als mir bewusst wird, dass ich sie damit im Moment womöglich noch weiter verunsichere. »Beruhige dich. Ich werde nichts tun, was du nicht möchtest. Ich habe dir in Washington schon gesagt, dass du bei mir sicher bist. Und jetzt werde ich definitiv alles daransetzen, dass es dabei bleibt.«

»Okay.« Sie nickt langsam, beißt sich auf die Unterlippe und fragt: »Müssen wir … können wir das Zimmer wechseln? Ich weiß nicht, ob ich noch einmal in diesem Bett werde einschlafen können.«

»Natürlich, ich rufe gleich im Hotel an. Für heute Nacht wäre es vielleicht ohnehin besser, wenn wir auf der Jacht blieben. Unten gibt es drei Schlafräume. Wenn Kaya und Brian einen nehmen, sind noch immer zwei Kojen frei.«

»Lass mich einfach nicht allein, okay? Versprich mir das.«

»Ich lasse dich nicht allein. Du hast mich. Du hast Kaya und Brian. Und wenn wir erst herausgefunden haben, was hier passiert, ist das alles schnell wieder vorbei, verstanden?«

Sie erwidert meinen Blick. Und plötzlich bin ich mir nicht mehr sicher, wer hier eigentlich wem ins Gewissen redet. »Nate, glaubst du, das hier hat irgendetwas mit dem zu tun, was ich gesehen habe? Über … den Kronprinzen?«

Dieser Gedanke ist mir auch schon gekommen. Aber ich bin noch nicht bereit … »Ist es möglich, dass du die Vision missverstanden hast? Immerhin ist das bei mir auch passiert, oder nicht? Du hast nicht gesehen, wie *ich* dich töte. Was, wenn George helfen wollte, anstatt …«

Sie schüttelt heftig den Kopf, greift nach meinen Unterarmen und hält mich fest. »Nein. Nein, du musst mir glauben, Nate, ich …«

»Ist gut. Ist schon gut. Ich glaube dir. Und ich werde George nichts hiervon erzählen. Versprochen.« Aushorchen werde ich ihn heute Abend allerdings trotzdem. Der Zufall, dass er mich ausgerechnet anruft, während ein ausgebildeter Killer ins Schlafzimmer meiner Frau eindringt, schmeckt mir ein bisschen zu bitter auf der Zunge.

Sie nickt. »Gut. Das ist gut. Und du musst mir bei etwas anderem helfen.«

Ich hebe die Augenbrauen. »Ah ja?«

»Deine Fähigkeiten … wie genau … hast du gelernt, sie zu … ich weiß nicht, wahrzunehmen? Ich glaube, es würde helfen, beim nächsten Mal zu erkennen, dass du mir helfen wirst. Anstatt zu glauben, dass du mich umbringen willst.«

Ich muss lachen.

Und sie blinzelt mich irritiert an. »Das findest du jetzt witzig?«

»Schon. Irgendwie. Aber ich kann dich dabei unterstützen, deine Fähigkeiten besser zu kontrollieren. Ich glaube, das ist ein sehr guter Ansatz. Allerdings erst morgen, wenn das in Ordnung für dich ist. Ich glaube, ich sollte mich ein bisschen hinlegen.« Genau genommen fühle ich mich total erschlagen. Das Einzige, was mich so lange auf den Beinen gehalten hat, waren der Adrenalinkick und meine Sorge um Hailey. Beides ist dankenswerterweise abgeflaut.

Sie nickt hastig. »Du musst vollkommen erschöpft sein.«

»Es geht schon. Aber es wäre sicher hilfreich, wieder ein paar funktionierende Gehirnzellen zu haben, bevor ich weiterhin Unsinn von mir gebe.« Ich wende mich in Richtung Kabinen, aber Haileys Griff hält mich zurück.

»Ich komme mit. Wenn du nichts dagegen hast.«

»Wieso sollte ich etwas dagegen haben?«

»Ich weiß nicht?«

»Ich auch nicht«, murmle ich. Dann kommt mir Kayas Ermahnung in den Sinn. Vielleicht täte es Hailey gut, ein wenig Einblick in meine emotionale Kulisse zu bekommen. Auch wenn das normalerweise nicht meine Art ist. Ich drehe mich noch einmal zu ihr um und sage: »Schätze, es würde mir guttun, nach dem ganzen Mist nicht allein einschlafen zu müssen.«

Auf Haileys Lippen breitet sich ein Lächeln aus. Und ich leide binnen einer Sekunde plötzlich an akuter Seekrankheit. Fuck! Allmählich entwickle ich eine ernsthafte Schwäche für diese Frau.

Kapitel 30

Hailey

Auf dem Weg unter Deck legen wir einen kleinen Zwischenstopp bei Brian und Kaya ein.

»Könnt ihr das Boot für eine Weile allein steuern?«, erkundigt sich Nate.

»Klar, hau dich hin«, flötet Kaya und zwinkert mir zu. »Nach dieser Rettungsaktion würde ich auch jede Menge Zeit allein mit meinem Mann verbringen wollen.«

»Sag Bescheid, wenn wir unseren Freund auf Tauchgang schicken.«

»Aye.« Kaya salutiert, dann fährt sie fort, Brian verschiedene Messgeräte zu erklären, die in der kleinen Steuerkabine angebracht sind.

Nate führt uns ins Innere, das deutlich größer ist, als es zuerst den Anschein hatte. Eine Sitzbank bietet genug Platz für mindestens sechs Personen, es gibt eine kleine Kochnische und direkt daneben ein Bad.

Dorthin verschwinde ich, bevor ich mich in die untere Etage begebe, und wasche mir zum mindestens zehnten Mal Gesicht und Hände. Noch immer habe ich das Gefühl, dass Blut an meinen Fingern klebt.

Nates Blut.

Und wenn Kaya und Brian nicht gekommen wären …

Schnell schiebe ich den Gedanken beiseite. Sie sind gekommen. Waren rechtzeitig da und konnten ihn heilen.

Himmel, seine Lunge war verletzt! Selbst ohne den blassesten Schimmer von Medizin zu haben, ist mir bewusst, dass er in Lebensgefahr geschwebt hat.

Kaya hat die Zügel in die Hand genommen, nachdem wir einen groben Plan geschmiedet hatten. Ihr allein habe ich es zu verdanken, dass ich einen Rucksack mit frischer Unterwäsche, meiner Zahnbürste und anderen Alltagsgegenständen dabeihabe, an die ich ohne sie nie gedacht hätte. Außerdem hängt die Kette meiner Vorfahrin noch immer als beruhigendes Gewicht um meinen Hals, versteckt unter dem Hoodie, den ich mir in der Eile übergezogen habe.

Vielleicht erklärt Nate mir später, was es mit dem Attentäter auf sich hat und woher er wusste, dass ich in Gefahr schwebte. Ich habe so viele Fragen.

In einer Sache bin ich mir jedoch sicher. Irgendwie hat George Heart seine Finger im Spiel, ob Nate mir nun glaubt oder nicht.

Immerhin hat Kaya es ebenfalls gesagt. Die Agency arbeitet mit Zyankali.

Wieder blitzt das Bild des Toten vor mir auf, und ich muss mehrmals tief durchatmen, um die Übelkeit zurückzudrängen.

Ob Nate so was ebenfalls bei sich trägt?

Nachdem ich mir die Haare gekämmt und die Zähne geputzt habe, steige ich die schmale Treppe hinunter. Eine Tür zu meiner Rechten ist nur angelehnt, und im Raum dahinter erkenne ich ihn.

Nate sitzt auf dem Bett, doch kaum dass ich die Tür öffne, hebt er den Blick und betrachtet mich.

Mein Körper wusste es. Trotz der Vision oder gerade deshalb. Mein Körper wusste, dass ich bei ihm sicher bin.

Langsam, damit er jeden einzelnen Schritt versteht, gehe ich auf ihn zu, greife nach dem Saum seines Oberteils und schiebe es nach oben.

Wie in Trance hebt er die Arme, verzieht jedoch das Gesicht. »Shit.«

»Tut mir leid.«

»Nein, Hailey. Fuck! Entschuldige dich niemals, wenn du mich ausziehst. Das ist nur ein unbedeutender Kratzer an meiner Seite. Egal, was du vorhast, lass dich von dem nicht aufhalten.«

Ein nervöses Kichern bahnt sich seinen Weg, doch jetzt ist nicht der Moment.

Ich hätte ihn fast verloren. Allein der Gedanke schnürt mir den Hals zu.

Vorsichtig befreie ich ihn aus dem Kleidungsstück, strecke die Hand aus und halte inne, kurz bevor ich ihn berühre. Warte auf irgendein Anzeichen, aber nichts geschieht.

Also überwinde ich die letzten Inches, fahre mit den Fingern über seine Wange, seinen Hals entlang und bis zu seinem Schlüsselbein.

Keine Vision stört den Moment.

Ich könnte schwören, dass sein Atem eine Spur schneller geht, als ich mich vorbeuge und sacht meine Lippen auf seine lege. Für einen Moment hält er unter mir vollkommen still, dann streicht er mir eine lose Strähne hinter das Ohr, vergräbt seine Finger in meinen Haaren und zieht mich näher.

Vielleicht ist das hier der vollkommen falsche Zeitpunkt, doch es interessiert mich nicht. Seinen Herzschlag unter meiner Hand zu spüren, seine Wärme um mich zu wissen und das leise Geräusch der Überraschung zu hören, das er ausstößt … all das ist essenziell.

Sein Mund öffnet sich, gleichzeitig Einladung und Frage. Meine Antwort folgt von ganz allein, und als seine Zunge meine streift, entkommt mir ebenfalls ein kleiner Seufzer.

Augenblicklich zieht er mich noch näher, bis mir nichts anderes übrig bleibt, als auf seinen Schoß zu krabbeln und …

Scharf zieht er die Luft ein.

»Oh Gott, Entschuldigung.« Sofort springe ich auf und bringe Abstand zwischen uns. »Das war eine doofe Idee. Mit deiner Wunde und allem, meine ich. Wir sollten warten. Mit Küssen. Und … dem Rest.«

Schneller als ich in der Lage bin, zu gucken, packt er mein Handgelenk und zieht mich neben sich aufs Bett. »Scheiß auf die Wunde«, grollt er.

Ich muss lachen. »Wir sind sowieso hierhergekommen, um zu schlafen.« Er sieht so aus, als würde er mir tatsächlich widersprechen wollen, also gebe ich ihm einen weiteren, schnellen Kuss und krabble dann unter die Bettdecke. »Außerdem hätte ich gern ein bisschen Privatsphäre, wenn wir … mehr machen.«

»Du meinst, wenn ich dir einen Orgasmus nach dem anderen verschaffe und du meinen Namen schreist, möchtest du lieber kein Publikum haben?«

Alles wird heiß. Mein Gesicht, mein Körper, aber ganz besonders der Bereich zwischen meinen Beinen scheint diese Idee ganz hervorragend zu finden.

»Da ist jemand sehr überzeugt von seinen Fähigkeiten«, krächze ich.

»Bald wirst du es auch sein.« Endlich legt er sich ebenfalls hin, hebt einladend den Arm und ich schlüpfe darunter.

Seine nackte Brust streift meine Schultern, meinen Rücken, und ich kann einen Schauer nicht unterdrücken.

»Alles okay?«, flüstert er.

»Es ist einfach … Keine Ahnung. Ich schätze, ich bin es so gewohnt, nie berührt zu werden, dass ich erst jetzt merke, was ich eigentlich aufgegeben habe.«

»Wir haben uns heute mehrmals berührt«, merkt er an. »Und du hattest keine Vision. Solltest du doch eine haben, bin ich bei dir. Jeden Schritt hinein und wieder heraus. Dir passiert nichts.«

Das Bild von ihm, als er mir das Kissen vom Gesicht genommen hat, taucht erneut vor meinem inneren Auge auf. Als er mich gerettet hat. Und fast dabei gestorben wäre.

Ich drehe mich, bis ich ihn anschauen kann. Sein zweiter Arm dient ihm als Unterlage, und er beobachtet mich unter schweren Lidern hervor. Himmel, wir sollten wirklich schlafen.

Trotzdem lasse ich meine Finger behutsam über den Verband wandern, immer darauf bedacht, seine Wunde nicht versehentlich zu berühren. »Es tut mir wirklich leid, dass ich das Schlimmste von dir gedacht habe.« Gegen die Tränen kann ich nichts tun, sie sammeln sich einfach und fließen über. »Es tut mir leid, dass du meinetwegen fast gestorben wärst.«

»Bin ich aber nicht.« Er gibt mir einen Kuss auf die Stirn, und seine Stimme ist gleichzeitig beruhigend und fest. »Alles ist gut, Hailey. Nichts hiervon ist deine Schuld, hörst du? Wir hängen da jetzt zusammen drin. Du musst nicht mehr alles mit dir allein ausmachen.«

Vorsichtig lege ich einen Arm um seinen nackten Oberkörper und kann die Muskeln auf seinem Rücken spüren.

Eine ganze Weile bleiben wir einfach so liegen, bis seine Atmung tiefer wird. Gleichmäßiger.

»Du bist auch nicht allein«, flüstere ich und habe keine Ahnung, ob er mich hört.

* * *

Im Rumpf des Schiffes ist es laut. Wellen schlagen gegen die Wand, und das dumpfe Dröhnen des Motors ist ein ständiger Begleiter.

Was mich jedoch nachhaltig weckt, ist, dass kein warmer, muskulöser Körper mehr neben mir liegt.

Nate ist nicht mehr hier. Und mein Brustkorb zieht sich schmerzhaft zusammen.

Geht es ihm gut?

Hat seine Wunde sich erneut geöffnet?

Musste Brian wieder Sofortmaßnahmen ergreifen?

Innerhalb von Sekunden springe ich aus dem Bett, renne, nur mit einem großen Shirt und lockeren Schlafhosen bekleidet, die Treppe hinauf und trete in das schillernde Licht der Sonne.

Es geht ihm gut.

Gemeinsam mit Kaya steht er an der Reling, und sie lachen über irgendetwas. Anders als bei Melanie verspüre ich allerdings keinen Stich von Eifersucht. Nur Erleichterung, dass mein Panikschub umsonst war.

Kaum eine halbe Sekunde später bemerkt er mich und kommt mit großen Schritten auf mich zu. »Alles okay?«

»Ich habe nur … Du warst nicht im Bett.« Gott, das klingt so dumm.

Vorsichtig streckt er die Hand aus, hält kurz inne und wartet ab, wie ich reagiere. Als ich nicht zurückschrecke, schiebt er mir eine Haarsträhne hinters Ohr. »Du hast dir Sorgen gemacht.«

Wäre da nicht das selbstgefällige Grinsen, hätte ich mich an ihn geschmiegt. Aber er genießt das hier viel zu sehr.

»Vor allem wollte ich sichergehen, dass die anderen zwei dich nicht über Bord geworfen haben, so charmant, wie du bist.«

»Sie können es gern versuchen.«

»Vorsicht mit dem, was du dir wünschst, Levergne«, zwitschert Kaya fröhlich, und ich muss lachen.

Heute ist die See weitaus unruhiger, als es gestern der Fall war, und eine Welle lässt mich taumeln.

Sofort hält Nate mich fest.

»Immer eine Hand am Boot, Hailey«, weist er mich an. »Du musst dich zu jeder Zeit festhalten können. Gibt es hier keine Schwimmwesten?«

»Ihr habt keine Schwimmwesten an«, murre ich, umklammere jedoch mit einer Hand die Reling. »Wie geht es jetzt weiter?«

»Du steckst diese ganze Sache ziemlich gut weg«, schaltet Kaya sich wieder ein und grinst. »Andere würden an deiner Stelle weinend in einer Ecke sitzen.«

»Weinen hilft aber niemandem«, erwidere ich weitaus mutiger, als ich mich tatsächlich fühle. Eigentlich würde ich mich wirklich gern irgendwo zu einer kleinen Kugel zusammenrollen und für eine Weile einfach nur atmen.

»Stimmt.« Sie kaut nachdenklich auf ihrer Unterlippe. »Mittlerweile sind wir in internationalen Gewässern. Wenn wir unsere Fracht versenken wollen, sollten wir es jetzt tun. Auch, weil ich dem Wetter nicht traue. Das Boot ist zwar hochseetauglich, aber in einen Sturm möchte ich mit dieser Nussschale trotzdem nicht geraten.«

»Kann ich dir und Brian diese Aufgabe überlassen?«, fragt Nate. »Hailey und ich haben noch ein paar Dinge zu tun.«

»Selbstverständlich.« Kaya wackelt mit den Augenbrauen. »Da wünsche ich euch viel Spaß.«

Er verdreht die Augen, grinst jedoch, während er meine Hand nimmt und mich zurück unter Deck führt. Immerhin muss ich dank ihm nicht dabei zuschauen, wie eine Leiche im Meer verschwindet. Leonardo DiCaprio im Atlantik versinken zu sehen, reicht mir an Erfahrung in diesem Bereich.

»Was genau haben wir vor?« Skepsis und Neugierde streiten in mir um die Oberhand. Zusammen mit einem plötzlichen Schwall Hitze bei dem Gedanken, mit Nate allein zu sein.

»An was du wieder denkst.« Er tippt mir auf die Nase, schließt die Kabinentür hinter uns, geht zum Bett und setzt sich ans Fußende. »Wolltest du nicht deine Fähigkeiten trainieren?«

»Oh.« Die Enttäuschung in meiner Stimme ist vermutlich unüberhörbar. Um ihm nicht zu zeigen, wie weit meine Gedanken von seiner Intention entfernt waren, sage ich schnell: »Du willst im Bett trainieren?«

»Mir gefällt deine Ungeduld, aber wir sollten uns zuerst um deine Kräfte kümmern.« Mit einem halben Grinsen zwinkert er mir zu. »Keine Sorge, der Rest kommt noch.«

Für einen winzigen Moment schaue ich mich ernsthaft nach einem Türrahmen um, gegen den ich meinen Kopf rammen kann. Mit etwas Glück werde ich ohnmächtig.

Stattdessen setze ich mich ihm mit glühenden Wangen gegenüber.

Er wird ernst. »Mach die Augen zu. Ich möchte, dass du mir ganz genau erklärst, was bei einer Vision passiert.«

Zwar tue ich wie geheißen, habe aber keinen blassen Schimmer, wie genau ich die Frage beantworten soll. »Ich sehe Dinge.«

»Danke, so weit war ich auch. Was passiert vorher? Gibt es Warnzeichen? Wie fühlt sich dein Körper an, dein Geist?«

»Du klingst wie ein Meditationsguru.«

»Hailey«, knurrt er. »Ich meine das ernst.«

»Ich auch.« Ich blinzle und muss bei seinem Gesichtsausdruck laut lachen. »Entschuldige, aber es ist einfach zu schön, zur Abwechslung mal dich aufzuziehen.«

»Haha.«

»Gut, es ist aus meinem System raus, wir können jetzt anfangen.« Als ich diesmal die Augen schließe, versuche ich wirklich, mich zu erinnern. Leider ist alles, was ich sehe, Nates schmerzverzerrtes Gesicht. Das Blut. Den fremden Mann mit Schaum vor seinem Mund, der leblos an die Decke starrt.

Kopfschüttelnd versuche ich es erneut. »Es ist immer … Da ist immer Unruhe. Aber ich kann sie nie greifen. Und oft spüre ich direkt vor einer Berührung, die eine Vision auslöst, ein Kribbeln in den Fingerspitzen.«

»Wo kommt das her?«

»Keine Ahnung.«

»Gib mir deine Hand«, fordert er. »Berühr mich und versuch, dieses Gefühl zu finden.«

Kaum dass ich seine Haut berühre, kribbelt mein ganzer Körper. Allerdings ist es keine sich anbahnende Vision, sondern schlicht und einfach Nate. Seine Nähe. Sein Geruch. Die Tatsache, dass ich ihn berühre. Dass er lebt!

Mich in diesem Zustand auf eine Vision konzentrieren zu wollen, ist utopisch. Ganz davon abgesehen, dass alles, woran ich denken kann, der Kuss ist, den wir gestern Abend geteilt haben.

»Das wird nicht funktionieren«, murmle ich.

»Du kannst nicht erwarten, es direkt beim ersten Versuch zu schaffen«, erwidert er ruhig. »Gib dir ein bisschen Zeit.«

Doch Zeit ist nicht das Problem. Nein, das Problem ist, dass ich jetzt endlich weiß, dass ich ihn anfassen kann, ihn küssen kann, und mich währenddessen auf Visionen zu konzentrieren, ist das Letzte, was ich tun will.

Also verschränke ich meine Finger mit seinen und sehe ihm geradewegs in die Augen.

»Geht es dir besser? Deiner Wunde, meine ich?«

Er zieht die Augenbrauen in die Höhe. »Brian hat heute noch einmal daran gearbeitet. Also ja, es geht mir hervorragend«, murmelt er mit fragendem Unterton.

»Ich weiß, wir wollen warten.« Wir sitzen im Schneidersitz voreinander. So nah, dass unsere Knie sich berühren, aber um ihm ganz genau zu zeigen, was ich will, richte ich mich ein Stück auf und klettere, wie bereits gestern, auf seinen Schoß. Diesmal zuckt er nicht vor Schmerzen zusammen. Stattdessen legt er einen Arm um mich und zieht mich näher. Das Schaukeln der Wellen presst mich noch dichter an ihn, und mein Magen macht mehrere Saltos.

Doch ich bin noch nicht fertig mit meiner Ansprache. »Meinetwegen können wir warten. Aber jetzt gerade möchte ich meinen Ehemann endlich küssen. Ohne Angst. Und ohne Zurückhaltung.«

Seine grünen Iriden funkeln, und seine Hand wandert meine Wirbelsäule herauf bis in meinen Nacken. Dort beginnt er, Kreise mit dem Daumen zu ziehen, während er sich vorbeugt, bis wir uns die Luft zum Atmen teilen. »Wer wäre ich, meiner Frau diese Bitte abzuschlagen?«

Es ist nicht einmal eine bewusste Entscheidung, die Distanz zwischen uns zu überwinden und meine Lippen gegen seine zu pressen, sondern geschieht von ganz allein.

Dieser Kuss hat nicht die Finesse, die unsere vorherigen hatten. Kein cleveres Spiel von Zungen, kein vorsichtiges Herantasten.

Scheiß auf Vorsicht!

Ich wäre gestern fast gestorben und Nate ebenfalls. Wenn das kein Grund ist, sein Leben in vollen Zügen zu genießen, dann weiß ich auch nicht.

Irgendwo tief in mir spüre ich genau, was zu tun ist, und Zurückhaltung ist das Letzte, woran ich denke.

Sofort öffnet er sich unter mir, erwidert den hungrigen Vorstoß meiner Lippen, vergräbt seine Finger in meinen Haaren und zieht mich näher.

Die Kabine, die ganze Welt um uns herum verblasst, während seine Zunge mit meiner spielt und ich beginne, mich auf ihm zu wiegen, um diesen Druck in meinem Inneren loszuwerden.

Es gibt nur noch ihn und mich und die innere Stimme, die mir zuflüstert, wie verdammt knapp ich davor war, ihn zu verlieren, bevor ich ihn überhaupt richtig kennengelernt habe.

Sanft beißt er mir in die Unterlippe, knabbert daran, und die Empfindung schießt wie ein Blitz durch meinen Körper, direkt in meinen Unterleib. Den leisen Seufzer, der folgt, kann ich nicht aufhalten.

Ohne Vorwarnung dreht sich meine Welt, sein Gewicht presst mich schwer in die Matratze und er liegt auf mir. Ich drücke mich hoch, gegen ihn, schlinge ein Bein um seine Hüfte und wünschte, dass unsere Kleidung hier und jetzt in Flammen aufgehen möge. Hauptsache, sie ist keine Barriere mehr.

Als müsste ich all die Jahre, die ich keinerlei Körperkontakt zugelassen habe, jetzt nachholen. Mit ihm.

Er scheint ebenso verloren in dem Strudel aus Verlangen, wie ich es bin. Eine Hand schiebt sich unter mein Oberteil, fährt meine Seite hinauf, und überall, wo ich ihn spüre, breitet sich Gänsehaut aus.

Plötzlich liegen seine Lippen auf meinem Hals, dann an meinem Schlüsselbein, ein Finger gleitet am Kragen meines Shirts entlang und schiebt ihn hinunter, dicht gefolgt von seinem Mund.

»Zieh es aus«, bringe ich irgendwie hervor. Keine Ahnung, wie ich es schaffe, Worte zu formen, doch er zögert keine Sekunde, richtet sich auf und zieht mir den vermaledeiten Stoff über den Kopf.

Nur, um plötzlich innezuhalten. Lange genug, dass sich Verunsicherung in meine Lust mischt und ein wenig von dem Nebel in meinem Kopf verschwindet.

Nate betrachtet mich, doch gerade, als ich mich bedecken möchte, streckt er die Hand aus.

»Wunderschön«, murmelt er, räuspert sich und sieht von meinen Brüsten auf. »Darf ich?«

Mehr als ein Nicken bringe ich nicht zustande.

Langsam beugt er sich vor und küsst mich erneut. Sanft, langsam und tief, während er auf Erkundungstour geht.

Alles geschieht gleichzeitig. Seine Fingerspitzen, die hauchzart über die Unterseite meiner Brüste streifen, Kreise ziehen, die immer enger werden und schließlich bei meinen Nippeln innehalten.

Wie von allein fahre ich seine Arme nach, spüre die Muskeln und die Kraft, die in ihm schlummert. All die Kraft – und ich hätte ihn fast verloren.

Also ziehe ich seinen Kopf zu mir, vertiefe erneut den Kuss, bis mir kaum noch Luft zum Atmen bleibt.

»Hailey«, murmelt er, doch ich ersticke die Worte mit weiteren Küssen, und er brummt irgendetwas, das ich nicht hören möchte.

Es war so knapp.

Meine Hand wandert zu seinen Hüften, bis ich sie zwischen uns schieben kann, zu der Beule, die sich deutlich auf seiner Hose abzeichnet.

Er stoppt mich mitten in der Bewegung und richtet sich auf. Diesmal ist sein Blick nicht vor Lust verhangen, sondern klar. Scharf. »Was wird das, Hailey?«

Hitze schießt durch meinen gesamten Körper, aber leider nicht die leidenschaftliche Woge, auf der ich bis eben geritten bin. Nein, das hier ist Scham.

»Möchtest du nicht?« Himmel, habe ich irgendeine Grenze von ihm überschritten, ohne es zu merken? Er hat gefragt, ob er mich berühren darf, warum zum Teufel habe ich nicht dasselbe getan? Hat er nicht ebenso ein Recht darauf wie ich?

Er mustert mich, dann seufzt er. »Natürlich möchte ich. Aber vor allem will ich wissen, ob es dir gut geht.«

»Mir geht es fantastisch!«, erwidere ich sofort. »Mehr als das. Wir leben noch. Das sollten wir feiern. Und ich möchte ganz sicher nicht als Jungfrau sterben, bloß weil ich zu viel Angst hatte, meinem Seelenpartner zu vertrauen.«

Zwar lächelt er, doch es ist ein trauriges Lächeln. »So was habe ich vermutet.«

Sanft schiebt er eine Strähne meiner Haare aus meinem Gesicht, dann richtet er sich vollends auf und klettert von mir hinunter.

»Nate? Was ist los?«

Irgendwie hat sich ein Gewitter in seinen Augen gebildet, und er fährt sich durch die Haare. »Was los ist? Hailey, wenn du mich fragst, ob ich mit dir schlafen will, ist die Antwort: Ja. Ich will dich auf jeder verdammten freien Oberfläche dieses Schiffs durchvögeln. Meinetwegen sollen Kaya und Brian uns dabei zuschauen, wenn sie Freude daran haben, mir egal. Aber was ich nicht will, ist, dass du deine ersten Erfahrungen in diesem Bereich machst, weil du Angst hast.«

»Wir wären gestern fast gestorben!« Plötzlich fühle ich mich nicht mehr kraftvoll, sondern klein und dumm. Schnell ziehe ich mir die Decke bis zum Hals, um wenigstens nicht mehr von der Hüfte aufwärts nackt vor ihm zu sitzen.

»Eben. So eine Erfahrung geht an niemandem spurlos vorbei, und ich will verdammt sein, bevor ich ausnutze, dass du gerade mit einer, wenn nicht sogar mehreren, traumatischen Erfahrungen zurechtkommen musst.«

Mein Blut pulsiert so laut durch mich, dass ich kaum etwas anderes höre.

Was bildet dieser Typ sich eigentlich ein?

Hastig blinzle ich die Tränen, die sich in meinen Augen bilden, zur Seite und greife nach dem Shirt, welches neben mir auf der Matratze liegt. Sobald ich mich wieder angezogen habe, richte ich mich ebenfalls auf.

»Schön, dann lass uns mit dem Training beginnen.«

»Hailey …«, beginnt er, doch ich unterbreche ihn.

»Wenn ich nicht für mich allein entscheiden darf, was ich will und brauche, dann lass uns mit dem verdammten Training beginnen.« Selbst in meinen Ohren klinge ich leicht schrill.

Aber auf keinen Fall werde ich mir anmerken lassen, wie gedemütigt ich mich fühle.

Ohne auf seine Antwort zu warten, ohne darüber nachzudenken, greife ich nach seiner Hand, schließe die Augen und lenke all meine Wut hinein.

Und plötzlich sehe ich es vor mir. So deutlich, als müsste ich nur danach greifen. Goldene Fäden in einem riesigen Teppich. Doch dieses Mal reißen sie mich nicht mit sich wie gierige Tentakel. Nein, sie wabern vor mir wie eine Einladung. Ein Teil ist bereits gewebt. Ein anderer besteht nur aus losen Enden, welche Muster bilden und sofort wieder verschwinden. All die Möglichkeiten, die in der Zukunft liegen, beeinflusst von Tausenden weiteren Ideen und Umständen. Zu viele, um sie alle zu sehen.

Ich habe keine Ahnung, wie ich das geschafft habe, und in diesem Augenblick ist es mir auch egal.

Statt losen Fäden zu folgen, konzentriere ich mich auf einen, der bereits fest eingesponnen ist. Golden flattert er vor mir und bringt den Teil in mir zum Singen, der vor Scham am liebsten im Boden versinken würde. Als würde er mir zuflüstern: Ich weiß, was du fühlst. Ich kenne das.

Ich denke nicht lange darüber nach, sondern greife den Faden und folge ihm bis zu seinem Ursprung, tief in Nates Erinnerungen.

Fast fällt die Vase um, die auf dem Tischchen neben der Haustür steht, und sie ist so schwer. Meine kleinen Hände packen sie, und zum Glück hört sie auf zu wackeln.

Papa schreit, und eigentlich will ich weglaufen, damit er mich nicht findet. Aber Mama weint, und ich will sie trösten.

Vielleicht kann ich mich hinter der Tür verstecken, und dann sieht sie mich und weiß, dass sie nicht allein ist.

So schnell ich kann, renne ich durch das Foyer, lege mich flach neben die Tür und öffne sie einen winzigen Spalt.

»Wozu bist du eigentlich gut, wenn du nicht mal eine Schwangerschaft durchstehen kannst?«, donnert Papa durch den Festsaal, aber ich kann ihn nicht sehen.

Mama kauert auf dem Sofa und krampft sich zusammen.

Tut ihr etwas weh?

»Du bist absolut nutzlos!«, schreit er weiter, und plötzlich treten seine Beine direkt in mein Blickfeld. »Die wievielte ist das jetzt?«

Mama schluchzt auf, antwortet aber nicht. Dabei muss man Papa immer antworten, sonst wird er böse.

»Wie viele?«, brüllt er, und ich halte mir schnell die Ohren zu.

Mama sagt immer noch nichts, aber sie weint auch nicht mehr laut. Nur ihr Körper zittert und ein dunkler Fleck breitet sich immer weiter auf ihrer Hose aus.

Plötzlich fliegt das Sofa, auf dem sie sitzt, durch die Luft, sie wird herumgeschleudert, schlägt gegen die Wand und bleibt reglos liegen.

Alles ist still. Zu still.

Ich möchte zu ihr rennen, aber Papa ist noch immer im Raum, und wenn er weiß, dass ich gelauscht habe, tut er mir weh.

Ein leises Stöhnen kommt von Mama, und Papa ist in drei Schritten bei ihr, zieht sie auf seinen Schoß und streicht ihr die Haare aus dem Gesicht. »Siehst du, wozu du mich getrieben hast mit deiner Sturheit? Warum kannst du nicht auf das hören, was ich dir sage? Warum musst du mich immer erst zum Äußersten treiben?«

Mein Herz rast, kalter Schweiß rinnt mir den Rücken hinunter, und als ich die Augen aufschlage, spüre ich seine Furcht, als wäre es meine eigene.

»Nate«, flüstere ich und lege ihm eine Hand auf die Wange.

»Es hat geklappt.«

Ich nicke, nicht sicher, was ich ihm sagen kann.

»Was hast du gesehen?«

Mein Herz bricht. Für ihn. Und für seine Mutter.

»Die Vergangenheit«, flüstere ich erstickt, während die Erkenntnis langsam zu mir durchsickert. Holy Shit, ich habe tatsächlich in die Vergangenheit geschaut. Gab es diese Gabe schon einmal? Nate schaut mich weiterhin erwartungsvoll an, also fahre ich fort: »Deine Eltern. Sie haben gestritten. Deine Mutter hatte auf dem Sofa im Festsaal eine Fehlgeburt. Und er hat ihr die Schuld gegeben und sie gegen die Wand geschleudert. Das ist seine Magie, oder? Er ist Telekinet.«

Alles an Nate wird finster, er entzieht mir seine Hand und stolpert rückwärts bis an die Wand. So weit wie möglich von mir weg. »Wir sollten für heute aufhören.«

»Das Seelenband funktioniert«, hauche ich. »Meine Kräfte werden stärker. Ich habe noch nie die Vergangenheit gesehen. Wann war das?«

»Ich habe gesagt, für heute reicht es.« Abrupt steht er auf und sieht mich nicht mehr an, bevor er die Kabine verlässt.

Kapitel 31

Nathaniel

Fuck!

Fuck, fuck, fuck, fuck!

FUCK!

Meine Faust durchbricht die lächerliche Wandverkleidung der Jacht, bis zwischen den Splittern der dünnen Holzpaneele der graue Isolationsschlauch der Bordelektronik hindurchblitzt.

Ophedia faucht mich unwillig an, abcr ich ignoriere sie. Ich habe gerade den Kopf nicht frei für magisches Schlangenerbstückdrama.

Es hat mich solche Überwindung gekostet, in Kauf zu nehmen, dass Hailey meine potenzielle Zukunft kennt. Dass ich ihr so sehr vertrauen muss, sie mitansehen zu lassen, was ich möglicherweise eines Tages erleben werde.

Aber meine Vergangenheit?

Meine kaputte, abgefuckte, verschissene Vergangenheit? An die ich mich nicht einmal selbst erinnern will?

Das hätte nicht passieren dürfen. Nie. Warum zur Hölle geschieht das? Bis vor wenigen Tagen hatte sie keinerlei Kontrolle über ihre Kräfte. Es waren willkürliche Visionen einer möglichen Zukunft, die sie selbst nicht einmal richtig einordnen konnte. Warum um alles in der Welt kann sie auf einmal *das?* Magie verstärkt sich nicht einfach so. Sie muss trainiert und herangezüchtet werden. Es ist ein jahrelanger Prozess. Sofern man nicht gerade einem *echten* Seelenpartner über den Weg läuft. Dem Gegenstück seiner Magie. Dann verstärken sich die Fähigkeiten irgendwann gegenseitig, sobald man eine Beziehung zueinander aufbaut. Respekt. Blindes Vertrauen. Liebe. Aber erstens ist Hailey überhaupt nicht meine echte Seelenpartnerin, und zweitens … sind wir auch von allem anderen weit entfernt.

Verfluchte Scheiße, ich hätte sie einfach vögeln … Nein. Hätte ich nicht. Auch wenn mir die Aussicht darauf gerade eintausend Mal besser gefällt als die Möglichkeit, dass sie mitangesehen hat, wie mein Vater meine Mom behandelt hat, als wäre sie seine Leibeigene. Ein Gegenstand. Sein Brutkasten. Und sie sich einfach nicht gewehrt hat. Wie ich mich nicht gegen ihn gewehrt habe. Denn das hätte ich tun müssen. Egal, wie verschissen jung ich war, ich hätte niemals zulassen dürfen, dass er ihr das antat. Dass irgendjemand ihr oder mir antat, was er uns angetan hat.

Keine Ahnung, wie oft ich überlegt habe, ihn einfach umzubringen. Jetzt noch. Heute.

Und auch keine Ahnung, warum ich es nicht getan habe. Manchmal besteht das einzig Vernünftige darin, jemanden umzubringen. Jedenfalls meiner Meinung nach.

Stattdessen hocke ich in einer Jacht mitten im Atlantik und bin kurz davor, gleich noch eine zweite Faust in die Wandverkleidung zu hämmern. Scheiße, ich könnte das ganze Boot auseinandernehmen, so wütend bin ich. Und so … verflucht beschämt.

»Nate? Hailey? Alles in Ordnung bei euch da unten? Ihr wisst schon, dass ihr beim Vögeln die Einrichtung am Stück lassen müsst …? Eure Kinks könnt ihr in eurem eigenen Schlafzimmer … Wow!« Brian hält inne. Im Türrahmen der unbesetzten Koje bleibt er stehen, mustert mich und das Loch in der Wand zu meiner Linken. Er wiegt den Kopf. »Ganz ordentlich. Also, *ich* hätte natürlich noch das Metall verbogen. Aber ist vermutlich besser, dass ich es nicht war, oder?« Er grinst.

Aber ich sehe ihm an, wie bemüht es ist. Das hier kennt er nicht von mir. Niemand tut das. Ich mag das eiskalte Arschloch sein, ja. Aber ich bin das *beherrschte* eiskalte Arschloch. Diese Art Mensch, die sich doch nicht die Finger schmutzig machen würde, um jemanden umzubringen.

Plottwist: Manchmal liebe ich es, mir die Finger schmutzig zu machen.

Auch Brian scheint das allmählich zu dämmern. Denn er seufzt tief, kommt zu mir herüber und lässt sich neben mir auf den Boden zwischen dem verschraubten Bett und dem leeren Wandschrank fallen. »Das Paket ist geliefert. Kaya steht oben an der Reling und flötet die Melodie von ›Baby Shark‹.«

Ich verziehe das Gesicht. »Ist nicht dein Ernst.«

Er grinst. »Sie hat einen tollen Humor.«

»Den Charakter einer Dreijährigen zu besitzen, fällt nicht mehr unter *Humor,* Brian.«

Dafür ernte ich einen Fausthieb gegen die Schulter. Keinen freundschaftlichen. Aber ich habe es verdient. Mehr noch, ich habe darauf gezählt. Fast bin ich enttäuscht, weil er nicht sofort aufgesprungen ist und mir den Handschuh vor die Füße geworfen hat. Eine kleine Prügelei täte mir jetzt gut.

Brian scheint meine Gedanken zu lesen. Jedenfalls sagt er: »Du hast eine ernsthafte Verletzung hinter dir, Junge. Und nach diesem hübschen Schmuckstück dort zu schließen«, er deutet auf die löchrige Wand, »hast du noch genug andere Probleme. Du willst gerade keinen Beef.«

Er hat ja keine Ahnung … Aber ich halte meine Klappe. Weil selbst mir bewusst ist, dass Kaya und Brian nach dem heutigen Tag tatsächlich die absolut Letzten sind, mit denen ich Streit anfangen will.

Brian scheint mein stummes Einverständnis hinreichend. Jedenfalls fragt er: »Willst du drüber reden?«

»Nein.«

Er schnaubt. »Wie überraschend. Der Herr möchte lieber seine Probleme weiter verdrängen, immerhin hat das die letzten dreißig Jahre seines Lebens schon so gut funktioniert.«

»So alt bin ich noch gar nicht.«

»Ich bin mir sicher, du hast mehr zu verdrängen, als andere Leute in hundert Lebensjahren angesammelt haben.«

Die Antwort darauf bleibe ich ihm schuldig.

»Kaya und ich haben nachgedach…«

»Oh nein!«

Er schnippt mir missbilligend gegen den Unterarm. »Ich will hier gerade über eine ernste Sache sprechen, okay? Setz dein scheiß Ich-bin-der-eisgekühlte-Mr-Superagent-Gesicht wieder auf.«

Gesagt, getan.

Brian lächelt zufrieden. Es verstört mich immer, wenn er das tut. Freundlich lächelnde Muskelprotze sind entweder Sadisten oder der Typ Golden Retriever. Und beides ist normalerweise irgendwie nicht mein Fall.

»Ihr solltet verduften. Du und Hailey. Wenn jemand ihr bis hierher gefolgt ist und es sogar fast geschafft hat, sie umzubringen, dann habt ihr jemanden mit zu viel Geld und Einfluss an den Hacken. Jemanden, der sehr genau über die magische Gesellschaft Bescheid weiß und den perfekten Zeitpunkt abgepasst hat oder verstörend viel Glück hatte. Oder halt Pech, wenn man bedenkt, dass er doch als Baby Sharks Dinner geendet hat.«

Zur Antwort bekommt er nur ein unwilliges Brummen von mir. Denn er hat recht. Und entweder ich bilde es mir ein, oder irgendwo in diesem Raum schwebt eine leise Unterstellung, wer dieser einflussreiche Jemand sein könnte. Denn normalerweise sind diese einflussreichen Jemande Leute wie ich. Magic Agents. Regierungsmitarbeiter und deren Exekutive. Allerdings kannte ich den Kerl nicht. Was nicht zwangsläufig etwas heißen muss. Auch wenn ich mich binnen kürzester Zeit hoch genug gearbeitet habe, um ein hübsches Büro auf demselben Flur wie George Heart zu beziehen, bedeutet das noch lange nicht, dass es kein verdeckt arbeitendes Fußvolk für die ganz dreckigen Jobs gäbe.

Aber ich verdränge den Gedanken. Noch eine sich anbahnende Katastrophe mehr, und ich nehme wirklich dieses scheiß Schiff auseinander …

»Du hast recht«, sage ich schließlich. »Hailey und ich müssen verschwinden.«

»Kaya hat vorgeschlagen, dass wir einen anderen Hafen ansteuern. Nach Edinburgh sollten wir es bis morgen Abend schaffen. Dann könnt ihr euch einen Flieger nehmen und verduften, wohin immer ihr wollt.«

»In die USA«, erkläre ich.

Er runzelt die Stirn. »Du willst allen Ernstes …?«

»Dorthin, wo ich am besten auf sie aufpassen kann, ja.«

»Aber …!«

Ich stehe auf. »Sag Kaya, dass sie Edinburgh ansteuern soll. Ich muss ein paar Anrufe tätigen.«

»Hey, willst du nicht Hailey fragen, ob …«

Ich winke ab.

Denn, nein, ich will Hailey nicht fragen. Wenn es nach mir ginge, würde ich die Zeit zurückspulen, die gesamten letzten vierundzwanzig Stunden. Und wenn ich ihr einen Gefallen tun würde, dann würde ich zwei Wochen zurückspulen und dafür sorgen, dass sie nie erfährt, wer ich bin. Und niemand sonst auf diesem ganzen Planeten sich jemals mehr an sie oder ihre Gabe erinnert.

Aber dafür ist es zu spät. Das Einzige, was ich noch tun kann, ist, dafür zu sorgen, dass sie sicher ist. Ich werde meine Wohnung zum Buckingham Palace machen und Hailey zur unantastbaren First Lady. Ich werde George und die Agency glauben machen, dass sie nichts weiter ist als eine unwichtige, kaum talentierte Magierin, die niemandes Geld und Energie wert ist.

Und ich werde dafür sorgen, dass Hailey nie wieder die Gelegenheit bekommt, einen Blick in meine Vergangenheit zu werfen. Wie auch immer ich das alles anstellen soll …

Kapitel 32

Hailey

»Ich wollte schon immer nach Edinburgh.« Kaya klatscht in die Hände. »Außerdem ist das die perfekte Coverstory, weshalb wir so spontan das Flitterwochenschloss verlassen haben. Ich habe Monique nach unserer Ankunft am Flughafen schon angebettelt, dass sie uns ein paar Stunden die Stadt erkunden lässt; mit etwas Glück wundert sie unser Abstecher also nicht.«

»Nenn mich Genie«, grummelt Nate, der mit verschränkten Armen neben ihr steht und grimmig auf die grauen Wellen schaut.

»Wenn ich mich recht erinnere, war das meine Idee«, kontert sie und bekommt ein zustimmendes Nicken von Brian.

Nate hat kein Wort mehr mit mir gesprochen. Kein einziges.

Es war Kaya, die mich Stunden nach meinem Abstecher in Nates Vergangenheit in der Kabine gefunden und überredet hat, an Deck zu kommen, jetzt, wo unsere Fracht zu Haifischfutter geworden ist. Irgendwann sind auch Brian und Nate zu uns gestoßen, und er und Kaya haben sofort einen Plan besprochen.

Nicht, dass irgendjemand es für nötig halten würde, mich in diese Pläne einzubeziehen. Es geht schließlich nur um meine Sicherheit, weshalb sollte meine Meinung da irgendetwas zählen?

Bin ich zu weit gegangen, indem ich in seine Vergangenheit geschaut habe?

Vielleicht.

Zumal es keine zufällige Vision war. Es war eine Entscheidung. Zum ersten Mal in meinem Leben hatte ich eine Wahl, nicht nur in Bezug darauf, ob ich etwas sehen wollte, sondern was.

Noch nie habe ich all die Möglichkeiten so deutlich vor mir gesehen. Ein Teppich aus Vergangenheit und Zukunft, gewebt aus unzähligen Fäden. Doch während die Zukunft wirr und in stetigem Wandel kaum zu greifen war, war die Vergangenheit fest. Statisch. Eingewoben in Tausende große und kleine Entscheidungen, welche unser Leben bestimmen. Versiegelt in Emotionen.

Ich hätte überallhin gehen können, jeden Faden verfolgen, und ich bin ausgerechnet einen der dunkelsten entlanggegangen. Keine Ahnung, was genau das über mich aussagt.

Da meine Begleiter in eine Diskussion über SIM-Karten und Handyortung vertieft sind, die mich kein bisschen interessiert, schlendere ich zum Bug der Jacht. Immer wieder wird mir, dank des ständigen Schaukelns, flau im Magen, und ich vermute, es ist allein Brian zu verdanken, dass ich mich noch nicht übergeben habe.

Es waren keine Tabletten gegen Seekrankheit, die er mir verabreicht hat, sondern ein Allergienasenspray. Keine Ahnung, weshalb es hilft, und eigentlich ist es mir auch egal. Ich habe andere Probleme.

Wasser spritzt auf, doch ich setze mich trotzdem vor die Reling und lasse die Füße links und rechts von der Stange hinunterbaumeln, welche am Bug befestigt ist. Mehrere Seile sind um das ganze Schiff gespannt, und ich lehne mich dagegen.

Kate Winslet hatte recht. Es ist wie fliegen. Einzig das graue Meer unter einem, die Wellen, die heranrollen, ab und an das

Kreischen einer Möwe und in weiter Ferne Schottland, das nur als Linie am Horizont sichtbar ist.

Kaya hat mir erklärt, dass sie das Schiff wieder näher an die Küste gesteuert hat, um dem starken Seegang zu entkommen.

Laut dem Radar oder einer Wetterkarte oder was auch immer dieses Schiff an Ausrüstung besitzt, braut sich über dem offenen Meer ein Sturm zusammen, und alle sind sich einig, dass wir einen Hafen anlaufen müssen, bevor dessen Ausläufer uns erreichen. Schnellstmöglich.

Meinetwegen.

Und all das nur, weil mein verdammtes Leben in Gefahr ist und irgendjemand es auf mich abgesehen hat.

Himmel, ich hätte Nate niemals von meiner Vision über George Heart erzählen sollen. Hält er alles, was seitdem geschehen ist, noch immer für Zufall?

Bisher hat er mir nicht verraten, was sein Plan ist. Nur, dass wir direkt zum Flughafen in Edinburgh fahren werden. Wohin es von dort aus geht?

Keine Ahnung.

Dabei hat er mir versprochen, nichts zu tun, womit ich nicht einverstanden bin, und in eines der Schutzhäuser der Agency zu flüchten, gehört dazu. Ich dachte, das sei deutlich geworden, als wir das letzte Mal über das Thema geredet haben.

Vielleicht sollte ich mehr Fragen stellen, mich mehr in die Diskussionen einbringen, doch ich habe keine Ahnung von diesen Dingen. Ich kann zeichnen. Ich kann Ideen auf dem Bildschirm zum Leben erwecken, aber das hier?

Seit dem Tag, an dem ich Nate in dieser Bar getroffen habe, ist alles anders, und ich bin mir mittlerweile nicht mehr sicher, was ich fühlen soll.

Und ich bin es so verflucht leid, mich zu verstecken. Angst vor meinen eigenen Fähigkeiten zu haben. Ich bin es leid, ständig emotional vor einem Abgrund zu stehen.

Die Entwicklungen vollziehen sich so schnell, dass ich nicht mehr hinterherkomme. Aber ich habe keine andere Wahl, als Nate zu vertrauen. Bedingungslos.

Immerhin ist er mein Seelenpartner.

Sollten wir nicht genauso vernarrt ineinander sein, wie Kaya und Brian es sind?

So habe ich es mir jedenfalls immer vorgestellt. Sie hängen an den Lippen des jeweils anderen, lachen über jeden Witz, und ich bin mir ziemlich sicher, dass keiner von beiden irgendetwas tun könnte, um den anderen nachhaltig zu verärgern.

Warum ist das bei Nate und mir so schwer? Warum ist er andauernd so verdammt abweisend, nur um im nächsten Augenblick wieder die Sterne vom Himmel zu versprechen?

Andererseits wäre er fast gestorben, weil er mich gerettet hat. Das zählt etwas. Und die Angst, die ich in diesen Minuten um ihn hatte, war definitiv real.

»Hey, ist alles okay?«

Kaya. Sie kommt über das Deck auf mich zu und setzt sich neben mich.

»Klar, was soll sein?«

»Du siehst traurig aus, und Nate scheint auch nicht die beste Laune zu haben. Nicht, dass er sonst ein Sonnenschein ist, aber diese Einsilbigkeit ist selbst für ihn ungewöhnlich.«

Unschlüssig zucke ich mit den Schultern und starre wieder auf den unendlichen Ozean vor uns. Wenn ich nur ganz leicht nach links schaue, kann ich die Küstenlinie ausblenden und mir fast einbilden, dass niemand außer uns hier draußen ist.

Nun ja, bis auf die Frachtschiffe, die wir in regelmäßigen Abständen sehen.

Sie schweigt. Wartet. Ganz sicher irgendeine Verhörmethode, die sie beim Special Corps gelernt hat. Dummerweise funktioniert es, denn es dauert nicht lange, bis ich die Stille nicht mehr aushalte.

»Du und Brian …«, beginne ich und wäge meine Worte ab, »hattet ihr Probleme, als euch klar wurde, dass ihr Seelenpartner seid?«

»Was für Probleme?«

Ich greife nach dem ersten Strohhalm, der mir in den Sinn kommt. »Seine Familie zum Beispiel. Sie ist ziemlich wohlhabend, oder?«

»Das ist die Untertreibung des Jahres.« Kayas glockenhelles Lachen schallt über die Wellen. »Vermutlich gibt es nur wenige Menschen in den USA, die ein größeres Vermögen angehäuft haben. Deine Schwiegerfamilie gehört dazu.« Sie zwinkert verschwörerisch, wird dann jedoch ernst. »Seine Eltern fanden die Tatsache, dass seine Frau für das Militär arbeitet, alles andere als erstrebenswert. Und, nur nebenbei, Brian war auch nicht begeistert. Auslandseinsätze bedeuten, dass ich Monate unterwegs sein kann. Ohne Kontakt zur Außenwelt herstellen zu können, wenn es schlecht läuft. Je nach Mission natürlich. Ganz zu schweigen davon, dass diese Arbeit lebensgefährlich ist. Ich kann ihm die Abneigung schlecht verübeln. Deshalb haben wir einen Deal: Die nächsten vier Jahre arbeite ich in meinem Job weiter, danach werde ich mich auf Stellen bewerben, die weniger gefährlich sind.«

»Du willst Zivilistin werden?«

»Auf keinen Fall! Aber Ausbilderin.«

»Habt ihr euch deshalb gestritten?«

Sie sieht mich nachdenklich an, schüttelt aber den Kopf. »Nein. Nicht wirklich. Wir haben darüber gesprochen, unsere Gründe angehört und schließlich eine gemeinsame Lösung gefunden. Immerhin ist Brian mein Seelenpartner. Ich möchte ihn ebenso wenig leiden sehen wie er mich.«

»Ich glaube nicht, dass Nate seinen Job für mich aufgeben würde.« Die Worte rutschen mir einfach heraus, und ich beiße mir auf die Zunge.

Doch es stimmt. Je länger ich darüber nachdenke, desto mehr bekomme ich den Eindruck, dass ich bisher vor allem den Agenten der Magic Agency kennengelernt habe. Nicht den wahren Nate. Denjenigen, den ich in der Vision gesehen habe. Ab und an lässt er mich hinter die Fassade blicken, doch im nächsten Augenblick zieht er die Mauer wieder hoch.

Nicht weiter verwunderlich, nach allem, was ich gesehen habe. Damals war er noch ein Kind, verdammt! Trotzdem war alles, was er wollte, zu helfen.

Andererseits ist es genau das, was er ständig tut. Mir helfen. Abgesehen von dem Albtraum, den er mir geschickt hat, natürlich.

Vielleicht sind wir nach der Vision, die ich gestohlen habe, quitt. Jetzt muss ich ihn nur noch dazu bringen, dies ebenfalls so zu sehen.

Und mich entschuldigen.

»Hast du ihn danach gefragt, bevor ihr die Zeremonie abgehalten habt? Oder kommen die Probleme erst jetzt?« Sie lässt ihren Ellenbogen über eines der Seile der Reling baumeln und legt ihren Kopf auf dem Oberarm ab. »Du musst natürlich nicht darüber sprechen. Wir kennen uns kaum. Aber wenn du eine Freundin brauchst, bin ich da.«

Wie sehr ich wünschte, Celine an meiner Seite zu haben. Oder wenigstens die Möglichkeit, mit meiner Cousine zu telefonieren. Mein Handy ist jedoch weiterhin ausgeschaltet.

Vertraue ich Kaya genug? Sie und Brian haben viel riskiert. Vielleicht versteht sie mich sogar besser als irgendjemand sonst, immerhin musste auch sie plötzlich damit umgehen, einen Seelenpartner zu haben. Die Person, die für den Rest des Lebens bei uns sein wird.

»Das ist kompliziert. Nate und ich kennen uns eigentlich kaum. Wir haben uns zufällig getroffen, das Seelenband war da, und eine Woche später haben wir die Zeremonie mitgemacht.«

Sie japst nach Luft, fängt sich jedoch schnell wieder. »Das ist … wow. Du bist wesentlich mutiger als ich.«

»Oder dümmer«, murmle ich, bin mir aber nicht sicher, ob sie mich über das Rauschen der Wellen hinweg hört.

Brian ruft ihren Namen, und wir drehen uns beide um. Er steht neben Nate, der weiterhin finster dreinblickt, und winkt sie zu sich.

Kaya signalisiert, dass sie kommt, wendet sich allerdings ein letztes Mal an mich. »Du kannst dich auf uns verlassen, Hailey. Wir bringen dich sicher hier raus. Solltest du jemals Hilfe brauchen, ruf mich einfach an. Deal?«

Sie streckt mir ihre Hand entgegen, und ich ergreife sie. Zum ersten Mal seit langer Zeit schüttle ich jemandem die Hand.

Ein Fehler.

Die Kontrolle, die ich bei Nate hatte, ist wieder verschwunden, die goldenen Fäden schlingen sich um meinen Geist und reißen mich mit sich.

Die Gasse ist dunkel, aber das ist von Vorteil. Weniger Augenpaare, die auf mich, auf uns, aufmerksam werden.

Declan steht direkt hinter mir und hat, ebenso wie ich, seine Pistole griffbereit.

»Es stinkt nach Pisse«, flüstert er. »Das nächste Mal suchen wir den Übergabeort aus.«

»Du weißt, dass M. diese Dinge entscheidet«, zische ich zurück. »Und jetzt halt die Klappe und mach deinen Job.«

Innerlich gebe ich Dec recht. Diese Gasse ist ekelhaft, es stinkt wirklich nach Pisse, und wenn unsere Quelle innerhalb der Agency nicht bald kommt, werden wir die Mission als gescheitert ansehen. Gut möglich, dass er längst geschnappt wurde.

Außerdem kommt Brian sicherlich fast um vor Sorge. Er hasst es, wenn ich ohne ihn Rebellenarbeit erledige.

»Kannst du was hören?«, frage ich meinen Begleiter nach einer Weile.

»Nope. Aber ein kleiner Boost könnte vielleicht helfen.«

Ich weiß, was er meint, und lege ihm zwei Finger auf das Stück seines Handgelenks, das nicht durch Stoff und Handschuhe verdeckt ist. Energie fließt langsam und stetig in ihn hinein.

Ohne einen zweiten Magier ist meine Gabe nutzlos. Sie verstärkt einzig die Fähigkeiten von anderen. Trotzdem hat sie mir und mehreren Rebellen schon das eine oder andere Mal geholfen.

»Schritte von Südwesten. Etwa drei Blocks entfernt. Es klingt nach M.« Dec seufzt, und ich lasse ihn los.

Die Gabe, auf weite Entfernung zu hören, das wäre cool. Oder wie Arya in der Dunkelheit perfekt sehen zu können. Sie sitzt auf einer der Feuerleitern und behält die Umgebung im Auge, um uns rechtzeitig warnen zu können. Um Dec warnen zu können, der sie sogar hört, wenn sie flüstert.

Weitere endlose Minuten vergehen, dann höre selbst ich ihn.

M. hatte immer eine ruhige Art an sich. Und wie jedes Mal hat er eine Skimaske über dem Gesicht. Zugegeben, ich habe dieselbe Vorsichtsmaßnahme getroffen, es ist also nur fair.

»Seht ihr das Licht?«, fragt er beim Näherkommen.

»Es scheint selbst in dunkelster Nacht«, erwidert Dec.

Erst nachdem alle vereinbarten Worte ausgetauscht worden sind, legt M. die letzten Yards zurück und drückt mir einen USB-Stick in die Hand. »Wie versprochen.«

»Danke«, antworte ich, bevor ich die wertvollen Informationen in meine Tasche gleiten lasse und den Reißverschluss zuziehe.

»Seid vorsichtig.« Die Warnung kommt so unvermutet, dass ich Dec einen schnellen Blick zuwerfe. M. sagt nie mehr als nötig. Doch er fährt unbeirrt fort: »Irgendetwas geht vor sich. Die Agency plant etwas, aber ich weiß nicht, was.«

»Wir passen schon auf uns auf«, versichert Dec, doch M. hebt bereits die Hand zu einem stummen Abschiedsgruß und verschwindet in der Dunkelheit.

Ich zwinge mich zurück in die Gegenwart, während mein Herz gegen meinen Brustkorb hämmert.

Kaya steht noch immer vor mir und erwartet meine Antwort. Worüber haben wir geredet?

Ach ja. Ihr Angebot, mir zu helfen.

»Danke«, sage ich und schiebe schnell ein Lächeln hinterher, von dem ich inständig hoffe, dass es aufrichtig aussieht.

Offenbar hat sie nichts bemerkt. Weder die Vision noch das Zittern, das meinen Körper erfasst hat.

Sie ist Teil der Rebellion. Heilige Scheiße.

Und es gibt einen Maulwurf in der Agency.

Fuck!

Kaya gesellt sich wieder zu Nate und Brian, und zur Sicherheit wende ich mich erneut den endlosen Wellen zu.

Nate liest zu viel in meinem Gesicht, und ich bin mir sicher, es wird nicht lange dauern, bis er sieht, wie aufgewühlt ich bin.

Ich kann ihm nicht erzählen, was ich gerade versehentlich herausgefunden habe. Es ist zu gefährlich. Das letzte Mal ist er direkt zu Heart gerannt. Ihm mein Leben anzuvertrauen, scheint mir sicher. Wir sind Seelenpartner. Mich zu verlieren, würde auch ihn zerstören. Doch würde er unsere neuen Freunde ebenfalls schützen? Oder würde seine Loyalität gegenüber der Agency, Heart und Prinz Alexander die Oberhand gewinnen?

Es steht zu viel auf dem Spiel, um es auf einen Versuch ankommen zu lassen.

Kaya und Brian haben ihm das Leben gerettet. Ich werde nicht zulassen, dass er sie verrät.

Selbst wenn ich es hasse, ihm in dieser Hinsicht nicht vertrauen zu können. Doch es geht nicht. Nicht, solange er für die Agency tätig ist.

Macht mich das zu einer Täterin? Die Rebellen sind gefährlich, sie planen und verüben regelmäßig Anschläge. Aber ich habe nichts dergleichen in Kayas Erinnerung gespürt. Denn das war es. Eine Erinnerung. Keine Vision der Zukunft.

Meine Kräfte werden eindeutig stärker, dank des Seelenbandes zwischen Nate und mir.

Warum helfen sie uns? Wussten Kaya und Brian von Anfang an, wessen Blutung sie stillten? Sie haben Nate das Leben gerettet, doch sie wissen nicht um meine Fähigkeiten. Oder?

Hätte Kaya mir so bereitwillig die Hand gegeben, wenn sie davon wüsste?

Fuck, das ist mir alles zu viel. Das hier sind meine Flitterwochen, verdammt!

Ich sollte hier weder um mein Leben fürchten noch Rebellen enttarnen, während mein Seelenpartner mich seit Stunden anschweigt.

Kapitel 33

Nathaniel

»Hier, nimm die«, sage ich und strecke Hailey blind eine Sonnenbrille in die Umkleidekabine.

Sie seufzt leise, widerspricht aber nicht. Wenige Minuten später kommt sie in einem bauchfreien Stretchtop, Collegejacke und ausgebeulter Cargohose wieder daraus hervor. Das Outfit ist das komplette Gegenteil von dem, was sie normalerweise tragen würde, und wäre daher perfekt. Wenn man ihr nicht aus hundert Schritten Entfernung ansehen würde, wie extrem unwohl sie sich fühlt. Ich fahre mir durch die Haare und bin kurz davor, ihr zu sagen, sie solle sich einfach ihre alten Klamotten wieder anziehen.

»Was ist denn jetzt schon wieder?«, faucht sie.

»Kannst du wenigstens versuchen, so auszusehen, als wäre das hier ganz normal? Frau geht Shoppen, Kerl zahlt die Rechnung, andere an deiner Stelle fänden das sicher großartig.«

Hailey schnappt nach Luft, verschränkt die Arme vor der Brust und erwidert in kaum beherrschtem Flüsterton: »Ist das dein Scheißernst, Nathaniel? Ich solle doch bitte froh und glücklich darüber sein, dass mich jemand umbringen will, denn immerhin gibt mein stinkreicher Ehemann mir dann ein paar Klamotten aus, was ich als *Frau* natürlich super finden muss?«

»Ja, rede bitte *noch* lauter«, zische ich und sehe nervös zu der Verkäuferin hinüber, die am Eingang der Kabinen steht und sicherstellen soll, dass niemand in den Umkleiden etwas mitgehen lässt. Sie wirft uns schon die ganze Zeit skeptische Blicke zu. Genauso wie das Pärchen drüben bei der Streetwear, wobei *sie* in erster Linie mich mustert und *er* in erster Linie Hailey. Einzig der Typ hinten bei der Damenunterwäsche sieht beschäftigt aus, und ich glaube nicht, dass es daran liegt, dass er die BH-Größe seiner nicht-existenten Freundin vergessen hat. Trotzdem ist mir das alles zu viel Aufmerksamkeit. Kurzerhand schiebe ich Hailey zurück in ihre Umkleidekabine und ziehe den Vorhang hinter uns zu. »Glaubst du, mir gefällt das hier?«, frage ich, noch während ich mich zu ihr umdrehe und den Arm an der Kabinenwand abstütze. »Dieses Versteckspiel? Das ständige Bedürfnis, die gesamte Umgebung im Auge behalten zu müssen? Auf jedes Horrorszenario eine Antwort kennen zu müssen, nur für den Fall, dass es eintritt? Aber das hier ist mein *Job,* Hailey. Es ist das, was ich am besten kann. Also würdest du bitte das nächste Outfit anprobieren und wenigstens versuchen, so auszusehen, als würdest du dich darin einigermaßen wohlfühlen?«

Sie erwidert nichts. Dabei wäre ich damit klargekommen. Ich hätte kein Problem damit gehabt, dass sie mich beleidigt oder mir an den Kopf wirft, dass ich ein paranoides Arschloch bin, das sie seit Verlassen des Boots nun schon zwei Stunden lang durch die Gegend scheucht und darauf besteht, dass sie ihren Look wechselt, ihre Klamotten, ihre Ausstrahlung. Und das bitte sofort, auf Knopfdruck. Ich würde es verstehen, wenn sie ihren Frust darüber an mir auslassen würde.

Aber, nein, Hailey tut etwas viel Schlimmeres.

Sie hebt trotzig das Kinn, sieht mich mit stummem Funkeln in den blauen Augen an. Dann lässt sie erst die Collegejacke zu Boden gleiten und schiebt sich anschließend die Träger ihres Crop-Tops von den Schultern, bis die schwarze Spitze ihres BHs darunter hervorlugt. Ich schlucke schwer. Mir ist bewusst, dass allerspätestens das der Moment ist, in dem ich wegschauen sollte. Mich umdrehen. Die Kabine verlassen. Aber ich kann nicht. Meine Füße weigern sich, dem Befehl meines Hirns Folge zu leisten. Genauso wie der ganze Rest von mir. Ich schaffe es nicht einmal, den Blick von den Ansätzen ihrer vollen Brüste zu lösen. Ich starre sie an wie ein verdammter Neandertaler und muss mit aller Kraft den Drang unterdrücken, meine Hände danach auszustrecken. Hailey ist so verdammt heiß. Und dass sie mich gerade ansieht, als wollte sie mich am liebsten umbringen, ist irgendwie nicht hilfreich. Im Gegenteil.

Als wüsste Hailey haargenau, welche Kämpfe ich gerade mit meinem inneren Höhlenmenschen austrage, schiebt sie sich den Stoff ihres Crop-Tops die Hüfte hinab und mit ihm den Bund der Hose. Bis sie nur in Unterwäsche vor mir steht und mich von unten herauf ansieht.

Nicht anfassen. Fass sie ja nicht an, du Idiot. Das hast du letztes Mal so toll hinbekommen. Dann wirst du das doch jetzt gefälligst auch schaffen!

Und letztes Mal hat sie mich sogar noch berührt. Mehr als das, sie hat mir die verdammte Seele aus dem Leib geküsst. Ohne jede Zurückhaltung, ohne Scham. Sie hat einfach nur die Hände nach mir ausgestreckt und …

Falscher Gedankengang. Total falscher Gedankengang.

Kaninchen. Süße weiße Kaninchen.

Nein, besser: Gammelfleisch.

Verfaulte Eier! Grün. Ekelhaft. Schwefelgeruch.

»Wenn ich das da anziehen soll, dann muss ich den BH ausziehen.«

Scheiße.

Hailey deutet auf ein schulterfreies Shirt, das ich Volltrottel herausgesucht habe. Weil ich blind nach *irgendetwas* gegriffen habe, das halbwegs zusammenpasst, ohne darüber nachzudenken, dass Hailey dann möglicherweise vor mir stehen und eine Hand nach dem Frontverschluss ihres BHs ausstrecken würde.

»Nein«, sage ich schnell. »Nimm das andere Oberteil.« Es hat einen Rollkragen. Schön langweilig. Ohne Ausschnitt. Total unspektakulär.

Sie schüttelt den Kopf. »Dann halt mich doch auf. Fass mich an, Nathaniel.«

»Nein.«

»Warum nicht?«, fragt sie.

Aber die gespielte Unschuld in ihrem Tonfall bricht. All die rohe Enttäuschung, Scham und Frustration stehlen sich darunter hervor.

»Warum willst du mich nicht einmal mehr anfassen? Weißt du, wie ironisch das ist? Dass *du* jetzt *mich* nicht anfassen willst? Weißt du, wie lange ich dir ausgewichen bin? Wie viel Kraft mich das gekostet hat? Und wie viel schwerer es mir gefallen ist, es doch zuzulassen? Dir ausreichend zu vertrauen? Die Gefahr einzugehen, dass ich etwas sehe, was ich nicht sehen wollte? Und jetzt …? Jetzt willst du nicht einmal mehr den kleinen Finger nach mir ausstrecken? Es tut mir leid, dass ich meine Gabe einfach so genutzt habe, okay? Ich hatte keine Ahnung, dass ich das konnte. Aber ist das wirklich so anders als der Albtraum, den du mir auf den Hals gehetzt hast? Warum ist es okay, dass du deine Gabe in vollem Bewusstsein nutzt, und wenn mir ein Ausrutscher passiert, werde ich dafür bestraft?« In ihren wütenden Augen schimmern Tränen der Enttäuschung. Sie wendet den Blick ab, wischt sich hastig über die Wange, streckt die Hände aus und legt sie flach auf meine Brust, um mich aus der Kabine zu schieben. Aber ich halte sie auf, schmiege meine Finger um ihre nackten Handgelenke und halte sie fest.

»Es tut mir leid«, flüstere ich, schließe frustriert die Augen, lockere meinen Griff und trete einen halben Schritt zurück. »Es tut mir leid, Hailey. Ich teile nicht, was ich fühle. Ich tue so etwas einfach nicht.«

Ihre Fingerspitzen fahren über meinen Brustkorb. Aber die Geste ist nicht mehr abwehrend, sondern sanft und liebevoll. Ihre Wärme stiehlt sich durch den dünnen Stoff meines Hemds bis zu meinem Herzen. »Doch, Nate. Mir gegenüber tust du es. Ob du es willst oder nicht. Ich muss nur die Augen schließen und habe eine Ahnung, wie es dir geht. Ich kann es spüren. Du musst es nicht einmal aussprechen. Es ist einfach da.«

»Das bedeutet nicht, dass du erfahren musst, was ich alles erlebt habe, Hailey«, raune ich. Meine Stimme hört sich seltsam an. Als wäre sie hinter Glas. Nicht im selben Raum wie mein Körper.

»Aber es ist ein Teil von dir.«

Ich öffne die Augen, erwidere ihren Blick und schüttle langsam den Kopf. »Vielleicht ist es das. Aber es ist *meine* Vergangenheit. Nicht deine.«

»Du musst dich dafür nicht schä…«

»Das tue ich nicht!«

Sie weiß, dass es eine Lüge ist. Aber sie sagt nichts dazu. Schmiegt nur ihre winzige Hand um meine Wange und zieht mich zu sich hinab, bis ihre Lippen so federleicht auf meinen liegen, dass ich mir kaum sicher sein kann, dass sie dort sind. Und mich frage, ob ich einfach nur spüre, wonach ich mich so verdammt sehne.

»Du musst mir vertrauen lernen«, flüstert sie. »Glaub mir, ich weiß, wie schwer das ist. Aber *bitte,* versuch es. Ich würde dich niemals verletzen. Und ich werde nicht absichtlich in deiner Vergangenheit graben, wenn du das nicht möchtest.«

Meine inneren Wände bröckeln. Und zerfallen zu Staub, als Hailey ihren zarten Körper an mich schmiegt. So vollkommen bedingungslos. Sie fordert nicht einmal eine Wiedergutmachung für mein Scheißverhalten. Sie besitzt die Macht, mir einfach so zu verzeihen.

Ich schlinge meine Arme um sie, ziehe sie zu mir und versinke in ihrem Duft, ihrer Wärme und dem Gefühl bedingungsloser Sicherheit, das sie mir gibt. »Es tut mir leid«, flüstere ich. »Das ganze Physische mag nicht neu für mich sein. Aber *das* hier, jemandem blind vertrauen zu müssen, das ist neu. Und ich bin nicht gut darin. Du kannst das wesentlich besser als ich.«

Sie kichert leise. Und als ich mich von ihr löse, kann ich das Lächeln in ihrem Gesicht sehen, welches mir das Gefühl gibt, noch immer auf dieser schwankenden Jacht auf hoher See zu stehen und meinen Gleichgewichtssinn zu vermissen.

»Dann kannst du mir ja einfach Nachhilfe in den ganzen körperlichen Sachen geben und ich dir beim Thema Vertrauen. Dort hast du nämlich eindeutig noch Bedarf.«

»Ja, ich weiß. Ich gelobe Besserung«, antworte ich. Allerdings sackt meine Stimme auf halbem Weg eine Oktave in die Tiefe, weil Haileys Hand über den Stoff meiner Hose streift.

»Wir können sehr zeitnah damit anfangen«, flüstert sie. Ihre Wangen sind knallrot, und sie weicht meinem Blick aus. »Mit diesen gegenseitigen Nachhilfestunden.«

Ich gebe ein zustimmendes Murmeln von mir. »Sobald wir zu Hause sind.«

»Zu … Hause?«

Ich nicke. »Wir fliegen zurück in die USA, Hailey. Ich bringe dich in meine Wohnung. Dort bist du am sichersten, vertrau mir.«

»Ah ja, jetzt willst du wieder, dass ich *dir* vertraue.«

Ich kneife ein Auge zu. »Bitte? Du bist doch so gut darin. Und ich bin wirklich gut in dieser physischen Sache. Versprochen.«

Kapitel 34

Hailey

Ich bin wirklich gut in dieser physischen Sache. Versprochen.

Selbst zwölf Stunden, zwei Flugzeuge, eine Taxifahrt und unzählige U-Bahn-Stationen später verwandle ich mich in eine Fackel, wenn ich an diese Worte denke.

Im Gegensatz zu Nate habe ich wenigstens während des Flugs über den Atlantik für ein paar Stunden die Augen schließen können, doch er hat sich diesen Luxus nicht gegönnt.

Kaya und Brian haben uns geholfen, einen Flug zu bekommen und die Tickets bezahlt. Es wird keinen der magischen und nichtmagischen Geheimdienste lange täuschen, aber vielleicht lange genug, um mich sicher in Nates Wohnung zu bringen.

Bisher hat es geklappt.

Vielleicht wäre es klüger, ihnen nicht zu vertrauen, schließlich sind sie Teil der Rebellion. Wüsste Nate davon, er würde ihnen mit Sicherheit nicht erlauben, auch nur in meine Nähe zu kommen. Ganz zu schweigen davon, ihnen mitzuteilen, wo ich zu finden bin.

Doch er weiß nicht, was ich gesehen habe, und in meiner Vision habe ich keinerlei Hinterhältigkeit bei Kaya gespürt.

Zumal ich der Agency noch weniger über den Weg traue; daher scheinen Kaya und Brian mir das weitaus geringere Übel. Jetzt wäre es ohnehin zu spät. Mir bleibt nichts anderes übrig, als zu hoffen, dass ich mit meiner Einschätzung richtigliege.

Wir sind in Washington und gerade vor einem imposanten Wohnkomplex angekommen. Die Fassade besteht aus hellem Stein und riesigen Fensterfronten und ragt mindestens zwanzig Stockwerke in die Höhe.

»Hier wohnst du?«

Nates Blick huscht von links nach rechts, kontrolliert jeden Schatten, jeden Baum und die Gruppe Männer, die trotz der späten Stunde noch im Park sitzen, durch den wir uns geschlichen haben.

»Ja.«

Die Einsilbigkeit ist zurück, doch diesmal weiß ich, dass sie nichts mit mir zu tun hat. Seine Konzentration ist voll und ganz darauf gerichtet, mich in Sicherheit zu bringen.

Celine würde garantiert Herzchenaugen bekommen, wenn sie ihn jetzt sehen könnte. Direkt nach ihrer Panikattacke, sobald sie erfahren hätte, wie genau wir in diese Situation geraten sind.

Schnell lenke ich meine Gedanken wieder zurück in die Gegenwart. Wie jedes Mal, wenn ich beginne, über meinen Angreifer nachzudenken.

Irgendeine Therapeutin wird irgendwann ihre helle Freude daran haben, dieses Trauma mit mir aufzuarbeiten, und ich kann es kaum erwarten. Die Enge in meiner Brust, das Gefühl, nicht atmen zu können, wird mich noch eine ganze Weile begleiten. Ebenso wie die Todesangst.

Nates Hand in meinem Rücken schiebt mich vorwärts. Ein stummes Signal, das er schon seit zwanzig Minuten nutzt.

Wir sind nicht direkt hierhergekommen, sondern haben uns am anderen Ende der Stadt absetzen lassen und das

U-Bahn-System genutzt. Es war wie in einem Spionagefilm. Eine Bahn ist gekommen, wir sind in letzter Sekunde hineingesprungen, irgendwo anders wieder ausgestiegen, und dann haben wir das Spielchen wiederholt.

Ich habe vergessen, an welcher Station er ein Schließfach geöffnet hat. Darin befand sich eine Kiste mit gefälschten Pässen, zwei Pistolen und einer riesigen Menge Bargeld, wovon er sich großzügig bedient hat. Dann ging das U-Bahn-Springen von vorn los, bis wir auf der anderen Seite dieses Parks angekommen und schnellen Schrittes in die Schatten der Bäume geflüchtet sind. Einige Wege sind beleuchtet. Natürlich haben wir diese gemieden, und es grenzt an ein Wunder, dass keiner von uns beiden in die Hinterlassenschaften irgendeines Hundes getreten ist.

Offensichtlich ist die Luft rein, denn wir laufen im Schnellschritt über die Straße. Mein Rucksack schlägt gegen meinen Rücken. Er ist alles an Gepäck, was ich bei mir habe. Kaya und Brian werden unsere Koffer mitbringen, wenn sie aus den Flitterwochen zurückkehren. Ob Nate ihnen seine Adresse verrät oder wir uns irgendwo auf neutralem Boden treffen, habe ich gar nicht erst gefragt.

Innerhalb weniger Herzschläge erreichen wir die imposante Eingangstür, welche uns bereits von einem Mann in schwarzem Anzug aufgehalten wird.

Der Portier nickt uns zu. »Guten Abend, Mr Levergne. Schön, dass Sie zurück sind.«

Nate greift in seine Tasche, und ein Bündel Geldscheine wechselt den Besitzer. »Wir sind nicht hier, Tom.«

»Natürlich nicht, Sir. Soll ich die Sequenz aus den Überwachungskameras löschen?«

»Das wäre perfekt.«

»Sehr wohl, Sir.«

Mir bleibt keine Zeit, über den Wortwechsel nachzudenken oder das ausladende Foyer zu bestaunen. Nate steuert erst auf die goldenen Türen des Fahrstuhls zu, biegt in letzter Sekunde allerdings ins Treppenhaus ab und zieht eine der Waffen.

»Im wievielten Stock wohnst du?«, flüstere ich.

»Ganz oben.«

Natürlich. »Ich weiß, du bist ein Sportfreak, aber ich werde keine dreißig Stockwerke schaffen.«

»Es sind neununddreißig.« Er greift nach meiner Hand, die andere umschließt die Waffe. »Wir gehen nur zwei oder drei, dann nehmen wir den Fahrstuhl in den sechsunddreißigsten Stock und laufen von dort wieder.«

Ich nicke, auch wenn er es nicht sieht, weil er so konzentriert ist auf jeden Schritt, jede Bewegung und jedes Geräusch.

Wie versprochen muss ich nicht viele Treppen erklimmen, und auch nach der erstaunlich kurzen Fahrstuhlfahrt erwartet uns keine böse Überraschung.

Die Vorsichtsmaßnahmen stellen sich als überflüssig heraus. Niemand wartet im Flur, keine schwarz gekleideten Männer springen aus dem Schatten, alles ist, wie es sein sollte.

Offenbar ist Nate auf dieser Etage komplett allein, denn nur eine Tür ist zu erkennen.

»Wie, der Fahrstuhl geht nicht direkt bis in deine Wohnung?«

»War mir zu riskant«, brummt er, offensichtlich immer noch nicht zu Scherzen aufgelegt.

Ein Zahlenschloss ist neben der Tür angebracht, und er gibt einen langen Code ein, dann öffnet sich eine unscheinbare Klappe in der Wand und er legt seine Hand auf ein Feld. Ein grünes Lämpchen leuchtet, ein Surren erklingt und die Wohnungstür öffnet sich.

Vermutlich ist Fort Knox weniger gut gesichert. Kein Wunder, dass er mich hierherbringen wollte, wenn es sogar seinen Handabdruck braucht, um hier hineinzugelangen.

Sobald wir die Schwelle überquert haben, zieht er die Tür lautlos hinter mir zu, legt einen Zeigefinger auf die Lippen und bedeutet mir, mich neben die Tür in die Ecke zu stellen und nicht vom Fleck zu rühren.

Bei ausgeschaltetem Licht schleicht er sich vorwärts, die Waffe immer schussbereit, und ich kann nicht verhindern, dass mir eine Gänsehaut über die Arme kriecht.

Dieses ganze Agentending habe ich bisher nur halb greifen können, doch nun ist er voll und ganz in seinem Element. Und sieht verdammt gut dabei aus. Zwölf von zehn, mindestens. Die Waffe, seine angespannten Schultern und seine Professionalität tun ihr Übriges.

Ich sollte nicht so glücklich darüber sein, ihn bei seiner Arbeit beobachten zu können, doch es wäre eine Schande, diese Seite an ihm nie zu Gesicht zu bekommen.

Mit Sicherheit sieht er das anders.

Von meinem Standpunkt aus habe ich nur eine beschränkte Sicht, und Nate verschwindet viel zu schnell hinter der kleinen Trennwand, die den Blick auf den Eingang abschirmt.

In der Stille höre ich deutlich das Klicken der ersten Tür, dann einer zweiten und dritten. Das leise Schaben einer Schiebetür folgt, und kurz darauf sehe ich seine Silhouette vor der Glasfront auf dem Balkon entlanglaufen.

Schließlich erklingt das Schaben erneut, und seine Stimme durchschneidet die Stille. »Licht.«

Fast bin ich geblendet von den hellen Deckenstrahlern, die augenblicklich angehen.

Nate sichert seine Pistole, während er mit großen Schritten auf mich zukommt. Dann legt er sie achtlos auf einen Tresen, zieht mich an sich und atmet tief durch.

Zittert er?

Ich erwidere die Umarmung, lasse mich hineinfallen, und erst jetzt wird mir wirklich bewusst, wie anstrengend diese Reise für ihn gewesen sein muss.

»Alles ist gut«, flüstere ich. »Wir sind hier.«

»Die Tür ist extra gesichert, niemand kommt hier rein. Nicht einmal mit einem Rammbock. Die Fenster sind aus Panzerglas. Du bist hier sicher, Hailey.« Er rattert all die Fakten herunter, als müsste er sich selbst daran erinnern.

»Ich weiß.« Beruhigend streiche ich ihm über den Rücken. »Also, nicht das mit dem Panzerglas und dem Rest, aber ich weiß, dass ich bei dir sicher bin. Danke.«

Vielleicht ist das letzte Wort überflüssig, doch es drückt nicht ansatzweise das aus, was ich in diesem Moment fühle.

Ein letztes Mal atmet er tief ein, dann löst er sich von mir. »Los, ich gebe dir eine Tour.«

Unsere Finger ineinander verschränkt, laufen wir aus dem Eingangsbereich in einen ausladenden Raum.

Der Tresen, auf welchem die Pistole liegt, trennt eine moderne Küche vom Rest ab. Barhocker stehen davor und sehen so aus, als wären sie noch nie genutzt worden.

Irgendjemand hat vergeblich versucht, diesem Ort Leben einzuhauchen, wie eine eingestaubte Kunstpflanze auf der Arbeitsfläche verrät.

Überhaupt erwecken einzig das riesige Sofa und der Couchtisch den Eindruck, dass hier jemand wohnt. Ein vergessener Untersetzer liegt auf Letzterem, und mehrere Kissen sind als Kopfstütze an einem Ende der Sitzfläche aufgetürmt. Zwei Controller stehen auf ihren Ladegeräten neben den aktuellsten Versionen der X-Box und der Playstation unter einem riesigen Fernseher. Klar, warum sich mit einer Spielekonsole begnügen, wenn man zwei haben kann?

Abgerundet wird alles durch einen weißen Teppich, der in dem Raum wie eine Insel wirkt.

Ansonsten gibt es mehrere beleuchtete Regale mit Büchern, bei denen ich mir nicht sicher bin, ob sie jemals gelesen wurden.

Keine Bilder.

Keine Dekoration.

»Sieht ein bisschen unbewohnt aus, ich weiß«, murmelt Nate.

Vermutlich waren all meine Gedanken deutlich auf meinem Gesicht zu lesen. »Es ist schick«, sage ich schnell. »Nur etwas leer.«

»Zur Terrasse geht es da lang«, er deutet auf eine ausladende Tür, »aber im Moment fände ich es besser, wenn du sie nicht nutzt. Zur Sicherheit. Zwar gibt es nur wenige Häuser, von denen aus dich ein Scharfschütze treffen könnte, aber wer weiß, welche perfiden Methoden andere Magier anwenden würden.«

»Solltest du nicht alles darüber wissen?« Die Lichter der Stadt glitzern tief unter uns, und ich trete näher, um sie besser betrachten zu können. Die Glasscheiben sind sicher, das hat er eben erst gesagt.

»Theoretisch. Und genau deshalb möchte ich, dass du in der Wohnung bleibst.« Er geht zu einer Wand, drückt einen Schalter und ein Sichtschutz legt sich über die Fenster.

»Netter Trick.«

»Davon hat die Wohnung einige.« Er deutet auf eine unscheinbare Tür im hinteren Bereich des Raumes. »Das Bad.«

Es fehlen noch zwei Zimmer, wenn ich das richtig sehe, und bei dem Gedanken, dass hinter einer der Türen sein – unser – Schlafzimmer liegt, kribbelt es aufgeregt in meinem Bauch.

»Arbeitszimmer.« Er deutet auf die mittlere Tür, welche halb geöffnet ist. Der Raum liegt dunkel vor mir. Es gibt ein Fenster, ebenfalls abgeschottet, und einen Schreibtisch, auf dem kein einziges Blatt Papier, geschweige denn ein Stift zu finden ist. »Und das Schlafzimmer.«

Das riesige Bett darin sieht erstaunlich gemütlich aus. Die Bettbezüge weisen ein schlichtes Grau auf, doch es harmoniert gut mit den weißen und cremefarbenen Tönen der restlichen Ausstattung. Modern und trotzdem einladend.

Auch hier führt ein Weg auf den Balkon, ebenfalls mit Sichtschutz. Gegenüber dem Bett steht die Tür zu einem begehbaren Kleiderschrank offen, und ich habe die Vermutung, dass Nate ihn vor Kurzem noch nach Eindringlingen durchsucht hat.

»Die Wohnung ist schön.«

»Danke.« Er gähnt, und jetzt fallen mir auch die tiefen Schatten unter seinen Augen auf. »Stört es dich, wenn ich schnell duschen gehe?«

»Nein, kein bisschen.«

Er läuft zu seinem Schrank, holt frische Sachen heraus und hält plötzlich inne. »Bedien dich an allen Shirts und Jogginghosen, wie du möchtest. Was mein ist, ist auch dein und so. Tut mir leid, dass unser Gepäck noch im Schloss ist. Wenn Kaya und Brian Wort halten, bekommst du dein Zeug bald wieder.«

Ich mache eine wegwerfende Handbewegung. »Dank des kleinen Shoppingtrips stehe ich ja nicht mit komplett leeren Händen da.« Wobei ich nichts dagegen hätte, die engen Sachen loszuwerden. Sie zwicken unter den Achseln, während die Hose mindestens eine Nummer zu groß scheint und mir ständig über die Hüfte rutscht. Denkbar ungeeignet zum Rennen, weshalb Nate auf einem Gürtel bestanden hat, der das Ding an Ort und Stelle hält.

Ehrlich, wer kommt auf den Gedanken, so was freiwillig zu tragen?

Allein in dem Zimmer, schaue ich mich um.

Immer noch keine Bilder oder Ähnliches. Die Einrichtung ist schlicht. Effektiv.

Vorsichtig lasse ich mich auf das Fußende des Bettes sinken. Auf der rechten Seite liegt ein Buch auf dem Nachttisch, daher nehme ich an, dass ich links schlafen werde. Okay, vielleicht sind die Bücher im Wohnzimmer doch nicht nur zur Dekoration dort.

Das Rauschen der Dusche durchdringt die Stille der Wohnung.

Wie soll es jetzt weitergehen? Wie lange werde ich hier eingesperrt sein? Ich gebe zu, es ist ein hübsches Gefängnis. Hier und da könnten ein paar Farbtupfer nicht schaden, und ich frage mich, wie Nate wohl zu einem Gemälde von Sailor Moon stehen würde?

Wobei ich ihn eher für den Dark-Souls-Typ halte. Von fröhlich und bunt ist das natürlich meilenweit entfernt. Vielleicht lässt er sich auf ein Motiv mit einem Bonfire ein, das hat wenigstens nicht nur schwarz und grau.

Ungeduldig trommle ich mit den Fingern auf mein Knie.

Nicht einmal mein Zeichentablet habe ich. In dem Chaos vor unserem Aufbruch habe ich es einfach vergessen.

Das alles ist so unwirklich. Vor nicht einmal drei Wochen kannte ich Nate noch nicht, und jetzt bin ich hier, in seiner Wohnung, sitze auf seinem Bett und …

Und was? Auf was genau warte ich eigentlich? Vielleicht ist es an der Zeit, dass ich aufhöre, nur abzuwarten, was als Nächstes geschieht.

Kurzerhand stehe ich auf, verlasse das Schlafzimmer und beginne, mich auszuziehen. Bloß nicht zu lange darüber nachdenken. Wenn ich nachdenke, könnte es passieren, dass ich mich in einer dunklen Ecke verkrieche und nicht wieder hervorkomme.

Wie alles in dieser Wohnung ist auch das Bad riesig, und Dampf schlägt mir entgegen.

»Nicht erschrecken«, warne ich ihn.

Nate zuckt trotzdem zusammen. »Hailey! Alles okay?«

Die Dusche ist geräumig und nur durch eine Mauer abgetrennt.

»Bestens.« Ich habe nur noch meine Unterwäsche an und wie schon in der Umkleidekabine spüre ich seinen Blick auf meiner Haut. Er brennt sich ein und ich kann das Verlangen darin erkennen. »Hättest du etwas dagegen, wenn ich dir Gesellschaft leiste?«

Wie wenig er dagegen hat, ist klar und deutlich zu erkennen, sobald ich mir erlaube, ihn in Gänze zu bestaunen. Gewisse Körperteile freuen sich sehr über meine Gesellschaft.

Jetzt bloß keinen Rückzieher machen.

Um ihm zu zeigen, wie ernst es mir ist, greife ich zu dem Verschluss meines BHs, öffne ihn und lasse ihn von den Schultern gleiten, rühre mich jedoch nicht von der Stelle.

Nate räuspert sich hörbar, bleibt jedoch wie versteinert stehen. »Natürlich darfst du.«

Bevor ich es mir anders überlegen oder auch nur den Hauch eines Zweifels zulassen kann, entledige ich mich auch meiner Unterhose und trete zu ihm unter den warmen Wasserstrahl.

Der Trottel macht noch immer keine Anstalten, mich zu berühren; er starrt einfach nur, als wäre ich eine Halluzination.

»Dir ist bewusst, dass ich nicht nur zum Duschen hierhergekommen bin, oder?« Hoffentlich findet er das alles überhaupt sexy. Vielleicht benehme ich mich auch vollkommen lächerlich, und er sagt nichts, weil er darum bemüht ist, einen Lachkrampf zu unterdrücken.

Kaum habe ich das gedacht, da beugt er sich zu mir und presst sein Mund auf meinen. Den Kuss zu erwidern, ist so natürlich wie zu atmen.

Keinerlei Zurückhaltung, nur pures, ungefiltertes Verlangen.

Seine Finger vergraben sich in meinen Haaren und gemeinsam stolpern wir gegen die nächste Wand.

Die kühlen Fliesen in meinem Rücken bilden einen starken Kontrast zu seiner warmen Brust, die sich gegen meine presst, während seine Zunge meinen Mund erforscht. Luft zu bekommen, wird eine neue Herausforderung, aber Sauerstoff wird ohnehin überbewertet.

Ich denke nicht länger nach. Das ist unmöglich. In meinem Kopf herrscht gähnende Leere bis auf ein einziges Wort. *Mehr.*

Endlich kann ich die Muskeln seiner Brust erkunden, kann die Anatomie fühlen, die ich so oft auf Bildschirmen kreiert habe. Federleicht lasse ich meine Finger über ihn wandern, hinab an seinen Seiten, bis ich an seinen Hüften innehalte. Was ich dort finden werde, weiß ich. Weil ich *ihn* an meinem Bauch spüre.

Allmählich wird der Kuss weniger drängend, und ich habe die schreckliche Vermutung, dass Nate sich aus Angst, mich zu überfordern, zurückziehen könnte. Daher schiebe ich eine Hand zwischen uns und fahre federleicht seinen Schaft entlang.

So scharf, wie er die Luft einzieht, könnte man meinen, ich hätte ihm wehgetan, doch als ich die Augen öffne, steht kein Schmerz in seinem Gesicht.

»Du musst nicht …«

»Ich weiß«, unterbreche ich ihn. »Aber ich will. Wenn du mir zeigst, wie.«

Wieder stöhnt er, und ich bin mir nicht sicher, ob aus Vorfreude, Frust oder beidem. Doch er lässt seine Stirn gegen meine sinken und umschließt meine Hand mit seiner, bevor er mir einen Rhythmus zeigt.

Die Haut ist so samtig. Wieso habe ich bisher nie darüber nachgedacht? Seine Hüfte zuckt und in Nates Gesicht spiegelt sich Anstrengung. Er lässt mich los, stützt sich mit beiden Armen über meinem Kopf ab und presst die Lippen aufeinander.

Ein Gefühl der Macht durchströmt mich, und fast bin ich versucht, auf die Knie zu sinken und zu schauen, wie ich meinen Mund einsetzen könnte. Vielleicht …

Plötzlich tritt er zurück. »Das ist so nicht richtig.«

Am liebsten würde ich hier und jetzt im Erdboden versinken.

War ja klar, dass ich irgendetwas falsch machen würde. Welcher Teufel hat mich geritten, zu denken, jemanden mit Nates Erfahrung verführen zu können?

»Sorry.«

»Was?« Verwirrt sieht er auf, dann schüttelt er entsetzt den Kopf. »Nein. *Das* war absolut richtig. Phänomenal. Etwas, das wir definitiv sehr bald fortsetzen sollten.«

Mit einem Handgriff stellt er die Dusche aus, legt eine Hand an meine Wange und küsst mich erneut, sanft und ruhig.

Ich lasse es geschehen.

»Was ich meine«, murmelt er gegen meinen Mund, »ist, dass die Reihenfolge falsch ist. Immerhin habe ich dir versprochen, dass du neue Dinge lernst. Und damit meinte ich nicht, wie du mir einen runterholen kannst. Auch wenn ich darauf gern irgendwann zurückkommen würde.«

Wenigstens ist das Bad voller Dampf, sodass ich in dem überdimensional großen Wandspiegel nicht sehen muss, wie ich krebsrot anlaufe.

Schieben wir es auf die heiße Dusche. Die ist schuld. Definitiv nicht seine Worte!

Nate verschränkt unsere Finger ineinander, führt mich aus der Kabine und nimmt ein weißes Handtuch vom Haken. Dann beginnt er, mich abzutrocknen. So liebevoll und sanft, dass meine Gefühle übersprudeln wollen.

Mit einem Zipfel trocknet er erst mein Gesicht, dann meinen Hals und meine Brüste. Hier lässt er sich besonders viel Zeit, umrundet sie, bis meine Nippel hart werden.

Wenn ich mir das Lächeln um seine Mundwinkel so ansehe, habe ich die starke Vermutung, dass er genau dieses Ergebnis erreichen wollte.

Ich hingegen stehe einfach nur da, unschlüssig, was genau ich mit meinen Händen anfangen soll. Was mache ich normalerweise mit ihnen?

Nate scheint nichts von meinen Gedanken mitzubekommen, während er das Handtuch tiefer gleiten lässt. Vorbei an meinen Brüsten und über meinen Bauch, doch er hält inne, bevor er den Bereich zwischen meinen Beinen erreicht.

Celine hat mich gezwungen, mich zu rasieren, und mir den Tipp gegeben, nur einen Streifen Haare stehen zu lassen.

Gefällt es ihm?

Was, wenn nicht?

Mein Herz rast, und jede Faser meines Körpers möchte vor Anspannung explodieren, während Blitze über meine Haut direkt zwischen meine Beine rasen.

»Scheiß drauf«, murmelt er plötzlich, schlingt das Handtuch um meine Schultern und küsst mich. »Bitte sag mir, dass ich dich überall berühren darf, Hailey. Und versprich, dass du mir sofort sagst, wenn dir irgendetwas zu viel wird, sich unangenehm anfühlt oder … was auch immer. Sag mir einfach nur, wenn ich aufhören soll, und ich tue es.«

»Ja«, ist alles, was ich hervorbringe.

»Ja, ich darf dich überall berühren?« Er küsst meinen Hals, wandert zu einem Ohrläppchen und knabbert daran, was dazu führt, dass mein gesamter Körper in Flammen steht. »Oder ja, du versprichst mir, dass du mir sofort sagst, wenn dich etwas stört?«

Himmel, seine Küsse fühlen sich unglaublich an. Warum hat er aufgehört? Ach ja, er hat mich etwas gefragt. »Beides.«

»Gut.«

Das Handtuch fällt zu Boden, doch keiner von uns interessiert sich dafür. Er zieht mich einfach nur hinter sich her ins Schlafzimmer, schließt die Tür, und Wassertropfen rinnen seine Brust hinunter.

Ohne darüber nachzudenken, fange ich einen davon mit dem Mund auf.

Vielleicht bilde ich mir nur ein, dass sein Herz genauso schnell schlägt wie meines.

Ohne Vorwarnung sind seine Hände überall. Gleiten meine Arme herauf, über mein Schlüsselbein, hinab an meinen Brüsten, die sich erstaunlich schwer anfühlen.

Ich lehne mich in die Berührung.

Mehr, mehr, mehr!

Der Gedanke hämmert durch mich hindurch, und wieder strecke ich die Hand nach ihm aus, doch er hält mich auf.

»Später.«

Dann finden seine Finger meine Mitte, und meine Knie drohen, unter mir nachzugeben, als er mich an genau der richtigen Stelle zu umkreisen beginnt. Einzig sein Arm in meinem Rücken hält mich aufrecht.

Hat Celine nicht behauptet, dass es am Anfang oft komisch ist und man Männern erst zeigen muss, wie man berührt werden möchte?

Nun, Nate braucht in dieser Hinsicht keinerlei Nachhilfe.

Über die Jahre habe ich gelernt, wie ich mir selbst einen Orgasmus verschaffen kann, aber das ist nicht mit dem zu vergleichen, was gerade passiert.

Er lässt sich Zeit, was mich beinahe in den Wahnsinn treibt. Ich halte mich an ihm fest, und tief in mir löst sich ein Laut, den ich garantiert noch nie vorher von mir gegeben habe.

»Gut?«

Irgendwie schaffe ich es, ein zustimmendes Brummen auszustoßen, das ziemlich schnell in ein Stöhnen übergeht, als er meinen rechten Nippel in den Mund nimmt und mit der Zunge beginnt, ihn im selben Rhythmus zu umkreisen, wie seine Finger es eine Etage tiefer tun.

Der Orgasmus kommt so plötzlich, dass ich kurz aufschreie, dann geben meine Beine tatsächlich unter mir nach, so sehr zittern sie. Doch Nate hält mich fest, führt mich mit sanften Berührungen durch die Wogen und facht sie erneut an. Dann sinken wir in einem Bündel aus Armen und Beinen zu Boden, und er zieht mich an seine Brust, hält mich, wiegt mich, bis das Zittern langsam nachlässt.

»Ich bin so ein Arsch«, sagt er leise in meine Haare. »Ich hatte mir fest vorgenommen, es wenigstens bis ins Bett zu schaffen.«

Kapitel 35

Nathaniel

Ich wache vom leisen Vibrieren meines Smartphones auf dem Nachttisch auf. Rasch taste ich danach, damit Hailey nicht aufwacht. Allerdings scheint es sie viel mehr zu stören, dass ich meinen Oberkörper von ihr wegbewege, jedenfalls schlingt sie prompt einen Arm um mich und vergräbt ihren Kopf an meiner Schulter.

Schmunzelnd schiebe ich mich in Zeitlupe von ihr weg, und kurz fürchte ich schon, sie könnte doch noch die Augen öffnen. Aber dann greift sie sich den Zipfel meines Kopfkissens und seufzt zufrieden. *Sieh einer an, so leicht bin ich ersetzbar …*

Ich verkneife mir ein Grinsen und schleiche hinüber in die Küche. Wenn ich im Büro sein will, bevor George seinen Arbeitstag beginnt, muss ich mich sputen. Aber für eine kurze Dusche und ein vorbereitetes Frühstück für Hailey sollte es noch reichen.

Ich lasse sie ungern allein zurück, erst recht nicht nach der letzten Nacht, aber ich habe keine Wahl. Das Gespräch mit George ist unerlässlich. Dementsprechend stehe ich eine knappe Stunde später fertig angezogen wieder in der Tür zum Schlafzimmer. Hailey ist noch immer nicht aufgewacht. Im

Gegenteil: Sie sieht so verdammt friedlich aus, wenn sie schläft. Als könnte kein Leid der Welt sie je erreichen. Und mein Job ist es, dafür zu sorgen, dass das so bleibt.

Ich habe zugegebenermaßen ziemlich lange gebraucht, um das zu begreifen. Weil ich mich in einem Widerspruch gefangen gesehen habe: George Heart und die Agenda der Agency unter seiner Leitung auf der einen Seite und Hailey auf der anderen. Es war ein Entweder-oder-Szenario, die unmögliche Entscheidung, die ich nicht treffen wollte: Entweder erfülle ich meine Pflicht als Magic Agent und schütze die Krone, indem ich eine Hellseherin anwerbe, koste es, was es wolle. Oder ich nehme Hailey nicht nur als laufende magische Fähigkeit, sondern als Mensch wahr, als Frau mit Gefühlen und Hoffnungen und Ängsten.

Ich habe einen Widerspruch darin gesehen. Und ich habe es als unermessliche Schwäche betrachtet, Gefühle für sie zu haben. Ich habe genau den Fehler gemacht, den ich meinem Vater immer vorgeworfen habe: Ich habe mich und alle anderen auf eine Aufgabe reduziert. Darauf, emotionslose Schachfiguren in einem Spiel um Macht zu sein.

Hailey hat mir beigebracht, dass es so nicht funktioniert. *Niemand* ist derart gefühllos. Und muss es auch nicht sein.

Wie und wann und für wen Hailey ihre Kräfte einsetzen will, ist ihre Entscheidung. Ob sie damit Prinz Alexander helfen möchte, sobald sie in der Lage ist, ihre Magie zu kontrollieren, ist ihre Entscheidung. In den Statuten der Magic Agents ist vorgesehen, dass wir nach freiem Willen handeln, dass wir unseren Dienst quittieren können, wenn wir das wünschen, sofern wir die Geheimhaltung weiterhin wahren. Wie wir mit staatsfremden Magiern umgehen, ist eine andere Frage … Aber wir manipulieren nicht unsere eigenen Leute. Wenn wir damit anfangen, können wir einpacken.

Derjenige, der diese Grundregel massiv missachtet hat, ist George Heart.

Ich werde ihm im Zweifel einräumen, dass er in seiner Sorge um seinen Neffen, den Kronprinzen, blind war vor Sorge, und davon ausgehen, dass er nicht am Attentat auf Hailey beteiligt war, aber sollte ich heute den geringsten Hinweis darauf finden, dass er sie absichtlich in Gefahr gebracht hat … wird er mit den Konsequenzen leben müssen.

Fakt ist, dass ich nicht wählen muss. Ich muss mich nicht zwischen Hailey und meinem Job entscheiden, denn sie sind ein und dasselbe. Meine Loyalität gilt nicht George Heart, sondern sie gilt dem Kronprinzen und der gesamten magischen Gesellschaft Nordamerikas. Und das war schon immer der Fall.

Das Einzige, was man mir vorwerfen kann, ist, dass ich Gefühle für eine Schutzperson entwickelt habe. Aber solange das nicht meine Fähigkeiten beeinträchtigt, dafür zu sorgen, dass sie sicher ist, kann ich damit leben.

Ich gehe vor Hailey in die Knie, gebe ihr einen sanften Kuss auf die Stirn und schiebe einen Zettel unter den schmalen Fuß der Nachttischlampe. Dann greife ich nach Ophedia, die sich fest um meinen Finger geschlungen hat. »Ich muss etwas Wichtiges erledigen. Und bis ich wieder hier bin, musst du auf sie aufpassen.«

Sie öffnet ihre Knopfaugen, funkelt mich an und bewegt sich doch keinen Inch. »Komm schon«, flüstere ich, als sie sich weigert, sich von meiner Haut zu lösen. »Bist du allen Ernstes noch sauer auf mich, weil ich meine Magie auf Hailey angewandt habe? Glaub mir, dass das ein Fehler war, habe ich eingesehen.«

Anstatt sich von mir zu lösen, öffnet sie ihr kleines Maul weit, bis ihre Fänge im spärlichen Licht aufblitzen.

Ich verdrehe die Augen. »Ich habe jetzt keine Zeit für deine Fisimatenten, Ophedia. Ich muss los. Wenn wir zurück sind, finde ich raus, was du willst. Bis dahin gibst du auf Hailey acht. Immerhin ist sie jetzt eine Levergne, ich gehe also stark davon aus, dass du deine Sache gut machen wirst.«

Unter leisem Zischeln schlängelt sie sich von meinem Finger und kringelt sich auf dem Papier wieder zusammen.

»Danke«, grummle ich und sehe nervös zu Hailey hinüber. Aber sie schläft noch immer friedlich. Beneidenswert. Ich wünschte, ich könnte so tief und unbesorgt schlafen wie sie.

Ich gebe ihr einen letzten, langen Kuss und werfe einen warnenden Blick zu Ophedia, die allerdings längst wie versteinert auf der Notiz liegt. Als wäre sie nichts weiter als ein lebloses Schmuckstück.

* * *

Ich biege gerade rechtzeitig in die Einfahrt der Tiefgarage zur Royal Agency of Magic ein – im selben Moment, in dem George Hearts schwarzer Lexus hinter mir auf der Straße auftaucht.

Von außen ist das Gebäude ein großer Klotz im neoklassizistischen Stil, zu Füßen des Capitol Hill von Washington, D.C. Einer der zahllosen Bauten, bei denen niemand so genau weiß, was darin eigentlich genau passiert. Eben irgendwas mit Schreibtischen und Kopierpapier. Aber sobald man eines der magischen Portale durchschritten hat, eröffnet sich einem eine komplett neue Welt. Es ist eine skurrile Mischung aus Museum, Wohnzimmer im Kolonialstil und hochmodernem Alcatraz. Wir haben keine Metalldetektoren, aber magische Sicherheitsschranken, die von außen anmuten wie der Kleiderschrank aus Narnia. Für das einfache Fußvolk ohne eigene Büroräume gibt es Sekretäre, die sich magisch verschließen lassen und mich an meinem ersten Tag hier an verstaubte Collegebibliotheken erinnert haben. Zwischen gewebten Wandteppichen hängen moderne LED-Bildschirme und spucken ihre Informationsflut aus. Eine symmetrische Doppeltreppe führt auf die Empore im oberen Geschoss, von welcher dunkle Ebenholztüren in einzelne Büros führen. Ein weiteres Stockwerk darüber thront die Kommandozentrale, das Herzstück der Agency. Genau dorthin würde mich mein Weg normalerweise als Erstes führen.

Stattdessen warte ich hinter den Sicherheitsschranken darauf, dass George auftaucht. Es ist ein seltsames Gefühl. Vor wenigen Wochen noch wäre es eine völlig normale Begebenheit gewesen. Wir hätten uns oben in der kleinen Küche einen Kaffee geholt, uns über anstehende Fälle ausgetauscht und Theorien gesponnen, wo der nächste Angriff der Rebellen zu erwarten sein könnte. Für die wirklich delikaten Themen hätten wir uns in den »Bunker«, eines der kleinen Seitenbüros im Kontrollzentrum, verzogen und dort weitergesprochen, weil die Räume mit einem magischen Störsignal gegen jeden ungebetenen Zuhörer versehen sind. Beim Verlassen wurden mir oft missbilligende Blicke zugeworfen, weil George *mir* vertraut hat, dem jungen Levergne, der nur hier ist, weil er Rang und Namen hat … Und ich habe ihm vertraut. Dafür, dass er mehr in mir gesehen hat als den Sohn meines Vaters oder irgendeinen jungen Agenten mit einer nützlichen Gabe und hohen Ambitionen. Ich wäre vor eine verdammte Kugel für ihn gesprungen.

Heute kann ich nicht mehr mit Sicherheit sagen, dass er nicht von dem geplanten Anschlag auf Hailey wusste. Ich kann nicht einmal mit hundertprozentiger Sicherheit ausschließen, dass er daran beteiligt war oder davon profitiert hätte.

Die Frage, ob er es wusste, ob er ihren Tod in Kauf genommen oder gar geplant hat, ist etwas, was mich seit drei Nächten kaum schlafen lässt. Denn wenn tatsächlich er dahintersteckt, dann kann ich sie nicht schützen. Bei allem Geld, allem Einfluss meiner Familie, kann ich nicht garantieren, dass Hailey sicher ist, ohne von ihr zu verlangen, den Kontakt zu ihrer gesamten

Familie, ihren Freunden, zu jeder einzelnen Person, die sie jemals kennengelernt hat, abzubrechen. Nichts anderes könnte sie davor bewahren, dass Heart oder einer seiner Handlanger sie findet.

Es ist mein Job, genau das zu tun: Menschen ausfindig zu machen. Und sie zu eliminieren. Niemand weiß besser als ich, wie effektiv die Agency darin ist. So effektiv, dass es ihr beinahe gelungen wäre, während ich im selben Gebäude war wie Hailey.

Der Gedanke lässt mich schlucken. Aber keine Sekunde darauf pappe ich mir ein Lächeln aufs Gesicht, während George aus der kleiderschrankartigen Sicherheitsschranke tritt. Er hebt irritiert die Augenbrauen, als er mich sieht. »Nathaniel! Was machst du schon hier? Ich dachte, du wärst mit deiner Frau in den Flitterwochen.«

Ich fahre mir durch die Haare, gehe auf ihn zu und wir verfallen in den üblichen Trab in Richtung unserer Büroräume im ersten Stock, wie wir es schon zahllose Male getan haben. »Es gab einen … Zwischenfall. Und ich habe entschieden, dass es besser ist, wenn wir früher abreisen.«

»Zwischenfall? Wieso? Ist was passiert?«

Ich mustere seine Stirn. Die Augenbrauen. Die Muskulatur um seine Mundwinkel. Suche jeden Inch nach Mikroexpressionen ab, nach irgendetwas, das mir verrät, ob er lügt.

»Irgendjemand hat versucht, Hailey etwas anzutun. Oder jedenfalls ist das ihre Version der Geschichte. Ich weiß ehrlich gesagt nicht, wie viel dran ist. Sie ist … etwas labil, wenn du verstehst?« Ich grinse schwach.

Er runzelt die Stirn. »Du meinst …?«

»Was ich sagen will: Bist du dir sicher, dass sie tatsächlich Visionen hat und nicht einfach nur …«, ich drehe mich nervös um und senke die Stimme, als würde ich irgendetwas Hochnotpeinliches von mir geben, »paranoide Schizophrenie?«

George presst die Lippen aufeinander. Es soll aussehen wie Bedauern. Aber es misslingt. Bedauern ist eine dieser Emotionen, die George Heart nicht empfindet. Und was er nicht empfindet, das kann er nicht gut schauspielern. Früher habe ich ihm das nicht übel genommen. Ich kenne viele Männer, die echtes Mitgefühl als Schwäche interpretieren. Sie können oder wollen es sich nicht leisten, Sympathie für jemanden zu empfinden, ausschließlich deswegen, weil derjenige leidet. Für mich war diese Empathielosigkeit meist weniger ein Zeichen von Charakterschwäche, sondern eher eines von … Verletzung. Trauma. Aber manchmal ist es das nicht. Manchmal ist es einfach nur das: Charakterschwäche. Narzissmus. Jene Art von Persönlichkeitsstörung, für die ich *tatsächlich* Scham empfinden würde.

»Du denkst also nicht, dass an ihren Visionen irgendetwas dran ist?«, fragt er.

Ich schüttle in scheinbarer Entschiedenheit den Kopf. »Nein. Sie hat schlimme Albträume, schreit im Schlaf, missinterpretiert Dinge und hat eine sehr *eigene* Wahrnehmung. Ich werde versuchen, mich um sie zu kümmern, ihr Hilfe zu organisieren, nicht nur wegen der Agency, sondern weil ich sie geheiratet habe. Ich fühle mich verantwortlich für sie, das verstehst du sicher. Aber ich denke nicht, dass wir sie in den nächsten fünf oder sogar zehn Jahren um verlässliche Informationen bitten können. Das würde einfach nicht funktionieren, auch wenn sie mit Sicherheit kooperativ wäre.«

»Das ehrt dich sehr, Nathaniel. Aber bist du dir sicher, dass du dir das antun willst?«

Ich presse die Kiefer aufeinander, zwinge ein Lächeln hervor und deute auf die kleine Küche. »Kaffee?«

»Ah, ja, gern«, sagt er.

Ich öffne Schränke, suche Tassen, Kaffeebohnen und Milch heraus, um die Maschine zu füttern. Alles nur, um Zeit zu schinden. Zeit für mich selbst, weil mich dieses Gespräch anwidert. Weil ich mich selbst anwidere. Nicht nur wegen dem, was ich sage. Sondern auch, weil ich selbst so gedacht habe. Jahrelang habe ich so gedacht. Ich wäre geworden wie er. Ich hätte mich geschämt, wenn meine Frau eine psychische Krankheit gehabt hätte. Ich hätte sie für »meiner nicht würdig« gehalten. Ich hätte versucht, sie loszuwerden. Nicht auf die Art, die er möglicherweise in Betracht zieht, aber auf eine andere. Und das ist schlimm genug.

»Ich mag Hailey«, sage ich, während ich die Tassen unter die Kaffeemaschine schiebe und das Gerät zwei Mal auf schwarzen Kaffee stelle. »Sie ist süß. Sehr loyal. Bei manchen Frauen in D.C. könnte ich mir nicht sicher sein, ob sie mich nicht doch eines Tages hintergehen. Das kann ich mir schon aus beruflichen Gründen nicht leisten; das weißt du ja selbst am besten. Hailey würde das nie tun. Sie … sie ist wirklich eine gute Ehefrau, verstehst du? Tut immer, was man ihr sagt.« Ich möchte kotzen. »Sehr hilfsbereit. Wirklich liebenswert. Ich bin mir sicher, wenn ich ein paar Jahre mit ihr verbringe und es ihr irgendwann hoffentlich besser geht, dann … dann könnte ich mit ihr sehr glücklich sein. Du sagtest selbst, dass sie auch magisch ein tolles Match ist. Sie liebt Kinder und wünscht sich bald welche. Das alles will ich nicht aufs Spiel setzen, nur weil sie manchmal irgendwelche Dinge sieht, die nicht da sind.«

George nickt bedächtig. Seufzend hebt er die Hände. »Sofern es das ist, was du willst.« Doch dann hält er inne, sagt: »Nathaniel, wenn es irgendetwas gibt, worüber du mit mir reden möchtest, offen und ehrlich, dann würdest du es doch tun, oder?«

»Ja! Ja, natürlich.«

Er nickt und lächelt. »Also schön. Dann wünsche ich dir alles Gute mit Hailey, und wir werden sehen, vielleicht kann ich ja eine kleine Gehaltserhöhung oder so was für dich erwirken.

Immerhin tust du der Agency einen sehr großen Gefallen damit, dein Leben derart in ihren Dienst zu stellen, dass du sogar mit einer Verrückten zusammenlebst.«

Meine Fingerspitzen zucken. Ich habe selten den Impuls, aus dem Nichts heraus gewalttätig zu sein. Aber das hier ist definitiv so ein Moment.

Stattdessen mache ich eine wegwerfende Handbewegung und sage: »Das ist nicht nötig.«

Aber er schüttelt den Kopf. »Oh, doch, Nathaniel. Das ist es. Ich möchte, dass du bei uns zufrieden bist. Und nicht glaubst, wir würden dich ausnutzen. Denn das tut hier wirklich niemand. Wir nehmen dich sehr, sehr ernst.«

Am Rand meines Bewusstseins wabert ein Anflug von Magie. Still wie Nebel über weit entfernten Feldern, aber sie ist dort. Sie streckt ihre Krallen nach mir aus. Und prallt an dem Schutzschild aus Magie ab, über den ich nicht einmal mehr nachdenken muss. Er ist immer da. Egal, wo ich bin. Egal, mit wem ich rede. Egal, wie sicher ich mich fühle.

Jetzt und hier ist er höher als die Chinesische Mauer. Trotzdem läuft mir ein eiskalter Schauer den Rücken hinunter, während ich die Hand nach ihm ausstrecke. Hat er allen Ernstes gerade versucht, seine Magie auf mich anzuwenden?

»Klar, das weiß ich doch«, sage ich lächelnd. »Danke für alles.«

Er erwidert die Geste. Greift nach meiner Hand und schüttelt sie, als wäre nie etwas gewesen, und ich bin mir in diesem Moment absolut sicher, dass er versucht hat, Hailey umzubringen. Er hat die unvorstellbare Dreistigkeit besessen, meine Frau in ihren Flitterwochen ermorden zu wollen. Während ich jahrelang für diesen Mann gearbeitet habe. Ich habe alles getan, was er wollte. Ohne es jemals zu hinterfragen. Ich habe ihm alles gegeben. Und er tritt es mit Füßen.

Aber das ist es nicht, was mich so verdammt wütend macht. Wütend macht mich, dass er beinahe Erfolg gehabt hätte. Er hätte einen wildfremden Mann eine unschuldige Frau heiraten, sie manipulieren und sie dann umbringen lassen. Und ich absoluter Vollidiot hätte all das beinahe mitgemacht.

Er löst seine Hand aus meiner. Ich greife nach der Küchentür, öffne sie, und der hereindringende Luftstrom zieht kühl über den Schweißfilm, den seine Haut auf meiner hinterlassen hat. Ein schwacher Trost, dass meine Anwesenheit ihn wenigstens so nervös macht, dass ihm der Angstschweiß ausbricht. Oder ist es ein Zeichen, dass er mir womöglich doch nicht glaubt? Und das riesige Lügengebilde, das ich ihm gerade aufgetischt habe, nicht hält?

Er wird Nachforschungen anstellen, und ich werde im Staub vor Hailey kriechen müssen, damit sie mir all die Gefallen tut, die nötig sein werden, um meine Geschichte aufrechtzuerhalten. Aber es ist mir scheißegal. Ich werde alles tun, damit sie das hier nur irgendwie überlebt.

Kapitel 36

Hailey

Das Bett neben mir ist leer. Schon wieder.

Ich weiß es, bevor ich die Augen aufschlage. Irgendein sechster Sinn sagt mir, dass Nate nicht mehr hier ist.

Trotzdem taste ich nach ihm, in der Hoffnung, dass ich mich irre.

Tue ich nicht.

Auch die Wohnung scheint vollkommen still.

Das Licht im Schlafzimmer ist schummerig, doch ich kann die kräftigen Sonnenstrahlen hinter den schweren Vorhängen erahnen.

Ein Zettel unter meiner Nachttischlampe erregt meine Aufmerksamkeit. Darauf liegt Ophedia, Nates Schlangenring, den ich mehr als einmal aus der Ferne bewundert habe. Wie immer bekomme ich den unerklärlichen Eindruck, dass sie mich beobachtet und jede Sekunde zum Leben erwachen könnte.

Die kurze Notiz hält nicht viele Informationen bereit, außer dass ich mir einen schönen Tag machen und die Wohnung nicht verlassen soll. Er verspricht, spätestens heute Nachmittag zurückzukehren.

Wie spät ist es? Ob ich mein Handy wieder einschalten kann? Nate hat nichts Gegenteiliges gesagt, aber ich habe keine Ahnung, wie viele Menschen wissen, dass wir wieder in den Staaten sind.

Lieber nichts riskieren.

Hat er die Agency darüber informiert?

Ein kalter Schauer läuft mir über den Rücken. Vielleicht hätte ich, statt ihm in der Dusche einen Besuch abzustatten, fragen sollen, was genau seine Pläne sind.

Shit, ich war so darauf fokussiert, der Spannung zwischen uns nachzugeben, dass ich den ganzen Rest vergessen habe.

Seufzend drehe ich mich um.

Anscheinend bin ich wirklich nichts weiter als ein naives kleines Mädchen. Kein Wunder, dass er mich nicht in seine Pläne einweiht.

Das sollte ich definitiv ändern.

Schnell überfliege ich den Rest der Nachricht, in dem er mich darum bittet, Ophedia bei mir zu tragen, was mich einmal mehr vermuten lässt, dass es mit dem Ring weit mehr auf sich hat, als dass es sich um ein bloßes Erbstück handelt.

Aber immerhin ist ihm offenbar selbst aufgefallen, dass die wenigen Zeilen etwas harsch klingen, insbesondere nach allem, was wir letzte Nacht geteilt haben, denn ganz unten hat er noch ein kleines Herz gekritzelt.

Natürlich springt mein eigenes bei diesem Detail fast aus der Brust, und gegen das Lächeln, das sich in meinem Gesicht ausbreitet, bin ich machtlos.

Nathaniel Levergne, Mr Ich-bin-unantastbar, hat ein Herz gekritzelt.

Für mich.

Ich beäuge das Schmuckstück.

Zugegeben, Ophedia passt perfekt zu meinem Ehering, aber irgendetwas an ihr ist gruselig.

Am liebsten würde ich die Hand nach ihr ausstrecken und ihr über den Kopf streicheln, doch so irrational es ist, ich habe Angst, dass sie mich beißt.

Also lasse ich den Ring vorerst, wo er ist, und wende mich den wichtigen Dingen des Lebens zu.

Kaffee und Frühstück.

Eine ausgiebige Dusche wäre auch nicht schlecht. Und dann … X-Box und Playstation spielen, bis mein Mann zurückkehrt.

Nate hat schließlich selbst gesagt, dass die Wohnung sicher ist. Die Schlange kann mir gern beim Zocken zuschauen, aber die erste Stunde des Tages möchte ich für mich allein haben. Die Irrationalität, einen Ring nicht mitnehmen zu wollen, weil er mir unheimlich ist, entgeht mir nicht. Allerdings waren die letzten Wochen ein einziges Chaos, und ich denke, diesen Hauch Paranoia darf ich mir erlauben.

Mein erster Gang führt mich ins Bad und unter die Dusche. Die kleine Digitalanzeige neben der Anrichte verrät, dass es bereits neun Uhr ist. Wann ist Nate wohl gegangen?

Dummerweise habe ich meine eigenen Pflegeprodukte in Schottland gelassen, aber Nates Shampoo sieht teuer aus, und er benutzt sogar eine Spülung. Vorbildlich. Kein Wunder, dass seine Haare so seidig weich sind.

Erst gestern bin ich mit der Hand hindurchgefahren, genau hier, in diesem Bad, während er mich um den Verstand geküsst hat.

Vertraute Hitze kriecht durch meinen Körper.

Verdammt, ich vermisse ihn jetzt schon!

Nachdem ich mich abgetrocknet und meine Haare geföhnt habe, bediene ich mich an seinem Kleiderschrank.

Ob ich die Zeit nutzen und mich ein wenig in der Wohnung umschauen sollte? Immerhin ist das hier ab jetzt auch mein Zuhause, richtig?

Mein Magen knurrt laut und deutlich.

Alles klar, erst Frühstück, dann schnüffeln.

Oder ich lasse das Schnüffeln ausfallen. Besser, ich frage Nate direkt, ob ich mich hier umsehen darf. Wir sind endlich auf dem richtigen Weg, und ich möchte das nicht kaputtmachen. Wenn diese Verbindung funktionieren soll, müssen wir uns vertrauen.

Auf dem Tresen stehen bereits eine Schale und verschiedene Müslisorten aufgereiht. Außerdem ein Kaffeebecher und Zucker. Daneben finde ich eine weitere Notiz mit Anweisungen, wie ich die moderne Kaffeemaschine überreden kann, mir eine Tasse zu füllen.

Darunter folgt der Satz:

Erinnere mich nachher daran, dass wir eine Liste mit deinen Lieblingsessen machen. Für heute muss leider das Müsli reichen. Sorry!

Er ist so süß.

Haltbare Milch finde ich im Kühlschrank, und nachdem ich alles zusammengemischt habe, setze ich mich auf einen der Barhocker.

Mein Kauen klingt zu laut in der Stille der Wohnung.

Zehn Uhr.

Um mich nicht sofort vor den Fernseher zu setzen, schaue ich in den Kühlschrank. Der Inhalt ist äußerst spärlich. Ein Karton mit Eiern, die vor einer Woche abgelaufen sind, haltbare Milch, zwei Energydrinks und eine verschrumpelte Tomate.

Sieht so aus, als gäbe es auch Müsli zum Mittagessen.

Fünf nach zehn.

Nach und nach durchforste ich die Schränke der Küche, um zumindest hier eine Bestandsaufnahme zu machen, und bin überrascht, wie gut Nate ausgestattet ist. Die Utensilien, mit denen ich meine und unsere Mahlzeiten zubereiten werde, sind definitiv auf der teuren Seite.

Zwanzig nach zehn.

Wieso habe ich mein Tablet bloß in Schottland gelassen? Die Langeweile wird in den nächsten Tagen, die ich die Wohnung nicht verlassen darf, sicherlich nicht weniger werden.

Bestimmt hat diese Wohnung eine hervorragende Anlage mit Surroundsound. Ich muss sie nur finden. Müsste ich wetten, würde ich sagen, dass alles über den Fernseher läuft.

Bevor ich mich daranmache, die Elektronik genauer unter die Lupe zu nehmen, suche ich jedoch einen Zettel und einen Stift.

Nate hat mir zwei Notizen hinterlassen, also muss irgendwo Papier zu finden sein. Im Wohnzimmer ist nichts. Dafür liegt beides im Arbeitszimmer bereit. Als hätte er geahnt, dass ich danach suchen würde. Ich nehme es mit an den Tresen und beginne, eine Liste von Dingen zu machen, nach denen ich Nate fragen möchte.

Kann ich mein Handy wieder nutzen?
Was ist dein Plan?
Wie lange werde ich hier eingesperrt sein?
Kann Celine mich besuchen kommen?
Vertraust du der Agency?
Wer hat es deiner Meinung nach auf mich abgesehen?

Fragen über Fragen beginnen aus dem Stift auf das Papier zu sprudeln, und je länger ich schreibe, desto verblüffter werde ich.

Habe ich mich wirklich mit so wenigen Erklärungen zufriedengegeben? Das muss aufhören. Heute Abend, wenn er wieder hier ist, werde ich Antworten verlangen und keine Ruhe geben, bis er mir alles erzählt.

Im Anschluss hole ich ein zweites Blatt und beginne zu zeichnen. Immerhin schulde ich Nate noch einen Batman. Allerdings ist es lange her, dass ich nur mit Stift und Papier hantieren konnte, ohne die Möglichkeit, alles wieder rückgängig zu machen; daher zeichne ich langsam und setze jede Linie mit Bedacht.

Die Grundform ist fertig, und ich strecke mich, bevor ich mit der Detailarbeit beginne. Bei dieser Beschäftigung ist immerhin die Zeit deutlich schneller vergangen. Elf Uhr.

Erneut beuge ich mich über die Zeichnung und möchte gerade mit der Augenpartie beginnen, da höre ich es.

Ein leises Zischen aus dem Schlafzimmer, das mir die Haare zu Berge stehen lässt.

Habe ich mir das Geräusch nur eingebildet?

Vorsichtig stehe ich auf, halte den Atem an und warte.

Da! Diesmal habe ich mich ganz sicher nicht verhört.

Stift und Papier lasse ich in der Küche und schleiche mich zurück ins Schlafzimmer. Alles ist, wie es sein sollte.

Nates Notiz, die ich definitiv aufheben werde, liegt noch immer auf dem Nachttisch, und Ophedia … Der Ring ist noch da, aber ich könnte schwören, ich habe ihn vom Blatt rutschen lassen, um besser lesen zu können. Nun liegt das Schmuckstück wieder genau in der Mitte, und die Rubine der Augen funkeln, dabei ist der Raum weiterhin abgedunkelt.

Langsam gehe ich darauf zu, und je näher ich komme, desto lebendiger wirkt Ophedia. Die Schuppen sind so filigran herausgearbeitet, dass die optische Illusion es aussehen lässt, als würde sie sich bewegen.

Moment.

Ist es eine Illusion?

Ich beuge mich vor, und zum zweiten Mal an diesem Morgen läuft es mir eiskalt den Rücken hinunter. Doch ich kann nicht wegsehen. Kann nichts dagegen tun, dass ich die Hand nach dem Silber ausstrecke.

Berühre mich. Sieh mich. Sieh alles.

Die Worte sind plötzlich in meinem Kopf, als hätte jemand anders sie gesprochen. Als hätte Ophedia sie mir zugeflüstert.

Vielleicht drehe ich durch.

Andererseits spüre ich den Sog des Schmuckstücks, wie ich den Sog einer Vision spüre, kurz bevor sie mich mit sich reißt.

Bisher war ich nur in der Lage, Dinge zu sehen, wenn ich Hautkontakt hatte, doch meine Gabe verändert sich. Mein Seelenband zu Nate macht sie stärker. Ist dies ein Zeichen, dass sie sich noch weiter entwickelt?

Berühre mich!

Der Befehl hallt klar und deutlich durch mich hindurch, und diesmal bin ich mir sicher, dass er von dem Ring kommt. Von Ophedia selbst, die scheinbar unschuldig auf dem Nachttisch liegt.

Klüger wäre es, zu warten, bis Nate zurück ist. Ich kann dieses Gefühl auf die lange Liste von Fragen setzen, die ich bereits ausgearbeitet habe, und im Zweifel alles auf eine zu ausgeprägte Fantasie schieben.

Oder du übernimmst endlich selbst Verantwortung!

Die Wahrheit dahinter tut weh.

Keine Ahnung, ob dieser Satz meinem eigenen Unterbewusstsein entsprungen ist oder von der Schlange ausgeht.

So oder so stimmt es. Außerdem hat Nate das Familienerbstück zurückgelassen, damit ich es bei mir trage.

Mein Herz hämmert laut und viel zu schnell durch die Stille, doch ich beschließe, ihm zu vertrauen. Wenn er wollte, dass ich sie nehme, werde ich das tun. Er ist mein Seelenpartner und er hatte sicherlich seine Gründe.

Nichts geschieht, als ich mit dem Zeigefinger das kühle Metall entlangstreiche, und mein Puls beruhigt sich etwas.

Zwischen Daumen und Zeigefinger halte ich Ophedia in die Höhe und betrachte sie.

Es ist nichts Ungewöhnliches zu erkennen. Alles ist wieder normal. Oder so normal, wie dieser Ring nun einmal ist.

Danach werde ich Nate nachher definitiv fragen!

Erst glaube ich, dass sie mir viel zu groß sein wird; immerhin trägt Nate sie am Ringfinger, und seine Hände sind deutlich größer als meine, doch zu meiner Überraschung passt sie perfekt, als ich sie probeweise über den Mittelfinger schiebe.

Der Sog ist zurück. Stärker, als er eben war, zu stark, als dass ich mich dagegen wehren könnte, selbst wenn ich es wollte.

Die Vision reißt mich mit sich, mitten hinein in den goldenen Teppich aus Erinnerungen.

George Heart steht vor mir und nickt mir wohlwollend zu. »Schön, dass du da bist, Nathaniel. Du hast dich also für eine Hochzeit mit der Fraser entschieden.«

»Warum ich?« Der Widerwille in meiner Stimme ist nicht zu überhören.

Georges Blick ruht indes noch immer konzentriert auf mir. »Du weißt, dass du der Beste bist, den wir für den Job haben. Du bist nur ein paar Jahre älter als sie, aber trotzdem ein erfahrener Agent. Du bist zuverlässig. Und jetzt sag mir nicht, die Mädchen stünden nicht bei dir Schlange.«

Alles verschwimmt, und ich möchte ausbrechen, möchte nicht sehen, was als Nächstes passiert, während mein Herz in tausend Stücke zerspringt, und kann es doch nicht verhindern. Als die Sicht wieder klar wird, sehe ich noch immer denselben Raum, nur dass Nate nun ein Bier vor sich hat.

Es klopft.

»Das müssen unser königlicher Anima und der Moderari sein. Kommt herein!«, erklingt George Hearts Stimme.

Moderari.

George lächelt erst einem älteren Mann entgegen.

Anima Regalis betritt, zusammen mit seinem unterkühlten Begleiter, den Raum.

Letzterer starrt mich aus glasigen Augen an.

»Sie können Gefühle beeinflussen?«, frage ich.

Er nickt. Dann grinst er, voller Überzeugung, dass er der Beste sei. »Keine zu unterschätzende Fähigkeit.«

Etwas Dunkles strömt durch mich hindurch. Dunkel und bedrohlich.

George klatscht, reibt die Handflächen gegeneinander. »Also, meine Herren. Nathaniel, kann ich dem Thronfolger morgen mitteilen, dass wir auf dem besten Weg sind, dass der zukünftige Magische König eine Hellseherin in den Reihen seiner Magic Agents begrüßen darf?«

Ich schließe die Augen. »Also gut, wie soll das Ganze funktionieren?«

Wieder verschwimmen die Erinnerungen, tragen mich davon, und vielleicht könnte ich mich dieses Mal befreien, doch irgendetwas hält mich zurück. Nein, nicht irgendetwas. Ich muss es wissen. Muss alles wissen, die ganze verdammte Wahrheit, vollkommen egal, wie sehr sie schmerzt. Also lasse ich mich fallen.

Die Musik in der Bar ist laut und Ethan grinst neben mir. »Bereit, deine Zukünftige zu umgarnen?«

Ein unwilliges Brummen ist meine einzige Antwort. Ich sehe mich um. »Hast du sie schon entdeckt?«

»Ja.« Dieses scheiß schleimige Grinsen.

Innerlich koche ich, doch selbstverständlich lasse ich mir nichts anmerken.

Dann fällt mein Blick in eine Ecke, und ich sehe sie neben ihrer Cousine, die Hände tief in den Ärmeln ihres Pullovers vergraben. Meine zukünftige Ehefrau.

»Die Blonde ist deutlich hübscher«, gibt Ethan seinen Senf dazu. »Aber hey, die Fraser ist immerhin keine Vollkatastrophe, die deine Eier verschrumpeln lässt, im Gegensatz zu ein paar anderen Gesichtsschabracken hier.«

Ich stemme mich gegen den Sog, wehre mich, denn was nun folgt, kenne ich bereits. Schließlich war ich dabei.

Mit einem Schrei ziehe ich Ophedia vom Finger und werfe sie auf das Bett, während Eis meine Adern durchflutet.

Dann kommt die Übelkeit.

Stolpernd renne ich ins Bad, werfe mich vor dem Klo auf die Knie und würge das Frühstück wieder hervor, bis nur noch bittere Magensäure aufsteigt.

Er hat gelogen.

Bei allem.

Nate hat mich angelogen.

Ein neuer Schwall kommt hoch, und ich halte mir röchelnd die Haare aus dem Gesicht.

Wir waren nie Seelenpartner. Wir haben ein Band miteinander geknüpft, ohne Seelenpartner zu sein, er hat mich an sich gefesselt, mich hintergangen. Jedes Wort, jede Geste der Freundlichkeit, alles war gelogen.

Wieder krampft mein Körper und ich würge erneut.

Gestern Abend … Seine Berührungen.

Lüge.

Er hat mich nie begehrt, nie geliebt, nie dasselbe für mich empfunden wie ich für ihn.

Falls das überhaupt echt war.

Wie lange bin ich von dem Moderari manipuliert worden?

Erneut würge ich, doch nichts als Galle steigt auf, und Tränen schießen mir in die Augen.

Ein neuer Schmerz mischt sich unter die Übelkeit. Es ist, als hätte mir jemand ein Messer ins Herz gerammt und würde es langsam und genüsslich drehen.

Du bist mein Sechser im Lotto, und ich werde alles tun, damit du bei mir bleibst.

Das Messer bohrt sich tiefer, kaum dass die Erinnerung aufsteigt.

Wie viele solcher Momente gab es? Wie oft hat er mir versichert, dass ich ihm vertrauen kann? Dass mir nichts passieren kann, wenn ich nur bei ihm bin?

Hat er den Mordanschlag geplant, um mich dazu zu bringen, auch die letzten Zweifel zu verlieren?

Waren Brian und Kaya … Nein, sie sind echt. Ich habe Kayas Erinnerungen gesehen, habe sie gespürt.

Kaya ist echt. Brian ist echt.

Nathaniel Levergne ist es nicht. Mein Ehemann – Gott, wie sehr ich dieses Wort verabscheue – hat mich von Anfang an belogen. Hat sich mein Vertrauen erschlichen, mit der Hilfe von George Heart und der Agency.

Gegen den Schluchzer kann ich nichts ausrichten, und obwohl ich weiß, wie erbärmlich ich aussehen muss, schaffe ich es nicht, aufzustehen. Mit allerletzter Kraft betätige ich die verdammte Klospülung, bevor ich erneut in mich zusammensinke.

Die Fliesen sind kalt und hart, aber immer, wenn ich versuche, aufzustehen, rollt eine neue Welle des Schmerzes über mich hinweg.

Ich verspreche, dir wird nichts passieren.

Lüge.

Gestern Nacht … War das alles nur ein Spiel für ihn? Jede Berührung, jeder Kuss?

Er hat mich begehrt. Daran besteht kein Zweifel. Aber nur, um mich hinterher zu überzeugen, der Agency beizutreten.

Und ich bin auf ihn hereingefallen. War ich so ausgehungert nach Liebe, dass ich ein leichtes Ziel abgegeben habe?

Er wollte mich gefügig machen. Ein kleines Frauchen, eine Sexfreikarte, eine Zuchtstute, mehr nicht. Garantiert hätte er in Zukunft unzählige Affären gehabt.

Oder er ist jetzt bereits bei einer anderen Frau.

Mein Magen rebelliert erneut, doch diesmal schaffe ich es, tief zu atmen und die Übelkeit zurückzudrängen.

Was soll ich jetzt tun?

Wohin kann ich gehen?

Nicht zu Celine. Dort würden sie mich als Erstes suchen. Dasselbe gilt für meine Eltern.

Mein Leben, wie ich es kenne, oder in den letzten Tagen dachte, kennenzulernen, ist vorbei.

Ich weiß nicht, wie viel Zeit vergeht, während ich zusammengekauert in dem viel zu großen Raum liege und meine Schluchzer von den Fliesen um mich herum widerhallen.

Eine Stunde? Zwei?

Was, wenn Nathaniel mich so vorfindet?

Es ist dieser Gedanke, der mir die Kraft verleiht, mich endlich zu erheben.

Wie von allein fällt mein Blick auf die Dusche, und der nicht enden wollende Springbrunnen in meinen Augen läuft schon wieder über. Diesmal zwinge ich mich, die Kontrolle zu behalten. Ich werde nicht zusammenbrechen.

Nicht jetzt.

Nicht hier.

Nicht noch einmal.

Nicht wegen dieses verlogenen Arschlochs. Dieses betrügerischen, kaltherzigen …

Nein. Nicht an ihn denken.

Wenn ich an ihn denke, möchte ich mich in seine Arme fallen lassen und jeder einzelnen, verschissenen Lüge glauben, die er mir in den letzten Wochen aufgetischt hat.

Fuck!

Wie kann man so naiv sein?

Er könnte jede Sekunde zurückkehren, und wenn ich nicht schon wieder das Ziel eines Anschlags werden möchte, muss ich schleunigst verschwinden. Vielleicht führt er seinen Kumpel, George Heart, genau jetzt zu diesem Appartement.

Auf keinen Fall werde ich wie ein Lamm auf meinen Schlächter warten.

Ich war naiv. Aber damit ist jetzt Schluss!

Mein Handy kann ich nicht länger nutzen, so viel weiß ich. Dennoch schalte ich es ein und schreibe mir die wichtigsten Nummern heraus. Celine, meine Eltern, meine Brüder und Kaya.

Wenn ich irgendwo sicher bin, dann bei den Rebellen. Sie sind die Einzigen, die der Agency seit Jahren durch die Lappen gehen.

Es ist, als wäre ich ferngesteuert, aber immerhin scheinen einige Vorsichtsmaßnahmen der letzten drei Tage hängen geblieben zu sein. Und nichts zu fühlen ist allemal besser als dieser alles vernichtende Schmerz.

Sobald ich die Nummern habe, werfe ich das Gerät erst auf den Boden und springe darauf herum, dann lasse ich es in die Toilette fallen. Um die Zerstörung komplett zu machen, betätige ich die Spülung. Es bleibt stecken, aber das ist egal. Hoffentlich erledigt das Wasser seinen Job.

Allerdings bringe ich es nicht über mich, meinen Ehering hinterherzuschicken. Mehrmals versuche ich es, doch es ist, als würde das Messer in meiner Brust sich nur noch tiefer bohren.

Schlussendlich lasse ich ihn neben Ophedia auf dem Bett liegen, bevor ich meinen Rucksack nehme, die Kette meiner Vorfahren anlege und die Wohnung, Nathaniel, all die Lügen und das dumme Mädchen, das ich war, hinter mir lasse.

Danksagung

Danke an unsere Agentin Franziska, die sich von Anfang an auf unser Doppelpack eingelassen und für dieses Projekt eingesetzt hat.

Ganz besonderer Dank geht auch an Anne und Carolina fürs Mitfiebern, Anfeuern & die unglaubliche Begeisterung, während stundenlang die erste Rohversion vorgelesen wurde. Ihr könnt euch nicht vorstellen, wie viel Motivation wir daraus gezogen haben!

Folge den Autorinnen auf Amazon

Wenn dir dieses Buch gefallen hat, folge Judith Amelia auf Amazon. Dann erhältst du eine Benachrichtigung, wenn die Autorinnen ihr nächstes Buch veröffentlichen. Um den Autorinnen zu folgen, gehe bitte folgendermaßen vor:

Desktop:

1) Suche auf Amazon.de oder in der Amazon App nach dem Namen der Autorinnen.
2) Klicke auf den Namen der Autorinnen, um auf die Autorenseite zu gelangen.
3) Klicke auf den »Folgen«-Button.

Smartphone und Tablet:

1) Suche auf Amazon.de oder in der Amazon App nach dem Namen der Autorinnen.
2) Klicke auf einen Titel der Autorinnen.
3) Klicke auf den Namen der Autorinnen, um auf die Autorenseite zu gelangen.
4) Klicke auf den »Folgen«-Button.

Kindle eReader und Kindle App:

Wenn du dieses Buch auf einem Kindle eReader oder in der Kindle App liest, wird dir automatisch angeboten, den Autorinnen zu folgen, nachdem du die letzte Seite des Buches gelesen hast.

Printed in Poland
by Amazon Fulfillment
Poland Sp. z o.o., Wrocław

51109500R00210